KB052899

그때,
거기
당신이
있었다

그때, 거기 당신이 있었다

1판 1쇄 찍음 2018년 3월 21일
1판 1쇄 펴냄 2018년 3월 28일

지은이 | 언재호야
펴낸이 | 고운숙
펴낸곳 | 봄 미디어

기획·편집 | 김민지, 김지우, 홍주희, 김현주
표지 디자인 | 김수진

출판등록 | 2014년 08월 25일 (제387-2014-000040호)
주소 | 경기도 부천시 원미구 길주로 64, 1303(굿모닝 오피스텔)
영업부 | 070-5015-0818 편집부 | 070-5015-0817 팩스 | 032-712-2815
E-mail | bommedia@naver.com
소식창 | http://blog.naver.com/bommedia

값 10,000원

ISBN 979-11-5810-474-0 03810

※파본은 구입하신 서점에서 교환하여 드립니다.

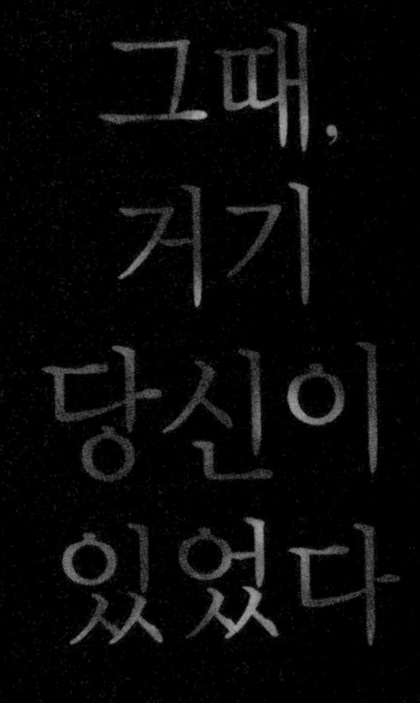

언재호야 장편 소설

Contents

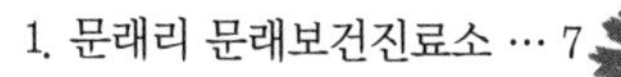

※“ ”는 한국어, 「 」는 영어입니다.

1. 문래리 문래보건진료소

창문을 열었다.

움직이는 것 하나 없이 멈춘 듯했지만 귀에는 쨍쨍쨍 하는 소리가 들려왔다. 작열하는 햇살이 무성한 잡초 밭에 쏟아지는 소리였다.

이글거리는 아스팔트에서 열기가 훅훅 밀려드는 것 같아서 다시 문을 닫으려 했지만 그러지 못했다. 에어컨을 켤까?

그녀는 잠시 망설이다 선풍기의 풍속을 한 칸 더 올리는 것으로 제 분노를 사그라뜨렸다. 에어컨을 켠다 해도 뭐라 할 사람은 없을 테지만 그래도 이곳 생활에 익숙해진 경민은 더 참아 보기로 했다. 저 망할 놈의 매미 소리……. 저 찢어지는 소리만 없어도 체감 온도가 한 5℃쯤은 내려갈 것 같았다.

죽어라 악을 쓰고 우는 매미는 무료하고 따분한 여름의 꿈쩍도 하지 않는 오후를 더욱더 짜증 나게 만드는 데 일조하고 있었다. 저 소리만 없어도 살 만할 텐데.

창문 밖에는 이 동네의 가장 큰길인 2차선 백두 대간로가 있었지만, 아까부터 차 한 대 지나가는 소리도 없었다. 큰길이 새로 생기면서 군청이 있는 정선으로 가는 차들도 이 길을 이용하지 않았다. 아침저녁으로야 농사일에 쓰이는 트랙터며 경운기 소리가 더러 나긴 했지만, 이렇게 이마가 지글지글 익어 가는 오후에는 개미 한 마리도 얼씬하지 않았다.

방학을 한 것 같은데 근처에 있는 폐교를 리모델링한 수련원에도 사람의 기척이 없었다. 딱히 즐길 거리나 여행객을 끌 만한 것도 없고, 시설도 시원치 않은지 전엔 그래도 학생들이 꽤 왔었다는데 올여름에는 영 인기척이 드물었다.

점심을 먹은 지 한참이나 됐는데도 해는 꿈쩍할 기세 없이 정수리에서 이글거렸다.

"소장님, 오늘도 참 덥죠?"

"네."

심드렁하게 대답하곤 그녀는 자리에서 일어나 냉장고 안을 정리하기 시작했다. 간단한 진통제, 해열제, 예방 주사제의 유통 기한을 확인하고 수액의 유통 기한도 체크했다.

늘 하는 일이라 이미 날짜를 다 알고 있었지만 그래도 항상 확인하곤 했다. 나른한 오후에 졸 것 같아서 몸을 일으켰다.

"그거 아직 다 괜찮은데……."

한여름이라 털실에서 레이스 면사로 바뀐 뜨개질을 하던 정 선생이 힐끗거렸다.

"알아요. 그래도 뭐, 해야 하는 일이니까."

"여기 너무 한가하죠? 소장님은 이런 데 계실 분이 아닌 거 같은데 말이에요."

벌써 반년이나 지났지만 아직도 어색한 명칭에 머뭇거리던 그녀는 대답할 타이밍을 놓쳐 버렸다. 정선군 임계면 문래리 문래보건진료소에 보건진료 소장으로 온 지 딱 1년. 2년 전만 해도 그녀는 죽을병이 걸리면 6개월씩 예약을 걸어 놓고 기다려야 하는 국내의 몇 손가락 안에 드는 종합 병원의 간호사였다.

쉬도 때도 없이 밀려드는 일 덕에 하루만 좀 멍하니 앉아 있어 봤음 하는 생각은 그냥 망상이려니 했다. 그러나 그 망상은 이제 그녀의 현실이 되어 있었다. 아무도 자원하는 이가 없어 우연히 원서를 넣자마자 덜컥 보건진료 소장이라는 명칭을 달고 이곳, 대로로 지나는 차도 별로 없는 곳에 살게 된 그녀는 나름 이 생활이 만족스러웠다. 소장님이라고 꼬박꼬박 뒤에 붙여 주는 주는 엄마뻘 쯤 되는 반쯤 보건직 공무원인 아주머니와 지키는 이 보건진료소는 신축한 지 몇 년밖에 되지 않아서 깨끗하고 시설이 좋았다. 농번기에는 드나드는 사람이 없어서 당혹스럽긴 했지만.

옆에 붙어 있는 체력 단련실이나 휴게소에는 추수가 끝나면 더러 인근 분들이 모여들었지만 그것도 눈이 많이 오면 인적이 끊겨 버렸고, 유일하게 중학생과 초등학생 아이들이 있던 젊은 박 씨 내외가 정선으로 이사를 가 버린 뒤로는 더욱더 적적해져 버렸다. 이제 아이들이 있는 집이라고는 건너편 장로교회에 새로 온 젊은 목사 부부뿐이었다.

이제 제 20대의 마지막 반절을 여기서 보내게 된 경민은 부지런히 가방을 챙겨 들었다.

"오늘은 어디로 가시게요?"

"경로당에요. 김필순 할머니하고 정석봉 할아버지 혈당 측정하러 가야죠. 아마 계실 거예요, 이 시간이면."

거동이 불편해서 잘 움직이지 못하는 노인들의 건강을 찾아가 살피는 것도 중요한 일이었다.

"좀 더 있다 가시지. 해가 너무 쨍쨍한데."

그건 맞는 말이었다. 숨이 막히게 내리쬐는 햇볕이 무서울 지경이었다.

"커피 한 잔 마시고 좀 더 있다 가세요. 가면 다 주무실 텐데."

"그럴까요?"

경민은 가방을 내려놓았다. 주섬주섬 뜨던 레이스를 놓고 커피를 타러 일어나는 정 선생을 만류했어야 했다. 커피라는 말에 화려하고 시원한 에어컨이 차가운 공기를 잔뜩 뿜고 있는 곳에 어울리는 시큼한 뒷맛을 가진, 얼음이 달그락거리는 톨 사이즈의 아메리카노가 떠올라 그녀는 멍하게 있었다.

그러나 제 앞에 놓인 것은 냉온수기에서 나온 뜨겁지도 못한 온수에 커피 알갱이가 둥둥 떠 있는 다디단 커피믹스가 담긴 종이컵이었다.

죽어라 우는 매미 소리가 커피 위에 내려앉았다.

1년이나 있었지만 이곳에는 별다른 일이 없었다. 봄에 약주를 드시고 경운기에 할머니를 태우고 가던 할아버지가 커브를 돌다 경운기가 넘어가서 강릉까지 구급차를 타고 실려 갔던 사고와 뒷산에서 양봉을 하는 노부부가 말벌 떼에 공격을 받아 할아버지가 돌아가신 사건을 빼고는.

퇴근 시간이 되면 보건진료소 옆에 딸린 사택 개념으로 만들어진 신축 원룸으로 와 뼛속까지 시린 물에 샤워를 한 뒤 선풍기를 틀어 놓고 노인분들이 바리바리 싸다 준 장아찌, 텃밭에서 난 오이나 고추를 장에 찍어 간단하게 저녁을 먹으면 할 일은 더 이상 없었다.

그래도 더러 밤에 열이 나거나 아픈 사람들이 전화를 하기 때문에 언제든지 나갈 수 있게 준비는 하고 있어야 했다. 이런 시간에 밀린 공부나 하면 다행일 텐데, 그 바쁜 시절에는 시간을 쪼개고 쪼개 공부도 열심히 했건만 이런 나른한 시간은 오히려 그녀를 더욱더 늘어지게 만들고 있었다.

책을 보던 경민은 거의 9시가 다 돼서야 깜빡 잠이 들었었다.

"계세요? 선생님 계세요?"

문을 두드리는 요란한 소리에 눈을 뜬 경민이 놀라서 대답했다.

"네? 무슨 일이죠?"

이 밤중에 저를 찾는 소리는 분명 어딘가 불편한 사람이 있기 때문일 것이었다.

임계리나 정선도 차를 타고 가면 그리 먼 거리는 아니었다. 도시 사람들이 통학이나 출퇴근하면서 근처라고 할 만할 그런 거리였다. 그러나 하루에 서너 번 다니는 버스에 의지하며 사는 사람들에게는 읍내라고 하면 까마득한 거리라 어디 아픈 데가 있으면 약국도 없는 곳이어서 제일 먼저 이곳으로 달려오기 마련이었다.

경민은 벌떡 일어나 옷걸이에 있던 얇은 체크무늬 셔츠를 걸쳐 민소매 윗옷을 가리고는 문으로 나섰다.

"누가 아픈가요?"

"열이 많이 나서……."

"누가요?"

열이 많다는 말에 경민은 흐트러진 머리카락을 검은 고무 밴드로 묶고 열쇠 꾸러미를 들었다. 그리고 보니 문밖에 서 있는 사람은 그리 낯익은 사람이 아니란 걸 눈치챘다. 분명히 이 동네 사람이긴 한데. 사람 기억을 잘하는 그녀가 신발을 꿰어 신고 나서면서 물었다.

"열만 나나요? 누가요? 다른 곳은 어때요? 구급차를 불려야 하는 거면……."

"구급차는 필요 없습니다."

갑자기 정색을 하는 이가 누군지 떠올랐다. 동네를 휘도는 골치천 변에 있는 화려하지만 어쩐지 좀 음침한 별장의 별장지기 겸, 옆에서 옥수수와 감자를 키우는 내외의 남편이었다. 이름이 차 뭐였던 거 같은데. 봄에 감기약을 타갔던 걸 기억해 냈다.

"아주머니가 열이 나시나요? 약간 당뇨기 있으셨던 거 같은데……."

경민은 제 방 한쪽에 준비되어 있는 왕진 가방을 열고 해열제와 진통제 같은 약들과 혹시 모르니 필요한 수액과 수액 키트를 냉장고에서 꺼내 챙겼다. 밤에 사무실 문을 열려면 보안업체에 전화를 해야 하기 때문에 혹시나 모를 일을 위해서 챙겨 놓은 것들이었다.

"아, 집사람은 아니고요. 하여튼 좀 빨리 가 주셨으면 해요."

"네?"

오늘은 달이 없는 밤이었다. 가로등이 서너 개가 전부인 거리는 큰길에서 샛길로 빠지기만 하면 곧 암흑에 잠겨 버렸다. 구민이 타고 온 연식이 오래된 갤로퍼 지프차 옆자리엔 농사짓는 사람들의 차가 그렇듯 흙이 버스럭거리고 발밑에 흙 묻은 비료 포대용 두꺼운 비닐봉지가 채이고 있었다. 그리고 특유의 향기까지.

"천천히 가세요."

그러나 그걸 느낄 새도 없었다. 차도 한 대 없는 대로를 대각선으로 가로질러 샛길로 들어서자 비포장 길이 나타났는데 우당탕거리면서 달리는 기세가 무서울 정도였다.

안전벨트를 찾을 새도 없이 창문 위 손잡이를 잡은 경민은 몇 번이나 엉덩이가 붕 떠서 천장에 머리가 닿을 뻔했다.

하지만 그게 문제가 아니라 풀과 나무가 무성해 양쪽 창문을 긁는 소리가 요란한데도 불구하고 그 칠흑 같은 어둠 속을 무시무시한 속도로 달리고 있는 게 더 공포스러웠다. 에어컨 켜지 않으니 사방으로 확 열린 차창으로 시커먼 나뭇잎이 매달린 가지들이 머리카락을 헤집을 정도였다.

그러나 다행히도 무시무시한 길은 금방 끝났고 요란한 자갈 소리와 함께 어둠 속에 쌓인 넓은 공간에 차가 섰다. 요란한 시동 소리가 꺼지니 갑자기 적막이 찾아 들었다. 그 적막도 잠깐, 곧 물소리가 들렸다. 아마 골지천이 바로 옆인 모양이었다.

"저기 빨리……."

경민이 차에서 내리느라 머뭇거린 시간도 아까운 모양이었다.

가방을 들고 차에서 내리자 그나마 시원한 강바람이 불어와서 다행이었다. 후덥지근한 차 안에는 에어컨 따위를 켤 여유가 없었기 때문이었다.

그런데 먼저 앞을 나서는 사람이 가는 방향이 이상했다. 분명히 저 사람의 집은 이 길 초입에 있는 슬래브 집이었는데.

"이리로요."

노인이 가리킨 곳은 어두침침하게 서 있는 커다란 2층 목조

주택 앞이었다. 그러고 보니 어둠 속에 한곳에 불이 켜져 있었다.

여긴 비어 있었다는데…….

딱 누군가의 별장이라는 게 어울릴 만한 화려한 건물이었다. 하지만 지어진 지는 오래됐는지 유행은 좀 지나 보였다. 이 더위에 을씨년스럽기까지 할 정도로 주변하고 안 어울리게 큰 건물이었다.

그러나 그녀는 근 1년 동안 이곳에 누가 있었다는 이야기를 들은 적이 없었다. 이곳으로 일자리를 얻어 온 지 일주일 만에 문래리의 웬만한 집안 사정은 옆에서 쉴 새 없이 뜨개질을 하는 것과 동시에 수다를 떠는 게 취미인 정 선생 덕에 다 알게 되었고, 가가호호 방문을 하는 일이 많은 그녀는 그걸 직접 눈으로 확인하는데도 채 한 달이 걸리지 않았었다.

큰길가의 동네이지만 어디 쉬어 갈 만한 가게나 유원지 따위가 없는 동네에서 외부인은 구경하기도 힘들었다. 그러니 서울에서 온 제가 이 동네 사람들한테는 신기하기도 했고 막연한 호감이 갔을 수도 있었다. 그러다 보니 본의가 아니게 시시콜콜 동네 돌아가는 이야기를 다 알 수 있었고, 큰 지소인 임계면 보건 지소에 교육이나 보고를 하러 가다 보면 그쪽 동네의 일까지도 알고 싶지 않아도 알게 되었다.

게다가 대형 병원의 간호사라는 직업은 뭐든 주의 깊게 기억하지 않으면 안 되는 일이었다. 그곳에 몇 년 있다 보니 버릇이 되어서 사람의 얼굴이라든지 그 밖의 것을 세세하게 기억하는 게 거의 자동적이었다. 그런데 분명히 이 건물은 누군가의 별장이었고 오랫동안 비어 있어 아무도 온 적이 없었다. 떠도는 소문만 무성했고, 그 소문은 소문으로만 끝났다. 그냥 그 건물의 별장지기를 하는 차 노인 내외도 괴팍스럽더라, 하는 이야기만 퍼져 있었다.

그런데 안쪽에 불이 켜져 있었다. 무슨 일이지?

"누가 아픈 거죠?"

"들어오세요."

묘한 강원 내륙의 사투리로 별장지기 노인이 계단을 올라 문을 열었다. 그러자 갑자기 누군가 튀어나왔다.

"차 씨! 아……."

커다란 덩치의 시커먼 남자가 막 노인을 나무라려다가 경민을 보더니 말을 멈췄다.

"선생님 모셔 왔구먼요."

"빨리 들어오십시오."

한눈에 봐도 건장한 남자였다. 이 더위에 긴 팔 와이셔츠를 입고 있는 게 이상스러웠지만 다들 급하게 몰려가는 바람에 경민은 생각할 새도 없이 어둑한 커다란 거실을 가로질러 따라가야 했다.

화려한 건물의 외관처럼 안쪽도 온통 나무로 되어 있었지만 고풍스럽고 비싼 가구로 차 있는 거 같았다. 언뜻 벽에 걸린 커다란 수묵화로 된 호랑이 그림이 섬뜩해져 불이 켜진 방으로 들어섰다.

"열이 심해요."

그 덩치 큰 남자가 급하게 말했다. 경민은 가방을 열면서 넓은 침실의 한가운데 있는 침대 위에 있는 사람을 보고는 잠시 할 말을 잃고 말았다.

"언제부터……."

"해열제를 먹였는데도 열이 안 떨어집니다. 빨리 좀 조치를!"

이마에 대는 적외선 체온기를 꺼내는 손이 떨린 건 침대 위에서 열에 들뜬 사람이 너무 당혹스러워서였다. 흐트러진 이마에 체온계를 가져다 대자마자 그 열기가 손끝까지 느껴졌다. 39도라니.

경민은 재빨리 가방을 열면서 말했다.

"언제부터 열이 났죠? 해열제 언제 먹이셨어요? 그리고 다른 병은……."

"으윽……."

그때였다. 축 늘어져 있던 사람이 신음 소리를 내며 몸을 뒤척인 건.

이건 꿈이 아닐까. 경민은 가방의 안쪽 지퍼를 여는 제 손이 부들부들 떨린 건 실감이 나지 않아서일 거라 생각했다.

눈앞에 뒤척거리는 사람은 젊은 남자였다. 열기 때문에 붉어진 얼굴이었지만, 이런 시골에서 절대 볼 수 없을 만큼 창백한 얼굴을 하고 있었다. 게다가 체온계를 대는 손이 떨릴 정도로 잘생긴 얼굴이었다.

잘생겼다는 기준이 뭐냐에 따라 달라지겠지만, 그냥 '그 사람 어때?' 라고 묻는다면 '실물로 본 적이 없을 만큼 잘났어' 라는 대답이 절로 나올 정도였다. 누굴 닮았냐고 물으면 아주 옛날 난해한 대사를 읊조리면서 어울리지 않는 그로테스크한 화면 속 로미오와 줄리엣의 열대어 어항 뒤에 서 있던 솜털이 뽀송뽀송하던 시절의 레오나르도 디카프리오 정도…….

내가 무슨 정신이야. 이 사람은 위독한 환자였다. 정신을 차리고 남자의 상태를 살펴야 했다. 갑자기 이런 젊은 남자가 왜 고열 상태가 되었는가를 생각해야 했다. 그러기에 위해서 통상적인 질문부터 해야 했다.

"평소에 무슨 지병이 있거나……."

그러나 그녀는 말을 잇지 못했다. 으윽 하는 소리와 함께 덮여 있던 셔츠 자락이 벌어지면서 안쪽이 드러났기 때문이었다. 언뜻 보아도 소독 액이 비어 나온 커다란 환부를 가린 드레싱의 흔적이었다.

"어디 다쳤나요? 당장 구급차를 불러야겠어요."

놀란 경민이 외침을 뚝 자른 건 옆에 있는 남자의 싸늘한 말이었다.

"안 됩니다. 여기서 선생님이 응급 처치를 해 주십시오."

다급함이 가득한 덩치 큰 남자의 차가운 목소리가 경민의 목덜미에 소름을 돋게 만들었다.

이건 대체 무슨 일일까.

경민은 제 앞에서 급한 숨을 내쉬는 창백한 남자를 내려다

보면서 아득해졌다.

“소장님 피곤하신가 봐요?”

“아, 네…….”

경민은 잠시 망설였다. 이걸 이야기해야 하나? 물론 수액과 약을 처치했으니까 기록은 해야 했다.

그러나 정 선생이 어떤 여자인가. 한마디로 골 아픈 부류의 사람이었다. 무슨 이야기든 뿌리부터 가지 끝까지, 알알이 달린 열매는 물론 지나가는 쉬파리나 잠시 앉았던 나방의 사정까지 다 알아야 하는 여자였다.

그 이유는 이곳의 환경도 한몫했다. 한마디로 할 일이 없으니까. 뭔가 파리 뒷다리만큼의 일이라도 일어나면 그걸 꼬치꼬치 캐물어 씹고 뜯고 맛보며 즐기면서 하루를 보내는 게 일상생활이니 이건 어쩌면 당연한 결과였다.

“비밀로 해 주십시오.”

경민은 인상을 찌푸렸다.

“어디 아프세요?”

“아, 어젯밤에 저기 골지천 변에 있는 차…….”

“별장지기 차봉수 씨요? 그 집 아줌마 박금레인가 그렇던데. 아줌마 혈당 수치 떨어졌어요?"

그야말로 인간 데이터베이스였다.

"네, 수치가 떨어진 데다 열이 좀 많이 난 모양이에요. 9시쯤에 찾아 왔더라고요. 그래서 수액하고 주사 들어갔거든요."

"병원 좀 알아서 가지. 참내!"

여전히 뜨개질에 몰두한 채 대답했다.

"뭐, 다 그렇죠. 그래서 좀 있다 또 가 보려고요."

"그 내외는 괜히 좀 그래요. 무슨 별장지기는……. 그 별장엔 사람도 안 오더만. 들리는 소문에는 서울에 무슨 대단한 사채업자 거라던데, 솔직히 골지천이 괜찮은 데도 아니고 그딴 데다 왜 지었는지도 모르겠어요. 그죠? 들리는 말처럼, 예쁜 정부 숨겨 놓고 얼레리 하려면 좀 더 산골짜기에다 짓든지. 짓는 데 한두 푼 든 것도 아닐 텐데 말이에요. 한마디로 돈 많은 놈들 돈지랄이지……."

"그야 좀 그렇죠."

경민은 어설프게 대답했다. 문득 그 어두운 거실에 걸려 있던 커다란 호랑이 그림이 떠올랐다. 사채업자? 그럼 어제 그 남자가 그 사채업자?

처음이었다. 정 선생한테 거짓말한 것은. 그러나 왠지 그래야 했을 것만 같았다.

경민은 보건진료소의 소장이긴 하지만 그건 명칭상 그런 것뿐이었다. 정확히 말하면 보건진료원이었다. 보건소야 공중보건의 같은 의사들이 있었지만, 그런 의사들을 충원하기 힘든 보건지소도 아니고 그 밑에 있는 보건진료소는 간호사 자격증이나 조산원 자격증이 있는 사람이 그 지방의 기초적인 의료 서비스를 담당하는 것이었다. 경민은 종합 병원의 응급실과 중환자실에 있었던 간호사였고 몇 가지 시험을 치른 뒤에 문래리의 보건진료원이 되었다. 다들 보건진료소나 보건소를 구분하지 않고 그곳의 책임자니까 경민에게 '소장님, 소장님' 하는 게 버릇이 되었을 뿐이었다.

물론 여러 가지 이유가 있긴 했지만, 일찍 돌아가신 부모님 대신 같이 생활하던 유일한 혈육인 언니가 결혼을 하면서 동시에 형부를 따라 외국으로 나가게 되어 혼자 있게 된 게 가장 큰 이유였다. 텅 빈 집에 혼자 있는 게, 그것도 하는 일 없이 한 달쯤 있다 보니 정신이 반쯤 나가 버릴 것 같았다.

보건진료원의 요건에는 그 지방에서 3년 이상 거주해야 한다는 단서가 붙었지만, 워낙에 외지고 지원자가 없는 곳이라 성적이 우수했던 그녀는 지원하자마자 이쪽으로 배치될 수 있었다.

조용하고, 한가하고, 그리고 큰일이 없는 고인 물 같은 곳이었다. 그녀 같은 젊은 여자가 있기에는 지나칠 정도로.

원래 혼자 근무해야 하는 건데 이쪽 군수의 빽인지 정 선생이 부임했고 그 덕에 그녀는 심심치 않게 생활하긴 했지만, 가끔 도가 지나칠 경우도 있었다.

막 40대가 지난 정 선생은 계약직 공무원 같은데, 정체가 불분명했지만 혼자 이 적막한 곳에 있는 것보다야 나았다. 아이들과 남편은 정선에 살았고 그녀도 매일 거의 40분 거리를 자가용으로 출퇴근하고 있었다.

아무렴 어쩌랴, 혼자 이 적막을 견디는 것보다는 나으니. 그러나 너무 정확한 데이터베이스는 가끔 성가시기도 했다. 지금처럼.

경민은 점심시간 전에 갔다 오리라 생각하고는 수액하고 주사제를 챙겼다.

“웬만하면 임계로 가라고 해요. 차도 있던데.”

그녀의 차비를 보고 정 선생이 무심하게 코바늘뜨기를 하면서 말했다.

“네. 그럴게요.”

경민은 대충 대답하고 나섰다. 며칠째 움직인 적이 없는 제 핑크색의 스파크 승용차에 다가갔다. 나름 그늘에다 대 놓았다고 생각했지만 오전 햇볕이 쏟아지고 있었다. 문을 열고 열기를 빼면서 경민은 생각했다. 이게 뭘까.

그녀가 이 낯선 산골에 와 이런 생활을 하게 된 건 ‘그’ 때문이었다.

흔히 있는 일이었다. 수련의와 젊은 간호사 사이에 생기는 미묘한 감정 따위. 응급실에 막 배치된 레지던트였던 송 선생이 지지리도 재주도 없어 동맥을 못 찾은 건 팔자였을 것이었다. 우연히 자신과 같은 스케줄로 매번 같은 시간에 근무하게 된 것도. 그와 사랑에 빠져 헛된 꿈을 꾸며 2년을 지낸 것도, 또 그 시간이 지나 전문의가 되자 집안의 기대에 부응하듯 멀쩡하고 대단한 맞선 상대와 결혼하게 된 것도.

웃기지도 않지.

후회는 하지 않았다. 그러나 상처는 깊었다. 멍하니 사랑에 빠진 언니를 보면서 6개월을 허송세월하며 곪은 상처를 어찌해 보려 했지만 되지 않았다. 그래서 나선 낯선 곳에 와서 이리 멍하게 살다 보니 머릿속은 허옇게 탈색되었고, 그나마 과거의 기억들 또한 같이 탈색되었기에 경민은 쨍쨍한 햇살이 내리쬐는 차도 지나지 않는 2차선 도로를 내다보면서 겨우 안정을 찾아가고 있었다.

그런데 이건 뭘까.

그냥 간단한 해프닝이었다. 지겨운 여름의 햇살이 너무 강렬하니까. 강렬한 데다 쉬이 지지도 않으니까. 지치도록 기다려도 꿈쩍도 안 하니까. 뭔가 신경을 돌릴 다른 것이 필요했다. 저 수다스럽고 집요한 정 선생의 레이더망에 걸려 하루 종일 귀 따갑지 않을 만한 그런 비밀이 필요했다.

"다녀올게요."

"네, 소장님. 점심 전에 오세요."

경민은 가볍게 문을 나섰다.

아무런 차도 지나지 않는 2차선 대로를 조마조마한 마음으로 대각선으로 질러간 그녀의 작은 스파크는 양쪽으로 무성하게 덮고 있는 나무와 풀이 가득한 비포장 길을 조심스럽게 달렸다. 이 작은 차에도 풀이며 나뭇가지가 달려드는데 덩치 큰 그 지프차는 어땠을까 싶은 그녀는 조심스럽게 덜컹거리는 길을 느릿느릿 운전해 갔다.

큰 종합 병원의 간호사들은 수입이 좋았다. 로테이션이긴 하지만 응급실과 수술실에도 근무했었던 그녀도 그런 편이었다. 그러나 그 돈을 쓰러 다닐 시간이 없었다. 퇴근하면 지쳐 쓰러져 자기 바빴다. 그렇기에 다들 좋은 차를 몰고 다니곤 했지만, 경민은 운전이 서툰 언니를 위해서 조그만 경차를 샀다. 그리고 돌아가신 부모님을 대신해서 하나뿐인 언니의 혼수를 하는 데 돈을 보태 주었다.

언니는 마다했지만 그녀는 그게 편했다. 저 하나 좋은 대학 보내기 위해서 언니는 자신의 진학 같은 건 꿈도 꾸지 않았고, 어린 나이부터 생활 전선에 뛰어들어 일을 해야만 했었다. 그것뿐만이 아니라 그 돈들이 자신에게 쓰일 거라 생각했던 게 너무 부질없었기 때문이었다.

작은 차가 나쁘다는 건 아니었다. 그냥 이 비포장 흙길에서 너무 덜컥거렸기 때문이었다. 그 길은 곧 끝났다. 밤중에 시커멓고 어마어마하게 넓어 보였던 자갈이 깔린 주차장은 그냥 평범한, 잡초 하나 없는 고즈넉한 별장의 잘 손질된 앞마당일 뿐이었다.

무성한 나무 그늘에 차를 대고 나선 경민은 주변에 빙 둘러싼 나무들이 너무 커서 음침해 보이는 커다란 목조 건물 앞에 선 채로 멈칫했다.

늘 이 길 입구에 있는 차 씨네 집에만 가 본 그녀는 이 안에 있는 을씨년스러운 별장을 자세히 보긴 처음이었다. 바로 옆에 골지천이 흐르고 있었고, 그 옆엔 제방을 쌓은 뒤에 나무가 둘러싸여 있었다. 안쪽에 있는 별장은 지어진 지 5, 6년밖에 지나지 않은 것 같았지만 침침한 오크색의 나무와 지붕마저 검은색에 가까운 나무라서 더 칙칙해 보였다. 으리으리하고 값비싼 자재를 이용해 지은 것이 분명했지만 모양새가 그 값어치를 못 하고 있었다.

인적도 없어 보이는 마당에는 시커먼 중형차 한 대가 서 있을 뿐이었다. 새벽에 수액을 놓고 옆에 사람에게 다 들어가면 빼라고 했는데 제대로 했는지 의심스러웠다.

빼긴 했겠지.

경민은 심호흡을 한 번 하고는 자박거리는 자갈을 밟으면서 계단을 올랐다.

“계시나요?”

“네?”

그녀가 말을 떼기도 전에 벌컥 문이 열렸다. 그리곤 피곤함이 가득해 보이는 넝치 큰 남자가 문 앞에 서 있었다.

“아, 어제…….”

그 기세에 놀란 경민이 막 말을 떼려는데 남자가 옆으로 나서면서 말했다.

“들어오십시오.”

낮에 보니 집 안은 깔끔하면서도 화려했다. 밤에는 어두워서 커다란 호랑이 그림밖에는 보이지 않았지만, 가운데 널찍한 거실은 바닥이나 벽, 천장까지 전부 나무라서 시원해 보였다. 거기에 맞는 등나무로 제작된 커다란 소파와 탁자 세트는 조잡스러운 물건이 아니라 한눈에 봐도 엄청나게 가격이 나가 보였다. 호랑이 그림 외에도 한문으로 쓰인 족자 같은 것들이 즐비한 것이 별장 주인의 나이 대를 말해 주는 듯했다. 한쪽 끝에는 역시 오크 재질로 된 와인 바도 있었다.

"들어오시죠."

덩치 큰 남자가 문을 열자 경민은 따라 들어가다 발걸음을 멈추고 말았다.

"아……."

뭐 별다를 게 없는 모습이었다. 반쯤 열린 침실에서 웬 남자가 맨몸 위에 셔츠를 걸쳐 입고 있는 것을 빼면.

침대에 걸터앉아 비썩 말라 보이는 맨몸 위에 하얀색의 셔츠를 둘러 입고 단추를 채우려 하고 있었다. 흘러내린 칠흑같이 검은 머리카락, 매끈한 콧대가 한눈에 들어오는 남자는 어제 어둠 속에서 볼 때와는 완전히 달라 보였다.

그 남자는 어제 고열에 시달리던 환자였고, 대형 병원에서 근무한 경력이 있는 경민이야 남자건 여자건 맨몸에 대한 환상 따위는 없었다. 매번 운신을 못하거나 위중한 환자의 소변줄을 끼우는 건 일도 아니었으니까.

그러나 그런 일을 한 지 1년이나 넘어서였을까. 아니면 운신을 못하는 노인들만 보아서였을까. 그도 아니라면 참 당혹스럽게 잘난 남자여서일까.

잠시 멈칫했던 경민은 아무렇지도 않은 듯 말했다.

"괜찮으십니까? 열은 좀 어떠신가요?"

잘났든, 못났든, 늙었든 젊었든 간에 어차피 제겐 환자일 뿐이었다.

"누구……?"

누워 있는 것보다 앉아 있는 상대는 훨씬 더 잘나 보였다.

"새벽에 오셨던 의사 선생님입니다."

의사라니. 경민은 제 정신이 멍해지고 있는데도 그것만은 바로 잡아야겠다 생각했다.

"문래 보건지소 보건의료원입니다. 어제 열 있던 건 괜찮아 보이는데 잠깐 보실까요?"

너무 오래되어서 그럴 것이다. 눈앞의 남자는 단순히 환자 아닌가? 경민은 왕진 가방을 옆에 있던 의자에 놓고 열었다.

"새벽에 주사 놔 주신 분? 덕분에 괜찮아졌습니다. 감사합니다."

남자의 목소리는 부드러웠다. 상태가 밤새 호전된 모양이었다. 근 1년 동안 듣던 강원도 산골의 투박한 목소리가 아닌 나긋나긋하고 부드러운 서울말이었다.

경민은 왜 제 얼굴에 피가 몰리는 것 같은 느낌인지 알 수 없었다. 아마 더워서겠지.

"좀 덥네요. 우선 체온을……."

"밤새 땀을 흘렸더니 죽겠네요. 옷만 갈아입어선 영……."

"샤워는 안 됩니다!"

경민이 급하게 소리쳤다. 어제 본 커다란 상처는 절대 물에 닿으면 안 될 일이었다.

"그 상처, 대체 어디서 난 거죠? 제가 어제 드레싱을 하다 보니까 자상인 거 같은데. 병원에 가 보셔야 합니다."

그때였다. 젊은 남자는 히죽 웃으면서 말했다.

"칼에 찔린 거예요. 장 부장, 여기 얼마나 꿰맸다고 했지? 간도 찔렸다고 했었나?"

설마 했던 경민의 얼굴이 굳어졌다. 그와 동시에 그녀의 뒤에 서 있던 덩치 큰 남자의 얼굴도 굳어졌다.

2. 이상한 환자

“돈도 많고, 얼굴도 예쁘고, 더더군다나 몸매도 끝내줬고. 그게 자연산인지 인공산인지는 중요하지 않잖습니까? 보기 좋고 감촉 좋으면 장땡이지.”

경민은 말없이 상처에 소독약을 바르고 있었다. 보아하니 한 사흘 정도 지난 것 같았다. 안쪽으로 어디까지 상처가 있는지는 모르겠지만 꽤 큰 칼에 찔린 게 분명했다. 그리고 안쪽을 봉합하기 위해서 환부를 벌리고 수술을 한 뒤에 윗부분을 봉합한 것이 틀림없었다. 의료용 스테이플러 자국이 꽤 많이 찍혀 있었다. 하지만 눈에 거슬리는 것은 일렬로 잘 찍힌 스테이플러 중 한두 개가 삐뚤어져 불룩 튀어나와 있는 것 때문이었다. 나중에 흉터가 남을 텐데 왜 이렇게 했을까.

“문제는 그놈의 집착. 트리플 A형이었던 거죠. 분명히 그만 만나자고 했고 서로 인정을 했는데. 글쎄 친구 녀석이 소개시켜 준 여자랑 두 번째 만나서 술 한잔하고 있는데 구 여친이 들이닥친 거죠. 난리도 그런 난리가……."

분명히 남자의 첫인상은 싸늘했다. 시뻘겋게 열에 들떠 있었지만 인상만은 지나치게 반듯한 콧대 때문에 날카로웠다. 그건 지금도 변함없었지만 피식거리면서 웃는 남자의 부드러운 목소리는 전혀 그렇지 않았다.

경민은 정신을 차리고 대화 내용을 생각해 냈다. 결론을 말하자면 구 여친이 새 여친과 만나는 걸 질투해서 그 여자의 칼에 찔렸다는 거였다.

"신고하셨어요?"

보기엔 비썩 말라보였지만 힘만 좀 주면 복근이 선명하게 드러날 만큼 탄탄한 근육질의 복부였다. 그런 곳에 흉측한 칼자국을 남긴 사연이 어이없긴 하지만 이건 명백히 형사사건이었다. 대단한 외모나 저런 덩치 있는 나이 든 사람을 수족 부리듯 할 만큼 '여유'가 있어 보이는 남자의 치정에 얽힌 사연 따위 듣고 있을 필요는 없었다.

"경찰이 오긴 왔었죠. 그런데 그 구 여친님이 워낙에 대단하신 분 따님이라……. 실은 보건복지부 장관님 외동딸이어서."

"아니, 장관 딸이면 사람 죽여도 된답니까?"

제가 왜 버럭 화를 냈는지는 알 수가 없었다.

"당연하죠."

남자가 아무렇지도 않다는 듯 대답했다.

"네?"

어이가 없어진 경민이 남자를 쳐다보았다.

"그래서 내가 지금 이 촌구석에서 쌩으로 앓고 있는 거잖습니까! 안 그래, 장 부장?"

"아, 네. 그렇습니다."

덩치 큰 사내가 당연하다는 듯 대답하는 게 어딘가 구린 느낌이었다.

"칼로 찌른 여자가 복지부 장관 딸인 거 하고 병원에서 치료를 못 받는 거 하고 무슨 상관이에요?"

"내가 지금 병원에 가면, 우리나라의 이 훌륭한 의료 인프라 덕에 바로 진료 기록과 함께 어디서 무슨 진료를 받았는지가 뜬다는 거죠. 그분이 그걸 노리고 컴퓨터 앞에서 대기하고 있다는 겁니다."

"개인의 의료 기록을 사사로이 보는 건 분명히 위법이라고요."

비록 간호사 출신이긴 했지만, 그런 것은 기본 중의 기본이 아닌가. 하지만 하다못해 병원의 병원장이 아니라 의사만 되어도 기록을 몰래 볼 수 있을 거라 생각되었다. 복지부 장관의 딸이라면 의료보험 기록 따위는 손쉽게 알 수 있는 걸까?

"모르죠. 그냥 보건복지부 장관 딸이 다가 아니라 더한 뒷줄이 있는 건지도. 하여튼 잘못 건드렸는지 꼼짝도 못 하겠더라고요. 그래서 내가 지금 이 상태인데 여기 이러고 있는 거죠. 아름다우신 의사 선생님?"

"다시 한번 말씀드리겠습니다만 저는 보건의료원입니다. 의사가 아닙니다. 치료 권한이 있는 게 아닙니다. 똑바로 누우세요. 드레싱하게."

"아, 아얏!"

"어디 불편하십니까?"

저도 모르게 간호사의 본능이 튀어나왔다.

"아, 이제 괜찮아요."

하등의 통증이 올 리 없는 자세였다. 분명히 통증이 있는 척하는 것이었다. 남자의 얼굴에 희미하게 미소가 도는 걸 무시하고 가볍게 잔기침을 한 그녀는 새 거즈와 반창고로 상처를 드레싱하기 시작했다.

늘 주름투성이의 검버섯이 피어 있거나 각질이 허옇게 일어나 있는 노인들의 살갗만을 대해서일까. 몇 년 전만 해도 이런 매끄러운 피부들을 늘 대해 왔었는데 왜 제 심장이 두근거리는지 알 수가 없었다.

"나 상처 나을 때까지 잘 부탁해요. 보건의료원…… 강경민 선생님? 이름 예쁘네요."

"소장님 괜찮아요? 괜히 더운데 나갔다 오셔서 그런가? 차씨 마누라는 괜찮죠? 내가 보니까 뭐 소도 때려잡겠던데. 개도 안 걸리는 여름 감기라도 걸렸나 봐요? 아님 이상한 거 주워 먹어서 혈당 쇼크가 온 건가?"

경민은 화장실에 가서 차디찬 물에 세수를 했지만 여전히 얼굴이 화끈거리는 걸 느끼곤 얼른 수건으로 물기를 닦고 선풍기 앞에 다가갔다.

"밥해 놨는데 식사할까요?"

"좀 이따가요."

경민은 일지를 꺼내 폈다.

"아니, 차 씨 차도 있는데 웬만하면 읍내 가라고 해요."

여전히 뜨개질에 몰두한 채 정 선생은 투덜거렸다. 제 것도 아닌, 나라에서 나오는 약을 몇몇 사람들에게 쓰는 걸 아까워하는 저 심보를 알 수가 없었다.

"뭐 하다가 그랬는지 모르겠는데 칼에 조금 베이셨더라고요. 드레싱해 드렸어요. 감기 기운도 있으시고."

"파상풍은 아니래요?"

"아닌 거 같아요."

일부러 그런 건 아니었다.

그냥…… 무료한 여름의 지겹게 울어 대는 매미가 부리는 소그마하고 비밀스런 마법인지도 몰랐다.

"약값 굳었겠네. 흥."

경민은 또박또박 일지에 쓰인 약품과 주사제를 기록했다. 기록지 정리가 얼추 끝나갈 무렵, 그녀는 별장에 다녀온 일을 회상하며 생각에 잠겼다. 도대체 그 집에서 뭘 듣고 온 걸까.

자상을 입은 남자의 전 여자 친구가 보건복지부 장관의 외동딸이고, 당시 만나던 다른 여자와 함께 있다가 전 여자 친구에게 칼을 맞았다니. 내가 아는 현실에서 벌어질 수 있는 일인가.

다시 생각해도 어이없는 웃음만 나왔다. 어디 그뿐인가. 치료를 끝내고 나왔을 때 벌어진 일은 더 황당했다.

치료를 하는 동안 옆에서 한시도 떨어지지 않았던 장 부장이라는 남자가 경민을 따라 나와 흰 봉투를 내밀었다. 그것도 말도 안 되는 소리를 하며.

"받아 둬요. 고생하셨으니까. 어젯밤에는 경황이 없어서 준비하지 못했습니다."

"아닙니다. 관내에 있는 환자들을 돌보는 일을 하고 나라에서 정당한 월급 받고 있습니다. 이러실 필요 없습니다."

"식사라도 하십시오."

거구의 사내는 전혀 그녀의 말 따위는 상관없다는 듯 버티고 서서 봉투를 내밀었다.

"괜찮……."

"받으십시오!"

큰 목소리는 아니었으나 그 기세가 너무 험악했다. 경민은 깜짝 놀라서 행동을 멈추고 말았다. 그사이에 봉투는 그녀의 가운 주머니로 들어갔고 덩치 큰 남자는 바람이 날 만큼 휙 돌아서 가 버렸다. 경민은 모골이 송연한 느낌에 뭐라 말도 못 하고 얼음이 된 듯 멍하니 자리에 서 있어야 했다.

그 짧은 시간에 느껴진 건 등골이 싸늘할 만큼의 공포였다.

벌렁거리는 심장을 안고서 몇 번이나 괜찮느냐는 정 선생의 채근에 급급하게 대답을 하면서 먹은 점심이 명치 어딘가에 콱 걸려서 내려가지도 올라가지도 않자 경민은 기어이 소화제를 먹어야 했다.

"체했어요?"

"소화가 좀 안 되는 거 같아서요. 심한 건 아니에요."

그것마저도 참견을 해야 하는 정 선생의 시선을 피하면서 경민은 괜히 안절부절못하고 있는 제 자신을 발견했다.

그 사람의 말이 사실인지 아닌지는 중요하지 않았다. 그냥 아픈 사람이 관내에 있으니까 치료를 해 줬을 뿐인데. 그러나 환자의 이름도 모르고 있다는 중요한 사실을 이 순간에 깨달은 경민은 제 바보스러움을 탓했다. 그냥 처음부터 이름을 적고 병원에 가라고 했었어야 했다. 그러나 이미 늦어 버리고 말았다.

오후에 주사 샘플들과 물품이 본 지소에서 들어오는 일이 있어서 서류 확인을 하고 번잡스러운 덕에 경민은 그 잘난 남자와 조폭 행동 대장 같은 사람 또한 잊어버릴 수 있었다. 정말로 다행이었다.

"내일 봐요, 선생님. 아, 체기는 괜찮죠?"

"네. 조심해서 가세요."

매일 지겹게 보는 사이지만 헤어질 땐 제법 서운함을 느끼면서 서로 인사를 나누었다.

정 선생의 빨간색 프라이드가 마당을 빠져나가자 그제야 경민은 후루루룩 바람이 빠지는 것 같은 느낌이 들었다. 뭣 때문에 그렇게 바람이 들어가 있었을까.

문단속을 하고 제 숙소로 가려는데 문득 옷걸이에 걸린 가운이 보였다. 어디서 생겼는지 얼룩이 묻어 있어 아직도 쨍쨍한 오후 햇살을 보고는 빨아야겠다 싶어 옷걸이에서 거둬들이는데 뭔가 버스럭거리는 게 느껴졌다.

아, 그 봉투.

대낮에 제 모골이 송연해짐을 느끼게 해 준 덩치 큰 남자가 쑤셔 넣은 봉투. 별장도 으리으리하고, 진짜지 가짠지는 모르겠지만 복지부 장관 딸내미하고 사귈 정도의 남자라니 돈은 많나 보다 싶었다. 점심이나 먹으라고 했으니 몇만 원쯤은 돈도 아닐 거라는 등등의 생각을 하면서 경민은 봉투를 열었다. 제가 생각한 푸르딩딩한 색이 아니라서 약간 당황한 그녀는 의아함에 내용물을 꺼내 들었다.

가끔 진료를 하고 다니다 보면 너무 고맙다고 주머니에 꼬깃꼬깃하게 넣어 두었던 만 원짜리나 5천 원, 천 원짜리를 봉투에 가지런히 넣어서 내미는 어르신들도 있었다. 물론 다음에는 그만큼 음료수나 생필품을 사다 드렸다. 마음만 받아도 하루 종일 뿌듯하긴 했었다. 그런 마음만 봐도 피로가 확 풀리는 것 같았었다. 이번 건이야 그럴 건 아니지만 경민은 내용물을 보고 저도 모르게 인상을 찌푸리고 말았다.

안에 든 것은 수표였다.

"진짜 돈도 많나 보네."

우선 그렇게 혼잣말을 중얼거렸다. 그런데 뭔가 이상했다. 수표긴 수표인데 동그라미가 좀 과하게 많아 보였다.

"일, 십, 백, 천, 만, 십만, 백…… 엑?"

결국 혼자 먹은 저녁도, 또다시 속에 더부룩하게 걸려서 소화제를 먹어야 했다. 그렇다고 딱히 소화가 되는 것 같지도 않았다. 오늘따라 해도 빨리 떨어지지 않아서 8시가 다 된 시간에도 주변이 훤했다. 굳이 어두워질 때까지 기다릴 필요는 없었지만, 심히 제 양심에 걸리는지라 어두워지길 기다리고 있는지도 몰랐다.

100만 원짜리 수표라니.

청렴을 강조 받았던 것 때문은 아니었다. 물론 청렴을 교육 시간에 강조만 할 뿐이지 그걸 지키고 있는 사람은 별로 없다는 것도 잘 알고 있었다

그렇다고 경민이 이 시골에 있는 것에 비해 월급이 풍족한 것도 아니었다. 보너스와 상여금이 꼬박꼬박 나오기에 다행이지, 전에 일하던 것에 비하면 새 발의 피 같은 금액이었다.

그러나 하는 일에 비하면 과한 금액이었고 공부할 때부터 숨 쉴 틈 없이 산 그녀는 좀 쉬고 싶다는 생각에 이 자리를 택한 걸 후회하지는 않았다. 솔직히 가게도 변변히 없고 번화가도 차를 타고 한 시간은 나가야 하는지라 돈을 쓸데도 없었다.

그러나 이건 좀 아니었다.

정말 돈 만 원, 아니 과하게 신사임당이라도 한 분 떡하니 자리 잡고 있었다면 그러려니 했을지도 몰랐다. 그렇다 해도 넙죽 받을 생각은 없었다. 그런데 10만 원도 아니고 100만 원이라니. 생각도 못 한 과한 금액은 그녀에게 막연한 분노마저 일게 했다.

경민은 결심한 듯 옷을 입고 가방을 챙겼다. 물론 혹시나 다시 발열이 있을지도 모른다는 환자 케어가 우선이었다. 그리고 이 과한 수고비는 그다음이었다.

덜컥거리는 자갈길도 몇 번 다녀서인지 처음 느끼는 무서움이나 위협은 덜했다. 그리고 그 길은 금방 끝났다. 아마 길에 익숙해진 것일 테지.

오늘도 구름에 달이 가렸는지 아니면 달이 없는 그믐이었는지 강물 소리와 함께 커다란 나무들이 만들어 내는 어둠만 가득했다. 왕진 가방을 꺼내 들고 불이 켜진 칙칙한 집으로 들어가려는데 뭔가 다른 소리가 요란한 물소리에 섞여들어 그녀의 발걸음을 잡았다.

그 소리가 노랫소리가 아니었다면 그녀는 그냥 무시하고 들어갔을 것이다. 아니, 노래는 별장지기인 노인네나 혹은 맷집 좋은 무서운 남자가 했을 수도 있었다. 그러나 그녀는 분명히 알 수 있었다. 이 소리는 제 환자인, 구 여친인지 누구인지의 칼에 찔려 누워 있던 그 남자라는 걸.

Love won't take no reservation Love is no square deal

사랑은 항상 미뤄 대지. 공정한 거래도 아냐.

Love won't give no justifications It strikes like cold steel

사랑은 정당화되지. 칼침 맞듯 찾아오네.

Love kills Drills you through your heart

빌어먹을 사랑. 네 심장을 파먹어 버릴걸.

Love kills Scars you from the start

빌어먹을 사랑. 시작부터 상처투성이란 말이야.

너무나 잘 아는 노래였다. 굉장히 유명한 영국 록 그룹의 노래.

해석이 잘 안 돼서 일부러 찾아봤는데 굉장히 거칠지만 직설적으로 된 것을 보고 더 마음에 들었던 노래. 무료한 시간을 하릴없이 지내면서 흥얼거리던 노래였다.

남자의 목소리는 미성이었고 바윗돌이 많아서 시끄러운 물소리가 나는데도 불구하고 소리가 묻히지 않았다. 그런데 그녀가 귀를 기울인 순간 노랫소리는 뚝 끊어졌고 남자의 목소리가 대신했다.

"하늘이 날 버리지 않았나 보군요."

이게 무슨 봉창 두들기는 소리? 그녀는 누군가 주변에 있나 싫어 고개를 두리번거렸다. 남자의 목소리는 들리는데 보이지 도 않았을 뿐 더러 어두침침한 마당에는 누구의 인기척도 없었다.

"하도 무료하고 심심해서 낮에 본 예쁜 선생님 좀 다시 보게 해 달라고 빌었는데. 나 보러 온 거죠?"

마당 한구석 평상 위에 있던 남자가 싱긋 웃는 게 보였다.

"TV도 공중파 방송밖에 안 나오고, 인터넷도 안 되고."

대낮에 보니 짙은 나무 그늘 덕에 더욱더 어두침침해 보이는 커다란 집은 텅 빈 것 같았다. 돈을 준 장 부장이란 사람은 어디 갔지? 처음에 보았던 침실로 가로질러 가면서 그가 말했다.

"휴대폰을 쓸 수도 없……."

장관 딸이 그렇게 무서운가? 아니면 정말 더 무서운 윗선이라도 있는 건가? 같은 생각을 하면서 경민은 남자의 뒤를 따라 들어갔다.

이제야 좀 보이는 침실은 2인용이라고 하기엔 너무 거대한 침대가 한가운데 떡하니 자리 잡고 있었다. 정면엔 커다란 TV, 그리고 나무로 만든 화려한 조각이 된 화장대와 옷장도 있었지만, 다들 텅 비어 있었다.

남자는 아무렇지도 않게 침대에 걸터앉더니 윗옷의 단추를 풀기 시작했다.

"뭐 지나가는 개미도 한 마리 없는 데다……."

지금 이 감정은 지극히 편파적이고 일종의 금단현상 같은 것이었다. 늘 밍밍한 수돗물과 미숫가루만 마시다가 휘황찬란한 커피 전문점의 산더미 같은 휘핑크림이 얹어진 달짝지근한 음료를 맛보고 혀가 녹아난 것처럼.

50대 아저씨만 봐도 '젊은 사람이구나' 싶을 이 동네에서 이렇게 새파랗게 젊은 데다 잘나기까지 한 남자를 봐서 시각에 쇼크가 온 것이 분명했다. 경민은 남자의 말이 이어지기 전에 딱딱하게 물었다.

"열은 없으셨고요?"

제 눈앞에서 단추를 풀며 휘릭 셔츠를 벗어 버린 남자를 보고 혀가 굳어 버릴까 봐 담담하고 사무적인 말투를 하려 애썼다.

"무슨 방수팩 같은 거 없어요? 물수건으로 닦긴 했는데 너무 기분이 질척해서 죽을 거 같네요."

그럴 만한 날씨긴 했다. 작열하는 햇살에 뭐든 지글지글 익어 버리는 느낌이었으니까. 게다가 산으로 꽉 막힌 동네라 후덥지근한 바람은 어디로 빠지지도 않고 맴돌고 있었다. 이 집은 물가에 있어서 그나마 좀 덜한 느낌이었다. 열어 놓은 문으로 들어오는 시원한 계곡 물소리가 그나마 체감 온도를 한 5℃ 쯤 낮춰 주고 있었다.

윗옷을 벗은 남자는 커다란 침대 위에 누웠다. 그럴 필요는 없었지만 경민은 잠자코 기억을 더듬었다.

생각해 보니 장루 환자 같은 사람들 샤워용으로 나온 방수

팩이 판매되고 있었다. 다만 마땅한 슈퍼도 없는 이 동네는 물론이거니와 읍내에 의료 상사 같은 데도 있을지 의문이었다. 한 시간 반쯤 떨어진 강릉 시내까지 가야 있으려나. 거기야 큰 종합 병원이 있으니 판매할 것이었다.

제가 드레싱 해 놓은 것을 뜯으면서 말했다.

"강릉이나 큰 도시에 가시면 큰 의료기 상사에 가서 외상용 방수팩 찾으시면 있을 거예요. 날씨가 날씨이니만큼 필요하실 테니 같이 계시는 분한테 사 오라고 하시면 될 거 같네요."

시큼한 땀 냄새가 풍겨야 했다. 그런 체향은 병원에서 일할 때도 실컷 면역이 되어 있었고, 여기서 근무하면서도 늘상 느끼고 있는 것들이었다. 여든이 넘은 노인분들이 태반인 곳이라 거동하기도 힘드니 청소며 씻는 것도 힘에 부치기 마련이었다. 그런 곳을 가가호호 방문하면서 케어를 하고 있으니까.

그러나 이게 웬일일까. 매끈한 남자의 몸에서는 불쾌한 향이 피어오르지 않았다. 아마 이것도 편견 때문일 것이다.

꽃향기가 나지 않는 게 이상하지. 경민은 스스로 제 속을 향해 빈정거렸지만 입 밖에는 내지 못했다.

상처는 잘 아물어 가고 있었다. 젊은 사람이니까. 보통 노환이 있는 환자나 당뇨 환자는 상처조차 잘 아물지 않아서 문제였고, 이렇게 날씨가 더운 데다 전문적인 케어를 받지 않으면 더욱더 그 문제가 심각했다.

그러나 젊은 남자는 군살 하나 없을 만큼 탄탄한 근육 덕인지 상처는 훨씬 호전되어 있었다.

“약은 드시는 것 있으십니까?”

“일주일 치 받긴 받았어요.”

남자의 빙글거리는 대답을 피해 경민은 소독 키트를 꺼내어 상처를 소독하기 시작했다. 의료용 스테이플러로 찍힌 상처는 이 날씨에도 다행스럽게 덧나거나 하진 않았다. 하지만 저번에도 그랬듯 가운데 불룩하게 집힌 상처는 계속 신경에 거슬렸다. 왜 이렇게 했을까. 줄 맞춰 있는 스테이플러 자국 사이에 삐뚤어진 상처는 이해가 가지 않을 정도였다.

하지만 경민이 어쩔 수 있는 게 아니었으므로 곧 익숙한 솜씨로 상처를 닦아 내고 새로 드레싱을 하기 시작했다. 솔직히 이렇게 다 나아가는 상처는 1분도 걸리지 않을 정도로 간단했다. 드레싱을 끝낸 경민은 쓰레기를 비닐 팩에 넣고 가방을 챙겼다.

마치 무슨 큰 시술이라도 받는 것처럼 얌전히 누워 있던 남자가 눈치를 보더니 쓱 몸을 일으켰다.

“강경민 선생니임!”

남자가 셔츠를 집어 들면서 장난스럽게 말했다. 그것에 응해 줄 생각 따윈 없는 경민은 문득 이 남자에 대해서 아무것도 모르고 있다는 것을 생각해 냈다. 일지에 적으려면 적어도 신상 정보는 알아야 하는 거 아닌가?

“저기, 궁금한 게 있는데요.”

“무서운 구 여친 이야기만 아니라면 무엇이든지!”

땀에 푹 절은 남자였다. 분명히 머리도 감지 않았을 것이었다. 노인들의 떡 진 머리를 항상 보고 있어서였는지 흐트러진 머리카락이 드리워진 매끈한 이마와 콧대조차 정신이 사나웠다.

"일지에 기록해야 해요. 이름, 주소, 주민 등록 번호를 적어 주셔야겠어요."

"네?"

"성함하고 주민 등록 번호요. 그리고 주소도."

"아…… 이름이라."

기억 상실증이라도 걸렸나? 경민은 진짜 무슨 조폭이 도망 나온 게 아닌가 싶은 생각에 인상을 찌푸리면서 스프링으로 된 메모지와 볼펜을 꺼내 들었다.

"이름이라도 알려지면 당장 쫓아온대요?"

들은 이야기가 있으니까 한마디 이죽거렸을 뿐이었다.

"어떻게 아셨죠? 저 그거 기록하면 바로 뛰어올걸요?"

"저기요……."

말은 그렇게 했지만, 실은 그녀가 접속하는 국가 보건전산망도 따지고 보면 병원 의료 보험에서 관리하는 망과 똑같은 구조였다.

"이름 가르쳐 줄 수는 있는데, 거기 컴퓨터에는 안 올리면 안 돼요?"

아직까진 이 남자의 이름을 올리진 않았다. 앞으로 드레싱은 해도 그만 안 해도 그만인 정도라 남아도는 소독약이나 물품으로도 얼마든지 가능하긴 했다. 이 남자의 말을 100% 믿는 건 아니었지만 만에 하나 이게 사실이라면 자신 때문에 뭔가 일이 나는 것도 머리 아팠다.

"알았어요."

"하하, 다행이네. 내 이름은 말이죠……."

기분 탓이었는지도 몰랐다. 아니, 뭐 가짜인지 진짜인지 모르겠지만 그 구 여친님이 너무나 무서워서 그랬는지도 모를 일이었다. 이 남자가 살짝 머뭇거린다는 느낌이 든 것은. 그러나 지금까지 이야기한 장난스러운 머뭇거림과는 약간 달라 보였다.

"한진우라고 해요."

딱 남자하고 어울리는 이름이었다. 한진우. 저도 모르게 속으로 되뇐 게 약간은 겸연쩍어진 경민은 짐을 챙겨 휙 돌아섰다가 자신이 여기까지 오게 된 가장 결정적인 이유를 생각해 냈다.

"아 참. 돌려 드릴 게 있네요."

"네? 뭔가요?"

경민은 주변을 둘러보았다. 괴괴한 집은 물소리만 요란할 뿐 조용했다. 누군가 다른 사람이 있는 것 같아 보이지 않았다.

"여기 같이 계시던 분 어디 갔나요?"

"볼일이 있어서 잠깐 나갔는데. 혹시 장 부장한테 관심 있으신 겁니까?"

무슨 그런 괴상망측한 소릴! 경민은 어이가 없어서 주머니에서 수표를 꺼내 들었다. 아차, 봉투에 넣어서 고대로 가져올 걸.

"이거 그분이 주셨는데, 전 나라에서 월급을 받고 있거든요. 이런 과한 성의 표시 같은 것은 하실 필요 없습니다. 그리고……."

그때였다. 갑자기 남자가 손을 내밀어 경민의 손에서 수표를 낚아챈 것은. 낚아챈다는 말이 딱 어울렸다. 순식간에 수표는 남자의 손에 들려 있었다.

"이걸 장 부장이 경민 씨한테 줬다고요?"

아까까지만 해도 강경민 선생님하고 장난스럽게 부르던 남자의 입에서 딱딱하게 자신의 이름이 나오자 약간은 당황스러워진 그녀가 헛기침을 하면서 말했다.

"흠, 맞아요. 그런데 과한…… 뭐예요!"

경민이 소리친 건 당황해서였다. 남자가 맞다는 그녀의 말이 떨어지자마자 그 수표를 찢어 버렸기 때문에. 그것도 갈기갈기 찢는다는 게 어울릴 정도로 박박 소리가 나도록.

저게 얼마짜린지는 알고나 저러는 건가. 당황한 경민의 눈이 커졌다.

"미친놈!"

남자의 입에서 싸늘하게 쏟아져 나온 어이없는 단어라니.

경민이 보기엔 오히려 저 잘난 남자가 미친놈으로 보일 뿐이었다.

"하, 미친놈들."

기가 막혀서 운전대를 잡은 경민의 손이 떨렸다.

물론 그 돈을 받을 생각 따위는 없었다. 할머니 할아버지들이 꼬깃꼬깃하게 내미는 만 원, 5천 원조차 10원 한 장 안 빼고 물건을 더해서 돌려주면 줬지 받아 본 적 없었다. 100만 원짜리 수표를 받은 것도 기가 막힌데 그걸 눈앞에서 찢어 버리다니.

"하, 미친놈."

돈이 아까워서 그런 게 아니었다. 아니, 아까워서 그런 건가. 젠장. 제 월급의 반절이나 되는 돈 아닌가. 물론 돈이 궁한 건 아니었다. 그냥 그런 큰돈에 대한 어이없는 대접에 대한 분노일 뿐이었다.

그 별장이 서울에 사는 무슨 회장님의 세컨드 소유라 카더라 하는 말은 이미 있었었다. 워낙에 생뚱맞은 데다 한눈에 봐도 비싸 보이는 건물이었으니까. 그런 데 사는 놈들은 다 그런가?

"아, 어이없어."

서울에 살 때만 해도 돈에 대해서 이런 생각까지는 없었는데, 10원 한 장에도 덜덜 떠는 산간벽지에서 적응하다 보니 이리된 것도 같다. 원래 받을 생각이 없던 돈이니 그런가 보다 하겠지만, 정말 기분은 거지 같았다.

아니, 뭐 저런 놈들이 있어!

며칠 정신없이 바빠서 다행이었다. 위생 교육이 있어서 정선군청까지 갔다 오느라 하루가 다 갔고, 그다음 날은 임계면 보건지소에서 예방 백신들이 내려오는 날이었다.

날이 더워서 냉장 보관해야 하는 백신들 덕분에 냉장고 청소를 하고 폐기해야 하는 것들을 정리하면서 정 선생의 투덜거림 속에 하루를 보내야 했다. 덕분에 안 틀던 에어컨까지 틀어야 했고, 그러다 보니 에어컨까지 청소를 해야 했다.

물론 퇴근하고 나서 제 숙소인 관사에 들어오면 또 하릴없는 밤엔 잡스러운 생각에 잠겨야 했다.

"미친놈들."

무료해서, 변화라곤 없는 동네이기 때문에 그랬을 뿐이었다. 그러나 여름밤은 짧고 머리를 붙이고 있다 보면 금방 날이 밝아졌다.

그리고 금요일이 됐다. 드디어.

"소장님, 주말에 어디 가요?"

"글쎄요. 강릉이라도 갈까 하고요. 좀 살 것도 있고."

질식해 죽을 것만 같아서요, 라는 말은 굳이 덧붙이지 않았다.

"우리 다음 주 휴가죠?"

"네. 정 선생님 앞으로 갈래요, 뒤로 갈래요?"

그녀는 준공무원이라서 여름휴가가 4일이었다. 정 선생도 계약직이지만 이런 것에는 관대한지라 한 명씩 번갈아 가면서 앞뒤 하루씩은 근무를 하고 가운데 3일만 보건진료소의 문을 닫는 게 이곳의 여름휴가 방식이었다.

혼자 있으면 심심하긴 했지만 하루 정도는 괜찮았다. 휴가 기간엔 이곳 골지천변에 있는 휴양소 건물에 단체로 연수를 오거나 혹은 수련회를 오기 때문에 가벼운 사고가 날 수도 있었다.

하지만 작년엔 그런 일도 별로 없었고, 올해는 날이 더운데도 이곳까지 오는 사람 자체가 없었다. 조금만 차로 더 가면 근처에 유명한 피서지가 많기 때문에 굳이 아무것도 없는 동네에 놀러 오는 사람이 드물었다. 동네 살고 있는 주민들의 가족조차 휴가를 맞아 찾아오지도 않는 듯했다.

"우리 애들 아빠가 월요일부터 휴가라서 제가 앞으로 갈게요. 괜찮죠?"

"그럼요."

실은 경민이 먼저 가고 싶었지만 딱히 먼저 할 일도 없었기 때문에 흔쾌하게 이야기했다. 생각보다 긴 여름휴가, 대체 뭘 하지?

경민은 친구들이나 옛 동료들도 다 비슷한 일을 하기 때문에 딱히 저처럼 여름휴가를 즐길 만한 친구가 없었다. 긴 휴가 내내 뭘 해야 할지 난감했지만 당장은 그냥 쉰다는 사실에 만족하기로 했다. 쉬는 게 어디야.

"불금 잘 지내요! 휴가도 잘 지내고 다음 주에 봬요!"

퇴근 시간 전이었지만 엉덩이를 들썩하던 정 선생이 나가 버리는 걸 딱히 막을 방법이 없었다. 휴가 준비를 하러 강릉에 물건 사러 간다는데 막을 만한 이유 따윈 없었다.

"좋겠다."

쌩하고 사라지는 빨간색 구형 프라이드 차를 보면서 경민은 보건진료소의 철제 셔터를 내리고 잠갔다. 밥 먹고 영화나 한 편 때려야겠다. 그러나 저녁을 먹기엔 해가 정수리에 있는 거 같아서 당혹스러울 뿐이었다. 이놈의 해는 지지도 않아.

경민은 뒤에 있는 관사로 가면서 요즘 버릇처럼 붙은 말을 되뇌었다.

"미친놈."

더위가 절정인데 사무실 에어컨을 켜니 세상이 달라 보였던 기억이 있어서 경민은 과감하게 자신의 원룸에 있는 에어컨도 가동해야겠다고 생각했다. 어차피 나랏돈으로 하는 건데 뭐, 하는 생각에 죄책감을 덜고 땀을 뻘뻘 흘리며 먼지가 잔뜩 낀 필터를 싹싹 씻어 닦아 리모컨을 켜니 디리링 경쾌한 소리와 함께 찬 바람이 쏟아져 내렸다. 청소를 하면서 본 에너지 효율 1등급 표시도 제 죄책감을 살짝 덜어 주고 있었다.

진작 이러고 살걸. 대체 왜 그 개고생을 했나 싶은 경민은 저도 모르게 웃음이 터져 나올 것만 같았다. 그사이에 해가 져서 다행이었다.

찬 바람이 펑펑 쏟아져 나오는 에어컨 덕에 뜨거운 밥에 펄

펄 끓는 3분 카레를 부어 팍 쉬어 가는 오이김치랑 맛있게 먹은 경민은 뜨거운 커피까지 한잔할 수 있었다. 오후에는 잠이 잘 오지 않아 커피는 안 마시는 편인데 내일이 토요일이라는 생각에 커피를 마시는 여유를 부릴 수 있었다.

하지만 왠지 머리가 띵해지는 느낌에 에어컨을 끄고 밖으로 나오게 된 경민은 쏟아지는 달빛과 후덥지근한 공기에 밤 산책 따위는 집어치워야 할 듯했다.

에어컨과 난방기 덕에 1년 내내 반팔 차림으로 밀폐된 공간에 살던 게 몇 년인데. 하루만 실컷 자 보는 게 소원이었던 시절이 아주 오래전 일처럼 느껴졌다.

아니, 그때가 있기는 있었나? 이제는 실감도 나지 않았다. 저를 절망에 빠뜨렸던 송 선생도 지금은 전문의를 따고 치프쯤 됐으려나? 아니지. 멍청해 빠져서 아직 뒷구멍에서 울고나 있을지도.

칫.

커피를 괜히 마신 것 같았다. 여전히 열대야는 후덥지근했다. 저번 주에 어쩌다 보니 장도 보지 않아서 냉장고는 텅텅 비어 있었다. 시원한 맥주라도 한 병 있었으면 좋으련만. 내일 장 보러 가서 꽉꽉 채워야겠다.

생각해 보니 그 찢어진 100만 원짜리 수표가 아쉬워지는 밤이었다. 다시 에어컨 바람이나 쐐야지 하고 돌아서는 순간이었다.

"으악!"

"아, 나예요. 강경민 선생님!"

어둠 속에서 익숙한 목소리가 났다.

경민이 마당을 쓸던 빗자루를 들고 섰을 때 마침 구름 속에 가려 있던 달이 나왔다.

"여기 맞네. 별장지기가 길 건너가면 보건소 보인다고 했는데 이렇게 멀 줄이야."

한진우라고 했었나? 무던히도 잊어버리려고 했던 남자였다. 희뿌연 달빛 아래 길쭉길쭉한 사지는 여전히 비현실적이었다.

"여, 여기는 웬일이에요!"

그제야 제 복장이 참으로 편하다 못해 너무 간소하다는 걸 깨달은 경민이 뒤로 물러서면서 말했다.

"나랑 데이트 좀 해요. 강경민 선생님!"

어둠 속에서 남자가 히죽 웃는 것같이 느껴진 건 그녀의 착각인지도 몰랐다.

3. 이상한 데이트

거울 속의 여자는 화장이 좀 어색했다.

화장은 늘 365일 중 350일 이상은 해 왔었다.

그러나 그 화장이란 게 비비크림을 바르고, 파우더 퍼프를 몇 번 톡톡 치고, 눈썹과 아이라이너를 그린 뒤에 립스틱을 바르는 것으로 끝나 매번 집에 돌아오면 남이니길 않았있다.

그러니 마스카라나 치크 따위 다른 화장은 해 본 적이 없었기에 딱히 뭔가 화장 전후를 구별하기도 힘들었다.

그냥 잡티나 없애고 다크서클을 지우는 용도였으니 화장한 후의 모습이 마음에 들 리 없었다.

"젠장, 그냥 마트나 갈 거라고!"

혼잣말을 해 봐도 여전히 맘에 들지 않았다.

거울 속의 자신에게 외쳤듯이 그냥 마트나 가려고 했을 뿐이다. 다만 이 시골에서 버스가 다니는 임계에도 물론 작은 농협 마트도 있고 가게들도 장날이면 꽤 벅적거리긴 했다.

그러나 어디 강릉 시내만 하랴. 물론 강릉이라고 해도 서울하고야 비교가 안 되지만. 가까운 동해로 가도 되지만 거기도 왠지 썰렁해서 그녀는 주말이면 한 시간 남짓 걸리는 길을 드라이브 삼아 오가곤 했었다. 오늘도 그럴 예정이었다.

그러나…… 이 더위에 이 화장에 이 옷이라니. 내리쬐는 햇볕과 콱콱 막히는 온풍기에서 나오는 것 같은 바람 덕에 한껏 치솟은 기온은 TV 화면에서 보이는 휴가철을 맞이한 청춘남녀들의 이게 벗은 건지 입은 건지 구별이 안 되는 그런 옷차림도 누구나 관대하게 용서할 만큼 대단했다.

하지만 그녀는 이 좁디좁은 동네의 보건소장님이었다. 물론 보건소와 보건지소와 보건진료소와는 급이 달랐지만, 하여튼 보건소라 불리는 건물의 장인 그녀로서는 지나가는 길에 누굴 만나더라도 얼굴을 붉히지 않을 만큼의 차림이 필요하긴 했다.

따라서 점잖게 보이는 골프용 반바지라든지, 혹은 속이 비치지 않는 반팔 셔츠 정도로 입고 나섰었다. 가끔 나가다 보면 읍내까지 태워 달라는 사람도 있었고, 굳이 태워 달라고 하지 않아도 버스 정거장에서 툭하면 배차 시간을 어기는 버스를 하염없이 기다리는 노인네들을 좁은 차에 태우고 다니는 것도 늘상 있는 일이었다.

하지만 거울 속의 여자는 몇 년 만에 옷장에 있었는지도 모를 샤랄라한 원피스를 이 더위에 다리기까지 해서 입은 터였다. 에어컨이 빵빵하게 냉기를 발사하고 있었지만 다림질 덕에 뜨끈뜨끈한 원피스는 영 어색했다.

평소 이런 옷을 입을 일이 없었고 산 기억도 없으니 분명히 언니가 남기고 간 옷일 터였다.

맞긴 딱 맞지만 영 어색한 핏이었다. 그냥 늘 입던 옷을 입어야 하나 하고 침대 위에 걸쳐진 평소 옷차림용의 복장들을 보니 그것 또한 영 별로였다.

이 기회에 가서 하나 사?

그러나 뭐 사러 갈 때까지 벗고 갈 수도 없는 일이고.

"젠장."

다시 벗어야 하나 싶었지만 이미 시계는 정해진 숫자를 가리키고 있었다.

"아, 젠장……."

이 번뇌의 원인은 딱 한 가지였다.

"나랑 데이트 좀 해요. 강경민 선생님."

데이트라니.

몇 년 전에도 듣기 힘든 말이었다. 응급실 간호사와 레지던트 1년 차가 무슨 수로 데이트 따위를 한단 말인가.

아니, 그래도 할 것은 했다. 병원 옥상에서 첫 키스를 한다든지, 겨우 한 달 만에 오프를 맞춰서 근처 모텔에 갔다든지.

하루하루 전쟁터 같은 일상에서도 할 건 했었다. 다만 거창하게 옷을 빼입고 어딜 가 본 건 아니지만.

문제는 이 데이트의 목적이었다.

"강릉에 옥천 의원이란 데가 있다는데, 나 거기 좀 데려다주면 안 됩니까? 주말에 쉬죠? 장 부장 이놈이 일이 생겨서 갔는데, 전화가 없으니 연락도 안 되고. 내일이라도 오면 알아서 갈 텐데 아마 안 올 거 같거든요. 나 이거 꿰매 준 선생님이 가르쳐 준 병원인데, 거기 가서 실밥인지 스테이플러인지 빼라고 했거든요. 거기 가면 흔적 안 남게 해 준다고……. 흔적이 중요하잖습니까, 흔적. 그러니 좀 데려다주면 안 될까요?"

남자가 말하는 흔적은 흉터 따위가 아닐 터였다. 어디 야매 의사인가? 병원 이름만 들어도 고전적인 기운이 다분해 보였다.

사실 스테이플러 리무버만 있다면 그녀도 심을 빼 주는 것 정도는 할 수 있었다. 전처럼 의료용 실로 봉합했다면야 그녀도 다년간 응급실에 근무했기 때문에 얼마든지 제거할 수는 있겠지만, 요즘은 흉터가 적게 남고 간단하게 봉합할 수 있는 스테이플러를 쓰기 때문에 리무버가 있어야 했다. 하긴 어차피 가는 길에 데려다주는 것뿐인데.

구 여친이라고 하는 말본새만 봐도 여자 꽤나 꼬셔봤을 분위기인 데다, 그런 스킬이 아니라도 저 얼굴과 몸매만 있더라도 전화번호는 수없이 따일 만해 보이니……. 그래서인가?

이건 심각한 부작용이었다. 시골살이의 부작용. 너무 무료하고 심심해서 지나가는 경운기의 탈탈거리는 소리만 들어도 밖을 내다봐야 하는 조용한 곳에 너무 오래 산 부작용.

"예뻐. 설사 안 예쁜들 무슨 상관이야?"

거울 속에 있는 낯선 언니한테 말해 줬다. 옷이야 기분 전환이라고 치면 되지.

나와 있던 옷가지들을 옷장에 쑤셔 넣고 에어컨을 껐다. 창문을 열어 놓고 가야 할까 고민하다가 냉기가 아까워서 그만뒀다. 손가방에 지갑과 몇 가지 안 되는 화장 도구를 점검하고 자동차 키를 들고 나왔을 때였다.

"부를까 하다가 그냥 기다렸어요. 여자들은 치장하는 데 시간 많이 걸리잖습니까? 오호, 많이 걸렸겠어요. 외출할 때는 근무할 때랑 너무 다르신데요?"

칭찬일까, 욕일까. 아마 후자에 가까우리라. 남자의 말투만 봐도 제가 너무 설레발을 쳤다는 게 느껴진 경민은 커다란 감나무 밑의 평상에 앉아 있는 며칠째 똑같은 긴 팔 드레스 셔츠와 정장 바지를 입은 남자가 하얗게 미소 짓는 것을 보고 애써 무시하려는 듯 차로 갔다.

"왔으면 이야기하지 그랬어요. 여기 더운데."

"별로 덥지도 않고, 기다리는 것도 보람 있고, 또 제일 중요한 건…… 차 얻어 타는 주제에 가만히 있어야죠. 안 그래요?"

100만 원짜리 수표 따위 박박 박력 있게도 찢더만. 경민은 아무 말 없이 차로 갔다. 차를 그늘에 대 놓긴 했지만 정오가 다 돼 가는지라 해가 내리쬐고 있었다. 차 문을 사방으로 열어 열기를 빼는데 그늘에 앉아 있던 그가 다가왔다.

"차가 주인을 닮아서 참 귀엽네요."

여자 때문에 칼부림 당했다는 말을 절대 믿지 않았지만, 이쯤 되니 왠지 사실처럼 느껴지는 건 착각이 아닌 듯싶었다.

"다행히 마트 근처군요. 어딘지 알 거 같아요."

"다행입니다."

휴대폰의 내비게이션으로 위치를 확인한 그녀가 말했다.

며칠째 같은 옷만 입고 있는 남자가 바로 옆에 탔는데도 불쾌한 냄새가 나질 않았다. 그래도 한마디 안 할 수는 없었다.

"옷도 안 가져 왔나 봐요? 이 더위에……."

"워낙 창졸 간에 벌어진 일이라. 원래 가지고 있는 옷도 다 이런 것뿐인 데다가, 더위 타는 체질도 아니고."

아직 오전인데도 불구하고 폭염 경보가 내려져 벌써 온도는 머리 꼭대기까지 올라가 있었다. 남자야 아무렇지도 않다지만 그걸 보고 있는 것만으로도 그녀는 숨이 턱턱 막혔다. 과하게 틀어 놓은 차 안의 에어컨이 없었다면 그 자리에서 비키니를 입었더라도 당장 벗어 던졌을 것이었다.

물론 가냘픈 아이라 에어컨까지 틀어 맘껏 밟을 수 없었지만, 한적한 도로는 추월할 차도 없었고 덩치 큰 차들은 알아서 잘 피해 갈 만큼 인적이 드물어 다행이었다.

운전에 신경을 덜 써도 되기 때문인지 경민의 머릿속에는 남자의 말이 빙빙 돌았다. 가지고 있는 옷이 다 이런 것뿐이라…….

"사무직에 있었었나 봐요? 공무원인가요?"

공무원 중에서도 고위가 붙는, 혹 판검사나 변호사? 조폭이나 사채업자였나? 사채업자야 당연하게 화려한 꽃무늬 실크 블라우스에 흰 바지, 수금용 클러치 백이 떠올랐지만, 조폭이라면 영화에 나오듯 검정 정장을 쫙 빼입고 있는 거니까. 조폭이라기엔 쪼끔 아까운 얼굴이기도 한데, 칼자국까지 있는 거 보면 야리야리한 얼굴과는 달리 엄청난 파이터?

유일하게 하는 취미 생활이란 게 영화 감상뿐이어서 혼자 줄줄이 쓰고 있는 시나리오를 뚝 잘라 준 것은 남자의 생뚱맞은 대답이었다.

"사무직 맞아요. 다만 개인 사무실 사무직이죠. 회계사예요."

"네?"

"회계사요. Accountant."

"아……."

뜻하지 않게 영어까지 나오자 경민은 입을 다물었다. 회계사란 직업이 그렇게 잘 나가나 보다 싶어서. 그러나 아직 강릉은 한참을 더 가야 했다.

"그 별장은 한진우 씨 건가요?"

기껏해야 20대 후반이나 30대 초반밖에 안 되어 보였다. 물론 요즘 세상에 금수저다 못해 다이아수저를 물고 나와 젊은 나이에도 건물주, 빌딩주들이 수두룩하긴 했지만 1년 만에 시골 생활에 너무 잘 적응했는지 이 젊은 남자가 별장의 주인이란 게 이해할 수 없어서 물어본 것이었다.

"그럴 리가요. 아는 분이 처박아 둔 걸 잠시 이용하는 거죠. 아마 그분은 여기에 별장이 있는지도 모르실걸요."

그건 맞는 말이었다. 그 별장의 존재도 자신이 찾아낸 거니까. 회장님 전혀 그곳을 기억하지 못하고 있었을 게 분명했다.

"그런 호구 조사 말고, 좀 신선하고 호감도 있는 질문은 없어요?"

네? 경민은 힐끗 옆을 돌아보았다. 여전히 잘난, 그 창백한 표정의 짝퉁 디카프리오가 그런 그녀를 보고 씽긋 웃었다.

아, 칼침이 선뜻 수긍이 되어 저도 집착형 인물이란 말인가 싶은 의구심이 들었다. 저라도 저런 잘난 남친이 날 차고 다른 여자를 끼고 있으면 부엌칼이 어디 있나 되짚어 볼 것만 같았다. 젠장…….

"그럼 신선하고 호감도 있는 질문이 뭔데요?"

게다가 이런 바보 같은 질문을 하게 만들기도 했다. 저 잘난 얼굴은.

"뭐 그런 거 있잖아요? 어떤 색깔을 좋아하나요? 혹은 감동 깊었던 영화는? 아, 너무 심심한가. 잘 땐 뭘 입고 자는가, 그런 거 말이죠."

남자의 목소리는 근사한 미성이었다. 야리야리한 몸매와는 달리 기분 좋은 저음이면서 명쾌한 목소리였다. 목소리에 집중하고 있자니 무슨 이야기를 하는지도 모를 정도로. '정신 차리자!' 하는 독백이 머릿속에서 툭 튀어나왔다.

시골살이가 너무 길었다.

"뭘 입고 자는지는 별로 궁금하지 않아요. 다만 무슨 색깔을 좋아하냐고 묻는 게 호감도 있는 거랑 어떤 과학적 근거가 있는 건지는 심히 궁금하네요."

문과스러운 감성을 이해할 수 없는 경민의 다분히 이과스러운 질문에 심술을 가미한 질문일 뿐이었다.

"아, 색깔!"

색깔이 뭐!

경민은 여전히 앞을 쳐다보고 있었다. 이제 인공 호수 곁을 지나면 번잡한 강릉에 가까이 가게 될 것이기에 정신을 바짝 차려야 했다. 길가에 차들이 슬슬 늘어나고 있었다.

"어떤 드라마인지 영화인지에서 본 건데 말이죠. 관심이 있는 이성이 있는데 그 사람은 내게 관심이 있는지 없는지 알 수가 없을 때가 있잖아요. 그럴 때 쓰는 방법이 지나가듯이 묻는 거래요. 좋아하는 색이 뭡니까?"

참으로 생뚱맞은 말이었다. 그래서?

"그 질문을 받은 상대는 처음에는 '뭐지?' 하는 생각이 들겠죠? 포인트는 무슨 색이라고 답하기 전에 사라지는 거랍니다. 그럼 질문을 받은 상대는 이제부터 고민이 시작되는 거죠. 물론 상대가 아주 비호감이나 별로였다면 '뭐 이런 미친놈이 있어' 하겠지만 조금이라도 생각이 있는 사람이라면 머리가 복잡해지기 시작할 겁니다. 저 사람이 나한테 이런 걸 왜 물었을까? 뭘 주려고 하나? 무슨 생각이지? 내내 고민하다가 그 사람을 다시 보게 되면 묻는 겁니다. 질문자는 일부러 하루쯤 그 사람의 시야에서 사라지는 것도 팁이라면 팁이죠."

운전대를 붙잡고 앞을 보고 있었지만, 머릿속은 온통 옆으로 기울어져 있었다.

"그러다 다음 날, 혹은 더 시간이 지나서 서로 얼굴을 보게 되면 이제는 먼저 상대가 묻기 시작하죠. 그 질문은 왜 한 거예요? 여기가 포인트가 되는 겁니다. 하루 종일 왜 그런 질문을 그 사람이 내게 했을까, 하는 생각을 하게 만든 거. 그러니까 그런 되물음을 한 상대는 나에게 호감이 있다는 걸 실질적으로 깨닫게 된다는 거죠. 아 이거 영업 비밀인데……. 그럼 경민 씨가 저한테 무슨 색을 좋아하냐고 물은 거죠?"

뭔가 속은 느낌이었다. 그런 건가?

"물어보랬잖아요."

경민은 툴툴거리면서 물었다.

"남자라면 역시 블랙이죠."

"왜요?"

"간지 나니까."

요즘에도 이런 곳이 있나 싶을 정도였다.

서울만큼은 아니어도 강릉은 강원도 피서지 중에서 그나마 가장 큰 도시였다. 대형 마트도 여러 개 있고, 재래시장도 있고, 멀티플렉스 극장도 있다.

그래서 그녀가 근무하는 곳에 사는 사람들은 서울 다음으로 큰 대도시인 줄 알고 있을 정도였다. 정선이나 임계보다야 훨씬 큰 도시니까.

거기다가 근처에 대형 종합 병원도 있었고 시내에도 병상 수가 꽤 되는 커다란 병원도 있었다.

직업이 그렇다 보니 보건지소 일이 지겨워지면 이쪽으로 옮겨 올까 싶어 지나가는 병 · 의원 간판들을 주의 깊게 보곤 했었다. 그러나 내비게이션 속의 목적지는 생전 처음 보는 병원이었다.

그도 그럴 것이 시내 번화가에 주소를 두고 있었지만, 바로 뒷골목으로 돌아가는 곳 2층에 있어 유심히 보지 않으면 병원이 있을 거라고 생각되지도 않는 모양새였다.

시커멓게 먼지색이 가득한 선팅이 된 유리에는 낡아서 무슨 글자인지도 모를 진료 과목이 적혀 있었고, 올라가는 계단도 컴컴하고 좁아서 선뜻 들어서고 싶지 않을 정도였다.

그걸 극복하고 들어서면 낡은 알루미늄 현관을 미안스럽게 밀고 들어가야 했고, 접수대엔 나이 들었다기보다는 연세를 꽤 잡수신 듯 보이는 간호사가 지키고 있었다.

에어컨은커녕 더운 바람이 쏟아지는 것 같은 구형 선풍기가 겨우 덜덜거리며 돌아가고 있었고, 병원에 어울리지 않는 커다란 수조엔 팔뚝만 한 비단잉어가 느릿느릿 배회하고 있었다.

낡은 비닐을 씌운 빛바랜 소파, 말라 비틀어져 가는 커다란 이파리를 가진 화분들, 칙칙한 나무로 된 인테리어. 족히 생긴 지 2, 30년은 더 되어 보이는 실내였다.

진료 과목은 내과, 피부과, 외과, 소아과, 이비인후과, 부인과…… 무슨 종합 병원인지.

의사 면허증은 색이 바래서 글자도 사진 속의 인물도 알아보기 힘들었다. 저 낡은 대리석 프런트 안쪽에는 보건복지부와 연결된 컴퓨터 따위도 없을 것 같아 보였다. 간호사의 등 뒤로 빽빽하게 줄지은 종이 차트가 누렇게 바래 가나다순의 견출지를 붙인 채 삭아 가고 있었으니까.

"아……."

스테이플러 리무버가 있기는 할까? 그냥 핀셋 같은 걸로 생살을 잡아 뜯는 거 아니야?

경민은 문 안쪽에서 들려오는 심상찮은 소리에 엉덩이가 들썩거려졌지만 차분히 앉아 있으려고 애썼다. 데려다 달라고 해서 데려다준 것뿐이니까.

"아……."

가벼운 비명이었다.

"이건가?"

백발의 나이 든 의사가 물었다.

"그렇겠죠."

"하루 이틀은 물 들어가면 안 되는데, 밴드가 방수니까 괜찮을 거고. 여름이니까 덧나지 않게 조심해야겠구만."

느릿느릿한 데다 특유의 묘한 억양이 있는 의사가 말했다.

"네. 명심하겠습니다."

그는 인조 가죽으로 된 낡은 처치용 침대에서 일어나면서 셔츠의 단추를 채웠다.

"회장님은 안녕하시고."

무언가 담을 통을 찾는 듯 부스럭거리면서 늙은 의사가 지나가는 듯 한마디 했다.

"작고하셨습니다. 올해 초에요."

"……."

잠시 머뭇거리던 의사는 비닐 팩 안에 방금 알코올로 세척한 조그만 플라스틱 조각을 넣었다.

"난 이런 거 열 줄 몰라."

"제가 알아서 하죠."

그가 자리에서 일어났다.

"어떻게 가셨나?"

"심장마비요."

"그 노인네 절대 안 죽을 줄 알았는데……."

"그런 말씀 하시는 분들 많더군요. 주세요."

싸늘하게 나이 든 의사의 말을 자른 그가 손을 내밀었다.

너무나 고전적인 병원의 실내를 열심히 관찰하던 중이었다. 갑자기 불쑥 나온 남자는 아무렇지도 않다는 듯 그녀에게 다가와 말했다.

"저기, 만 원이라는데 돈 좀 빌려줘요."

기가 막혀서 대답은 못 하고 경민은 지갑을 열어 돈을 내밀었다. 아마 기분 내키는 대로 돈을 받는 모양인지 나이 든 간호사는 스프링 노트에 금액을 쓰고 돈을 받아 넣었다.

"제대로 다 빼긴 했어요?"

"보여 줄까요?"

"됐어요."

어딘가 비린내가 나는 것 같은 병원의 후덥지근한 내부가 불쾌했던 경민은 자리에서 일어났다. 아마 그 비린내는 저 거대한 붕어인지 잉어인지 모를 생선에서 나는 것 같았다. 이런 병원은 살다 처음이었다. 전산 연결이 안 되어 있다 하더라도 믿을 만했다.

"와 덥다. 경민 씨, 나 커피 한 잔 사 줘요."

점입가경이었다. 100만 원짜릴 박박 찢어 버릴 땐 언제고.

"수표는 추적될까 봐 찢은 거예요?"

경민의 말은 조롱이나 비아냥이었다. 아무리 생각해도 그것밖에는 이유가 없으니까.

"빙고! 어떻게 알았죠? 아, 우리 선생님은 보기만 해도 지성이 철철 넘치시니까 단번에 알아채셨겠죠. 장 부장이 감사 표시한 거야 높이 살 만한데, 수표라니! 그런 멍청이가 또 어디 있답니까? 생각만 해도 끔찍해요. 아니, 5만 원짜리가 왜 나온 건데! 수표 추적하지 말라고 그렇게 죽어라 찍어 내는 거 아닙니까. 조만간 현금 공수해 오라고 했으니까 우선은 커피나 좀…….”

저 매끈한 얼굴은 철판이 코팅된 모양이었다. 혼자 처량하게 카페에서 커피를 마시는 것도 나쁜 건 아니지만, 누군가 같이 마셔 주는 것도 괜찮다. 더더구나 그 누군가가 지나가는 사람들이 다 힐끗거릴 만큼 끝내주는 외모를 겸비했다면 커피 외에 좀 더 써도 괜찮을 것이다. 생각해 보니 병원비도 썼구나.

커피라.

병원에서 나와 후끈 달아오른 차를 타고 대형 마트가 있는 멀티플렉스로 갔다. 지하 주차장에 겨우겨우 주차를 하고 나니 주차장의 열기가 숨이 막히게 하고 있었다.

지나가는 사람 하나 보기 힘든 동네에 있다가 이 후덥지근한 지하 5층까지 차가 빈틈없이 주차되어 있었고, 올라가는 무빙워크에도 사람이 바글바글하는 걸 보니 숨이 더더욱 차올랐다. 전엔 그 사람 많은 서울과 병원에서 어떻게 살아왔었는지 스스로도 생각도 나지 않을 지경이었다.

얼음이 가득 들어 있는 신선한 도회지의 맛이 가득한 아메리카노라.

경민은 몇 번 와 봤던 7층에 있는 프랜차이즈 커피점을 생각해 냈다. 마치 조건 반사처럼 온몸에 카페인이 퍼지는 것 같은 느낌을 감추지 못하고 얼른 사람으로 가득 찬 무빙워크가 빨리빨리 올라가길 바랐다. 제 뒤에 바싹 붙어 있는 남자와 그 남자에게 꽂히는 다른 여자들의 시선을 무시한 채.

회계사라는데, 사무실이 어디 아프리카에 있었던 게 틀림없다.

"에어컨 바람이 너무 차지 않아요? 완전 시베리아네."

진우의 말은 경민의 시선을 의식한 게 틀림없었다. 그러나 경민이 에어컨 바람 따위를 생각 못 하게 만드는 건 제 눈앞에 놓인 코딱지만 한 잔이었다.

"그거 안 써요?"

"쓴맛에 먹죠."

경민은 제 앞에 있는 달착지근한 시럽이 든 아이스 아메리카노조차 쓰게 느껴질 정도였다.

"투 샷이에요?"

"쓰리 샷이죠."

물방울이 송골송골 맺혀 있는 커다란 플라스틱 컵에 가득 든 갈색의 아이스 아메리카노는 달그락 소리를 내는 얼음 덩어리와 함께 청량감 그 자체를 선사하고 있었다. 이 작열하는 한여름의 대낮에 어울리는 그런 음료였다. 문래리에서는 꿈도 못 꿀 별다방표 아이스 아메.

그런데 복장도 참 갑갑스러운 남자 앞에 놓인 것은 '장난하냐?' 하는 말이 절로 튀어나올 만큼 쪼그만 하얀 사기 컵에 담긴 새카만 액체였다. 게다가 알게 모르게 폴폴 김까지 올라오고 있었다.

"음, 맛은 좀 저렴하군요."

두어 모금쯤 음미한 남자가 내놓은 대답이었다.

"여자 앞이라고 허세 부리고 싶은 건 아니고요?"

"네?"

되묻던 남자는 실소를 터뜨렸고, 그 덕에 흘끗거리던 주변 여자들은 노골적인 시선을 보냈다.

"뉴욕에선 텐 샷도 팔아요. 다만 심장에 이상이 있는지 꼭 물어보긴 하지만. 보통 쓰리 샷이고 좀 피곤하면 포 샷 정도?"

보기엔 사약 같고 향기는 기가 막힌, 쪼끄만 커피 잔을 들고 홀짝거리면서 진우가 말했다.

여러모로 여자들이 홀라당 발라당 넘어가기에 딱 알맞은 조건을 두루두루 갖추고 있었다.

지금 이 작열하는 태양이 쏟아져 살갗을 지글지글 익히는 한여름이 아니라면 에스프레소 쓰리 샷을 청하는 남자가 뇌리에 콕 박힐 것은 안 봐도 비디오였다. 오히려 폭염 속이라 더 콕콕콕 각인이 될 만한 건가?

폭염 속에서 뜨끈하다 못해 써 빠지기까지 한 별다방표 쓰리 샷 에스프레소를 눈 하나 깜짝 안 하고 마시는 저 비주얼 팩트 폭력의 남자라니.

회계사란 직업이 뭘 하는 건진 구체적으로 모르겠지만, 그건 위장 취업한 게 틀림없었다. 무슨 대단한 사모님이나 여 회장님을 뒤에 업은 것밖에는 다른 생각이 나지 않았다.

무빙워크를 잘못 탄 건 우연이었다. 그리고 그쪽이 남성복 판매대가 있는 곳이라는 것도 우연이었다. 이쪽 방향은 전에 얼씬도 안 해 본 곳이니.

남자 옷에 관심이 없는 그녀가 봐도 그가 입고 있는 셔츠나 바지는 비싼 맞춤복임이 틀림없었다. 송 선생과 그렇고 그런 관계일 때야 병원 내에 있는 백화점 표 스토어에서 힐끗거리긴 했지만, 딱히 선물이라도 하나 할 새는 없었다. 주변에 눈이 너무 많아서.

유일하게 언니와 함께 형부 옷을 고르러 가 봤지만 언니의 까다로운 기준을 이해할 수는 없었다. 옆에서 추임새나 넣는 들러리 수준이었을 뿐이었다.

하지만 모든 것을 다 제외하더라도 이 삼복더위에 긴 정장 바지와 드레스 셔츠는 영 아니었다. 그래서 그랬을 뿐이었다.

"사이즈가 어떻게 돼요?"

"네?"

"옷 사이즈요. 몰라요?"

도통 남자 옷을 골라 본 적이 없는지라 경민은 마트 한구석에 잔뜩 걸려 있는 남자 옷들 앞에서 물었다.

"음, 글쎄요."

"본인 옷 사이즈도 몰라요?"

"신경을 잘 안 써서……."

장난하나? 매대에 쌓인 것들 중에서 몇 개 골라 줄 생각이었다.

그러나 워낙에 고급진 사람이라 맞춤복만 입었는지, 아니면 그게 콘셉트인지 알 수가 없는 남자 때문에 경민은 그녀가 제일 싫어하는 직원의 도움을 받아야 했다.

늘 옷가게에 가면 같이 간 일행이나 점원의 취향대로 끌려 옷을 사고 집에 와서 후회를 하는 게 그녀의 생활 패턴이었다. 요즘은 제 마음대로 골라 반타작을 하는 인터넷 쇼핑을 가장 즐겨 하고 있는 그녀에게 의류 코너의 직원도 경계의 대상이었다.

"이분 사이즈에 맞는 거 좀 골라 주실래요?"

"어머나! 그럴게요. 와. 체격 엄청 좋으시네. 완전 모델 핏이에요! 아우, 넘나 잘생기셨다!"

굳은 표정으로 열심히 옷 정리를 하던 직원의 얼굴에 함박웃음이 피어나고 있는 걸 보고 경민은 묘한 감정이 교차했다.

이건 뭘까?

"추워요."

"전에 아프리카에 살았어요? 지금 한여름이고 일주일째 폭염 경보 발령 중이거든요?"

너야 얼어 죽든 말든 상관없었다. 이제야 좀 눈이 시원해졌으니까. 아무리 잘난 핏을 보여 주더라도 이 삼복더위에 긴 드레스 셔츠와 정장 바지는 시각 공해임이 틀림없었다.

그냥 평범한 반바지에 반팔 티셔츠였다. 물론 그 직원이 유난스럽게 난리를 치며 이것저것 권했지만 진우는 절대 입어보진 않겠다고 했다.

패완얼, 몸매가 갑이니 사이즈만 맞춰 카트에 담은 뒤에 잔뜩 장을 보고 화장실에서 갈아입고 나오라고 했다. 갑자기 얇은 옷을 입고 쨍쨍한 에어컨 바람을 쐬면 춥긴 하겠지. 마트 안의 에어컨은 그야말로 풀가동 중이었다.

"그런데 뭘 이렇게 많이 샀어요?"

생필품을 몰아서 사기도 했지만 특히 이번 주는 휴가였다. 일을 안 하고 있으면 하루 종일 군것질밖에 더 할까 싶어서 이것저것 담았을 뿐이었다.

"휴가 보내야죠."

"아, 휴가예요?"

말을 잘못했다 싶었다.

"여행 갈 거거든요. 주전부리가 필요해서……."

이건 기우가 분명했다. 제가 휴가라고 이 남자가 절 찾아올 거라는 그런 헛된 생각.

그걸 눈치챘는지 카트의 내용물에 대한 언급을 패스한 그가 말했다.

"지금 몇 시죠?"

"어머, 벌써 6시네."

그러나 마트의 무빙워크 옆 창문에는 여전히 작열하는 태양이 정수리 근처에 있었다.

"아, 해도 길다. 저기 우리 저녁 어쩌죠? 도로 가려면 한 시간 넘게 걸리는 거리 아닌가?"

무일푼 맨몸만 있으신 분이니 밥은 네가 사라라는 말을 돌려서 하는 것이었다. 오늘 조금 과하게 장을 보긴 했다. 그런데 저녁까지 사 먹어야 한다니.

솔직히 이렇게 강릉 나들이를 하면 저녁을 때우고 가야 편한데 벅적거리는 주말에 놀러 나온 가족이나 관광객들 사이에 혼밥 하는 게 처량해 보여서 시도를 해 보지 못했었다. 기껏해야 카페에 가서 혼자 달달한 케이크 하나 시켜 놓고 커피나 마시는 게 다였으니까.

그렇지 않으면 주말에 사람을 부르는 시식 코너를 느긋하게 돌고 냄새의 유혹에 못 이겨서 다 먹지도 못하는 즉석 빵이나 튀김류를 사 들고 가면서 하나씩 주워 먹다 보면 저녁은 그냥 저냥 때우고 말았다.

그런데 저녁이라니.

"별장지기 와이프…… 내가 솔직히 인간적으로 이러면 안 되지만, 그 집 남편이 불쌍하더라고요. 아니, 그 동네 음식이 그런 건가? 전부 씁쓸한 풀들만…… 진짜 살이 빠진 거 같다니까요."

투덜거리는 수다쟁이 남자라니, 참 낯설다. 그러나 그 낯선 남자는 무뚝뚝한 경민의 입을 절로 벌리게 했다.

"그래서 뭐가 먹고 싶은데요?"

경쾌한 음악 소리, 내내 시원한 에어컨 바람, 근사한 음식 냄새, 아기자기한 인테리어, 북적거리는 사람들, 그리고 창밖으로 보이는 넘실거리는 바다.

커다란 접시와는 달리 터무니없이 적은 양의 파스타와 어차피 포크와 나이프로 잘라 먹어서 비주얼이 엉망이 되어 버리는 층층 쌓여 있는 수제 버거, 얇은 화덕 피자. 딱 여자들이 좋아할 만한 분위기였다.

전부터 경민은 언니와 바쁘게 사느라 한 끼 든든한 해장국이나 소머리 국밥, 그보다 넉넉하면 돌솥 밥이나 한정식 같은 든든한 음식을 좋아했었다. 기분을 내자면 삼겹살집이었고 스트레스 받는 날이면 돼지 껍질에 오돌 뼈를 씹으며 소주잔을 기울이는 게 낙이었다.

친구들이나 동료들이랑 오프에 맞춰 회식을 하면서 이런 파스타 집 같은 곳을 가면 왠지 손해 보는 그런 느낌을 지울 수 없었다. 덕분에 혼자 살면서도 밥을 하고 장아찌나 찌개를 먹었지, 빵이나 라면으로 때운 적은 별로 없었다.

하지만 오랜만에 그럴듯한 테이블 위를 가득 채운 예쁜 음식들은 나름 기분 전환을 하는 느낌이었다.

"여기 피자는 맛있네요. 그런데 오일 파스타는 좀 뻑뻑해요. 엔초비 파스타가 딱인데."

터무니없는 가격표를 안 보고 품평질을 하는 게 마음에 안 들어서일까. 경민은 한마디 하지 않을 수 없었다.

"이 식당 주력 메뉴는 수제 버거인데요?"

"페티는 괜찮네요."

썩 즐기지는 않지만, 그래도 기분은 괜찮았다.

애인이나 그런 관계는 아니지만, 문래리는커녕 임계나 정선으로 나가도 그녀와 대화를 할 만한 남자들 중엔 이렇게 생긴 남자는 없었다. 아니, 그 전 대도시의 큰 병원 생활을 할 때도 마찬가지였다. 병실이나 병실에 병문안 온 남자들 중에도 이런 비주얼을 찾아보긴 힘들었다. 아마 이런 남자는 TV나 스크린에나 존재할 거라 생각했었다.

물론 그녀의 맘을 뒤흔든 송 선생이란 남자가 있긴 했었지만, 결코 그의 외모를 보고 사귄 건 아니었다. 사람의 외모란 게 얼마나 덧없는 것인지는 병원의 응급실과 수술실에서 충분히 보아 왔기 때문이었다.

그래서일까. 차 때문에 술도 한잔하지 않았는데도 몽롱하게 취하는 느낌이었다.

음악 소리, 사람들의 웅성거리는 소음, 달그락거리는 그릇들이 부딪치는 소리. 어제까지만 해도 숨이 막히던 아니, 지금 저 문만 열고 나가도 엄습할 후덥지근한 공기 따윈 존재하지도 않을 것처럼 느껴지는 시원한 실내, 그리고 눈앞의 과하게 잘난 남자.

허기가 가시고 포크의 움직임이 둔해질 쯤 그가 물었다.

"스파게티가 파스타의 한 종류인 건 알죠?"

그런가? 원체 좋아하지 않았기 때문에, 그 차이는 도통 알 이유도 필요도 없었다. 그런데 지금 이 질문은 내 교양 수준을 테스트하는 건가?

"그러니까 묻는 거겠죠. 모르면 어떻고 알면 어떤데요?"

경민의 심드렁한 목소리에 진우는 빙긋 웃음을 띠웠다. 아른거리는 노란 조명 밑에서 무슨 포스터 속 작품 사진처럼.

"국수 중에 칼국수, 소면, 중면 그런 게 있듯이 파스타 속에 긴 면은 스파게티, 짧은 빨대 같은 건 펜네, 리본 같은 건 파르펠레, 바퀴처럼 생긴 건 로델레라고 하거든요."

생전 처음 듣는 단어들이 마치 노래 가사처럼 부드럽고 매끄럽게 흘러나왔다. 아주 익숙하게. 그런데 자신은 그런 걸 하나도 모르고 있었다는데 심술이 난 것일지도 몰랐다.

"원래 직업이 셰프예요?"

요즘 채널만 틀면 나오는 게 스타 셰프들이 지지고 볶고 하는 거니 이 남자도 그런가 싶어 회계사인 걸 알면서도 툭 던졌다. 요리 잘하는 남자라…….

"그럴 리가요. 난 이론만 빠삭해서 요리라곤 할 줄 아는 게 없어요."

"그럼 그 이야기는 왜 하는데요?"

"매너 아닐까요? 식사를 하는데…… 우리 이런 분위기 있는 곳에서 식사하는 건 그냥 배를 채우기 위한 게 아니잖아요. 그러니까 서로에게 어울리는 대화를 해야 하는데 경민 씨가 조용하니까 내가 떠들어야 하고, 우리 두 사람 공통점은 아직 찾기 힘드니까 손쉬운 대화 주제를 찾는 거죠. 우리 두 사람 공통점이라곤 뭐 자상 치료? 그런 거밖에 없는데 맛있는 음식

먹으면서 하기엔 좀 살벌하잖아요."

"밥 먹는 게 배를 채우기 위한 거지 무슨 이유가 있어요? 전 밥상머리에서 떠들면서 식사하는 게 상놈이라고 말씀하는 집안에서 태어나서요."

실은 항복을 하고 싶었다. 실제 아무 사이가 아니더라도, 그냥 잘난 남자랑 남들이 애인하고 기를 쓰고 찾아온다는 낭만 넘치는 경포대에서 근사한 식사를 하면 속 어딘가가 말랑말랑해지는 건 당연한 건데.

이 남자가 누누이 이야기하는 구 여친과의 칼부림 사건처럼 본인의 헤픔을 근사한 매너로 포장하면서 썰을 푸는 게 못마땅하기 때문인지도 몰랐다. 어차피 상처도 다 나았으니 그 무서운 복지부 장관 딸이 모르는 곳으로 튀면 그만인데 왜 남의 속을 뒤집는 건지.

경민의 툴툴거림은 오히려 안 좋은 역효과를 낳았다. 진우가 하얀 이를 드러내며 웃었기 때문이었다.

스파게티랑 소스 범벅 수제 버거 페티도 같이 썰어 먹었는데 왜 저 입 주변엔 소스 사국 따위도 남지 않는단 말인가. 이 사이에 떡하니 고춧가루라도 하나 끼어 있다면 있던 정도 뚝 떨어질 텐데.

"문화적 차이죠. 뭐 밥상 앞에서 떠들면 상놈인 게 맞는데, 이건 테이블이잖아요? 아 이거 너무 많이 갔네. 실은 스파게티 스쿼시 이야기하려고 그런 건데."

이것도 하나의 방법일까? 완벽한 낚시인 게 분명한데 멍청

한 물고기가 미끼임에도 불구하고 덥석 물듯이 경민도 마찬가지였다.

"스파게티 스쿼시요?"

"네, 스파게티 스쿼시! 이거 정말 신기해서 말이죠. 난 파스타만 먹으면 이게 생각난다니까요."

"왜요?"

바보같이 보이긴 싫었다. 그러나 이미 바보인 건 인정하고 말았다. 물론 자신도 모르게.

"스파게티가 밀가루 음식이잖아요. 그런데 스파게티 스쿼시는 밀가루가 아닌 스파게티 면이죠."

"그럼 뭐, 쌀가루나 귀리 가루? 우리나라 막국수나 냉면처럼 메밀이나 전분 가루도 있잖아요."

이 남자의 질문에 넘어가고 싶진 않았다. 네가 외국 국수에 대해 빠삭하다면 난 국산 국수에 대해 빠삭하다는 반항을 하고 싶었는지도.

"아, 그런 것도 있었네요. 하지만 전혀 다른 면이거든요. 우리나라도 곤약이나 한천 같은 면도 있잖아요? 그것보다 더 다른!"

"그래요?"

한국 국수도 제법 아나 보다 싶었다.

"스파게티 스쿼시는 유럽에 있는 호박의 한 종류예요. 생긴 게 딱 참외와 호박의 중간쯤? 크기는 참외보다 크고요, 그걸 반으로 자르면 멀쩡한 속은 노르스름한 호박이거든요. 그 속에 올리브 오일하고 소금 후추로 살짝 간을 한 다음에 뒤집어서 오븐에 잠깐 익히는 거죠. 그리고 나서 물렁물렁한 속을 포크로 쓱쓱 파내면 신기하게 국수 가락처럼 속이 파내져요. 그게 스파게티 면이 돼요."

"그래요? 맛도 스파게티랑 똑같아요?"

"맛은…… 음 뭐랄까? 그냥 좀 건강한 맛? 적나라게 말하면 섬유소 맛? 양념 맛으로 먹죠. 나름 참신하고 괜찮아요."

"음."

그녀의 표정을 살피던 진우가 또 쓸데없는 헤픈 웃음을 흘리면서 물었다.

"왜요? 재미없어요?"

"뭐……."

솔직하게 말하자면, 편했다. 이런 자리라면 으레 여자 쪽이 재잘거려야 하는 게 일상적이지만 그러지 않아도 되니까. 게다가 머리를 쓸 일도 복잡한 생각을 할 필요도 없었다.

왜 이런 생각이 났을까. 아주 오래전 데이트란 걸 할 때도 같은 직장, 그것도 매일 전쟁터 같은 응급실이나 수술실에서 만나다 보니 기껏 데이트라고 의사 가운이나 간호사복이 아닌 사복을 잘 차려입고 만나도 하는 말은 곧 응급실 구석이나 스크럽실의 대화가 돼 버리고 말았었다. 그래도 그땐 그게 나쁘지 않았다.

어쩌다 여기까지 생각이 넘쳤지. 당황하고 있을 때 진우가 갑자기 손을 들어 이상한 행동을 했다.

왼손을 들어 검지를 머리에 대더니 손을 내려 오른손 검지와 왼손 검지로 십자가를 만들었다.

"뭐예요?"

"맞아요, 라는 뜻이죠."

"네?"

그는 다시 한번 손가락을 들어 아까의 행동을 반복했다.

"그거……."

"네. 수화로 긍정을 뜻하는 거죠. 긍정하다. 그 생각에 내 생각을 더하다…… 그런 의미가 아닐까 혼자 유추해 보기도 해요."

"이것도 대화를 즐겁게 이끌어 가기 위한 손쉽고 가벼운 주제인가요?"

"뭐 그렇죠."

대답을 한 그가 갑자기 고개를 그녀 쪽으로 내밀면서 마치 비밀을 이야기하는 듯한 표정으로 작게 말을 이었다.

"그런데 이건 좀 단계가 높아요."

"단계라니요?"

그는 곧 다시 어깨를 피고는 본래의 목소리 톤으로 돌아갔다.

"수화는 듣거나 말하는 게 불편한 사람들을 위한 대화의 수단이기도 하지만, 그걸 모르는 사람들 사이에선 은밀한 당사자끼리의 소통도 되거든요."

전문가의 향기가 느껴졌다. 대체 왜 나한테 이런 스킬을 보여 주는 걸까? 갑자기 의심마저 들었다.

그러나 그런 경민의 생각 따위와는 상관없이 남자는 오른손을 펴 가슴만큼 들더니 왼손 검지를 쫙 펴서 일자를 만들어 오른손의 손가락들이 시작되는 부분에 반듯하게 붙였다.

"이건 뭐 같아요?"

"아까 한 게 긍정이니까, 이건 부정의 뜻? 아까 플러스라면서요. 지금은 손가락이 하나니까 마이너스잖아요."

"이래서 전문직 여성이 좋다니까!"

"네?"

경민의 얼굴이 굳어졌다.

"요즘은 전문직 여성이란 말이 부정적인가요? 잘 이해를 하고 유추까지 딱 알아서 하니까 좋다는 뜻인데."

"그쪽 발언 요즘은 좀 위험한 발상이에요. 인터넷상에서도 예민한 문제잖아요. 전문직 여성이 똑똑해서 자신의 말을 잘 알아먹는다, 그래서 좋다…… 그런 표현은 딱 매장당하기 좋은 조건이거든요."

"그래요? 하지만 제가 말한 게 그런 뜻이 아니란 거 알죠?"

할 일 없는 한가한 직장인이 가장 많이 하는 건 일하는 척 컴퓨터를 들여다보며 포털 사이트를 타고 랜선 여행을 떠나는 것이었다. 그건 경민도 마찬가지였다. 그러다 보니 포털 사이트의 기사를 샅샅이 보고 댓글도 읽고, 또 커뮤니티 사이트도 들어가 최신 트렌드나 생각을 읽기도 했다.

솔직히 이 남자가 요즘 대립각을 세우며 싸우고 있는 여혐이나 남혐이니 그런 걸 이야기하든 상관없었다. 그냥 이 남자의 그럴듯한 솜씨에, 멍청하게 넘어가는 모습을 보이고 싶지 않았다.

"다 먹었으면 가요."

경민은 서둘러 일어났다. 남자가 웃으면서 손바닥을 펴 플러스를 그리고 있는 걸 보는 자신이 더욱더 바보가 되는 것 같아서.

4. 나 잘하는데 마저 할까요?

적막함 따위가 이상하다고 여긴 적은 없었다. 심심할 뿐이지 외롭다거나 사람이 그리운 적도 없었다.

옆집 사람의 재채기 소리나 윗집의 한밤중에 변기에 오줌 떨어지는 소리까지 다 들리는 허름한 낡은 아파트에선 잠들지 않고 있는 시간이 갑갑하고 불쾌했었다. 그 아파트마저도 오랜 반지하니 월세방을 전전하다 마련한 것이어서 처음에는 감지덕지했었지만.

그런 집을 벗어나면 늘 매연과 복작거리는 사람들이 가득한 거리였고, 학교에 다닐 때도 공부에 치여서 늘 허덕거리고 있었다. 그러다 졸업을 하고 실습을 하고 다들 부러워하는 큰 병원에서 일할 땐 그 험악하다는 간호사 군기에 울고, 실수 때문에 혼나는 일이 다반사였다. 어느덧 일에 익숙하게 되니까 이제는 자신이 신참들의 실수에 화를 내고 버릇없음에 분노하고 있었다.

거기에 매일 사람이 죽어 나가는 게 다반사인 응급실과 매번 신경이 날카로운 교수들과 전문의들이 의식을 잃은 환자들의 속을 헤집으면서 생과 사를 결정하는 곳에 있다 보니 제 멘탈이란 게 점점 딱딱한 돌덩어리보다 못하게 변하는 것 같았다.

그 와중에 유일하게 위안이 되었던 건 늘 실수를 달고 살아 의사 무리건 간호사 무리건 어디에도 좋은 소리를 못 듣는 젊은 수련의 선생이었고, 그에 대한 동정이 어느덧 연민과 사랑으로 변해 그 사람과 서로를 위하는 게 낙이 되었었다. 그러나 그것마저도 어이없는 꿈이었다는 걸 깨닫고는 경민은 하나뿐인 언니마저 외국으로 가 버리고 나자 모든 걸 다 놓아 버리고 이 조용하다 못해 적막한 곳에 새 둥지를 틀었다.

낯선 고요와 느릿느릿 기어가는 시간들, 조심스럽지만 집요한 타인들의 관심들. 적응하긴 힘들었지만 전보다는 낫다는 생각을 가지고 있었다. 이 조용한 고요가 오히려 행복했었다.

아니, 지금도 그렇다. 절대 과거형이 아니었다.

문을 닫아 놓았던 방 안은 후덥지근했다. 차 안의 에어컨 바람에 머리가 띵해지는 느낌이었다. 경민은 잔뜩 사 온 물건들을 열심히 집 안에 들여놓고 후덥지근한 방의 창문을 열어 놓은 채 다 녹아 흐물흐물해진 전리품들을 냉장고에 채워 넣었다. 그런데 이상하게도 제 손이 허공을 헤집고 있는 느낌이었다.

이 기분은 대체 뭘까.

어렸을 적, 아주 맛있는 아이스크림과 초콜릿이 가득 든 상자를 받아 이거 한입 저거 한입 맛을 보다가 이상한 기분에 눈을 떠 보니 꿈이었다는 걸 깨달은 것 같은 허전함과 당혹스러움이 엄습했다.

문을 열어 고여 있던 공기를 빼고, 하루 종일 저답지 않은 모습을 보이느라 애쓴 원피스를 벗어 던졌다. 이가 시릴 것 같은 찬물로 샤워를 하고 나와 에어컨을 켜고 한기가 서릴까 싶은 맥주 캔 하나를 따자 그 헛헛한 기분은 조금 사그라들었다.

그냥 새로운 경험을 했기 때문이야. 그게 너무 신기해서 그런 거야.

금방 땀을 송골송골 흘리는 맥주 캔에게 당황하지 말라고 그렇게 말해 주었다. 물론 속으로.

중독이 틀림없었다.

시골살이 중 가장 적응하기 힘들었던 건 동이 트자마자 들리는 경운기 소리와 때려죽이고 싶은 새소리였다. 둘 다 제힘으로 어쩔 수 없는 거지만, 곤한 새벽잠을 갈기갈기 찢어 버리는 그런 존재였다. 해가 길고 동이 일찍 트는 여름이면 그 소리도 더욱더 빨라졌다.

경운기 소리는 지나가면 그만이지만 저놈의 새들은 지치지도 않고 울었다. 도시에 살 때는 새소리란 게 참 아름답고 자연 친화적이라고 생각했었다. 새소리와 함께하는 아침이라니, 생각만 해도 너무나 낭만적이지 않은가? 그러나 그건 하루 이틀 들었을 때나 그랬다. 가게에서 트는 음악 소리나 사람들의 싸움 소리 같은 건 신고라도 할 수 있지, 이건 그냥 소음 공해였다.

그런 지겨운 새소리와 함께 경민은 더듬더듬 손을 내밀어 리모컨 스위치를 눌렀다. 이 정도면 견딜 수 있겠다 싶어 에어컨을 끄고 잠들었지만 밤새 열대야였다는 뉴스가 헤드라인을 장식했을 것이 분명했다.

띠리링 소리와 함께 찬 바람이 쏟아지는 게 느껴져 창문을 닫아야 하는데 몸이 일으켜지지 않았다. 밤새 무슨 꿈을 꾼 것 같았다. 잘 기억이 나진 않았지만 남에게 선뜻 이야기할 수 없는 살색 비슷한 꿈이었던 거 같았다.

찬 바람이 쏟아지자 마치 물속에서 자다 일어난 것처럼 흥건한 땀이 증발하면서 정신이 들었다. 우선 일어나 활짝 열어젖힌 창문부터 닫았다. 그 창밖으로 언뜻 보이는 쏟아지는 햇볕이 보기에도 끔찍했다.

내일 월요일 근무는 해야 하기 때문에 오늘 이 작열하는 햇살 속에 하루를 견뎌야 했다. 내일 근무를 하고 나서 그다음 일주일도 뭘 해야 할지는 모르겠지만.

고개를 돌려 시계를 보았을 때, 지금 시간이 터무니없이 이른 시간이란 게 더한 절망을 안겨 주고 있었다.

하루가 느린 포복으로 기어가고 있었다. 아니, 기어서 가고 있는 건지 그냥 엎드려 있는 건지 구분이 가지 않았다. 바로 문밖에 나가면 출근이라지만 그래도 화장을 하고 옷을 갈아입어야 했다. 출근을 했을 땐 장 선생과 수다도 떨고 하면 '어머, 벌써 점심시간이네요' 하고 점심 준비를 하면서 하루 반은 갔다고 한숨을 내쉬었었다.

그러나 시계도 열기에 녹아 흐늘거리는지 시간도 잘 가지 않았다. 괜스레 안 하던 방 정리를 하고 옷장 정리, 책상 정리를 하고 땀에 범벅이 되어 샤워를 하고 나서 이른 점심 겸 아침을 먹고 나서 그동안 다시 보던 전공 책을 꺼내 들었다. 맨날 영양제 주사나 놓고 혈압이나 재는 게 일이라 이제는 기억이 다 가물가물해질 지경이었다.

가끔 지나가는 차 소리, 악을 쓰며 울어 대는 매미들, 후덥지근한 뜨거운 바람이 둥둥 떠다니는 듯한 바람 한 섬 없는 한여름의 공기.

늘 그래 왔었다. 이불을 빨거나 냉장고 정리를 하는 큰일이 아니면 토요일은 장을 보고 일요일은 가득 든 군것질거리를 하나씩 빼 먹으며 공부를 하는 척하지만 느릿느릿 기어가는 아무 일도 없는 오후를 무료하게 견디는 게 오늘따라 힘든 건, 머릿속에 낯선 것들이 잔뜩 구겨져 들어 있기 때문일지도 몰랐다.

그건 뭘까.

그냥 환자일 뿐이었다. 잘난 환자들. 많이 보아 오지 않았었나? 길 가다 주민들도 많이 태워다 주곤 했었다. 물론 좀 지나치게 젊긴 했지만. 게다가 그런 사람들과 같이 장을 보거나 커피를 마시거나 저녁을 먹진 않았다. 그게 문제인가 싶었다.

갑자기 화가 났다. 아니, 당연한 거 아니야? 상대가 잘생겼잖아. 이 동네는커녕 서울 대도시를 가 봐도 보기 힘들 정도였잖아. 게다가 시치미를 뚝 떼고 신경질적으로 앉아 있었던 것도 아니고 작정한 듯 살랑살랑 꼬리를 치듯 앞에서 물렁물렁거렸잖아. 그러니까 당연히 머릿속에 남아서 허우적거리는 거지. 할 일도 없고 혼자뿐이니까, 그런 생각에 좀 잠겨서 반추하는 게 뭐 어때? 내 것도 아닌데.

문제는 그거 아닌가? 내 것도 아닌데.

"무슨 해가 이렇게 길어!"

길고 긴 해지만 이곳이 노르웨이 북서부 해안이 아닌 이상 해는 지평선을 넘어가는 게 이치였다. 어제 이맘땐 뭘 했더라. 아마 달그락거리는 사기그릇들이 부딪치는 소리를 들으면서 외간 남자의 수다에 취해 있었었나?

그러나 역시 파스타 따위는 영 입맛에 맞지 않았다. 뜨끈한 육개장이나 이열치열 삼계탕을 먹고 싶었지만, 아직 해가 마저 지지는 않았다. 8시는 넘어야 질 것이다.

원룸이라지만 간단한 불투명 유리문 하나로 침대와 책상이 있는 생활 공간과 냉장고와 싱크대가 있는 부엌 공간이 나뉘어 있는 보건진료소의 관사는 딱 신혼부부나 독신자가 살기에 알맞지, 아이라도 있었다간 어디 앉을 데도 없어 보였다. 물론 경민 혼자서야 망망대해같이 느껴졌지만.

경민은 냉장고에서 어제 산 즉석 갈비탕 팩을 뜯어 데우고 아까 밥 한 공기를 떴다. 후덥지근했지만 이열치열이라고 땀을 뻘뻘 흘리면서 먹고 싶었다. 그렇지 않고선 하루 종일 멍하니 있었던 정신이 더 멍해질 것 같았다.

그녀의 원대한 계획은 정신이 확 나게 뜨거운 것을 먹고 화끈하게 설거지를 한 후에 시원하게 찬물 샤워를 하고 에어컨 바람을 맞으면서 어제 사 온 과자와 팝콘, 캔 맥주를 마시면서 아까 다운받아 둔 미드 한 시즌을 밤새 보는 것이었다. 그리고 내일 월요일은 혼자 사무실을 지키면서 꾸벅꾸벅 졸며 하루를 알차게 보내리라 생각했다.

공산품이었지만 가격이 꽤 됐던 만큼 갈비탕 봉지 안에는 실한 갈비와 고기들, 그리고 그럴듯한 당면과 파까지 있었다. 간도 딱 맞아서 뜨거운 밥을 말아 장아찌와 묵은지로 하루 종일 멍한 정신을 화끈하게 되돌릴 만큼 실한 식사를 했다. 그 덕에 등짝까지 땀에 젖어 버릴 정도였지만. 설거지를 열심히 했지만 해는 그대로 아직 붙어 있었다.

"누가 이기나 보자."

해가 질 때까지 냉수 샤워를 하고 어두워진 밤에 싸늘한 호러 미드를 보리라 생각한 경민은 땀에 흠뻑 젖은 온몸에 찬물을 끼얹기 시작했다. 으아아아 하는 소리가 절로 날 정도로 찬

지하수 물이었지만 워낙에 체온이 올라가 있었는지 오히려 시원하게 느껴졌다.

그러나 하도 끼얹어서 나중에 입술이 퍼레질 지경이 돼서야 경민은 욕실에서 나왔다. 낮에 내내 내리쬐는 햇볕 덕에 버석버석 말라 있는 반팔 티셔츠와 헐렁한 반바지를 입고 나니 하루 종일 엿가락처럼 늘어졌던 몸과 마음이 이제야 쫙하고 수축돼서 탱탱해진 느낌까지 들었다. 긴 머리카락을 털고 시원하게 선풍기 바람으로 말리고 있으니 그야말로 천국이 따로 없었다.

서울살이처럼 누가 혹 들여다볼까 문도 제대로 열지도 못하고 매연 때문에 창문을 닫고 있을 때하고는 달랐다. 여름이라 문을 열어 놓으면 낡은 복도식 아파트라 사람이 지나다니고 옆집, 윗집의 소음이 바로 귓가에서 들렸었지만 이곳은 그런 게 없어서 좋았다. 아마 다시 도시로 가게 되면 이런 적막이 그리워질지도 몰랐다. 물론 바깥에 가끔 지나가는 차 소리나 정신 나간 매미 소리는 여전했다. 그러나 인공의 소리가 아니니 그 정도는 용서할 수 있었다.

막 어둑어둑 해까지 넘어가고 있어서 경민의 바이오리듬은 점점 고점을 향해 올라가고 있었다. 무슨 간식을 먹을까. 대충 말라 가지만 아직 젖어 있는 머리카락에서 증발하는 물기가 냉기를 더해 주고 있을 때였다.

똑똑 노크 소리가 들렸다.

"경민 씨!"

"……?"

"경민 씨이……."

"흐억! 누구세요!"

"나요, 한진우!"

갑자기 쳐들어오듯 문을 두드린 사람은 역시 그 남자, 한진우였다. 문 앞에서 그가 한 건 구걸이었다.

"저기 컴퓨터 좀 써도 될까요? 이 동네 PC방 같은 거도 없어서 말이죠."

신경 쓰이는 등 쪽을 모른 척하고 경민은 당황스러운 표정으로 제 컴퓨터를 쳐다보고 있었다.

"그거……."

"네?"

"뭐 하는 거예요? 제 컴퓨터에 그런 게 있었나요?"

대답 없이 진우는 씩 웃기만 했다.

경민은 허겁지겁 자연스럽게 방임 중인 제 가슴부터 해결해야 했고, 한참이나 집 안에 널브러진 것을 치운 다음에야 낯선 이방인을 들일 수 있었다. 전에 인터넷 연결하느라 기사를 부른 것 빼고는 이 방에 남자가 들어온 건 처음이었다.

가타부타 말도 없이 문이 열리자마자 냉큼 들어온 그는 바로 침대 옆 책상 위에 있는 그녀의 노트북으로 다가갔고 다짜고짜 전원을 켜더니 갑자기 뭘 눌러 시커먼 화면을 띄운 뒤에 정체불명의 영문자들이 스크롤 가득 내려가고 있었다.

"저기……."

"중요한 메일을 좀 확인하려고 하는데……. 알잖습니까. 무서운 장관님 딸 구 여친님 때문에."

"아이피 추적해서 여기로 들이닥치는 거 아니에요?"

그녀도 최근에 미드나 영화에 심취했었기에 그 정도는 짐작하고 있었다. 컴퓨터 잘못 쓰다 경찰이 들이닥치는 장면이 하도 많아서.

"그렇죠! 바로 그것 때문에 제가 이러고 있는 거 아닙니까. 아이피도 우회하고 서버도 이리저리 건너뛰고……. 할 수 있는 건 다했으니까 경민 씨는 염려 놓으세요."

경민도 타자 속도는 꽤나 빠르다고 생각했는데 남자의 손놀림은 가히 미션 임파서블의 손 대역으로 나올 만했다. 직접 출연해도 욕먹지 않을 외모인 것도 확실하고.

급하게 찾아 입느라 후크를 잘못 끼운 것 같은 브래지어의 등 쪽이 영 걸리적거리긴 했지만 그와는 별도로 앞쪽이 쿵쾅거리는 것은…… 그냥 느낌상의 느낌일 거라 여기려고 애썼다.

하루 종일, 아니 어제 밤새 제 머릿속에서 이리 출몰하고 저리 뒤적거린 남자가 아무렇지도 않게 제 방에 불쑥 들어와서 눈앞에 앉아 있다니.

"이 정도 하면 뭐…… 찾는 데 며칠 걸릴 테니까."

묻지도 않았는데 자랑스럽게 이야기하던 남자는 구글 화면을 띄우고 괴상한 글자를 입력하기 시작했다.

"특이한 메일이네요?"

"한국에서는 널리 안 쓰는 거라 그렇지, 그다지 특이한 건 아니죠."

잘난 척을 하려는 게 틀림없었다. 그러나 인정은 해 줘야 했다. 그가 엔터키를 누르자 화면 가득 영문이 넘쳐났다. 의료 표기가 다 영문이라 영어는 그래도 나름 알고 있다고 생각했는데, 슬쩍 좌절하게 만들어 주고 있었다.

그러나 흥미로운 건 경민이 화면을 보는 것보다 그를 더 많이 쳐다보고 있다는 거였다. 그러다 보니 한진우라는 남자의 색다른 표정을 슬쩍 보게 되었다는 것까지.

선이 신경질적으로 가늘고 창백한 얼굴을 한 남자는 생긴 것과 전혀 다르게 빙글거리면서 느글느글한 대사를 남발하고 있었다. 물론 그것들이 참으로 당황스럽도록 자연스러워서 이 남자의 전적을 의심하게 만들 만했다.

그러나 지금 화면에 가득 뜬 글자들을 보는 남자의 표정은 딱 생김새와 어울리는 것 같았다. 무표정하면서도 싸늘한, 그런 표정.

하지만 그건 아주 순간에 지나지 않았다. 번개 같은 손놀림으로 답상을 쓰더니 다시 다른 메일을 펼쳤다. 메일이 수백 통 온 것 같았는데 그중에 몇몇 개만 열어 보고 짧은 답장을 하곤 닫아 버리고 있었다. 문제는 그 상황이 너무나 심각해 보여서 경민이 뭐라고 할 수조차 없다는 거였다.

"요즘 스팸은 아주 다채롭다니까요."

갑자기 이 분위기를 흐릴 만큼, 딱 이 남자가 평소에 보여주는 바와 같은 멘트를 날리면서 분위기를 깨지 않았다면 경민은 그대로 돌이 되었을지도 몰랐다. 뭐라 대꾸를 해 줘야 할 텐데 머뭇거린 사이에 남자는 또 선수를 쳤다.

"아, 덥다. 여기 샤워할 데 있죠? 그 구닥다리 별장인지 뭔지, 수도가 망가져서 녹물만 쏟아지더라고요. 점점 심해져서 어제 샤워하다 온몸에 쇳가루 범벅이 된 거 같아요. 오죽하면 나가서 개울가에서 씻었다니까요. 그런데 이끼에, 물 냄새에……. 경민 선생님, 나 샤워실 잠깐 써도 되죠?"

분명히 너무 당황해서 대답할 타이밍을 놓치고 말았다. 뭘 하겠다고?

이 좁고 단출한 방엔 문이 딱 하나뿐인데 진우는 아무렇지도 않게 옆에 있는 불까지 켜더니 휙 하고 바람 소리를 낼 듯 욕실로 들어가 버렸다.

"이, 이봐요!"

그녀가 말을 더듬으면서 대답을 하고 나니 이미 문은 닫혔고 안에서는 물소리가 나기 시작했다.

아니, 이런 무슨 황당무계한 일이!

경민은 그 자리에서 얼어붙은 듯 서 있었다. 세상에나 남자가 제 방에 들어와서 샤워를 하고 있다니.

형부도 그녀와 언니가 둘이 사는 집에 찾아와 본 적이 없었다. 결혼을 하기로 하고 언니의 짐을 미국으로 부치기 위해서 가지러 왔을 때 잠깐 들어와 짐을 들고 나간 게 전부였다. 아무렇지도 않게 들어와서 컴퓨터를 쓴 것까지는 이해가 갔지만 솔직히 화장실을 이용하기엔 좀 그렇지 않나? 멀쩡한 사람이라면 급한 볼일이 있어도 밖에 있는 공공 화장실이나 혹은 가까운 자신의 집으로 갔을 텐데. 볼일도 아니고 아무렇지도 않게 샤워를 하겠다고?

안에서는 시원한 물소리가 끊임없이 나고 있었다. 진짜 샤워를 신나게 하고 있는 모양이었다. 갑자기 열이 확 오른 경민은 하는 수 없이 에어컨을 켰다. 아까 찬물에 샤워를 너무 오래 해서 잠깐 꺼 둔 거였지만 벌써 땀이 삐질삐질 나고 있어서 에어컨을 켜고 창문을 닫았다.

혹 화장실 안에 생리대나 속옷 같은 게 있었나? 다행히도 속옷은 수건과 함께 세탁기에 넣었다. 아, 수건이 하나밖에 없는데. 경민은 세수수건 하나밖에 걸려 있는 게 없다는 걸 알고 주섬주섬 새 수건을 찾기 시작했다. 아니, 이게 무슨 민폐람. 진짜 내일 근무를 하고 나서 어디론가 가 버려야겠다는 생각뿐이었다.

이 남자가 어제 그제도 불쑥불쑥 찾아오더니, 이제는 방 안까지 점령을 하자 당혹감이 앞섰다. 동네는 넓었지만 사는 사람은 적었고, 소문은 다른 곳의 제곱 내지 세제곱의 속도로 빠르게 퍼지는 동네였다. 아무래도 여자 혼자 사는 집에 젊은 남자가 드나드는 걸 누가 보기라도 한다면 그것도 큰일이었다. 가끔 응급한 상황이 생기면 밤에도 주민들이 찾아오는 경우도 있었으니까.

물론 저 남자의 별장지기도 그랬었다. 다 나왔으니 이제 서울이건 어디건 돌아가야 하는 거 아냐? 외국이라도 가든지! 비행기 표를 끊으면 공항에서 대기하고 있다가 끌려가기라도 한데?

혼자 마구 화를 내고 있던 경민은 갑자기 물소리가 뚝 끊어져 적막해진 걸 보고 자신도 모르게 침을 삼키고 있다는 걸 알았다.

아니, 왜…….

긴 셔츠와 슈트 바지를 입었을 때도 훌륭한 자태였다. 딱 그 자태라는 말이 어울리게. 환부가 있던 복부도, 출렁거리는 뱃살은커녕 체지방이 10% 이하일 거라는 데 냉장고에 남은 갈비탕을 걸어도 괜찮았다.

그리고 마트 직원이 수다스럽게 권해 준 시원한 재질의 반바지와 티셔츠는 더욱더 완벽한 모델 핏을 보여 줬었다. 물론 방금 전에도 그 옷을 입고 있었다.

무슨 영화에서처럼 옷을 홀랑 벗고 허리에 수건만 두르고 나올 건 아니지만 왜 엉뚱한 걸 상상하면서 침을 삼키는지 저 자신을 이해하기 힘들었다.

남자들도 늘씬하고 잘 빠진 여자가 벗고 있으면 므흣한 것처럼 여자도 똑같다. 다만 강도가 다를 뿐이지.

"경민 씨, 수건 이거밖에 없어요?"

문이 열리면서 나는 소리에 잘빠진 몸이 어쩌고 하고 있던 머릿속에서 쉬익 하고 바람이 빠진 경민은 겸연쩍게 웃으면서 수건을 들고 가 말했다.

"여기……."

있다고 말을 하려고 했다. 그러나 저도 모르게 꿀꺽하고 침을 삼킨 건 갈증이 나서였다. 아무렴.

진우는 젖은 머리카락을 푹 젖은 수건으로 닦으면서 나왔다. 마치 자신의 집인 듯 아무렇지도 않게. 그리고 무엇보다 윗옷 따위는 입지도 않고.

너무 순식간이어서 경민은 그가 완전히 벗고 나온 게 아닐 뿐이지 아래 입은 게 반바지인지 혹은 속옷뿐이었는지도 구분할 수 없었다. 아래를 쳐다보지도 못할 만큼 바싹 그녀 앞에 다가와선 '땡큐!'를 외치며 철판을 얼굴에 코팅한 남자는 그녀의 손에서 수건을 낚아채더니 젖은 상체를 닦았다.

작열하는 햇볕이 이미 두 달 전부터 기승을 부렸기에 선크림 따위를 듬뿍듬뿍 바르지 않는 한 이런 낯선 색의 피부를 유지하는 방법은 어디 수술 방에서 밤낮으로 일만 하는 외과 전문의들의 생활 패턴이 아니면 불가능할 것이었다. 이 남사는 대체 뭘 하던 남자인가? 늘 밤에만 출근을 하고 해가 점령한 시간은 술에 취해 지고 있었나?

원인이 의심스러운, 새하얗게 창백한 피부를 가진 남자의 쫙 뻗은 쇄골과 팔의 움직임에 따라 드러나는 근육들은…… 그 근육 갈래갈래의 이름을 다 외우고 있다고 해도 평상시 사람들은 두꺼운 진피 밑의 지방층 사이에 숨어 있어 해부를 하거나 개복을 해야만 드러날 텐데, 멀쩡하게 그 존재를 드러내고 있었다. 불가사의한 일이었다.

"아, 살 것 같다."

저 개운한 느낌이야 백배 동감하지만, 이 남자가 그 행복을 더 이상 이곳에서 만끽하게 해서는 안 되는 거였다. 경민은 뭐라고 해야 이 남자가 자기 집으로 돌아갈까 생각을 해야 했다. 그러나 그게 잘되지 않았다. 시각적으로 너무 혼란스러웠다.

"제게 훌륭한 샤워실을 하사해 주셔서 감사합니다. 보디클렌저 향도 딱 내 취향이에요."

헉, 이 남자랑 같은 보디클렌저를……. 저도 모르게 얼굴이 붉어진 경민이 한마디 하려는데 갑자기 남자가 불쑥 얼굴을 들이밀었다.

굽 있는 신발 따위가 없는지라 남자는 평소 보다 훨씬 커서 그녀의 시선은 그의 쇄골에 멎어 있었다.

"경민 씨."

집으로 찾아왔을 때부터 갑자기 바뀐 호칭에서 뭔가 느꼈어야 했다.

뭘 알았다면 도망이라도 갔을까? 그랬어야 하나?

머릿속에 빨간 불이 켜진 순간이었다. 펵 하고 그 불은 터져 산산조각이 나고 말았다.

남자의 차가운 입술이 그녀의 달아오른 새빨간 입술을 아무렇지도 않게, 아니 아주 당연하다는 듯 자연스럽게 내려앉았다.

'뭐지' 라고 생각을 한 뒤에, 이게 무슨 짓이냐고 소리를 치든지 아니면 주먹이라도 날렸어야 했다. 그러나 그러질 못했다.

남자의 입술은 마치 살아 있는…… 장미 꽃잎처럼 부드럽고 달았다. 그리고 무엇보다도 그 움직임이 너무나 능숙했다.

내려앉은 입술이 힘을 받기 위해서였을까. 손에 들려 있던 수건 따위는 어디 갔는지 남자의 차가워진 두 손이 그녀의 턱과 볼을 자연스럽게 감싸고 그녀의 입술을 맛보듯 움찍거리더니 너무나 자연스럽게 그녀의 입속을 파고들었다.

무엇에 홀린 게 틀림없었다. 아니, 선 채로 꿈을 꾸었는지도.

남자의 입술과 혀가 제 속에서 아무렇지도 않게 움직이고 있는데 경민은 눈도 뜨지 못하고 움직이지도 못하고 있었다. 그냥 느껴지는 것이 너무나 자연스럽고, 너무나 달콤했다. 천천히 움직거리는 혀의 부드러운 놀림, 과격하지도 느긋하지도 않은 익숙하고 부드러운 움직임. 사랑스럽다는 느낌이 묻어나는 것 같은 부드러운 입술이 오랫동안 메말라 있던 그녀의 입술을 천천히, 그러나 강렬하게 흔들고 있었다.

머릿속에서 '안 돼'를 외치며 펑펑 터지고 있던 폭죽은 귓가에 울리는 선명한 쪽 하고 입술이 떨어지는 소리와 함께 사라졌다.

'뭐 하는 짓이에요!' 하고 소리쳐야 하는데, '왜 그만두는 거야!' 라는 말이 나올까 봐 경민은 배는 커진 눈을 하고 입술이 촉촉하게 젖어 있는, 그리고 역시 아직 벗은 상체의 물기도 마르지 않는 진우를 아무 말도 못 하고 쳐다만 보고 있어야 했다.

그러다 남자의 입에서 나온 말에 그녀는 경악할 수밖에 없었다.

"나 다른 것도 잘하는데…… 마저 할까요?"

그래? 얼마나 잘하는지 한번 해 보시지?

말이라도 했어야 했다. 이건 경험의 부족일 뿐이었다. 그래서 일방적으로 불리했을 뿐.

키스 따위 안 해 본 건 아니었다. 대학교 때 소개팅에서 만나 잠깐 몇 번 만났던 멀대 같던 남학생과 도서관 뒷 계단에서 술김에 한 첫 키스는 둘 다 서툴면 이가 부딪친다는 사실과 그 뒤로 다시는 그 남학생을 보지 않았다는 기억만 남겨 준 채 쓴웃음 속의 추억으로 사라졌었다.

송 선생과는 그래도 연애 감정이라는 게 충만해서였는지, 처음 비상계단에서 한 키스도 아닌 입술만 닿았던 뽀뽀는 며칠 동안이나 마음을 두근거리게 했었다. 둘 다 순진해서였는지 꽤 오랫동안 매연이 가득한 옥상이나 혹은 카페의 으슥한 곳에서 이리저리 입술만 빨아 대도 좋았었다.

문제는 그게 너무 오래되어서였나? 아니면 그 강도와 질이 너무나 덜떨어져서인가? 혹은 시골살이 속의 금욕 기간이 너무 길었기 때문인가.

이 쌩쌩거리는 에어컨 바람 속에서 마치 상온에 둔 초콜릿 조각처럼 제 사지가 흐물거리면서 이 스킬 만렙의 에이스에게 꼼짝도 못 하고 끌려가 버리는 건, 못난 구석이라곤 단 한 군데도 찾아보기 힘든 양아치 같은 남자의 키스가 너무나 기가 막히게 근사했기 때문이었다.

이렇게 잘하는데 다른 건…….

유일한 혈육인 언니라도 이 땅에 살고 있었다면 이렇게 가만히 있진 않았을 텐데.

괜히 언니까지 끌어들인 건 도덕적인 방패가 필요했었는지도 몰랐다. 자신은 성이든 뭐든 선택하고 즐길 권리가 있다는 성인인 데다 자신의 앞가림 정도는 할 수 있는 건데.

그 짧은 시간에 별생각이 다 쏟아져 내렸다.

하지만 찰나의 시간은 짧았고 명쾌한 해답은 도출되지 못했다. 그러느라 멍하니 가만히 있는 자신을 보고 이 대단한 선수님께서는 긍정이라고 받아들인 모양이었다.

불행하게도 그건 사실이었다. 이 선수님은, 선수시니 상대가 싫어서 눈곱만큼이라도 부정의 뜻을 내비치면 바로 그만두겠다는 의사 표시를 했으니까.

"불 끌까요?"

선택의 여지는 멀쩡하게 있었다.

"네."

그러나 그러질 않았다. 그린 것 같은 입술이 주는 감촉은 정말 황홀했고, 그것보다 더 잘한다는 그 무엇이 궁금하고 기대됐다. 비록 한 사람의 상대밖에 없었지만 제 비루한 경험으로는 잘해 봤자였다.

그러나 그건 상대에 따라 다른 거 아닐까. 이 허우대 멀쩡하고 자신만만한 사람은 뭔가 다르지 않을까 싶은, 막연한 기대 때문에 당당하게 대답을 한 거일지도.

달칵. 예리한 눈썰미를 가졌는지 멀쩡하게 처음 보는 방 안의 불을 능숙하게 끈 그가 자신에게 다가왔다. 비닐 장판 위의 발소리와 미세한 에어컨의 바람 소리만 가득했다. 제 목에서 마른침이 넘어가는 소리가 났을지도 몰랐다.

뭐 어때. 의사 결정이 되는 한 성인인데!

그가 채 다섯 평이 되지 않는 그녀의 집 안에서 불을 끄고 다가오는 사이에 경민이 머릿속으로 외쳤다. 그 외침은 거기서 끝났다. 남자의 강인한 팔뚝이 제 허리를 감싸 안고 정확하게 퀸사이즈의 침대 위로 몸을 눕혔을 때, 정상적인 이성의 사고가 끊어져 버렸다.

기대하고, 또 아쉬웠던 입맞춤, 아니 딥키스는 불을 껐다는 과감한 행동에 부응했다. 부드러운 장미의 꽃잎같이 매끄럽고 달콤했던 남자의 입술은 갑자기 확 낮아진 조도에 딱 맞춰 경민의 기대에 부응하듯 깊고 진해졌다.

따끈하고 말랑하던 그 물컹한 혀는 갑자기 뜨겁고 농염해져 제 목구멍 속까지 괴롭힐 듯 파고들었다. 젠장…… 정신이 나가 버려서 남자가 저를 침대에 눕히고 그 뱀같이 달콤하고 뒤끝에 사지를 마비시키는 독약이 스민 혓바닥으로 저 속을 뒤집고 나서 의기양양하게 헐렁한 셔츠와 뒤의 후크가 잘못 채워진 브래지어까지 벗기고 있다는 걸 어렴풋이 알았지만 막을 수는 없었다는 걸 겨우 알아차린 경민은 손을 들어 드러난 가슴팍을 가렸다.

그런 자신의 행동을 보았는지 어둠 속에서 남자는 두 팔을 자신의 침대에 드리운 채 그녀를 내려다보고 있었다. 어둠 속에서 차가운 바람을 만들어 내려 애쓰는 에어컨의 신음 소리가 울렸다. 다행이었다. 헐떡거리는 제 심장의 고동과 거친 숨소리가 침묵 속에 메아리치지 않아서.

그러나 경민은 제 심장인지 아니면 그것보다 더 아래쪽인지 모를 곳에서 외치는 소리가 들리는 듯했다.

계속하란 말이야!

능숙하고 부드러워서 닿기만 하면 다 녹아 버릴 것 같은 입술을 가진 남자에게 외치고 싶었다. 네가 그렇게 잘하는 걸 해 보라고.

그러나 절대 입 밖에 나오질 않았다. 자신은, 그러니까 강경민 선생님은 유명 병원에서 순결하고 대단하게 경력을 쌓은 간호사 선생님이고, 이 조용하고 고즈넉한 문래리의 보건진료소의 보건진료원 선생님이니까.

"으흑!"

경민의 잇새로 신음 소리가 새어 나왔다.

그녀가 허술하게 가리고 있던 매끄러운 풍만한 가슴을 부드럽고 끈적하게 베어 문 남자의 입술 때문에.

경민이 가진 도덕적이고 지극히 교과서적인 인격은 그것을 저지하려고 했다. 그러나 그녀의 이성, 그리고 감성, 그것도 아니라면 본성 같은 건…… 남자가 제 입술에 풀어놓았던 그 마법 같은 감촉을 자신의 민감한 부분에 쏟으려는 걸 막을 수 없었다.

아까 맛보고선 제 이성 따위를 다 멈추게 해 버렸던 남자의 기가 막힌 스킬 만땅의 입술이 그녀의 가슴 위, 가장 민감한 부분에 쏟아져 내렸다. 숨이 찬 이유를 알 수가 없었다. 저 발끝과 손끝이 도르르륵 말리는 것 같은 기분도 이해할 수 없었다. 단지 남자의 매끈거리고 푹 젖은 혀끝이 제 돌출부를 찾아 움찍거리는 것뿐인데 사지는 마치 무슨 전기 쇼크라도 받은 듯 꿈틀거리고 있었다.

입술 끝만, 아니 손끝이랑 그런 것만…… 살아 있는 이 남자를 사랑할 일 따윈 없을 거야.

여자의 뇌는 신비로웠다. 자궁이 수축해서 부들거리다 경련을 일으킨다는 그 무슨 대단한 오 뭐시기 빼곤, 여자는 남자가 제 매끈한 복부 위에서 염욕을 채우다 숨이 다 한다 해도 정신은 말간 명경 같을 거란 걸 잘 알고 있었다.

정신 차려. 따로 외치지 않아도 제 속을 헤집어 가는 남자의 그 부드럽고 요사한 입술이 주는 마법 같은 황홀경은 그냥 순간적인 쾌락일 뿐이라는 걸, 그리고 그건 그녀가 스스로 선택한 것이고 이 행위가 끝나고 나서 뭔가 찌꺼기 같은 게 제 감정 속에 남아 있지는 않을 거라고.

타인이 주는 낯설고 현란한 감각의 폭풍 속에서 아득하게 헤매던 경민은 어둠 속에서 남자의 손이 그녀의 다른 옷들로 스며들자 정신을 차렸다. 감정도 없는 사람과의 원나잇이라니. 게다가 아무 대책도 없이!

"저, 저기."

경민의 말에 손을 멈춘 진우가 그녀의 귓가에 뜨거운 온기가 서린 목소리로 물었다.

"왜요? 그만해요?"

목소리가 싸늘하고 사무적이었다면 '그러죠'라고 했을지도 몰랐다. 그러나 아주 다행스럽게도 남자의 목소리는 아까보다는 일에 몰두한 듯 감정과 여운이 서려 있었다.

"그게 아니라…… 우리 그냥 하면…… 그게……."

여자 혼자 있는 집에 뭔가 다른 도구가 있을 것도 아니고, 자신은 지극히 건강하고 몸에 문제가 없다는 것 또한 걸렸다.

그때였다. 그가 다시 고개를 숙이더니 그녀에게 속삭이듯 말했다.

"괜찮아요. 내 쪽은 이미 다 해결했으니까 불의의 사고 따윈 일어나지 않아요. 그럼 된 거죠?"

대답하기도 전에 뜨겁고 축축한 숨결이 귓가에 내려앉았다. 저도 모르게 작은 신음 소리를 내고 말았고, 남자는 그걸 긍정의 뜻으로 받아들인 듯 마저 손을 내려 그녀의 나머지 옷을 벗겼다. 그리곤 잠깐 몸을 뗀 그는 본인의 옷도 벗어 버린 모양이었다.

막 경민이 몸을 일으키려 하자 잠깐 사이 에어컨 바람 때문에 증발된 땀 때문에 서늘한 느낌이 엄습했는데 곧 매끈한 남자의 몸이 그 찬 바람을 가려 주었다.

당황스러운 그녀의 심정을 이해라도 하듯, 남자는 익숙하게 그녀의 입술을 다시 덮었고, 아까의 격렬함보다는 부드럽고 끈적이는 느낌이었다. 그건 아마도 다른 손이 그녀의 허벅지 안쪽으로 스며드는 것에 대한 충격 완화를 위한 것일 것이다.

"아……."

주저하는 듯한 그녀의 목소리가 새어 나왔지만 남자의 부드러운 손길이 당혹스러운 곳의 제 속살을 슬그머니 헤집자 어둠 속에서도 얼굴이 새빨갛게 물드는 게 느껴졌다.

다른 사람이 건드린 적 없는, 아니 본인조차도 모르는 그녀의 깊숙하게 감춰진 곳에 미묘하고 부드러운 손가락의 움직임이 전해졌다.

"아……."

경민은 제 입술에서 새어 나오는 소리를 멈추고 싶었지만 그렇게 할 수가 없었다.

"그냥, 가만히 느껴 봐요."

아, 이 무슨 야한 대사란 말인가. 그러나 그녀는 대답할 수 없었다. 움직임이 점점 격렬해졌으니까.

"잘 자요, 경민 쌤. 피곤하면 아침에 씻어요."

"……."

"아, 그래도 문단속은 해야 할 텐데. 이 디지털 키 저절로 잠기는 거죠?"

쿵 하는 소리와 함께 삐리릭 하고 진우의 말처럼 문이 저절로 잠기는 소리가 났다.

온몸에 힘이라곤 단 한 오라기도 남아 있지 않은 것 같은 경민은 씻기는커녕 청각도 사그라지는 느낌이었다. 여전히 낯선 감촉으로 파르르 떨리고 있는 것 같은 제 깊은 곳은 남자가 사라진 지 한참이나 지나서야 떨림이 잦아들었다.

아, 맙소사.

입에 절대 붙지 않는 낯선 단어가 툭 튀어나왔다. 물론 목구멍이 아니라 가물거리는 머릿속으로.

그러고도 멀쩡하게 걸어서 집에 간단 말이지.

경민은 열일하고 있는 에어컨 때문에 흥건하게 젖어 있던 몸이 싸늘해지는 것을 느끼고 겨우 손을 들어 이불을 덮었다. 침대가 엉망이 된 건 알고 있지만 이불로 몸을 덮는 데 남은 에너지를 모두 쏟은 것 같았다.

저 대단히 '잘하는' 놈이 아무렇지도 않게 여름밤을 헤쳐 자신의 집으로 가고 있는 것에 대해 분노가 느껴졌지만, 생각은 거기까지였다.

아, 젠장.

손을 놀려 에어컨을 끄자 삐리릭 소리와 함께 밤새 열일한 기계는 헐떡거리던 숨을 멈추었다. 빌어먹을 새들과 매미가 오늘따라 얼레리꼴레리 하고 울어 대고 있다는 환청과 함께 그녀를 엄습하는 것은 어마어마한 허기였다. 그러나 끈적끈적했던 것들이 냉기에 의해 온몸을 코팅한 것 같은 당혹스러운 느낌에 당장 화장실부터 가야 했다.

남자가 사용했다는 흔적 따윈 전혀 없는 너무나 멀쩡한 욕실에서 샤워를 하고 나온 경민은 그새 냉기가 사라지고 후텁지근해지고 있는 방 안의 공기에 창문들을 열어젖혔다. 얼레리꼴레리…… 매미가 소리를 쳤고, 새들이 낄낄거리는 소리가 메아리쳤다. 경민은 바깥에서 훅훅거리는 열기가 밀려 들어오는 게 느껴졌지만, 방 안이 고여 있는 이 낯 뜨거운 향기를 빼내야 했다.

경민의 눈에만 보이는 얼룩들이 잔뜩 진 침대 커버와 이불을 벗겨 세탁기에 넣고, 베갯잇도 벗겨 냈다. 그사이에 할 시간이 없어진 밥 대신 응급 상황에 사용하는 즉석 밥을 레인지에 넣고 돌린 후에 새 침대 커버와 이불을 꺼내고 베갯잇도 다시 갈았다. 그러고 나니 또다시 땀이 흥건해져서 밥을 먹은 후에 또 샤워를 해야만 했다.

대충 화장을 하고 옷을 챙겨 입고 급하게 문을 나와 철문 셔터를 열고 보안 장치를 해제한 후에 텅 빈 사무실에 가 에어컨을 켠 경민은 찬 공기가 흘러나오자 정수기에 뜨거운 물을 부어 믹스 커피를 탔다.

지극히 평범한, 아니 정 선생이 없으니까 좀 허전하긴 했지만 지극히 고요하고 평범한 월요일 아침이었다.

컴퓨터를 켜는 제 손이 떨리는 건 너무 늦게 잠들어서 일 터였다.

옆자리가 텅 빈 것이 이렇게 반가울 수가 없었다. 아마 그 자리 주인이 있었더라면 홍조가 가시지 않은 채 멍한 얼굴의 경민에게 하루 종일 꼬치꼬치 캐물어 결국에는 대단한 밤손님의 정체까지 알아내고 말았으리라.

"대체…… 뭘 한 거야."

그녀는 혼자 중얼거렸다가 다시 침묵하고 말았다. 아침에 분명 해야 할 일들이 있었다. 그러나 아무것도 하지 못하고 있었다.

"아……."

한숨만 깊어졌다. 그럴수록 잊어버리려고 했던 어젯밤의 일들이 떠올랐다. 울었었나? 젠장, 그랬던 거도 같다.

산부인과 실습도 했었고 응급실에 별의별 사건이 다 있는데다 해부 실습도 했던 송 선생과의 첫 경험은 매우 긴장하고 걱정했었지만, 오히려 상대가 그게 더 심해져서 제대로 시작도 못 하고 어설프게 끝났었다. 진전이란 게 조금씩 있긴 했지만, 피곤했고 여자와의 관계란 걸 다들 그렇듯 일본 야동에서나 배웠는지 배려라든지 하다못해 전희나 애무 같은 것도 전무했다. 서양의 로맨스 영화라도 보았어야지.

그래도 순진한 그녀는 송 선생과의 결혼을 꿈꿨고, 피곤하고 힘든 사람이니까 나중에 여유가 생기면 좋아질 거라며 위안을 했었다. 그리고 그 위안은 덧없게 끝났고.

무료한 시골 생활을 버티게 해 준 유일한 취미인 영화 감상과 미드 감상을 하면서도 늘 저건 영화고 드라마니까 그런가 보다 했을 뿐이었다. 그냥 그랬을 뿐이다.

"에휴……."

생전 처음 느껴보는 이상한 느낌이었다. 남자도 사정할 땐 그런 느낌인가? 그래서 늘 열심히 하질 못해 안달이었나. 게다가 사랑하는 사이도 아니고, 그냥 몇 번 본 사이에 나이트에서 만난 원나잇도 아니고, 이 시골 바닥에서…….

경민은 정말 어이없지만, 생각을 굳히게 됐다. 그 침침한 별장의 남자는 정말 잘나가는 그거라고. 아마 자신도 돈을 싸 들고 다시 찾아갈지도 모른다고.

그 전에 저 정체불명의 남자가 얼른 이곳을 떴으면 좋겠다 싶었다.

그나마 다행이었던 건 근처에 폐교에 수련회를 하러 어떤 단체에서 극기 훈련인지 뭔지 하다가 한 학생이 개울가에서 날카로운 바위에 잘못 부딪혀서 찰과상을 입어 피를 흘리면서 찾아왔기 때문에 다친 상처를 케어 해 주느라 무료한 오후가 다 지나갔다는 것이었다. 남의 고통도 이럴 땐 다행스러웠다.

우여곡절 끝에 그녀의 근무 시간이 끝났다.

이제부터 주말까지, 그러니까 일요일까지 총 6일간의 휴가였다. 해외여행이라도 갔어야 하나? 언니한테라도 다녀올 걸 그랬나.

경민은 컴퓨터를 끄고 정리를 하고 문에 휴가 안내문을 붙이면서 후회를 했다. 해외여행이란 게 엄두가 나지 않아서 안일하게 있었던 제 자신이 원망스러웠다. 6시라고 하지만 여전히 정오같이 쨍쨍 내리쬐는 햇살을 피해 자신의 방이 있는 뒷건물로 가면서 경민은 저도 모르게 한숨을 쉬었다. 그 침대가 있는 곳으로 가까이 가면서 느껴지는 이 당혹스러운 감정을 어찌해야 할지.

아까 잠깐 나와서 널었던 침대 커버와 이불 등은 볕에 쨍쨍하게 말라서 어젯밤에 있었던 일에 대한 흔적에 대해 모른 척 시치미를 떼고 하얗게 빛나고 있었다. 오히려 오후 햇살에 지글지글 익어 뜨끈뜨끈한 빨래들을 걷어 들이면서 경민은 제 머릿속도 햇살에 다 표백되어 버렸으면 좋겠다 싶었다.

아니, 그건 아니지. 정말이지 잘하는 선수와 끝내주는 하룻밤이었으니까 굳이 다 잊어버릴 필요는 없지.

경민은 제 방으로 들어섰다. 늘 그렇듯 쇠창살이 있는 창문을 열어 놓아도 뜨거운 공기가 가득했다. 땀을 뻘뻘 흘리면서 잘 마른 침구들을 개서 옷장에 넣고 청소를 시작했다.

아직 저녁을 먹기엔 너무 햇살이 강했다. 아까 인터넷 뉴스에서도 봤듯이 오늘 폭염의 절정이라고 한 것이 실감이 나는 날씨였다.

어차피 씻어야 하니까 열심히 청소를 한 뒤 땀을 내고 씻고 나서 저녁을 먹는 게 훨 나을 것이다. 경민은 머릿속을 비우려고 재빨리 움직였다.

그러나 그건 쉽사리 잘되지 않았다. 분명히 새하얀 침대 커버 대신 시원한 색깔의 새파란 침대 커버와 이불로 바꿨건만 왜, 왜 그 남자의 섹시함이 터지는 목소리만 기억나는 건지.

달리 할 말이 없다. 시골에서 오랫동안 금욕 생활을 해서일 뿐이다. 도시에서 송 선생과 비슷한 개 같은 놈들을 많이 만나 제 속이 거북이 등껍질처럼 단단했더라면 그냥 '잘하는 놈이랑 끝내주는 하룻밤을 보냈어' 라고 했을 텐데 왜 이런 생각이 드는 걸까.

나도 그 칼 든 여자들의 뒷줄에 서면 안 되나? 짜증 나는 생각을 저버리기 위해서 경민은 비 오듯 흐르는 땀을 닦으면서 욕실로 향했다. 늘 똑같이 얼음장같이 차가운 지하수 물로 샤워를 하면서도 세면대에 붙은 커다란 거울을 쳐다보지 못한 건, 꿈결같이 기억이 오락가락한 남자의 목소리 때문이었다.

"경민 씨는…… 참 아름다워요."

분명히 불을 끄고 했으니까 얼굴을 제외한 부분에 대한 이야기였겠지. 아니, 그냥 환청이었는지 혹은 꿈결이었지도 몰랐다. 그러나 어쨌든 머릿속에 떠오른 남자의 목소리만으로도 온몸이 새빨갛게 물드는 것 같았다.

결론은, 이 남자는 결코 좋은 이웃 따위가 아니었다.

드디어 해가 졌다. 그러나 열기는 여전했다. 샤워 후의 시원한 기분을 만끽하기 위해서 다시 에어컨을 켰다. 경민은 냉동

피자를 전자레인지에 데우면서 그녀답지 않게 서울에 있는 호텔들의 피서용 패키지 상품을 검색하기 시작했다. 직전에 캔슬되어서 싸게 나온 그런 상품들을.

오랜만에 도심 속 근사한 호텔에서 혼자 피서를 즐기리라. 꿈에 부풀어서 얼른 가격 비교 사이트를 검색하기 시작했다.

아무렴, 이 적막한 시골보다야 훨 낫겠지. 에어컨 빵빵한 백화점이나 아울렛을 돌면서 사치스러운 피서를 보내리라 마음먹은 그녀는 열심히 검색하는 데 몰두했다. 절대로 누군가 문을 두드리거나 '경민 씨' 하고 부르는 목소리 따위를 기대하고 있는 건 아니었다.

절대로.

이름이라도 들어 본 곳은 하룻밤 혼자 즐기기엔 너무나 터무니없는 가격들이었다. 하루쯤이야 괜찮지 않을까, 하고 눈을 낮추고 낮춘 곳을 클릭할까 말까 신중하게 고민 중이었을 때였다. 막 손가락에 힘을 주려는 순간 그녀는 화들짝 놀라고 말았다.

"경민 쌤! 아직 안 자죠? 나예요."

문밖에서 또렷하게 들린 소리에 그녀는 저도 모르게 소리쳤다.

"으악!"

5. 정체가 뭡니까?

결코! 결코 저 목소릴 기다리거나 한 건 아니다! 하늘에 맹세코!

그런데 왜 제 몸뚱이는 이 시원한 에어컨 바람 밑에서 부르르 발열을 하고 난리인가? 단지 저 목소리에.

어떻게 하지? 죽은 척해? 불이 켜진 게 보였으니까 없는 척은 못 할 텐데. '자꾸 이러시면 안 돼요!' 라고 싸늘하게 말해? 오늘 열대야의 절정이어서 밖은 거의 찜통 수준이던데 아무리 더위에 강하다 하더라도 거기서 여기까지 걸어왔으면 더울 텐데. 그리고 솔직히 말해서 한 번……, 처음도 아닌데 두 번이나 한 번이나 무슨 차이야.

아니, 뭐래!

제 자아에게 화가 난 경민이 한마디 하려 했다.

"이봐요, 늦은 밤에……."

생각해 보니 그리 늦은 밤도 아니었다. 해가 막 진 9시쯤?

"경민 선생님, 여기 프린트기 되죠?"

전혀 아무렇지도 않은 표정으로 말하는 진우는 자못 사무적인 목소리였다.

경민은 저도 모르게 얼굴이 새빨갛게 물들어서 주섬주섬 문 쪽으로 갔다.

"프린트기요?"

저도 모르게 문을 열면서 되물었다. 아무렴, 어제는 어제고 오늘은 다른 용무가 있으니까. 그러니까 문을 열어 주는 거야. 누군가에게 묻지도 않았는데 속으로 대답을 하고 있었다.

"네. 종이 한 장만 출력 좀 했으면 해서요."

그녀의 우려와는 달리 사무적인 표정의 그가 고개를 들이밀면서 말했다.

"사무실에 있긴 있는데……. 잘 안 써서 나오려나."

사무실엔 고가의 복합기가 있지만 지금 잠금장치를 해제하려면 경비 업체에서 연락을 해야 했다. 위급한 상황에서는 사무실에 있는 약품들을 들고 나가느라 가끔 열긴 했지만 지금은 그럴 상황도 아니었고, 무엇보다 옆에 저 남자가 있었다.

물론 방에도 경민이 전에 쓰던 잉크젯 프린트기가 있긴 있었지만 이사를 한 후 1년 동안 전혀 쓰지 않았었다. 노트북하고 연결은 되었던가.

"식사는 했죠?"

아무렇지도 않게 열린 문으로 들어온 남자는 여전히 그녀가 그저께 사 준 반팔과 반바지 차림이었다. 빨아 입었을까? 옆으로 스쳐 가는데 땀 냄새조차 없었다. 아니, 자신의 코가 잘못돼서 남자의 진동하는 페로몬만 맡고 있는 거 아닐까.

그 생각 때문에 경민은 그가 다른 때와는 달리 어깨에 배낭 하나를 메고 들어왔다는 걸 눈여겨보지 않았다. 남자는 슬그머니 가방을 문간에 내려놓고는 방으로 들어왔다.

그녀의 머릿속에 폭풍이 치고 있는 것과는 상관없이 남자는 마치 제 자리인 것처럼 책상에 놓인 노트북으로 가 앉아 화면을 켜고 이리저리 살피더니 잠깐 인상을 찌푸렸다.

"경민 씨 휴대폰 있죠?"

"네? 전화하려고요?"

"아뇨. 그건 아니지만 좀 줘 봐요. 그리고 컴퓨터랑 연결하는 케이블 있어요?"

"충전기 케이블이면 될 거 같은데…… 왜요?"

그러나 대답도 없이 그녀가 건넨 케이블을 노트북에 꽂은 그는 그녀에게 건네받은 휴대폰의 전원을 껐다.

"그건 왜……."

여전히 아무런 대답도 없이 진우는 그녀의 휴대폰을 케이스에서 빼내곤 뒤에 뚜껑을 열었다. 그리곤 주머니에서 비닐 팩을 꺼내 무언가를 꺼냈다.

어차피 대답을 해 줄 것 같지도 않아서 경민은 그냥 포기한 채 그가 하는 행동을 쳐다보았다.

진우는 비닐 팩에서 작은 SD카드를 꺼내 휴대폰에 끼웠다. 경민이야 휴대폰으로 전화나 검색밖에는 하지 않았고 사진도 별로 찍지 않았기 때문에 용량이 부족한 적이 없었다. 안에 확장 슬롯에 뭔가를 끼울 수 있다는 것도 모르고 있었기에 그가 하는 행동이 신기하게만 보였다.

대체 뭐 하는 거지?

"금방 뺄 거예요. 노트북에 끼우려면 카드 리더기가 있어야 하는데 그게 없어서 휴대폰에 되나 본 거예요. 잘되네요. 안에 든 거 출력만 하면 되니까 전원 좀 켜 줘요."

경민은 마치 뭐에 홀린 듯 그가 시키는 대로 오래돼서 자리만 차지하고 있던 프린트기에 전원을 연결했다. 뒤에 수북하게 쌓인 먼지는 못 본 척하고 경민은 얼른 책상에 있던 인쇄용지를 안에 넣었다.

"종이는……."

"한 장이면 돼요."

휴대폰을 컴퓨터에 연결해 본 적도 없는 경민은 저게 연결이 된다는 거 자체가 신기했다. 아, 저렇게도 되는구나. 그는 뭔가 화면을 복잡하게 클릭했다.

"그건……."

"노트북에 무선 프린트기 설정하는 거예요. 아예 안 돼 있어서. 이제 됐습니다. 출력하면 종이 한 장이 나올 테니까 그거 뽑아 주세요. 아, 그리고 이거 받아요."

그가 시선을 돌리더니 그녀의 책상 위에 있던 동그란 연필

꽂이에서 굵은 유성 매직을 하나 꺼내 들었다. 그리곤 그녀에게 내밀었다.

"이건 왜요?"

그때 푸륵푸륵 소리를 내면서 프린트기가 움직이더니 슥삭슥삭 하는 소리를 내곤 금방 종이 한 장이 휙 떨어져 내렸다. 그걸 돌아보지도 않던 그가 그녀에게 말했다.

"경민 씨 그 종이 들어 봐요."

"여기……."

그녀가 떨어진 종이를 주어 건네려는데 그가 고개를 돌린 채 말했다.

"아니, 경민 씨가 들고 있어요. 거기 쓰인 숫자 보이죠?"

경민이 그의 말대로 종이를 들고 보니 네 자리나 다섯 자리씩 되는 숫자들 뭉텅이들이 한 스무 줄쯤 쓰여 있었다. 숫자 중간에는 알파벳도 군데군데 섞여 있었다. 자세히 보니 네 자리, 다섯 자리, 그 뒤에 다시 네 자리 네 자리, 총 열일곱 자리 숫자 스무 줄이었다. 그리고 맨 아래 줄에 다섯 자리 숫자가 네 개. 총 스무 개의 숫자가 쓰여 있었다.

"이건 뭐예요?"

여전히 이쪽을 쳐다보지도 않은 그가 말했다.

"그중 맨 마지막 다섯 자리 숫자 보여요?"

"2……."

"아니, 말하지 말고요. 중간에 알파벳도 있죠?"

"네."

"그거 외울 수 있죠?"

"네?"

그의 말에 경민이 되물었다.

"외워요. 다 외우면 매직으로 칠해서 안 보이게 해서 날 줘요."

"왜요?"

"그냥요. 됐어요?"

숫자가 워낙에 많긴 했지만 마지막 다섯 숫자는 나름 간단했다.

'24H55' 뒤가 중복이라 더 외우기 쉬웠다. 간호사 생활을 오래 하면서 이런 단순 암기는 생활화되어 있었다. 이걸 왜……. 그러면서도 경민은 그가 시키는 대로 그 숫자 위를 매직으로 까맣게 칠했다. 두꺼운 유성 매직이라 뒤로 돌려 보아도 전혀 비쳐 보이지 않았다.

"다했어요."

"그럼 줘요."

그제야 몸을 돌린 그가 종이를 건네받았다. 그녀가 유성 매직으로 숫자를 칠하는 사이에 그는 컴퓨터에서 휴대폰을 분리한 뒤 그녀의 휴대폰에서 SD카드를 빼내고 휴대폰을 다시 켰다. 그러고는 건네받은 종이를 유심히 쳐다보기 시작했다. 한 1, 2분쯤 지났을까.

그가 그녀에게 종이를 다시 건네줬다.

"왜요?"

"내가 숫자를 부를 테니까 거기 있는 숫자랑 일치하는지 잘 봐요. 혹시 틀린 게 있나."

그가 숫자를 부르기 시작했다. 분명히 한 줄에 열일곱 개짜리 스무 줄이었다. 그새 외웠나? 남자는 정확히 숫자와 알파벳의 조합을 외우기 시작했고, 경민은 눈으로 그것을 좇았다. 그리고 마지막 다섯 자리 숫자 네 개까지 그가 말했다. 그녀가 칠해서 못 본 것 빼고.

"다 일치해요?"

"네. 그런데 이게 뭐예요? 지금 그거 다 외운 거예요?"

그때까진 좀 딱딱한 표정이었다. 그러나 다시 그가 빙그레 웃더니 말했다.

"그럴 리가요. 전에 구박받아 가면서 외웠던 거예요. 다 맞죠? 다행이네."

그가 그녀의 손에서 종이를 잡아채듯 가져가더니 갑자기 그걸 북북 찢기 시작했다. 경민은 묻기도 지쳐서 아무 말도 하지 못했다. 계속 찢던 종이는 조그마한 조각이 되어 알아볼 수도 없게 되었다.

"여기 화장실 물살 좋던데. 막히면 내가 뚫어 줄게요. 나 그런 것도 잘해요."

그가 벌떡 일어나더니 손에 들고 있던 종잇조각을 화장실 변기에 버렸다. 그리곤 아까 들고 있던 손톱만 한 SD카드도 같이 넣고는 경민이 채 뭐라 말하기도 전에 변기 레버를 내렸다. 요란한 소리와 함께 물은 내려가고 떠 있던 종잇조각도 사라졌다.

“한진우 씨, 이게 대체 뭐 하는 거예요? 당신 정체가 뭐죠?”

아무리 봐도 뭔가가 이상했다. 처음 그 상처부터 시작해서 찢어 버린 수표, 그리고 저 암호 같은 숫자들.

그러나 아무렇지도 않다는 듯 진우는 빙긋 웃었다. 하얀 얼굴에 드러난 가지런한 하얀 이, 흐트러진 머리카락이 부드럽게 이마를 덮은 남자는 아무리 봐도 잘생겼다. 한 치의 어긋남도 없이. 게다가…….

경민은 제 맘속에서 머리를 내저었다. 정신 차려!

“전에 말했잖아요, 회계사라고. 보다시피 좀 잘났고 괜찮아서 무서운 여자들의 질투와 불타는 소유욕 때문에 고생 중인.”

또다시 장난기 가득한 얼굴엔 빙글거리는 미소가 흘러내렸다.

“회계사라고요? 어느 회사에 소속되어 있죠?”

살면서 회계사라는 말은 들어 봤으나 무엇을 하는지는 전무했다. 그녀가 일하던 병원에도 회계과나 경리과가 따로 있으니까 뭔가 돈에 관련된 일이라고 막연히 짐작했지만 새파랗게 젊은 이 남자가 말하는 건 아무래도 진짜일 것 같지 않아 보였다.

“KPMG에 작은 지점에서 일하죠.”

“네?”

“Klynveld Peat Marwick Goerdeler International In San Jose. 줄여서 KPMG라고 하고 산호세에 있는…… 지점? 거기

서 일해요. 물론 지금은 잠깐 휴직 중이고요."

경민은 유연하게 혀가 굴러가는 남자의 발음에 당황해서 뒤에 말을 잘 듣지 못했다. 어디에 있는 어떤 곳인지도 알고 싶은 생각도 없었고.

"그걸 지금 믿으라고요? 좋아요. 지금 그쪽이 뭐라 하는지는 모르겠으니까 뭐라 말해도 내가 알 바는 아니죠. 하여튼……."

하여튼 뭐? 말을 해 놓고도 끝을 맺을 수가 없었다. 지금 저 남자의 입에서 나온 단어들의 조합이 뭔지, 혹시 정말 저기서 일하는 사람인지, 그게 중요한 건가? 무슨 사채업자나 조폭의 비밀문서를 지닌 게 아니고?

"그럼 아까 출력한 종이에 있는 숫자는 뭐죠? 그리고 그 마지막 숫자는……."

"이건 계좌 번호예요. 내가 회계사라고 했잖아요. 제가 일하는 곳의 고객 계좌 번호죠. 일을 쉬다 보니까 전에 일했던 돈을 못 받아서 정리를 좀 하려고요. 원래 이런 일을 하는 사람들을 회사 밖에서 고객 정보를 유출하면 안 되거든요. 지금 여기 문서 절단기 같은 게 없으니까 한 번 보고 버린 거죠."

"아니, 그러면 왜 마지막……."

"그게 뭐 중요해요?"

중요한 건 아니지만 이상하잖아. 그러나 경민은 채 말을 잇지 못했다. 어느새 그녀의 앞에 서서 중요한 건 그게 아니라는 듯한 표정의 남자 때문에.

"내가 왜……."

그 숫자들을 외워야 하는데요? 그걸 물어보려고 했다. 아무래도 너무 이상하니까. 그런데 경민은 그러지 못했다. 이상하긴 했지만 지금 남자가 자신을 내려다보고, 아직도 기억이 생생한 아니, 너무 생생해서 하루 종일 그녀의 머릿속을 헝클어트려 놓은 달착지근한 숨결을 내뿜는 기가 막히게 근사한 입술 끝을 살짝 움직였기 때문이었다. 제 신경이 온통 그곳에 쏠려 머릿속이 텅 비어 버린 것 같았다.

"경민 씨."

이 남자가 자신에게 마음이 있어서 그러는 것은 절대 아니란 걸 잘 알고 있었다. 그렇다고 자신이 즐기기 위한 것도 아닐 것 같았다. 그럼 이유가 뭔데? 뭔지 잘 따져 보고 이상한 것이라면 정신을 차려서 이성적으로 행동해야 했다.

경민은 과학과 수학을 좋아하고 문학이나 국어 점수는 상대적으로 낮은, 여학생치고는 드문 이과적인 학생이었다. 진학을 해서도 몸무게를 따져 투여해야 할 약의 용량 등을 가장 빨리 계산하는 수리적인 사람이었다. 정신이 혼란스러울 정도의 난장판인 응급실이나 수술실의 응급 상황에서도 항상 침착하게 대처를 잘하는 지극히 냉철한 간호사였다. 그녀를 아는 사람이라면 절대 강경민 선생님이 감성적이거나 혹은 감각적인 것에 혹해서 이성적인 판단이 흐려지는 순간이 생길 거라곤 말할 수 없을 정도로, 오히려 너무하리만큼 이성적이고 차가운 사람이라고 그녀를 평가했다.

그런데 왜, 이 순간엔 그게 안 통하는 걸까?

기대하진 않았다. 그러나 남자의 두 팔이 지극히 자연스럽게 자신을 부드럽게 감싸 안고 턱을 내려 익숙하다는 듯 그녀의 입술을 자신의 입술로 덮었을 때 경민은 자기도 모르게 살그머니 두 눈을 감고 말았다. 부드러운 입술이 살그머니 내려앉았지만 발끝까지 짜릿함이 느껴졌다.

총 맞은 것도 아닌데, 서로 사귀지도 않는 남녀가 어떻게 그렇게 진한 키스를 하고, 그것도 모자라서 관계까지 가졌는데 아무렇지도 않을 수 있는 거지?

그녀의 그저께까지의 이성으로서는 절대 이해도 용납도 할 수 없는 문제였다. 미친 거 아니야? 남자야 늘 발정이 나 있으니 그렇다 치고, 어떻게 내가 그럴 수가 있어? 그런데…… 그럴 수도 있네.

하루 종일 갈증 비슷한 것에 시달렸던 이유는 이거였을까. 마치 열렬히 사랑하는 연인 사이처럼, 사랑했다고 생각했었던 송 선생보다 더 다정하고 부드럽게 이 아무 관계도 없는 남자는 경민을 안고 더할 나위 없이 달콤하게 입을 맞췄다.

그러나 이미 경민은 쓴맛을, 아니 너무 단맛을 봐 버렸다. 부드럽고 매끄러운 키스론 만족할 수가 없었다.

"샤워를 안 해서. 금방 씻고 올게요."

남자가 입술을 떼고 씨익 웃으면서 말했지만 여전히 경민은 정신을 차릴 수가 없었다. 아까 묻고 있던 것이나, 그가 했던 이상스런 행동 따위도 다 잊어버린 듯했다. 자신이 지난 20여

년 동안 철통같이 이성적인 인간이라고 믿었었지만 너무도 처절하고 한편으론 너무나 간단하게 무릎을 꿇고 말았다.

"그래요."

"내가 일방적으로 해 주는 게 좋아요?"

이게 웬 씨나락 까먹는 소리.

남자의 유연한 혀와 입술이 그녀의 온몸 구석구석을 다 헤매고는 그녀의 깊숙한 곳까지 파고들어 흠뻑 젖어 든 채 이제 본 게임을 기다리며 숨을 헐떡이고 있을 때였다. 자신은 마치 100m 전력 질주를 한 것처럼 숨이 가빠 왔는데 제 귓가에 속삭이는 남자의 목소리는 너무나 평온했다. 심지어는 젖어 들지도 않고 지극히 멀쩡했다. 마치 그때 호박 속에서 나온다는 파스타에 대한 이야기를 할 때처럼.

여기서 무슨 답을 해야 해? 이제 하기만 하면 되잖아.

"그럼 이제까지 그쪽이 한 것처럼 해 달라는 거예요?"

아, 그거구나. 그래야 이쪽도 기분이 나겠지. 넌 이렇게 숨이 넘어가려고 하는데 자기는 멀쩡하니까.

"그게 아니라, 그냥 좋아하냐고 물어봤어요. 경민 씬 아직……."

"아직 뭐요?"

괜히 심술이 났다. 아니, 이렇게 사람을 달궈 놓고 무슨 소리야.

"익숙하지 않아 보여서."

그런데 왜 그 말을 귓가에 뜨거운 숨결을 뿜으면서 하는 건데.

“익숙한 상대 좋아하나 봐요.”

그렇겠지. 나 같은 초짜는 열심히 해 주기만 해야 할 테니까.

“그건 상관없어요. 난 그냥 경민 씨가 좋을 뿐이지. 이건 어때요?”

그 말과 함께 휘릭 몸을 굴린 그가 어느새 경민의 몸을 들어 제 위에 앉혔다. 놀란 그녀는 어느 순간 남자의 골반에 올라타 있게 되자 어둠 속에서 얼굴이 새빨갛게 물들었다.

“경민 씨가 누워만 있으면 이 예쁜 가슴 모양이 잘 안 보이잖아요.”

그는 몸을 일으켜 그녀의 허리를 감싸 안고 마치 자신의 말을 증명이라도 하듯 봉긋한 가슴에 입을 맞추며 말했다. 경민은 뭐라 말도 못 하고 파르르 떨 뿐이었다.

“자, 이렇게 해 봐요.”

이미 젖어 든 그녀의 속으로 어느새 단단해진 자신의 분신을 밀어 넣은 그가 다시 속삭였다.

경민은 저도 모르게 숨을 삼키면서 몸을 움직거리는 데 열중할 수밖에 없었다.

웅웅거리는 에어컨 바람 소리 사이로 경민의 가쁜 숨소리가 들렸다.

"나 오늘 여기서 자고 싶은데."

샤워를 하고 채 물기가 가시지 않은 남자의 나른한 목소리 때문에 아직도 헐떡거리면서 자신의 몸에 남은 경미한 경련을 애써 진정시키며 약간은 서운함을 가지고 있던 그녀는 저도 모르게 몸을 일으켰다.

"여기 구석에 누울게요. 괜찮죠?"

가라고 내쫓는다 해도 제가 하고 싶은 대로 다 해 버린 남자는 그 말을 듣지 않을 거란 걸 알고 있었다. 진우는 그녀의 곁으로 슬그머니 들어와 눕더니 자리를 잡았다.

다행이라는 말이 왜 머릿속에서 튀어나왔는지는 모르겠지만 경민은 내일 자신이 출근을 하지 않아도 된다는 사실을 생각해 내고는 말했다.

"그럼 날이 밝기 전에 돌아가요."

시골에서는 다들 일을 동틀 무렵에 시작했다. 날이 워낙에 덥지만 농사라는 게 덥고 춥다고 그만할 수 있는 게 아니었다. 이런 날일수록 하루가 다르게 커 가는 옥수수나 감자 등을 수확해 자식들에게 보내거나 팔려는 손길이 바빠서 새벽 동틀 무렵엔 경운기 소리가 요란했다. 아니, 차라리 해가 바짝 떴을 때 나가는 게 나을까. 생각 중인 그녀의 옆에서 벌써 잠에 취한 목소리가 대답했다.

"네. 그럴게요."

자신도 모르게 피식 웃음을 날린 경민은 아직도 후들거리는 두 다리로 간신히 화장실로 향했다.

온몸이 녹초가 된 듯 피곤한데도 경민은 쉽게 잠들 수 없었다.

이곳에 와서 누군가 제 옆에서 잔 것은 처음이었다. 언니와 살 때도, 단칸 셋방을 벗어 난 뒤로 불규칙한 교대 근무 때문에 그녀는 늘 혼자 잠들었었다. 송 선생과 모텔에서 만났을 때도 날을 잡고 잠을 자 본 적은 없었다. 그냥 간단하게 용무만 마친 뒤 쉬도 때도 없이 울리는 레드 코드나 블루 코드 덕에 송 선생은 늘 의국으로 돌아가야 했었다.

영화나 그녀가 즐겨 보는 미드에서도 두 사람의 열렬한 사랑 행위 끝에는 꼭 다정하게 하얗고 푹신한 침대 위에서 팔베개를 하고 벗은 채 잠들거나 대화를 하는 연인의 모습은 꼭 등장했다. 그러나 여운을 즐기기는커녕 부산스럽게 씻고서 누가 누웠었는지 모를 남의 침대가 있는 모텔을 허겁지겁 벗어나는 게 현실이었다.

물론 그녀의 더블사이즈의 침대도 하얀색의 면 시트 따위가 아니라 분홍색 매트리스 커버에 새파란 여름용 패드와 모시 느낌의 알록달록한 여름 이불, 짝도 맞지 않는 꽃무늬 베개 두 개가 있는 지극히 현실적인 모습이었다. 그러나 거기에 모로 누워 있는, 영화에서 하얀색의 호텔식 침구 위에 누워 있어도 무색하지 않을 만큼 잘빠지고 옆모습조차 감탄이 절로 나오는 남자가 벗은 채 잠들어 있었다.

이건 현실일까?

게다가 방금 전엔 마치 영화 속 장면 같은, 다시 생각해도 낯 뜨겁지만 다양한 자세로 황홀경을 오락가락하지 않았던가.

또다시 얼굴에 열이 오른 경민은 숨을 내쉬면서 아직도 파닥거리는 제 가슴팍을 지그시 눌러야 했다. 옷을 입고 자야 하나? 이 남자는 벗고 있는데 나만 입으면 이상할까? 잠시 생각에 잠긴 그녀는 까무룩 잠이 들었다.

밤에도 지극히 조용한 동네였다. 정선으로 가는 샛길 때문에 동네를 지나는 대로는 조용했다. 차들이 쌩쌩 달리기도 무안한 2차선 도로였고 주변이 한적해서 차들도 조용조용 지나갈 뿐이었다.

게다가 보건진료소가 있는 근처에는 두께가 상당한 과속 방지턱도 여러 개 있어서 어쩔 수 없이 속도를 늦춰야 했기에 차들의 소음은 거의 나지 않았다. 그런데 오늘은 이상했다. 요란한 소리가 밖에서 들려왔다.

"어?"

경민은 저도 모르게 눈을 떴고, 여전히 옆에서 쌔근쌔근 숨소리를 내며 잠든 나신의 남자를 먼저 확인했다. 그리곤 저도 모르게 몸을 일으켰다.

익숙지 않은 맨몸임을 느끼곤 홑이불을 들어 어둠 속에서 몸을 가렸다. 깜깜해야 할 시간이었는데 밖이 어둡지 않았다.

시계를 보니 아직 동이 틀 시간도 아니었다. 단지 밖이 밝기만 했다면 날이 샜나 했을 텐데 그렇지 않았다. 바깥은 얼룩덜룩한 불빛으로 반짝거렸다. 그리고 요란한 사이렌 소리까지.

이곳에서 이런 적은 처음이었다. 경민은 재빨리 옷을 찾아 입곤 작은 현관으로 갔다. 남자가 신고 온 듯한 신발을 얼른 신발장 위에 올려놓고 문을 열었을 때였다. 그녀는 지금 나서길 잘했다는 걸 알 수 있었다. 누군가 그녀의 집 앞으로 뛰어오고 있었다.

"손상님! 큰일 났나 벼요!"

"네?"

무슨 일이냐고 물을 필요가 없었다. 에어컨을 쨍쨍하게 틀어 놔서 시원하다 못해 써늘한 느낌이 가득했던 방 안에서 나온 그녀의 앞에는 열대야가 맹위를 떨치고 있는, 마치 히터를 틀어 놓은 것 같은 밤공기가 숨이 막히게 하고 있었고 그것 못지않은 열기가 섞여 있었다. 타는 냄새와 함께 사방이 붉은빛과 연기가 가득했고 커다란 소방차가 길가에 늘어서 있었다. 그 소방차들에서는 정신없는 붉은색 경광등이 미친 듯이 돌아가 주변을 더욱더 물들였다.

"어디서 불이……."

"저기 골지천변 별장서 불이 나서 난리예요."

"네?"

경민이 놀라 소리쳤다.

불? 그렇게 이야기를 하지 않아도 길 저편에서 이글거리는 붉은 불길과 어마어마한 연기가 피어오르고 있었다. 요 근래 이곳에 살고 있는지 확인할 수 없었던 동네 주민들이 이 더위에 다 길가에 나와 있었고 커다란 소방차들이 대로에 서 있었으며 그 좁은 비포장 길은 경찰차와 소방차들로 차 있었다.

"으메, 사람이 안 다쳐 다행이지."

"사……람은 없대요?"

경민이 겨우 진정을 하고선 황 노인에게 물었다.

"그렇다네. 저기 무슨 서울에 돈이 억수로 많은 사람 별장이라던데 사람이 내려온 적은 없었다 하대. 저거 지을 때 어마어마했거든. 짓고 나서 누가 잠깐 있었나? 거 무슨 회사 회장이라 카던데, 그 집 작은 마누라가 있었다나 어쨌다나. 하여튼 차 씨네 큰일 났네. 저거 봐 주기로 하고선 그 옆에 밭떼기 도지 받았는데."

"그분들은 안 다치셨대요?"

"뭐 멀쩡하게 발을 동동 구르고 있는 거 보니 괜찮나 부지."

"별장에 사람은 없었대요?"

"없지. 맨날 비었는데, 뭐. 거기 재작년에 웬 여자 하나 잠깐 왔다 갔는데 차 씨네가 난리였어. 그 집 마누라가 맨날 장을 보니 어쩌니저쩌니 하고 돌아다니면서 회장님네 드린다고 야채하고 옥수수하고, 뭐 그딴 거 찾느라 난리도 아니었어. 뭐 좋은 거만 찾는다나? 아니, 무슨 회장 새끼는 뭐 그리 좋은 거만 처먹는다고! 얼마나 지랄을 했는지. 그런데 그 용쓴 거 보람도 없이 다음 날 올라갔다고 해서 다 욕했거든."

"아……."

"전부 다 더럽게 비싼 외제 나무로 지었다더만 벌써 홀랑 다 탔다던데. 에구, 아꾸워라. 돈지랄들 하더니 잘됐지, 뭐."

외지 사람들을 좋게 보지 않는 동네 사람들 특성상 밖에서 온 사람들에 대해 좋은 말을 하는 걸 본 적이 없었다. 경민은 그나마 예외였지만.

"에구에구, 이제 불 다 꼈나 벼."

붉은 기운이 스러지는 게 경민에게도 보였다. 원래 더운 열대야의 열기와 불에서 나오는 열기 덕에 땀에 흥건하게 젖은 그녀는 슬그머니 뒤로 물러섰다.

"에구, 슨상님은 들어가 주무셔. 구급차도 그냥 가나 본데 슨상님이 할 일이 있겠어?"

"아, 네."

땀에 젖었지만 등골은 오싹해지는 느낌이었다. 경민은 슬그머니 물러서서 자신의 집으로 향했다. 혹 그가 어디로 가 버린 걸까? 일부러 제 방에서 자겠다고 했나? 아니, 그게 아니라면 정말 저 불에…….

모골이 송연해진 그녀는 얼른 집으로 와서 비밀번호를 누르고 안으로 들어섰다. 씩씩하게 전기 요금을 잡아먹고 있는 에어컨이 뿜어내는 집 안의 냉기 때문에 정신이 확 드는 것 같았다.

신발장 위에 올려놓은 남자의 신발을 확인하곤 경민은 살그머니 집에 들어섰다. 그때였다. 뭔가 발치에 툭 차이는 게 있었다. 평소에 바닥에 뭘 두는 성격이 아니어서 그녀는 어둠 속에서 발밑을 내려다보았다. 시커먼 가방 같은 게 현관 옆에 놓여 있었다.

"이게 뭐지?"

진우가 뭔가를 들고 왔었나? 잘 기억이 나지 않았지만 제 것이 아니니 그의 것일 터였다. 슬쩍 들어 보니 가방은 꽤 묵직했다. 뭔가 딱딱한 게 잔뜩 든 모양이었다. 남의 물건이니 열어 볼 수도 없었고 어둠 속이라 보이지도 않았다. 가방을 슬그머니 내려놓고 경민은 안쪽으로 들어왔다.

다시 샤워를 해야 하나 싶다가 혹시 그가 없을까 봐 침대로 다가갔다. 에어컨의 바람 소리 속에 남자의 숨소리가 들렸다. 안도의 한숨과 함께 또다시 섬뜩한 느낌이 엄습했다. 대체 어찌 된 거지?

"음…… 왜 거기 있어요?"

잠결에 들리는 목소리가 차가운 에어컨 바람 속에서도 뜨끈한 열기를 뿜어냈다. 물론 그건 그녀만의 생각이겠지만.

"불…… 났어요."

"웬 불요."

여전히 누워서 반쯤 잠에 잠긴 목소리는 어딘지 모르게 야하게 들렸다. 그러나 지금 문제는 그게 아니지 않은가.

"진우 씨가 있던 별장, 거기 불났어요."

"그래요? 아깝네. 나름 잘 지었는데."

"뭐라고요?"

경민이 그제야 침대에 다가가 물었다. 이제 어둠에 눈이 익어 허연 남자의 등짝이 보였다.

"거기 있었으면 어찌 됐겠어요! 혹시 일부러 여기 온 거예요?"

"이제쯤 올 때가 됐다 싶었죠, 뭐……. 아래 있는 덩치들이 사람 하나는 잘 찾더라고요. 그런데 그게 오늘을 줄은 몰랐네요."

이제 잠이 깬 것 같기도 했다.

"만약에 거기 있었으면?"

"뭐 질질 끌려갔겠죠."

아무렇지도 않다는 듯 돌아누운 그가 말했다.

"진짜예요, 그 이상한 이야기? 그 복지부 장관 딸…… 그거 다 거짓말이죠? 대체 뭐가 어떻게 돌아가고 있는 거죠?"

"그 여자 맞아요. 아직 깜깜한데 좀 더 자요."

남자의 말꼬리가 사그라지면서 그녀에게 지금이 한밤중이란 걸 가르쳐 주고 있었다. 벌써 3시. 이제 한 시간 좀 지나면 동이 틀 것이었다.

등에 홍건하던 땀이 식어 써늘해졌다.

"이봐요, 한진우 씨."

그때였다. 침대 옆에 서 있던 그녀의 손을 슬그머니 잡아당긴 게.

"자요. 나 안 죽었잖아요. 그럼 됐지, 뭐."

갑자기 피곤이 몰려왔다.

맞아. 안 죽었잖아. 남자의 커다란 마른 손길이 갑자기 경민의 속을 뒤집었다. 아까 전에 야하게 별짓을 다 했건만 나른한 손이 제 손목을 잡은 게 그녀의 심장을 더 퉁탕거리며 뛰게 만들었다.

“경민 씨, 경민 씨.”

꿈인가? 경민은 어디선가 자신을 부르는 소리가 들렸다. 그래서 겨우 눈을 떴다. 눈앞에 있는 과하게 잘난 남자. 이것도 꿈인가?

피곤했었다. 남자와의 과한 밤은 과도한 에너지를 낭비하게 했었다. 그러다 한밤중에 깼었고.

그의 너무나 안온한 태도가 잠을 불렀던 모양이었다. 경민이 눈을 떴을 때는 이미 환하게 사방이 밝아 있었다. 그러나 정신은 말끔하게 깨나지 못하고 있었다.

“경민 씨, 더 잘래요?”

귓가에 속삭이듯 들리는 남자의 목소리가 물에 푹 젖은 종이짝 같은 그녀의 정신을 사정없이 후려쳐 깨어나게 만들었다.

“진우 씨?”

“벌써 9시가 넘었어요. 실은 배가 고파서 냉장고에 있던 요거트 두 개나 먹어 버렸어요.”

저도 모르게 안도의 한숨이 나온 건 왜일까. 경민은 스스로에게 의심스러웠다.

“날 깨우지 그랬어요.”

“너무 곤히 자서. 깨우려니 미안했어요.”

여자들이 꿈꾸는 휴일의 아침이라고 하면 꼭 등장하는, 뜨거운 밤을 보낸 뒤 사랑스러운 상대의 부드러운 목소리와 끈적끈적한 분위기의 아침 같은 그런 느낌이었다. 아래는 입었는지 모르겠지만 여전히 드러난 하얀 상체와 한쪽 팔을 침대에 기댄 채 자신을 내려다보는 야릇한 미소를 머금은 남자의 얼굴.

그러나 잠에서 깨자마자 떠오른 건 붉게 물들었던 밤하늘 한 귀퉁이였다. 그리고 그걸 본 순간 느꼈던 모골의 송연함.

“괜찮은 거죠?”

“뭐가요?”

경민이 벌떡 몸을 일으켰다. 이미 환하게 사방은 밝았다. 지겨운 새소리가 들리지 않는 걸로 보아 새벽은 아닌 모양이었다. 아까 9시라고 했나?

“그…… 별장! 불났다고 했잖아요! 어떡해요?”

“어떡하긴 뭘 어떡해요. 불났으니 다 탔겠죠.”

그녀의 다급한 목소리와는 달리 아무렇지도 않다는 듯한 남자의 목소리는 경민을 당황하게 만들었다.

“거기 있었으면 죽었을지도 모르잖아요.”

“설마요. 불났으면 뜨거우니 나왔겠죠.”

아무렇지도 않다는 듯 대답하는 남자의 반응이 더 어이가 없었다.

"아니, 그쪽이 살던 집이 불이 났다고요!"

경민이 소리치자 진우가 빙긋 웃으면서 말했다.

"내가 통구이가 돼서 괴로워하는 걸 보고 싶었나 보죠. 아니면 내가 없으니까 더 열 받아서 불 질렀는지도 모르고. 그런 인간들은 원래 그래요. 걸리면 죽는 거고 아니면 말고. 안 죽었으면 끝난 거예요. 경민 씨, 우리 아침은…… 어디 해장국집 가서 먹을래요? 배 엄청 고픈데. 이 근처에는 없죠?"

경민은 할 말을 잃고 말았다.

"너무 신경 쓰지 마요. 그 별장 주인인 회장님은 그거 있는 줄도 몰라요. 오히려 보험금이 두둑하게 나와서 용돈 벌이 되셨을 거예요. 그 돈 가지고 어디다 또 새로 하나 지을지도 몰라요. 그리고 그거 시킨 나쁜 언니는 분풀이했으니까 그걸로 됐을 거고요. 그러다 차츰 잊을 거예요."

길 가다 보이는 집에 차를 대고 들어온 해장국집은 썰렁했다. 그도 그럴 것이 뜨거운 해장국을 먹을 날씨도 아니었거니와 점심때가 되기엔 아직 이른 시간이었기 때문이었다.

"난 내장탕은 아직도 무리더라고요. 그냥 맑은 설렁탕이 딱이에요. 경민 씬 선짓국도 먹을 수 있어요?"

이미 선짓국을 시킨 경민은 어색한 웃음을 지을 수밖에 없었다.

"나름 부드러워서 선지도 괜찮아요."

이게 꿈인지 생시인지. 경민은 휴가 첫날을 어떻게 지낼지 생각하지 않았었다. 아마 주말에 계획을 잘 짰을지도 모르겠지만 이 남자 덕분에 그럴 시간이 없었다. 오히려 잘된 걸까?

요즘 젊은 남자들은 여자들보다 더 헤어스타일에 관심이 많아 보이던데 이 남자는 아까 샤워를 하고 툭툭 털기만 한 자연스러운 머리 모양 때문인지 나이가 어려 보였다. 그러고 보니 이 남자 나이도 알지 못했다.

"몇 살이에요?"

"그게 뭐 중요해요? 아, 맛있겠다."

막 끓고 있어서 에어컨 바람 속이 아니면 들여다볼 엄두도 나지 않는 설렁탕과 선짓국이 뚝배기에 담겨서 앞에 나오자 그는 부산스럽게 수저를 챙기면서 말했다.

"네. 중요해요."

"중요하구나. 올해 서른둘이에요. 다들 동안이라고 하죠."

"그래요. 정말 그러네요."

혹시나 자신보다 어릴까 싶었다. 그러나 송 선생보다 한살이나 더 많은데 얼굴만 보면 10년은 더 어려 보였다. 하지만 경민은 그가 자신의 나이를 만으로 이야기했다는 걸 모르고 있었다.

"아, 뜨거워. 그런데 고기 참 적네."

이건 꿈일까.

한여름 밤의 꿈. 아니, 대낮에 꾸는 꿈.

국물이 뜨겁다고 호호 불면서 먹는 남자를 흘끗 쳐다보았다. 그냥 더워서 맥이 빠지는 심심한 한여름 밤에 문득 눈앞에 나타난 정체불명의 남자. 그게 이 남자의 꼬리표였다.

경민이 숱하게 보아 왔던 다른 사람과는 전혀 다른 남자. 외모도 비정상적이었지만 그녀에게 아무렇지도 않게 말을 건네고, 커피를 마시고 밥을 먹고, 그리고…… 정말이지 아무렇지도 않게 같이 잠을 잤다.

원래 이 남자의 삶 자체가 그런 건지 알 수는 없지만, 경민은 요 며칠 정말 특별한 날들을 보내고 있었다. 이 무미건조하고 변화도 없는 시골 촌구석에서 절대 일어나지 않을 것 같은 일들이 자꾸만 눈앞에서 일어나고 있었다.

그런데 그게 다일까? 뭔가 다른 것이 있는 것 같은데. 경민은 그것들이 차츰 보이지 않았다. 오로지 그녀의 눈에 보이는 건 이 잘난 남자였다. 남자의 이마를 덮은 부드러운 머리카락. 웃음기가 가시지 않는 것 같은 깊은 눈, 장미 꽃잎처럼 부드럽고 용광로 같은 뜨거움을 동시에 지는 저 매끄러운 입술, 마술이라도 부리는 것 같은 긴 손가락.

"캑……."

"왜 그래요? 체했어요?"

"아니, 사레가 들려서……."

"물 좀 마셔 봐요. 천천히. 잘못해서 기도로 넘어가면 힘들어요."

남자는 큰일이라도 난 듯 부산스럽게 물을 주고 등을 두드리기도 하면서 제 걱정을 했다.

문득 경민은 아쉬워졌다. 이 남자와의 관계가 이런 어중간한 일회용이 아니라, 좀 더 깊고 끈끈한 사이였으면 얼마나 좋을까 싶어서.

그러면 안 되는 걸까?

"동해도 도시죠? 거기 렌터카 빌리는 데 있겠죠?"

"네."

그가 그녀의 휴대폰에 켜져 있는 내비게이션을 보면서 물었다.

"있을 거예요. 그쪽도 뭐 다 관광지라서. 그런데 왜요?"

차를 빌려서 떠나려고? 그녀는 짐짓 명랑하게 물었지만 갑자기 뒤가 싸한 느낌이었다.

"처리할 일도 있고 해서. 가 봐야죠."

"저기 집이 어디예요?"

집이 어디면 찾아라도 가게? 경민은 이 남자에게 궁금한 걸 물으면 물을수록 자신이 이 남자와 아무 관계도 없다는 걸 자꾸만 확인하게 되었다. 차라리 묻지 말았어야 하나.

"집이요? 없어요. 한국엔."

"네?"

경민이 당황해서 물었다.

"어제 말했잖아요. 산호세에서 일한다고. 집은 거기 있죠."

산호세? 거기가 어디였더라.

"샌프란시스코에 있는 산호세요. 코스타리카나 과테말라에 있는 거 말고요. 코스타리카 수도도 산호세, 과테말라에 있는 산호세 항도 있고……."

갑자기 머리가 뒤죽박죽이 되는 느낌이었다.

"그럼 회계사라는 것도……."

"이야기했잖아요. KPMG에서 일한다고."

이 이야기는 점점 완벽해지고 있었다. 외국에 사는 사람이었구나. 재미 교포인가?

궁금한 건 많았지만 경민은 더 이상 묻지 않았다. 물을 필요가 없을 것 같아서. 그리고 이 남자도 더 이상 이야기하지 않았다. 알려 줄 필요가 없을 테니까.

"아, 여기 렌트하는 데가 있네요. 음 저 큰 사거리에서 좌회전이요."

경민은 그의 말대로 차선을 바꿨다.

"차는 배기량 큰 걸로요. 잘 나가는 걸로. 그리고 기간은 한 일주일 정도요. 계산은 이걸로……."

"네? 지금 나한테 빌리라고요?"

"네."

진우는 아무렇지도 않게 가방 속에서 부스럭거리더니 5만 원권 한 뭉치를 꺼내 들었다. 아니, 지갑도 없이 돈을 다발로 넣고 다니나?

경민은 은행 띠지까지 그대로 있는 5만 원권 한 다발을 꺼내 든 진우를 보고 어이가 없어서 되물었다.

"경민 씨 지갑에 돈 넣어요. 돈을 다발로 들고 다니면 이상하잖아요. 다 안 들어가요? 그럼 이만큼만. 혹 모자라면 돈 되는 만큼만 빌려요."

"저기……."

경민이 돈을 받아 들고 지갑에 넣으면서 머뭇거리자 진우는 다시 하얀 이를 드러내며 씨익 웃었다.

"내가 빌려도 되는데, 내가 좀 튀잖아요? 안 그래요? 사람들이 날 보면 웬만하면 다 기억을 하더라고요."

"그럼 차는……."

"아랫사람 시켜서 도로 보낼 테니까 걱정 말고요. 그리고 이왕이면 블랙! 알죠? 남자는 간지!"

경민은 돈을 챙겨 들면서도 어딘가 모르게 한구석이 찜찜한 느낌이 들었다.

"나 여기서 기다릴 테니까 차 끌고 이리로 와요."

일부러 렌터카 업체가 있는 곳에서 한 블록 떨어진 곳에 차를 대 놓은 것도 이래서였나?

경민은 하는 수 없이 차에서 내렸다. 그 어마어마한 건물에 불을 지를 정도니까 이왕이면 조심하는 게 좋긴 하겠지만.

이제 이 남자는 영영 제 눈앞에서 사라지나?

제 발걸음이 늦어지는 건 너무 더워서일 거라 생각했다. 그야말로 이마가 익어 버릴 지경이었다.

"잘 가요. 아, 휴가라고 했죠? 재밌게 보내요."

연식이 좀 되어 보이는 검은색 에쿠스 승용차의 키를 받아 든 남자가 씨익 웃었다. 웃는 게 참 예쁘게 보였다. 잘빠진 모델처럼 비율이 딱 맞는 얼굴에 세심하게 균형을 맞춰 놓은 흠 잡을 데 없는 이목구비, 어딘가 슬쩍 연약해 보여 여심을 자극하는 것같이 보이지만 훨씬 어려 보이는 하얀 얼굴. 아마 요즘 흔히 말하는 금수저 집안에서 어디 하나 모자람 없이 자라 고생이란 걸 짐작도 못 해 보이는 그런, 귀티 나는 얼굴이었다. 저런 사람을 다시 만날 수 있을까.

"그쪽도 잘 가요."

어디 가냐고 묻고 싶었지만 경민은 묻지 않았다. 지금까지의 추억이라면 올 한 해쯤 그 심심한 사무실에서 멍 때리기에 충분한 양이니까.

"네. 잘 가요."

차에서 내린 그가 저쪽의 검은 차로 갔다. 막 차에 타서 시동을 거는데 경민의 눈에 그가 앉았던 자리에 놓인 가방이 보였다. 빛바랜 것 같은 푸른색의 천 재질로 된 배낭이었다.

"저기요!"

차에서 내린 경민이 막 출발하려는 그의 차를 손짓으로 박은 뒤에 운적석으로 가서 가방을 손에 들었다.

"가방 놓고 갔잖아요."

차 밖의 열기가 그녀에게 열린 모든 구멍으로 밀려 들어오는 것 같았다. 심지어 눈까지 따가웠다.

"아, 그거 경민 씨 가져요."

"네?"

"전에 커피도 사 주고, 옷도 사 주고, 저녁도 사 주고……

그거 값은 거니까. 약간의 위자료도 포함이에요. 추적 안 되는 일련번호 뒤죽박죽인 거니까 휴가비에 보태 써요. 아, 그리고 당부하는데 한꺼번에 은행에 넣진 말아요. 그냥 항아리 같은 데 넣어 뒀다가 은행에 조금씩 넣어요. 알았죠?"

"무슨 소리예요!"

경민은 그제야 가방 옆에 지퍼를 살짝 열었다.

맙소사.

가방 안에 든 건 5만 원권 지폐 다발이었다. 전부다.

"이봐요!"

"세상에 믿을 건 돈밖에 없어요. 그럼 경민 씨 잘 가요! 운이 따른다면 또 보겠죠!"

"진우 씨!"

그녀가 소리쳤지만 그의 차는 둔중한 엔진 소리와 매연 한 무더기를 남기고 대로로 들어섰다.

이러고 있을 때가 아니지. 경민은 어이가 없지만 재빨리 자신의 핑크색 스파크로 돌아와 가방을 옆에 놓고 시동을 다시 걸었다.

장 부장인가 뭔가 하는 떡대가 내민 100만 원 수표 정도라면 '허, 참!' 하고 허탈한 마음으로 받아들였을지도 모른다. 그런데 문제는 지금 이 가방에 든 건 5만 원권 뭉치가 몇 개나 되는지 알 수 없을 정도였다.

그녀는 검은색의 호로 시작되는 차의 뒤를 쫓기 시작했다. 이미 중간에 차 몇 대가 들어섰다. 그러나 그게 문제가 아니었다. 그녀가 빌린 차는 배기량이 3000cc가 넘는 차였다. 게다가 저 잘생긴 놈은 얼굴값을 하는지 대로에 있는 차들 사이에서 이리저리 차선을 타더니 금방 눈앞에서 사라져 버렸다.

"젠장!"

그의 차가 완전히 시야에서 사라지자 그녀가 소리쳤다.

대체 이게 무슨 일이야.

혹 자신이 착각한 게 아닐까 싶은 경민은 비상등을 켜고 길가에 차를 붙였다. 그리곤 다시 그 가방을 집었다. 묵직함이 아까보다 더한 느낌이었다. 혹 지나가는 사람이 들여다볼까 싶어 살그머니 옆에 있는 지퍼를 열었다가 후다닥 다시 올렸다.

그녀가 본 건 헛것이 아니었다. 5만 원권 다발은 여전히 가방 안에 꽉 들어차 있었다.

대체…… 이건 뭐야.

에어컨 바람 때문인지 갑자기 머릿속이 지끈거리면서 두통이 올라왔다.

6. 재회

더위를 먹은 건가.

꿈을 꾸었는지, 귀신에게 홀렸는지, 혹은 농락을 당한 건지. 도통 뭐라 해야 할지 모르겠지만 차에서 내려 제집으로 돌아온 순간, 숨이 턱 막히는 가마솥 같은 방 안의 공기에 경민은 결론을 내고 말았다.

더위를 먹었구나.

집은 별로 변한 것이 없었다. 아침에 씻고 에어컨을 끄고 나갔기에 찜통 같은 열기만 가득했다.

에어컨을 켜야 하나 문을 열어야 하나 고민했다. 창문을 열기가 귀찮아 에어컨을 최저 온도로 해 놓고 화장실에 들어가 찬물에 세수를 했다. 샤워까지 할 기운은 없었다.

찬물 덕에 정신을 차린 경민은 화장실에서 나와 아직도 뜨뜻미지근한 방 안에서 낯선 물건을 보고 저도 모르게 몸이 굳어졌다. 분명히 제가 들고 온 가방인데. 급하게 화장실로 들어가느라 내팽개친 배낭은 흐늘흐늘한 재질 덕에 내용물의 비죽거림을 가리지 못하고 쓰려져 있었다.

아까 본 건 헛것일지도 몰라.

오늘 있었던, 아니 요 며칠 있었던 일이 모두 꿈일지도 몰라. 지금 내가 방에서 깨난 거 아냐? 이 가방은 옷장 구석에 박혀 있던 언니 물건일지도. 그렇게 아무리 머릿속으로 소설을 써 봐도 헛일이었다.

경민은 깊이 숨을 들이쉬고 찬 바람이 퍼지는 방 한가운데로 걸어갔다. 그리곤 여전히 묵직한, 흐늘거리는 배낭을 집어 들었다. 낯선 묵직함이었다.

말끔하게 침대를 정리한 남자의 손길 때문에 아무도 잔 것 같은 흔적이 남지 않은 침대 위에서 경민은 떨리는 손으로 가방을 내려놓고 옆에 있는 지퍼를 내렸다.

"에구머니나."

저도 모르게 소리를 치고 말았다.

동해의 낯선 땡볕이 내리쬐는 아스팔트 위에서 본 건 제 환상이었을지도 모른다고 생각했었는지도.

언뜻 본 5만 원권 뭉치 두어 개 대신 뒤에는 다른 그 남자의 물건 따위가 들어 있었을 수도 있었다. 경민은 가방을 거꾸로 들어 내용물을 쏟아 냈다.

둔탁한 소리를 내면서 쏟아져 내리는 건 역시 돈뭉치였다.

띠지에 모 시중은행 도장이 선명한 5만 원권 뭉치들. 꽉꽉 동여매 도장까지 찍힌 뭉치는 딱 백 장씩일 것이 분명했다. 그럼 이거 한 뭉치에 500만 원.

경민은 떨리는 손으로 지폐 뭉치를 쌓기 시작했다. 하나 둘 셋…….

모두 스물아홉 개.

열 개가 5천이니까 스무 개는 자그마치 1억. 남자가 차 렌트비로 다발에서 돈을 빼 준 다음 그것을 차의 콘솔에 실었으니까. 원래 모두 1억 5천이었던 모양이다.

살면서 이렇게 많은 현금을 눈앞에서 본 것이 처음이었다. 학창 시절 부모님을 잃고 언니의 뒷바라지 속에서 사느라 고생을 하긴 했지만 마냥 어렵게 살진 않았었다. 그러나 이런 현금을 눈앞에서 본 적은 없었다.

"세상에 믿을 건 돈밖에 없어요."

어린 나이에 험한 세상을 언니와 단둘이 헤쳐 가면서 가장 뼈저리게 알게 된 명언이자 사실이었다. 그가 당연한 듯 이야기해 주지 않더라도. 그러나 이건 아니지 않은가?

그 남자가 뭔데 이런 걸 던져 준 거지? 생판 모르는 나한테 왜?

자상 치료나 외과적 수술 후에 가장 흔한 후유증인 발열 현상에 대한 해열제를 주고 상처 소독을 해 준 것밖에는 없다.

칼에 찔린 걸 수술을 하거나 수혈을 해서 살려 준 것도 아니고, 솔직히 그 열도 아침쯤이면 스스로 내렸을지도 모를 일이었다. 남자는 건강한 체질이었으니까. 그런데 왜.

뜨거운 밤을 보내서? 이틀 치의 화대인가? 아니면 내 컴퓨터를 빌려줘서…….

그때야 갑자기 뭔가가 떠올랐다.

"전에 커피도 사 주고, 옷도 사 주고, 저녁도 사 주고…… 그거 갚은 거니까. 약간의 위자료도 포함이에요."

약간의 위자료. 그리고 남자가 했던 일.

그 정체불명의 뭔가에서 출력한 숫자들.

경민이 생각했을 때, 그 숫자는 무언가 중요한 것들이었음이 틀림없었다. 고객들의 계좌 번호라고 했나? 남자는 종이를 출력해서 가장 중요한 부분을 제게 외우라고 하고 나머지를 그 자리에서 다 외워 버린 후에 찢어 버렸다. 그것도 모자라서 변기통에 버려서 완벽하게 증거를 인멸했다. 아마 자신이 외운 건 어떤 비밀번호 같은 거 아닐까? 그것 때문에 뭔가 심각한—경민은 실은 그가 몰래 SD카드까지 버린 건 모르고 있었다— 일이 일어나는 거 아닐까? 그래서 위자료라고 돈을 던지고 간 거 아닌가.

아니지, 그게 뭐 대단한 거라고. 이 돈은 뭔가 범죄에 쓰인 돈일지도 몰랐다. 은행에 입금하지 말라고 했으니까. 혹 이것 때문에 그 어마어마한 별장이 불타 버린 것처럼 이곳도 불이 나는 거 아닐까?

"아, 그리고 당부하는데 한꺼번에 은행에 넣진 말아요. 항아리 같은데 넣어 뒀다가 은행에 조금씩 넣어요. 알았죠?"

뒤에 붙어 있던 말도 기억났다. 항아리에 넣어 두라고? 돈을 찾으러 조폭들이라도 오는 걸까?

경민은 안절부절못하고 있다가 돈들을 다시 가방에 넣고 벌떡 일어나 문을 나섰다. 문을 열자마자 열기가 밀려 들어왔다. 폭염의 절정이라는 8월 첫 주, 황금 휴가철이라는 걸 증명이라도 하듯 지금까지 본 여름의 햇살 중에 가장 뜨겁고 강렬한 빛이 쏟아져 내리고 있었다.

선뜻 그 안으로 가기 망설여지는데 그녀의 눈에 감나무 밑에 있는 평상이 보였다. 남자가 저를 기다리느라 앉아 있던 곳이었다. 날씨가 좋으면 동네 할머니들이 앉아서 수다 삼매경을 펼치기도 하는 곳이었다.

그 평상 뒤에 항아리가 몇 개 있긴 있었다. 그중에 두어 개에는 간장이나 막장 같은 게 있었다. 전에 이 보건지소를 담당하던 전임자의 것이었는지 아니면 이 보건지소와 담을 맞대고 있는 옆집 노인 내외의 것인지는 모르겠지만 그녀도 가끔 된장찌개를 할 때 꺼내 먹곤 했었다. 그 외에는 다 빈 항아리였다. 저걸 보고 이야기한 걸까?

그런데 저기다 넣어 두어도 되나? 누군가 항아리를 열어 볼지도 모르는데.

1년 사이에 저 항아리를 열어 본 사람은 경민밖에 없었을 것이다. 옆집 노인 중에 할아버지는 돌아가셨고 할머니는 거동이 불편해서 가끔 가서 보살펴 드려야 했기 때문에 이렇게 더울 땐 정선에 있는 딸네 집에 가 있어서 비어 있었기 때문이었다. 그래도…….

이걸 넣어 뒀는데 누가 훔쳐 가면 어쩌지? 그런데 그가 와서 다시 달라고 하면?

헉헉 숨이 차오르는 것 같은 열기 속에서 경민은 후다닥 뛰어서 항아리 쪽으로 갔다. 제일 손이 안 갈 것 같은 낡은 항아리 뚜껑을 열자 안에는 쿰쿰한 냄새만 날 뿐 텅 비어 있었다. 주변을 두리번거리던 그녀는 가방을 넣고는 뒤쪽에 쌓여 있는 검불들을 넣어 가방을 가리고 옆에 있던 옆 항아리에 뚜껑 대신 덮어 두었던 비닐 포대도 재빨리 넣었다. 해에 바싹 달궈져 있었는지 뜨거웠지만 그 열기를 느낄 새가 없었다.

그리곤 항아리를 눌러 놓기 위해 올려놓았던 벽돌까지 넣어 꾹 누른 뒤 항아리 뚜껑을 닫았다. 마침 저쪽에서 차 한 대가 길가를 지나가는 것을 보고 경민은 재빨리 차 쪽으로 다가가 아무 일도 없다는 듯 차 문을 여닫는 척했다. 차가 지나가자 자신의 방으로 돌아왔다.

그 순간에도 땀이 비 오듯 흘렀다. 그러나 그것보다도 미칠 듯이 뛰는 심장의 고동이 더 문제였다.

이 노릇을 어쩌랴.

찬물에 샤워를 하고, 옷을 갈아입고, 차가운 에어컨 바람이 쌩쌩 퍼져 나와 팔뚝이 오롯이 소름이 돋을 때쯤, 그녀는 혼자 되뇌었다.

냉정해져야 해.

남의 돈 1, 2만 원이라면 모를까. 물론 그런 돈도 불로소득으로 꿀꺽해 본 적이 없는 경민은 농담으로 치부하기에도 어이가 없는 돈을 어쩌자는 건 아니었다. 남자가 분명히 항아리에 넣어 두라고 했으니까 알아서 찾아갈지도 모를 일이었다. 누군가 항아리에 장을 푸러 왔다가 들고 가더라도 그건 제 책임이 아니었다. 생각해 보니 책임도 있나 싶긴 했지만. 하여튼 그 돈을 넙죽 받겠다 생각한 적은 없었다. 그럴 필요도 없고.

다만 이제 휴가였다. 무려 6일이나. 6일 동안 럭셔리한 여행을 간다는 것도 당황스럽지만 우선은 이곳을 벗어나고 싶었다. 무슨 일에 휘말릴지도 모르니까.

경민은 노트북을 켰다.

어제 결제를 하려다 말았던 호텔의 여름휴가 패키지가 버튼을 누르기 직전의 모습으로 떠 있었다. 충동적으로 버튼을 누르자 결제가 완료되었다. 날짜는 오늘 체크인.

다들 동해안으로 몰려가고 있으니까 하행선이 밀릴 것이다. 서울까지는 세 시간 반, 지금이 막 2시쯤 되었으니까 6시면 도착할 것이고.

경민은 시원하게 에어컨이 나오는 백화점을 돌면서 쇼핑도

즐겨야겠다는 생각으로 가방을 열고 옷가지 몇 개만을 챙겨 든 채 집을 나섰다.

길은 한가했다.

평소에 과속을 일삼는 운전 습관도 없었고 에어컨을 과하게 가동해야 하는 작은 경차는 다른 계절보다 힘겹게 도로를 질주하고 있었기 때문에 차창 밖의 풍경은 천천히 지나가고 있었다. 정선까지도 차가 없고, 지나서도 길가에 차가 별로 없기 때문에 그녀의 머릿속은 쉽게 운전에만 집중할 수 없었다.

뭐가 잘못된 거지.

그 잘난 놈이 한 말이 다 사실일 수도 있는 거였다. 진짜 무서운 구 여친님이 달려든 것도 사실이고, 그래서 불도 났고…….

그런데 그 종이의 정체는 대체 뭐란 말인가. 그게 문제였다. 왜 그걸 외우라고 했지? 그것 때문에 그 남자를 또 만나야 하는 거 아냐?

또 만나야 하는 거 아냐.

솔직해지자.

실은 원하는 게 그거 아닐까? 돈도 쓸 것도 아닌데. 그게 한두 푼이 아니듯 그가 찾으러 올지도 모르는 거고, 일부러 외우라고 한 것도 그가 다시 올지도 모른다고.

다시 가서 그를 기다려야 할까?

아니, 당분간 안 오면 돈은 어쩌지? 갑자기 그 항아리에 허술하게 넣어 둔 거액이 생각났다. 누가 와서 가져가는 거 아닐까.

그 남자는 자신의 휴가가 일주일이라는 걸 알고 있으니까 다음에 오겠지, 뭐.

그 집에서 혼자 여름을 난다는 건, 생각만 해도 미치고 팔짝 뛸 지경이었다. 그가 나타나기 전에도 숨이 막혀 왔었는데 그 침대 위에서 일주일을 혼자 아무것도 안 하고 있으라고?

가자. 가서 도시의 공기를 만끽하면서 그동안 열심히 힘들게 살아온 만큼 즐기자.

경민은 액셀을 밟았다. 불쌍한 꼬꼬마 차가 더 헐떡이길래 좀 더 힘주는 건 포기했지만 그녀는 머릿속을 털어 버리려 애썼다.

10여 년 열심히 일만 했다. 이제 좀 쉬어야 할 때도 되지 않나? 기껏해야 할인율 높은 이류 호텔의 여름 패키지를 즐기자는 것뿐인데!

머릿속에 온통 그 한진우라는 남자와 돈 보따리만 꽉 차 있어서였을까?

경민은 서울은커녕 서울 언저리에 들어서자마자 머릿속을 비워야 했다. 물론 여름휴가의 절정을 맞이하여 많은 차들이 휴가지로 떠난 뒤였다. 그러나 역시 도시에는 사람도 많고 차도 많았다. 지나가는 차가 드문 동네에서 살다 보니 10차선 대로의 차선을 타는 것도 힘들었고, 더군다나 내비게이션의 안내를 미처 쫓아갈 수가 없었다.

—300m 앞에서 우측 방향입니다.

300m가 대체 어느 정도 인지 가늠이 되지 않았다.

—경로를 이탈하였습니다. 경로를 재탐색 중입니다.

짜증스러운 내비게이션 언니의 질책을 들으면서 에어컨이 빵빵한데도 불구하고 경민은 등줄기의 흥건한 땀을 어쩔 새도 없이 손에 피가 안 통하도록 핸들만 부여잡고 앞을 쳐다보고 있었다.

"이런 강아지 새끼 같으니라고!"

미처 인지하지 못한 비속어를 간간히 남발하면서.

경민은 지칠 대로 지쳐 버렸다. 운전 경력 5년이라지만, 시골 산길과 대도시의 도로는 완전히 다르다는 걸 뼈저리게 느끼고 있었다.

제발 자신이 찾던 호텔이 나오길 바라면서 시내를 헤맨 지 두 시간 째. 예상 도착 시간인 6시는커녕 이미 8시를 훨씬 넘겨 길고 긴 질긴 여름 해가 지쳐 질쯤에서야 경민은 도착지가 근처라는 내비 언니의 목소리를 들을 수 있었다.

그 호텔이란 데가 있긴 있구나.

경민은 전혀 호텔 같아 보이지 않는 모텔쯤 되는 건물의 주차장으로 들어가면서 한숨을 내쉬었다. 당장 시원한 물에 풍덩 빠지지 않으면 길가에 쓰러져 죽을지도 모른다는 생각이 들었다. 땀을 하도 흘려서 몸 안의 수분이란 수분은 다 빠져나간 것 같았다. 허기는 둘째 치고라도 갈증에 정신이 혼미해지는 것 같았다. 물이라도 벌컥벌컥 먹어야지.

시원하게 욕조에서 거품 목욕을 한 뒤에 호기롭게 호텔 뷔페로 저녁을 먹고 바에도 가서 한잔해야지…… 그런 원대한 꿈 따위는 다 필요 없었다. 우선은 이 불쌍한 차에서 얼른 내리고 싶었을 뿐이었다.

다들 동해안으로 피서도 안 갔는지 오늘따라 이놈의 주차장도 만원이었다. 세 바퀴나 주차장을 빵빵 돌던 그녀는 겨우 구석에 있는 자리에 차를 끼워 넣을 수 있었다.

"발레파킹도 없단 말이야!"

혼자 중얼거리면서도 겨우 차에서 내린 그녀는 시동을 껐다. 웅웅거리는 에어컨 소리까지 없어져 머리가 멍하게 울리는 기분이었다.

이제 쉬면 괜찮을 거야. 그리고 뻔히 아는 길을 돌아왔으니까 갈 땐 좀 더 편하게 갈 수 있을 거야. 혼자 중얼거리며 차에서 내렸다. 문을 열자마자 탁한 서울의 공기가 한증막의 열기처럼 밀려 들어왔지만 괜찮았다. 살아서 무사히 도착했으니까 그게 어디야.

옆 좌석에 던져 놓은 커다란 헝겊 가방을 꺼내 들고 막 차문을 닫았을 때였다.

"어?"

바로 자신의 차 옆에 누군가 있다는 것을 어둠 속에서 보았다. 워낙에 사람이 많은 도시니까, 그 도시 한복판에 있는 호텔이니까, 어마어마하게 차가 주차되어 있으니까 마침 옆 차에 누군가 타려나 보다 했을 뿐이었다.

"죄송합니다. 지나갈게요."

길을 막고 있는 것 같아서 그녀는 지친 목소리로 말하고 옆으로 지나가려 했다.

그때였다. 시커먼 옷을 입은 남자의 손이 제게 다가온 게.

"이봐요! 이……."

놀래서 한마디 하려 했다. 그러나 시큼한 남자의 땀 냄새와 함께 뭔가 휘발성 약품 냄새가 나는 무언가가 얼굴을 덮었다는 느낌이 들었다. 그리곤 머릿속에 불을 끈 듯 갑자기 암전되어 버렸다.

"어이, 언니! 정신 차려."

언니라는 단어와 전혀 어울리지 않는 남자 목소리가 들려왔다. 그녀는 불이 꺼진 암흑 속에서 정신을 차리려 했으나 곧 머리가 깨지는 것 같은 두통이 밀려왔다.

"아……."

"언니, 엄살 부리지 말고."

아마 정신이 덜 깨어서 상황 판단이 안 돼서였을 것이다. 제대로 보았다면 절대 그런 말이 나올 리 없었을 테니.

"누가…… 네 언니야!"

"어후, 이 언니 성깔 있어서 귀엽네?"

그때야 희미한 정신 사이로 경민은 사태가 파악이 되었다. 제 두 손목에 뭔가 가느다랗고 딱딱한 것에 묶여 있어서 아프다는 것도, 두 다리도 무언가에 묶여 바닥에 쓰러져 있다가 누군가 일으켰다는 것도 어렴풋이 알게 되었다. 사지가 나른한 게 제 것이 아닌 것만 같은 기분이었다. 오래 가지고 놀아 솜이 뭉쳐 흐늘거리는 낡은 헝겊 인형이 된 기분.

"눈 좀 뜨고 언니!"

언니라는 명칭이 기분 나빴지만 정신이 들면 들수록 그런 걸 기분 나빠 할 수 없는 입장이라는 걸 깨닫게 됐다.

"여, 여기가 어디……죠?"

혀마저 굳어 있었던 거 같았다. 마취제인가? 머릿속이 띵해져 잘 떠오르지도 않았다. 수술실에서 전신 마취에 쓰는 가스였나.

"그건 알려 줘도 모를 테고. 언니, 저 오빠 알지?"

경민은 그제야 자꾸만 감기려는 눈꺼풀에 힘을 줘 앞을 쳐다보았다.

지하실인가? 아니면 깜깜한 밤인가. 노란색의 전구는 조명이 그다지 밝진 않았다.

슬슬 온몸에 감각이 돌아오고 있었다. 맨다리에 느껴지는 차가움은 시멘트로 된 바닥이란 걸 알 수 있었고, 꽤 오랫동안 방치되었는지 먼지 같은 게 잔뜩 묻은 느낌이었다. 게다가 가느다란 줄은 언뜻 보니 케이블 타이 같은 것이었고, 빽빽하게 묶어 놨는지 손목과 팔목의 통증이 서서히 느껴졌다.

그러나 경민은 그것 외에는 다른 것을 쳐다볼 수가 없었다. 제 다리를 쳐다보고 나서, 누군가에 의해 일으켜져서 눈을 들었을 때. 제 앞에 있는 광경만 보고는 딴 데를 볼 수가 없었기 때문이었다.

그가 있었다.

"경민 쌤, 또 보네요."

경민은 목구멍이 말라붙어 버렸다.

맨 처음에 든 생각은 배신감이었다.

아니, 반가움이었나? 반가움과 다행스러움이 0.001초 정도 스친 뒤에 바로 밀려든 감정이 배신감이었으니까.

그가 제 앞에 있는 의자에 앉아 있었다. 저처럼 두 손발이 묶인 채로 바닥에 엎어져 있어야 했는데 멀쩡하게 팔길이까지 있는 의자에 편안하게 앉아서 히죽거리는 그 특유의 표정으로 자신에게 알은체를 하고 있었다.

뭐야? 아침에 그렇게 아무렇지도 않은 듯 해장국을 나눠 먹고 돈 가방을 던져 준 뒤 싹수없게 웃으면서 사라지더니 이제 와서 또 본다고? 그래서 반가운 거야?

경민은 어이가 없어서 말도 할 수 없었다. 지금 뭐 어쩌자는 거지? 돈이야 그냥 달라고 하면 줄 거였는데. 가지라고 해도 가질 것도 아니었는데 이 상황은 대체 뭔데!

남자는 제가 사 준 반팔 티셔츠와 반바지를 입은 채 편안하게 팔걸이까지 있는 의자에 혼자 앉아 있었다. 그것도 단정하게 앉은 것도 아니라 한껏 기댄 채.

고개를 돌려 볼 수는 없으나 우악스러운 악력을 가지고 언니라는 개기름 낀 느끼한 단어를 남발하는 덩치 큰 남자가 있었고, 한진우가 앉은 의자 주변엔 이 더운 날씨에 어울리지 않게 딱 조폭의 유니폼인 듯 다림질이 잘되어 빳빳해 보이는 반팔 와이셔츠와 정장 바지 차림의 남자 두어 명이 서 있었다. 그 옆엔 넥타이까지 한 샤프한 모습의 평범한 덩치의 남자까지.

이 남자들의 정체는 뭐지? 정말 그 무서운 보건복지부 장관 딸의 수하들?

조폭이라고 보기엔 너무나 단정해 보이는 모습 때문일까? 저 한진우란 남자를 전혀 묶지도 않고 앉혀 놨으니까 한패겠지…… 어?

경민은 이상한 걸 느꼈다. 지금이야 한가한 시골에서 당뇨나 고혈압을 관리해 주면서 나라에서 주는 월급을 받고 있다지만, 그래도 한때는 우리나라에서 세 손가락 안에 드는 커다란 종합 병원의 응급실과 수술 방을 다니던 간호사였다.

이 지하실인지 아니면 무슨 창고 있지 모를 장소에 노란 백열등 같은 게 켜져 있어서 명확하지는 않지만 의자에 기대듯 앉아 있는 진우의 자세가 이상했다. 뭔가 기운이 없어서 흘러

내리기 직전의 사람을 겨우 앉혀 놓은 느낌이었다.

더 중요한 건 자신의 눈도 아까는 잘 보이지 않았지만 이제 정신이 명확해지면서 서서히 초점이 맞아 가니 진우의 잘생긴 얼굴과는 달리 눈이 흐리멍덩해 보였다. 약간 동공이 풀린 것처럼 보이고.

"진우 씨 괜찮아요? 정신 차려 봐요."

그때였다. 바로 옆에 서 있던 정장을 잘 차려입은 남자가 입을 연 것이.

"진우? 어이, 이건 몇 번째 이름이야?"

그 남자는 늘어진 한진우를 쿡 찌르면서 히죽 웃기까지 했다.

덕분에 말을 잃은 것은 경민이었다. 혹 가명을 댄 건가? 저 사람들이 저 남자의 가짜 이름을 알고 있는 거 아니야? 이게 진짜인 건가? 아니면 정말 가짜 이름인가……. 경민이 당황스럽게 고민 중일 때 고개를 휘적거리면서 진우가 천천히 말했다.

"아…… 한진우요. 서울 올 때 비행기에서 봤던 드라마 주인공이었어요. 재밌더라고요. 요즘은 한국이 드라마를 잘 만드는지, 한 열 편은 본 거 같아요. 자는 시간 빼고 내내 봤으니까. 무슨 법의학 박사던데……. 기억나는 이름이 그거밖에 없어서. 우리 간호사 선생님이 갑자기 물어보니까 그 주인공 이름밖에 안 떠오르더라고요……."

"……."

다리가 아팠다. 두 발목이 가느다란 케이블 타이로 묶인 채 옆으로 쓰러져 있었으니까. 기분 나쁜 콘크리트의 찬 기운이 올라오면서 저리고 아팠다. 다리가 아픈 거지, 그 외에는…… 아, 앞으로 묶인 두 팔목도 쓰리구나. 어떤 놈이 이렇게 꽉 묶어 놓은 거야.

경민은 눈가가 뜨거워지는 게 낯선 배신감 때문이라고 생각했다. 맞아, 배신감이지. 저 남자는 자신을 이용했을 뿐이야. 자신에게 진짜 이름 따위…… 가르쳐 줄 필요 없잖아.

그때였다. 다시 정장을 입은 남자가 물었다.

"이건 사담인데 말이야. 저 여자가 그 호텔에 갈 거란 건 어떻게 알았지? 여자가 이야기해 줬어?"

생각해 보니 이상했다. 자신이 그 호텔에 갈 거라고 정체불명의 남자에게 가르쳐 준 것도 아니었고 그냥 즉흥적으로 올라간 거였다. 어떻게 그 주차장에서 기다리고 있다가 자신을 납치한 걸까?

그 질문을 받자마자 한진우라는 가명을 가진 남자가 피식 웃으며 느릿느릿 입을 열었다.

"저 강경민 선생님이…… 호텔을 검색하고 있었거든요. 결제 누르기 직전이어서……. 저 선생님 애인도 없고, 가족도 없는 거 같고. 휴가로 바닷가를 갈 분도 아닌 거 같았거든요. 내가 좀 눈썰미도 있고 기억력도 비상해서……."

남자는 다시 피식피식 웃으면서 몽롱하게 대답했다.

경민은 그가 두 번째 밤에 찾아 왔을 때 결제를 누르기 직전이었다는 이제야 생각해 냈다. 그걸 보고 자신이 그 호텔에 갈 거란 걸 알았단 말인가.

갑자기 소름이 끼쳤다. 이야기한 적도 없었는데 이 남자는 그 모든 걸 다 짐작해서 자신을 '선택'한 거였다. 가족도 애인도 없는 혼자 사는 여자니까. 그리고 그 이유로 저와 잠까지 잔 거고.

그러나 이상했다. 이런 소리를 술술 하는 남자의 모습이. 경민은 그제야 지금 이 남자가 제정신이 아니란 걸 깨달았다.

무슨 약에 취한 게 틀림없었다. 자세히 보니까 두 손은 자유로웠지만 허리와 어깨 부분은 얇은 끈으로 의자에 고정되어 있었다. 아마 그렇지 않았으면 의자에 앉아 있지 못하고 흘러내려 누워 버렸을 거 같았다.

저 상태는 뭐지. 약물이 틀림없는데. 암페타민(Amphetamine)* 이나 리탈린(Ritalin)*인가. 좀 더 공부를 할걸, 후회가 막심했다. 그러나 무슨 약인 줄 안다고 해서 지금 이 상황이 달라졌을까.

피식 웃으면서 머리에 힘이 없는 듯 고개가 떨어지자 옆에서 있던 남자가 그의 머리채를 잡아당겨 고개를 들게 만들었다. 그 힘에 의해 들린 머리는 다시 옆으로 기울어지고 있었다.

---

*Amphetamine:미국에서 합성된 각성제의 일종.
*Ritalin:정신 흥분제.

그러자 어딘가에서 누가 말했다.

"빨리해. 약 기운이 다 떨어져 가."

그 말에 경민은 팔에 소름이 돋는 게 느껴졌다. 정말 약이구나. 이 사람들의 정체는 대체 뭐야.

그 보이지 않는 누군가의 말을 들은 정장을 입은 남자가 명령이라도 받들듯 그에게 물었다.

"자, 그러면 본론으로 들어가자고. 저 여자한테 비밀번호를 외우게 했단 말이지? 넌 일부러 보지도 않고."

"네…… 전 몰라요."

그랬구나. 이런 일이 생길까 봐 자신에게 그걸 외우라고 했구나. 분명히 뭔가 중요한 것일 게 틀림없었다. 자신이 대답하지 않으면…….

"이제 아가씨 차례. 자 아가씨, 아가씬 아무것도 몰라. 이놈이 그냥 그걸 가르쳐 줬을 뿐이야. 아가씬 뭣도 모르고 당한 선량한 피해자일 뿐이라고. 들었잖아? 자, 이놈이 가르쳐 준 비밀번호 다섯 자리는 뭐지?"

"……."

이 남자는 이런 일을 예상하고 자신에게 번호를 외우라고 한 게 틀림없었다. 내가 여기서 말하면 어떻게 되는 거지? 아니, 나하고 무슨 상관이야. 이 사람들 알지도 못하는데. 만약 잘못 대답하면 해코지를 할지도 모르잖아. 이 남자가 제게 한 일들이 다 수포가 되는 건가?

그때였다.

그가 히죽거리면서 그녀를 향해 웃었다. 잘못하면 옆으로 침이라도 흘릴 것만 같았다. 그러다가 다시 그의 고개가 떨어졌다. 온몸도 앞으로 숙여졌다.

옆에 있던 남자가 다시 뒷머리를 잡아채 고개를 쳐들게 했다. 그때였다. 그 힘에 의해 몸을 일으키면서 그의 손가락이 움직여진 건. 경민은 계속 그를 쳐다보고 있었다. 배신감인지, 아니면 공포인지 모를 감정으로.

그때 남자의 손가락 중 오른손 검지가 쫙 펴진 게 보였다. 일부러 한 게 분명했다. 온몸에 힘이라곤 하나도 없어 보이는 남자가 온 힘을 다해 손가락 하나를 쫙 펴서 내리더니 곧 힘이 빠진 듯 손을 오그렸다.

손가락 하나?

경민은 제 혼란한 머릿속을 뒤졌다. 저게 뭐였지.

"어이, 간호사 아가씨. 이 남자가 가르쳐 줬다잖아. 비밀번호 다섯 자리 뭐야? 대답 안 하면 둘 다 죽어."

쫙 펴진 하나의 손가락. 그건 뭐였지.

"이건 뭐 같아요?"

"아까 한 게 긍정이니까, 이건 부정의 뜻? 아까 플러스라면서요. 지금은 손가락이 하나니까 마이너스잖아요."

경포대의 파스타 집에서 한 말이었다. 머리에서 손가락을 가리키면서 플러스를 만들면 그건 긍정, 손바닥에 마이너스

표시를 하면 부정.

"수화는 듣거나 말하는 게 불편한 사람들을 위한 대화의 수단이기도 하지만, 그걸 모르는 사람들 사이에선 은밀한 당사자끼리의 소통도 되거든요."

그런 걸까? 지금 머리도 들 힘이 없는 남자가 온 힘을 다해서 손가락 하나를 폈다. 지금 여기서 어떻게 해야 하는 거지? 그게 대체 뭐기에. 잘못된 걸 말하면 바로 들통나는 거 아냐?

경민은 주위를 둘러보았다. 그래도 여기서 믿을 사람이라곤 저 의자에 늘어져 있는 남자 하나뿐이지 않은가.

"13G44예요."

그녀가 알고 있는 숫자에서 모두 하나씩 내린 것이었다. 혹 그 법칙이라도 눈치챘을까?

"확실해?"

어쩐지 미심쩍다는 표정에 경민은 다시 마른침을 삼키면서 말했다.

"뒤에 번호가 중복이어서 쉽게 외웠어요. 맞아요."

"적어!"

정장의 사내가 말하더니 경민에게 다가왔다.

"확실한 거야?"

"네. 수많은 숫자 중에 다섯 자리 외우고 지우라고 했어요."

"네, 맞아요……. 그랬어요. 경민 씨가 외우고 있거든요."

그녀의 심장이 덜컥거렸다. 저들이 잘못된 걸 알고 자신을 어떻게 하지 않을까? 비밀번호라니까 지금 맞춰 보고 아니면 해코지를 하는 게 아닐까. 경민은 덜덜 떨리는 입술을 꾹 깨물었다.

그걸 아는지 모르는지 정장을 입은 사내는 벌떡 일어나 주머니에서 휴대폰을 꺼내 들었다. 어디론가 전화를 했고 시간이 한참이나 지나서 상대방이 받은 모양이었다.

"13G44야. 바로 들어가."

경민의 심장은 튀어나올 것만 같았다. 이대로 잘못되는 걸까.

여전히 남자는 기운을 차리지 못하고 고개를 떨궜고 이제는 양옆에 있는 사내들이 관심도 없다는 듯 그를 쳐다보지도 않고 정장 입은 사내만 쳐다보았다.

"형님, 맞댑니까?"

"닥쳐. 기다리는 중이잖아!"

"어디 까불고 난리야."

자기들끼리 험악해지고 있었다.

경민은 아닌 척하려고 했지만 이젠 손끝까지 덜덜 떨리고 있었다. 알아채면 어떡하지…….

"뭐? 확인하는데 그렇게 오래 걸려? 본인이 아니라서? 알았어. 다시 연락해."

"뭐랩니까?"

전화를 끊자마자 옆에서 묻자 그 정장의 사내가 귀찮다는 듯 말했다.

"니들은 신경 끊어. 사장님한테 보고해야 하니까. 혹시 잘못될 수도 있으니 저 여자 잘 챙겨 놓고, 저 새끼도 잘 감시해. 약 기운 떨어질 때 됐으니까 빨리빨리 해!"

지금 당장 탄로 나는 건 아닐까?

경민이 입술을 깨물고 있을 때 남자를 묶었던 끈을 풀자 고개를 푹 숙이고 있던 남자는 의자에서 주르륵 흘러내렸고, 양 옆에 있던 두 덩치는 그를 짐짝처럼 질질 끌고 방을 나갔다. 문을 열자 열기가 훅 밀려들어 오는 것이 밖에는 에어컨이 켜지지 않은 모양이었다.

"언니도 가야지."

그제야 절 붙잡고 있던 남자가 입을 열었다.

"어, 어딜……."

"알면 재미없어."

갑자기 그녀의 눈에 천 같은 걸로 가리더니 꽉 묶었다.

"아악……!"

그러나 그녀의 입에서 제대로 소리가 나지 않았다. 찌익 하는 소리와 함께 유리문에 붙이는 끈적끈적한 청테이프로 그녀의 입을 막아 버렸다. 흩어진 머리카락까지 같이 붙어 들어갔지만 그녀는 소리도 지를 수 없었다. 남자는 그녀를 번쩍 안듯이 들더니 어디론가로 움직였다.

이 사람들은 정말로 사람을 죽일 수도 있을 것만 같았다.

그 번호가 잘못된 걸 알면 정말 어떻게 되는 걸까. 사실대로 이야기했어야 하나. 그러면 자신은 살려 줬을지도 모르는데.

한진우의 손가락 하나, 이름도 진짜가 아닌 저 남자의 손가락 하나 때문에 죽을 수도 있는 거 아닐까.

잠깐이었다. 먼 곳으로 간 게 아닌 모양이었다. 그녀는 딱딱하고 차가운 어딘가에 내팽개치듯 던져졌다. 딱딱하고 차가운 데다 더러운 먼지가 있는 바닥에 닿은 그녀는 몸을 일으키려 했으나 케이블 타이로 빡빡하게 묶인 손과 발에 힘을 줄 수가 없었다.

"여기 조용히 있어. 착한 언니, 말썽 피우지 말고. 으흐흐흐."

끔찍한 목소리가 멀어지고 문을 닫는 소리가 났다. 그리고 철컥하는 잠그는 소리까지.

문을 잠그지 않았다고 해도 손발이 묶인 채 눈까지 가리고 입까지 막혀 있어 도망을 가거나 소리를 칠 수도 없었다.

어둠 속에서 혼자가 된 경민은 저도 모르게 가려진 눈에서 눈물이 흐르는 게 느껴졌다. 그건 공포였다. 정말 죽을지도 모른다는 두려움.

어떻게 된 건지 생각할 여력도 없었다. 그냥 눈이 가려진 뒤로 제 모든 기능은 멈춰 버렸다.

시간이 가는 걸까? 지금 1분이 지났나? 혹 한 시간이 지난 걸까. 시간도 멈춰 있는 것 같았다. 숨이 막혀 왔다. 눅눅한 기운이 올라오고 있었지만 공기는 후텁지근했다. 점점 정신이 혼미해지고 있었다.

테이프는 입을 막고 있었지만 마구 붙여져 있어서 코로 숨을 쉬는 것도 힘들었다. 눅눅한 공기 속에 좋지 않은 냄새가 섞여 있었지만 그걸 느낄 사이도 없었다.

이대로 죽어 가고 있는 것만 느껴졌다.

얼마나 시간이 지났을까, 5분이었는지 다섯 시간이었는지 알 수가 없었다. 제 감각과 정신이 심연으로 가라앉고 있다고 생각됐을 때였다. 덜컥하는 소리가 났다. 문이 열린 것 같았다. 누군가 들어오는 건가.

난 죽나? 번호가 잘못됐으니까. 저 사람들이 그걸 확인했나. 가물거리던 정신에 갑자기 찬물을 끼얹은 것 같은 기분이었다. 이미 손과 발은 저리다 못해 마비된 것 같았지만 경민은 몸을 움직이려 애썼다.

그때였다.

"괜찮아요?"

익숙한 목소리였다.

한진우?

그녀의 눈을 가리고 있던 걸 풀었다. 그러나 금방 앞이 보이진 않았다.

"아, 테이프네. 살살하면 더 아프니까 한 번에 뜯을게요. 소리치지 마요. 하나, 둘, 셋!"

"악!"

얼굴이 뜯겨 나가는 기분이었다. 그러나 갑자기 폐 속으로 눅눅하지만 공기가 확 쏟아져 들어오는 것 같았다.

"움직이지 마요. 다칠 수도 있으니까."

그 말과 함께 날카로운 무언가로 그녀의 손에 꽉 묶여 있던 케이블 타이를 끊어 냈다. 살이 당겨져 아팠지만 경민은 소리 없이 있었다.

딱 하는 소리와 함께 두 손이 자유로워지자 살 것 같았다. 그러나 쉽게 움직여지지는 않았다. 남자는 재빨리 다리 쪽에 있는 것도 끊으려 애썼다.

"움직일 수 있겠어요? 시간이 없어서……."

머릿속에서 뭔가가 막 쏟아져 나오는 것 같았다. 그러나 그럴 겨를이 없었다. 금방이라도 누군가 문을 열고 들어올지도 모르니까.

"나 잡아요. 나가면 바로 뛰어야 하니까 일어나 봐요."

아까와는 다르게 목소리가 명확했다. 경민은 일어나려 했지만 잘되지 않았다.

"천천히…… 다시 해 봐요."

목소리가 절박했다. 그래서 그녀도 있는 힘을 다 짜내야 했다.

"내 뒤를 따라와요."

그가 막 문을 열었을 때 경민은 하마터면 소리칠 뻔했다. 자신을 이 방에 던져 넣은 게 분명한 덩치 좋은 남자가 옆에 꼬꾸라져 누워 있었다. 어둠 속에서 그다지 밝진 않지만 빛이 보이자 눈이 시려 왔다.

"다쳤어요?"

경민은 저도 모르게 소리쳤다. 진우의 입가에 피가 묻어 있고 입술 한쪽이 터져 있는 게 보였다.

"괜찮아요. 우선 이리 와요. 조심조심."

어딘가에서 희미하게 음악 소리 같은 게 들려왔다. 좁은 복도는 붉은색의 조명이 켜져 있었고 미로처럼 길이 이어져 있었다.

그걸 생각할 겨를도 없이 경민은 그의 뒤를 따라 최대한 빨리 움직였다. 조금만 잘못되면, 아까와 같은 일을 당할지도 모른다는 공포가 그녀를 초인적으로 움직이게 만들었다.

어디로 어떻게 움직였는지 잘 기억도 나지 않았다. 미로처럼 이리저리 문이 달려 있는 붉은색의 복도를 지나치다 보니 빈 병이 잔뜩 든 박스가 쌓여 있는 곳이 나타났다. 그 박스들 뒤에 문이 하나 있었다. 녹슨 문을 연 그가 말했다.

"이제 뛰는 거예요. 알았죠?"

문을 열자 뜨거운 공기가 밀려 들어왔다. 그리고 무지막지한 악취까지. 옆에 쓰레기봉투들이 쌓여 있는 게 보였다. 경민은 그런 걸 신경 쓸 새가 없었다. 이곳을 빠져나가는 게 중요했으니까.

"자, 이리로."

남자가 그녀의 손을 붙잡고 어둠 속에서 재빠르게 움직였다. 절뚝거리는 경민도 그를 따라가려고 애썼다. 금방 땀으로 범벅이 돼서 온몸이 젖어 드는 느낌이었다.

골목을 빠져나가자 대로가 보였다. 대로라기보다는 차가 다니는 2차선 도로였고 도로 주변으로는 온통 현란한 불빛들이 가득했다.

번화가라기보다는 술집이나 룸살롱, 단란주점, 모텔 같은 것들이 밀집한 유흥가 같았다. 더워서인지 인적이 드물었다. 그러나 경민과 그는 무작정 길을 가고 있었다.

막 지나가는 불이 켜진 택시가 보이자 그가 재빨리 손을 흔들었다. 택시가 서자 그는 그녀부터 밀어 넣었다. 두 사람이 차에 타자 기사가 느긋하게 물었다.

"어디 가십니까?"

"팔레스 호텔요."

"거긴!"

경민이 놀래서 소리쳤다. 자신이 가려던 호텔, 이상한 자들이 자신을 납치했던 호텔 아닌가.

"괜찮아요, 이센. 기사님, 전화 한 통화만 쓸 수 있을까요?"

"음……."

유흥가에서 탄 남녀가 술에도 취하지 않았고 진우의 입가에는 핏자국까지 있었다. 경민이 언뜻 보기에도 한쪽 입술이 터진 진우는 아까 어둠 속에서 보는 것보다 더 상태가 안 좋아 보였다. 옷에도 흘린 핏자국이 있었다.

그런 사람에게 선뜻 휴대폰을 주고 싶을까.

"저기 신호등에 걸리면 전화 한 통화만 해 주세요. 제가 지금 가진 게 없는데 차비 가지고 나오라고 사람 불러야 해서요."

"거, 다친 거 같은데 경찰엔……."

미심쩍은 택시 기사의 목소리에 진우는 아무렇지도 않다는 듯 말했다.

"술 취한 친구랑 치고받고 한 거라 경찰까지는 필요 없고요. 저한테 휴대폰 안 주시고 스피커로 통화만 하게 해 주세요. 차비 더블로 드릴게요."

"그래요?"

그제야 기사는 휴대폰을 집어 들었다.

신호가 가고 누군가 전화를 받았다.

"나야. 호텔 정문 앞으로 현금 좀 가지고 나와. 시온에서 나왔어."

—네.

저쪽에서 짧게 대답하더니 전화가 끊겼다.

에어컨 덕에 정신이 차가워졌다. 그러나 이건 꿈이 아닐까. 그녀의 머릿속은 점점 더 아득해졌다. 대체 무슨 일이 일어나고 있는 걸까.

그리고 이 사람은 대체 누구지?

7. 제레미 리프킨

멀쩡하게도 전에 보았던 장 부장이라 불리던 가래떡이 태연하게 나와 택시비를 건네고 나서는 그녀가 예약했던, 지금은 보기에도 끔찍스러운 호텔의 로비를 아무렇지도 않게 걸어 들어갔다.

"다쳤습니까?"

"괜찮아. 그건 그렇고 구했어?"

"네."

제게 100만 원짜리 수표를 건네줬던 남자였다.

"키는?"

"여기 있습니다."

아까 자신이 납치됐던 곳이었다. 아마 그녀는 제정신으로 절대 이곳으로 다시 오지 못했을 것이다. 그러나 두 사람은 아무렇지도 않았다. 덩치가 좋은 그 부장인지 뭔지로 불리는 사람 때문에 안심이 되는 건지도 모르겠다 싶었다.

호텔 로비에는 사람이 많았다. 그래서 그녀는 그의 뒤를 따를 수 있었다. 호텔 패키지 상품 덕분인지는 모르겠지만 가벼운 차림의 사람들이 많았다. 다들 휴가를 즐기려는지 즐거워 보였다. 그러나 유독 눈에 띄는 외모의 남자는 옷도 먼지와 땀투성이였고—그건 경민도 마찬가지였다— 게다가 입술은 터져서 핏자국까지 있었다. 힐끔거리는 주변의 시선을 무시하고 그는 경민을 붙잡고 엘리베이터로 갔다.

막 도착한 엘리베이터에 올랐지만 다른 사람들도 탔고 그들은 두 사람을 힐끗거리는 게 느껴졌다. 경민도 머리도 헝클어진 채 화장은 다 엉망이 되어 있었고 얼굴에 테이프 자국이 남아 있지 않나 싶을 정도였으니까.

엘리베이터는 층층이 섰고 사람이 타고 내렸다. 예약한 방이 몇 호였더라……. 아, 생각해 보니 경민은 자신의 가방을 잃어버렸다는 걸 깨달았다. 분명히 차에서 짐하고 손가방을 들고 내렸는데 대체 다 어디로 갔지? 그놈들이 가져갔을까? 아니면 그냥 차 옆에 떨어져 있나……. 경민이 생각에 잠겨 있을 때 땡 하는 소리가 났다.

"이쪽."

그의 목소리가 들렸다. 맨 꼭대기 층인가? 자신은 그냥 스텐다드 룸을 잡았을 뿐인데…….

"저기……."

"들어가서 이야기해요."

그때부터였을까. 경민은 뭔가 싸한 공기가 느껴졌다. 물론 후덥지근한 밖에 있다가 에어컨이 빵빵한 실내에 들어와서 그런 거였을지도 모르겠지만, 뭔가 냉기가 흐르고 있었다.

문을 열고 들어선 객실은 어마어마하게 넓었다. 당혹스러운 커다란 소파와 탁자 세트가 가운데 떡하니 자리 잡고 있었고 문도 여러 개 있었다. 그리고 커다란 창으로는 화려한 서울의 야경이 반짝이고 있었다.

"좀 씻어요. 먼지도 많이 묻었을 테고, 다친 덴 없죠?"

그러나 그런 걸 전혀 안중에도 두지 않은 듯 이리저리 살피던 남자가 말했다.

"네."

"옷은…… 아무래도 내일 사든지 해야 할 것 같군요. 저쪽이 욕실 같은데, 난 이쪽을 쓰죠."

"아, 네."

분명히 자신이 그 마트에서 고른 옷이었다. 그리고 같이 일명 뜨거운 밤을 보냈고, 제게 늘 '경민 쌤, 경민 쌤' 하면서 시시덕거리던 남자였다. 아니, 얼굴만 같은 건가? 돌아선 남자는 완전히 다른 사람 같았다. 한진우라는 이름조차…… 가짜니까. 저게 진짜 저 사람?

탁 하는 소리와 함께 남자가 문 안으로 사라졌다. 욕실이 여러 개인가.

경민도 얼른 욕실로 찾아갔다. 우선 이 먼지를 씻어내야 하니까.

무슨 일이 일어난 건지…… 이야기해 주겠지. 이젠 자신도 당사자니까. 아니, 그렇지 않을지도 몰라.

비싼 룸은 다른지 욕실은 거품 욕조도 있었고 널찍했다. 그러나 감히 욕조 같은 걸 이용할 기운은 없었다. 대충 샤워를 하고 엉망이 된 머리를 감고 세수를 하고 나니 좀 정신이 들었다. 다만 냄새나는 옷을 다시 입어야 하는 게 영 기분 나빴지만.

가방을 찾아야 할 것 같았다. 우선 차 있는 데 가 봐야 하나? 아니, 그랬다가 그 남자들이 다시 나타나면…… 분명히 자신이 번호를 틀리게 말한 것을 알아낼 텐데.

물을 게 많았다. 경민은 하는 수 없이 땀에 젖고 먼지가 묻은 옷을 다시 입고 나와야 했다. 그러자 저쪽에도 벌써 다 씻었는지 여전히 똑같은 옷을 다시 입은 남자가 뭔가를 들여다보고 있었다.

"저기요……."

"아, 네."

핏자국은 씻어 낸 모양이었다. 그러나 여전히 한쪽에 상처가 난 입술을 한 남자의 얼굴은 차가웠다. 경민을 보자 무언가 보고 있던 쪽지를 주머니에 슬그머니 집어넣는 게 보였다.

"저, 좀 알아야겠어요. 그렇죠?"

"네, 그래야겠죠."

아무렇지도 않다는 듯 남자가 대답했다. 그런데 뭔가 달라졌다. 뭐지?

아, 남자의 머리 모양이 달라졌다. 분명히 그 시골의 별장에 있을 땐 자연스러운 머리카락이 늘 이마를 가리고 있었다. 처음엔 달랐었나? 그 고열에 시달릴 때? 잘 기억이 나지 않았다. 여자도 화장에 따라 사람이 달라 보이듯 남자도 스타일링에 따라 사람이 달라 보이긴 했다. 욕실에 어메니티로 헤어 용품도 있었을까? 남자는 이마를 드러낸 채였다. 마치 지금까지 네가 본 그 한진우란 남자랑 나랑은 전혀 다른 사람이라는 구분을 하기 위한 듯.

"뭐부터 알고 싶습니까?"

그가 상처 난 입술이 걸리는지 손을 들어 확인하려는 듯했다.

까만 밤하늘을 배경으로 화려한 서울의 야경이 흩어져 있었다. 그 앞에 싸한 남자가 핏빛으로 물든 입술 한쪽 끝을 만지작거리고 있었다. 한 번도 제대로 본 적 없는 날 선 이미와 반듯하게 이어진 콧대가 마치 처음 보는 듯 낯설었다.

뭔가 할 말이 너무나 많은데 마치 무슨 만화책에서 툭 튀어나온 것같이 창백했고, 그로 인해 노란 창틀의 간접 조명 밑에 선 남자는 퇴폐적인 느낌마저 풍겼다.

당황스럽게…….

그녀가 지난 며칠간 알고 있던 남자와는 전혀 다른 그런 사람이었다.

맞아, 이름도 모르잖아.

"이름이 뭐예요? 아까 아니라면서요. 아, 아까 무슨 약이었죠? 약 때문에 그런 거죠? 지금은 괜찮아요?"

생각해 보니 문제는 그게 아니었다. 아까는 완전히 동공이 풀린 것 같아 보였었는데……. 그런 향정신성 약품은 후유증도 있다고 하지 않았나?

걱정스럽게 묻는 그녀와는 달리 남자는 아무렇지도 않다는 듯 대답했다.

"아미탈 메이저라는 약인데 잘 알려져 있진 않죠. 아미탈 소디움(Amytal Sodium)이라고 최면 치료를 위한 약인데 자백제로 알려져 있긴 해요. 거기서 좀 더 약성을 강하게 만든 약이죠. 구소련이나 CIA에서 쓰기도 했고, 지금도 러시아나 중동 쪽에서는 포로 자백용으로 자주 사용되는 약이죠."

듣기에도 당황스러운 설명이었다.

"괜찮아요?"

"네, 보시다시피. 그 약이 워낙에 비싸고 구하기 힘들어서 많이 못 쓰니까요."

정말 아무렇지도 않다는 듯 이야기를 했다. 자백제라니. 당혹스러운 이야기였지만 지나가는 버스 노선에 대한 이야기를 하는 것보다도 더 안일한 대답에 그녀는 더 이상 이야기를 끌어갈 이유를 생각해 내지 못 했다.

그러자 이번엔 그가 생각났다는 듯 말했다.

"아, 이름 이야기했죠? 제 이름은 제레미 리프킨이라고 합니다. 엔트로피(Entropy)*의 법칙으로 유명한 리프킨 교수와 같죠."

"제레미 리……프킨요?"

남자의 입에서 아무렇지도 않게 나온 당혹스러운 음절들이 낯설었다.

"네, 전에 말씀드렸죠. 전 회계사라고요."

제레미 리프킨. 완전 외국인 이름 아닌가? 혹 이것도 가짜인가.

"재미 교포예요?"

얼굴은 완벽하게 한국 사람이었다. 중국이나 동남아, 혹은 일본 사람의 피 같은 게 섞여 보이지 않았다. 큰 키와 당혹스러운 비율이 보기 드물긴 했지만 한국어도 완벽하게 구사했다. 전혀 반쪽도 아니고 완벽한 서양식 이름은 도저히 입에 붙지도 않았고 타당하게 여겨지지 않았다.

"아니요. 전 완벽한 미국인입니다. 본명이 확실하고요. 한진우라는 가명은 아까 말했듯이 비행기에서 본 드라마에서 나온 주인공 이름이었어요. 갑자기 물어보니까 생각이 나는 이름이 그것밖에 없어서."

"왜 본명을 숨긴 거죠?"

"지금 경민 씨의 표정을 보면 본명을 이야기하지 않은 게 다행이라고 생각되는데요."

---

*Entropy:자연 물질이 변형되어 다시 원래의 상태로 환원될 수 없게 되는 현상.

"그럼 그 보건복지부 장관 딸 이야긴…… 다 거짓말이죠?"

갑자기 뭔지 모를 화가 치밀기 시작했다. 그걸 믿지는 않았지만 완벽한 거짓말이라는 걸 알게 됐으니까.

"네."

젠장.

숨결 하나 변함없이, 표정 하나 떨림 없이 아무렇지도 않게 대답하는 남자의 당연함이 오히려 그녀의 말문을 막았다.

"속여서 죄송합니다만, 확률적으로 이런 일이 생기는 건 딱 반반이었어요. 혹시나 이런 일이 생길지도 모른다는 가정 하에 계획을 세웠지만 그렇지 않을 수도 있을 거라 생각했으니까요."

공기가 찼다. 호텔 측에선 냉방에 더욱더 신경을 쓰고 있는 게 틀림없었다. 그러니까 제 팔이 이렇게 소름이 돋는 거겠지.

"이 일의 모든 시작은 제 의뢰인이 제게 한 부탁 때문이었습니다. 제가 자산을 관리해 드리고 있는 분이 돌아가시면서 유산과 유언장을 상속인에게 남기셨습니다. 그러나 균일한 상속이 아니었기 때문에 특정인 외에 다른 피상속인들이 그 유언장과 유산을 차지하려 했고 전 상속인에게 무사히 그 정보를 넘기는 일을 부탁받았습니다."

"그…… 숫자들요?"

무슨 영화의 한 장면도 아니고. 경민은 어이가 없었지만 저도 모르게 되물었다.

"네. 그건 스위스에 있는 비밀 금고 번호고, 경민 씨에게 외워 달라고 한 부분은 금고들의 공통 비밀번호입니다. 저쪽에선 유언장의 무효화나 혹은 조작을 하려고 먼저 차지하고 싶어 했고요."

"하, 무슨 007 영화라도 찍는 건가요?"

"당혹스러우신 줄 압니다만, 전 사실을 말씀드리는 겁니다. 문제는 그 유산이란 게 큰 금액의 가치를 지닌 부동산에 대한 권리라는 것이고, 상속자들이 이쪽에서 말하는 조폭이라 불릴 만한 사람들이라는 것뿐인 거죠."

"그럼, 난 왜 여기 있는 거죠? 왜 하필 날 이용한 거예요?"

화가 나기 시작했다. 그녀에겐 그냥 무료한 일상에 끼어든 조금 낯선 사람이었을 뿐이었다. 그런데 이게 뭐란 말인가. 납치에 자백제에…….

"시작은 우연이었습니다. 저는 제 고객의 자산을 관리하고 있는 법인의 직원이었을 뿐입니다. 다만 제가 어학 쪽에 좀 재능이 있어서 다양한 외국어를 자연스럽게 하는데, 그 때문에 한국인이었던 고객을 전담하게 되었을 뿐이고, 그분이 돌아가시면서 제게 부탁을 하셨던 게 시작이었습니다. 그런데 그 재산 가치가 상당하다 보니 단순히 전달하면 되는구나 했던 일이 좀 복잡해졌을 뿐입니다. 알고 보니 그 고객이 돌아가시게 된 이유도 석연치 않았고요. 유언장은 스위스 비밀 금고에 미리 넣어 두셨고, 전 그 금고 번호와 비밀번호를 전달해야 할 부탁을 받았죠. 그걸 알아챈 다른 피상속인들이 가로채려는 걸 알게 되었고 그 시도는 제가 상상하던 것 이상이었고요."

이걸 믿어야 하나. 그녀는 잠자코 있었다.

"실은 저도 무엇을 전달해야 할지 모르고 있었습니다. 그런 채로 한국에 오자마자 제 경호원으로 붙여 준 장 부장이 잠깐 자리를 뜬 사이에 괴한에게 피습을 당했고, 별장으로 피신했을 때 강경민 씨를 만난 겁니다."

하지만 그는 이야기를 자세히 하지 않았다. 전신 엑스레이까지 동원하고 그의 소지품을 단추 하나하나까지 뒤지는 자들 때문에 어쩔 수 없이 칼에 찔린 상처 속에 SD카드를 넣어 둘 수밖에 없었던 사실을.

"복지부 장관 딸 이야기는 허구였지만, 그쪽 사람들이 의료 체계 데이터베이스에 손을 댈 수 있을 만한 위치에 있는 건 사실이었습니다. 게다가 전 외국인이라서 더 쉽게 흔적이 남을 수도 있었고요. 그 이야기 빼고는 모두 사실이었습니다. 수표도 당연하게 추적될 수 있으니까요."

복지부 데이터베이스에 손을 댈 수 있는 조폭이라니. 경민은 으스스한 생각이 들었다. 정말 그런 일이 가능한 걸까? 그런데 궁금한 건 그게 전부가 아니었다.

"그런데 왜 날 이용했어요?"

그녀는 그를 똑바로 쳐다보았다. 왜 하필 나인데?

그러자 그가 대답했다.

"그때, 거기 당신이 있었으니까."

그냥 그때, 거기 있었으니까.

참 간단명료한 대답이었다. 그때 정 선생이 있었으면 이 자리엔 그 아줌마가 있었을까. 좋다. '그냥 내가 거기 있었으니까' 라고 대답하면 그럼 그다음은 뭔데.

"장 부장은 제가 진짜 자료를 전해 줘야 할 사람을 찾는 일을 해야 했습니다. 그 사람이 종적을 감춰 버린 게 문제니까요. 그 자료를 원하는 자들 몰래 찾아내야 하는 게 더 힘든 일이었으니까요. 그리고 절 강릉에 데려다줘야 할 사람도 필요했고요."

중요한 건 그게 아니지 않은가. 경민은 저도 모르게 지그시 이를 물었다.

"그럼, 그 번호를 외우게 한 것도 일부러 한 건가요?"

"아, 그거 말입니까?"

대체 뭔데, 뭐 때문인데. 경민은 저도 모르게 마른침을 삼키면서 그의 말을 기다렸다.

"저도 SD카드의 출력물을 보고 나서야 그게 금고의 번호와 비밀번호인 걸 알았습니다. 그러나 이미 한국 땅에 발을 디디자마자 피습을 당하고 보니 상대가 훨씬 더 대단한 실체를 가졌다는 걸 알게 됐죠. 상 부장의 조사 덕에 그들이 대단한 조직이란 것도 알게 됐습니다. 그러니 이걸 전해 주는 임무를 완수하기 전엔 어떤 일이 생길지 모른다는 생각을 하게 됐습니다. 그래서 혹시나 하는 생각에 비밀번호의 마지막 조합을 경민 씨에게 외우게 한 거죠. 나머지는 뭐 제가 외운 거고."

그때 한 번 훑어보고는 그 숫자들을 다 외운 게 틀림없었다. 경민은 할 말을 잃고 말았다.

"장 부장이 이런 일이 있을 수도 있다고 말해 주더군요. 그들은 이런 수단도 쓸 수 있을 거라고. 그러니까 제가 그 번호를 모르는 게 나을 거라고 생각했습니다. 일이 잘 해결된다면 제가 그들 모르게 이 번호들을 전해 줘야 할 사람을 만나서 전해 줄 수 있고, 마지막 번호는 그때 경민 씨에게 물어볼 수 있을 거라고 예상했습니다. 하지만 만약에 제가 그들의 손에 떨어진다면, 저는 비밀번호를 아예 모르는 거니까 시간을 벌 수 있을 거라 생각했죠."

이 사람은 자신을 이용한 게 분명했다. 그러나 아직 이야기가 끝나지 않았으니 그녀는 잠자코 듣고 있었다.

"그러나 그들은 더 대단했습니다. 그 별장을 찾아낸 것도, 또한 아무렇지도 않게 그 별장을 불태울 수도 있는 자들이었으니까요. 최대한 빨리 이걸 전달해야겠다고 생각했는데 제가 생각한 최악의 시나리오대로 된 겁니다. 그들은 절 찾아냈고 아미탈 메이저까지 썼으니까요."

"그걸 나한테도 쓸 수 있다는 생각은 안 했어요?"

경민이 물었다.

"그러진 않았을 겁니다. 실제로 그러지 않았잖아요? 왜냐하면 그 약은 15mL 한 병에 800달러나 하거든요. 그것보다 더 비쌀 수도 있습니다. 그런 상황에서 굳이 자백제를 쓸 필요 없이 겁만 줘도 사실을 알아낼 수 있다는 걸 그들은 잘 알고 있는 자들이니까요."

"그럼…… 그때 저녁 먹으면서 수화 이야기를 한 것도 다 이렇게 쓰려고 한 건가요?"

나름 데이트 비슷한 것이라고 생각했었다. 이것저것 환심을 사기 위한 가벼운 대화라고만 여겼던 것들이었다.

"네."

그러나 남자의 입에서는 냉정한 긍정의 말뿐이었다. 철저한 배신감이나 자신을 이용했다는 생각이 그녀를 엄습했다.

자존심이 상했다. 그리고 비참했다. 그러나 궁금했다. 어떤 대답이 나올지는 예상이 됐지만, 그래도 알고 싶었다.

"그럼 나랑은 왜 잔 거예요? 굳이 그럴 필요 없잖아요."

역시 남자는 표정 하나 변함없이 대답했다.

"강경민 씨는 제가 관찰한 바로 현재 만나는 사람도 없고 가족도 없었습니다. 하지만 냉정하거나 비정상적이지 않고 온건하고 감성적인 성격을 가졌습니다. 감정적인 결속을 줄 수 있는 가장 쉽고 보편적인 방법은 이성적인 접근이겠죠. 그러나 제겐 별로 시간이 없었고 짧은 시간에 강한 이상과 결속을 만들기엔 남녀 관계에 만족을 주는 섹스가 가장 효과적인 방법이니까요. 만족한 관계라면 자백을 강요하는 순간에 자신의 파트너를 위한 마음이 더 생길 수 있으니……."

무슨 보고서를 읽는 것 같은 남자의 말은 더 이상 이어지지 못했다. 다만 넓은 공간엔 짝 하는 마찰음이 울려 퍼졌을 뿐이었다.

그녀의 손자국 덕에 붉게 물든 뺨을 한 남자는 전혀 동요하지 않고 말을 이었다.

"죄송하게 됐습니다. 하지만 충분한 금전적 보상을……."

"됐어요. 그런 돈 따윈 필요 없어요. 이제 다 끝났으니까 전 가도 되겠죠? 아, 비밀번호는 24H55예요."

경민은 뒤도 돌아보지 않고 문으로 갔다.

"지금 나가면……."

그러나 문을 열고 나간 그녀는 할 수 있는 한 최대한 세게 문을 닫았다. 쾅 하고 문짝이 떨어지는 소리가 나길 내심 바랐지만 문은 스토퍼가 달려서인지 그다지 큰 소리가 나지 않고 닫혔다. 그리고 삐리릭 소리와 함께 저절로 잠겼다.

그럴 줄 알았다.

실실거리면서 수다를 떨 때도 정상으로 보이진 않았었다. 그냥 많이 헤픈, 그런 남잔 줄 알았다. 뼈가 녹아들어 갈 것 같은 키스를 무지하게 잘해서, 착착 감겨들듯 비위를 맞추며 우스갯소리를 잘해서, 그도 아니라면 생긴 게 하도 대단해서…… 그래서였을 뿐이었다. 시골에서 보건진료소나 지키고 있는 자신 같은 여자를, 관심이 있어서가 아니라 이렇게 이용하기 위해서 사소한 것 하나까지 다 관찰하고 계획적으로 행동한 거였다.

소름 끼쳐.

자신을 기절시켜 납치한 인간들보다 더 최악인 인간이었다.

그런데 자신은 어땠지? 구 여친이니 뭐니 하고 지껄일 때 그 뒷줄에 서면 되지 않을까 하는 그런 미친 생각까지 했었다니.

전문의가 되고 나서 저 같은 간호사 따위는 차 버리고 건물주 딸내미와 냉큼 결혼한 송 선생보다 더 저질의 인간이 있을 수 있을 거라 생각해 본 적이 없었는데, 이건 차원이 다르지 않은가.

엘리베이터를 타고 로비로 내려가면서 경민은 치밀어 올라 뒤통수를 뚫고 나올 것 같은 화 때문에 정신이 없었다. 막상 로비에 가득한 사람들을 보고 나서야 자신이 아무것도 없이 먼지투성이의 지저분한 옷만 입고 있다는 걸 깨달았다. 가방도 휴대폰도, 심지어 차 키도 없었다. 대체 다 어디 갔을까.

경민은 그걸 찾기 위해서 밖으로 나갔다. 자동문을 지나 회전문 위에 요란하게 쏟아지는 에어컨 바람을 지나치니 입에 솜뭉치를 쑤셔 넣는 것 같은 열기가 엄습했다. 눅눅하고 뜨거운 데다 먼지까지 가득 느껴지는 공기와 요란한 차들의 경적 소리까지, 이곳이 대단한 서울임을 깨닫게 해 줬다.

가방이 없으면 어떡하지. 경민은 줄줄 흐르는 땀을 느끼면서 최대한 빠른 걸음으로 주차장으로 가 차를 찾기 위해 두리번거렸다.

너무 화가 치밀어서 아까 그곳에서 납치됐었다는 사실조차 잊어버릴 지경이었다.

극심한 열대야를 실감하듯 금방 등짝이 다 젖어 버렸을 때 그녀는 구석진 곳에 주차된 자신의 분홍색 스파크를 찾을 수 있었다.

가방이 있을까. 제발 가방이 밑에 떨어져 있기를 빌면서 차로 뛰듯이 걸어갔다. 바닥에 떨어지지 않았나 싶어 자신의 가방을 찾기 위해 어두운 바닥만 쳐다보고 있다가 무언가 떨어진 것을 본 그녀가 막 그것을 집어 들려고 했을 때였다.

"찾았다!"

찾은 건 그녀인데 쉰 남자의 목소리가 들렸다. 소리치려는 순간 그녀의 입을 막는 땀에 절은 남자의 손길이 느껴졌다. 그 순간 갑자기 둔탁한 소리가 나더니 그녀의 입을 막던 손이 사라졌다.

"악!"

경민은 저도 모르게 소리쳤다.

실제로는 순식간에 일어난 일임이 분명했다.

그러나 경민의 눈앞에서는 느릿느릿 스쳐 지나가고 있었다.

아까의 그 끔찍한, 그리고 싹 잊어버리려고 애쓴 기억을 적나라하게 되돌려 보여 주고 느끼게 해 주는 땀에 절은 낯선 남자의 손길에 소리를 친 순간이었다. 그 불쾌하고 끔찍한 손길은 금방 없어졌다. 그리곤 귓가에 둔탁한 소리가 들렸다. 사람의 신체가 서로 강한 힘으로 타격할 때 들리는 소리였다.

처음이었다. 그런 소리를 직접 들은 건. 영화에서처럼 포대자루를 방망이로 때리는 듯한 소리가 전혀 아니었다. 딱딱한 각목끼리 서로 부딪치는 것 같은 그런 소리였다.

탁 하는 소리와 함께 남자의 신음 소리가 들렸다. 분명히 근처에는 가로등도 있었고 저쪽 대로에는 차들도 끊임없이 행렬을 이루면서 지나고 있었다.

하지만 너무나 더운 날씨 때문인지 인적은 드물었다. 또다시 탁탁 소리가 들렸고 어둠 속에서 두 남자의 형상이 엉켜들었다. '윽' 하는 소리가 났다. 왠지 경민은 아는 목소리 같았다. 제이 뭐라는 그 남자. 내가 달려들어서 저 나쁜 놈을 뒤에서 때리기라도 해야 하나? 아니면 손을 못 움직이게 뒤에서 잡아야 하나. 그것도 아니라면 돌이라도 들고 가야 하나.

생각은 앞섰지만 몸은 꼼짝도 하지 못하고 있었다. 이 푹푹 찌는 열대야에 온몸이 얼어붙어 버렸다.

"까아아악……."

찢어지는 비명 소리 같았지만 실제로는 '끽' 하는 소리 정도였다.

그와 동시에 쾅 소리가 났고 그녀의 분홍색 스파크 뒷좌석의 유리창은 거미줄 모양의 금이 갔다. 그 금을 가게 만든 사람의 머리가 바닥으로 주르륵 떨어졌다.

"주, 죽은 거 아니……."

"이 정도론 안 죽어요. 다친 덴 없죠?"

헉헉거리는 거친 숨소리를 내며 남자가 대답했다.

"어, 어……."

아니라고 말을 해야 하는데 혀조차 굳어 버린 것 같았다. 그것 말고 당신은 괜찮냐고 묻고 싶었다. 아까 터진 입술에선 또다시 피가 나고 있었고 옷은 땀과 먼지투성이였다. 아까의 요란한 소리와 신음 소리도 바로 옆에서 들었었다. 차와 차 사이의 좁은 공간에 꼬꾸라져 있는 검은 형체에게 몸을 숙인 남자는 자신도 모르게 아이쿠 비슷한 소리를 냈다. 아무래도 통증 때문인 것이 분명했다.

"괜찮……아요?"

"썩 괜찮은 건 아니지만 그럭저럭…… 윽."

경민은 뭐라 말을 할 수 없었다. 그는 손을 내밀어 쓰러진 사람의 주머니에서 휴대폰을 꺼내 들고 재빨리 번호를 눌렀다.

"장 부장, 차 입구 쪽에 있나? 키는?"

상대가 대답을 한 모양이었다. 전화를 끊은 그는 힘겹게 일어서더니 경민에게 말했다.

"가요. 여긴 위험해요."

"이 사람은…… 여기 있으면……."

"안 죽는다니까요. 잠깐 기절했을 뿐이에요. 금방 다시 정신 차릴지도 몰라요. 가요."

가방이 바닥에 떨어졌나. 그런 것 따위는 생각할 겨를도 없었다.

"이쪽으로 와요. 다른 차들 블랙박스에 찍힐지도 모르니까."

일부러 화단 쪽으로 몸을 낮추면서 걷는 그의 뒤를 후들거리는 다리로 좇아야 했다. 남자는 아까 쓰러진 사람에게 빼낸 휴대폰의 뒤 뚜껑을 열고는 배터리를 화단 아무 데나 던져 버렸다. 그리고 재빠른 걸음으로 경민의 손을 잡아끌어 화단의 어두운 부분으로 이동했다.

남자의 손이 축축했다. 땀 때문인지 아니면 피가 묻었는지 알 수가 없었다. 경민은 미친 듯이 뛰는 심장의 고동이 느껴졌다.

그나마 이 남자의 손을 잡고 있어서 걸음을 뗄 수 있었다. 그렇지 않았다면 주저앉아 단 한발자국도 움직일 수 없었을 것만 같았다.

"어, 어디로 가요?"

경민이 찌는 듯한 공기 속에 숨을 헐떡이면서 물었다.

"이걸 받아야 할 사람한테 전해 줄 때까진 안전하지 못 할 겁니다. 그 사람이 어디 있는지 거의 찾아냈으니까 오늘 밤만 버티면 돼요. 경민 씨 차는 보상해 줄게요. 미안해요."

아까까지만 해도 분노에 치를 떨고 있었다. 그러나 놀란 경민은 이를 덜덜 떨면서 겨우겨우 종종걸음으로 그를 따라가고 있었다.

머릿속이 텅 비어 버린 게 틀림없었다. 남자가 무슨 이야기를 하는지도 들리지 않았다.

호텔의 정문 쪽으로 가자 이제는 시간이 좀 늦었는지 아까처럼 많은 사람은 없었다. 한산한 현관 앞에 커다란 차 한 대가 서 있었다. 그러나 남자는 그 차를 힐끗 쳐다보더니 입구를 지나서 호텔 진입로 쪽으로 갔다.

그곳엔 그녀가 렌트했던 에쿠스와 비슷한 차가 시동이 걸린 채 서 있었다. 자세히 보니 더 작은 차 같았다. 신형도 아니고 길거리에 많이 다니는 극히 평범한 검은색의 그랜저 구형이었다. 그와 그녀가 다가가자 차 문이 열리곤 장 부장이라 불리는 남자가 나왔다.

"많이 다쳤습니까?"

밝은 데서 보니 아까보다 상처가 심해진 게 경민에게도 보였다.

"괜찮아. 주소는……."

"내일 낮까지 최대한 자세한 주소 알려 드리겠습니다. 연락은 어떻게……."

그의 손에 들린 건 빼앗은 휴대폰이고 이미 배터리는 빼 버린 상태였다.

"알아서 시간 되면 할 테니까."

"조심하십시오."

장 부장이 인사를 하더니 어둠 속으로 사라졌다. 그는 입술 근처를 닦더니 작게 신음 소리를 냈다. 그리곤 경민에게 말했다.

"타요."

얼마나 시간이 지났을까.

"괜찮아요?"

한산해진 대로를 한참이나 빠른 속도로 달린 후 다시 교차로에 멈춰 섰을 때 경민은 겨우 입을 열었다. 호텔이 완전히 보이지 않고 나서야 입이 떨어진 것이었다.

"괜찮습니다. 경민 씨가 많이 놀랐을 거예요. 다치진 않았죠?"

왠지 지금은 그녀가 아는 한진우 같았다. 물론 전혀 아닐 테지만.

땀 때문에 머리카락이 흐트러져서일까. 차 안에는 차가운 공기가 가득했다. 그래서 흥건하던 땀이 증발해 정신이 든 모양이었다. 무더위는 사람의 뇌마저도 익혀 버리는 모양이었다.

이제 어쩌지. 경민은 뭐라 말을 해야겠는데 뭘 어찌해야 할지 알 수가 없었다. 그냥 이대로 그 상속자한테 가야 하는 건가. 그래야 살 수 있나.

"전해 줘야 할 것만 전해 주면 그 사람이 다 알아서 할 수 있을 거라 했습니다. 오늘 하룻밤만 무사히 넘기면 되니까 너무 걱정하지 마세요."

"지금 그 사람에게 가는 건가요?"

빨리 이 지긋지긋한 악몽이 끝났으면 싶었다.

"그게 가장 안전하니까요."

제기랄. 아직도 이게 무슨 노릇인지 알 수가 없었다.

대로로 올라서자 옆에는 차가 주차할 수 없는, 아파트들을 위한 높은 방음벽이 나타났다. 방음벽에는 무성한 담쟁이넝쿨들이 무시무시하게 자라 있었다. 그는 차의 속도를 늦추고 차창을 내렸다.

"이거 밖에 버려요."

휴대폰을 내밀었다. 아까 그 맞은 사람의 것임이 틀림없었다.

"어서요."

절대로 일반적인 사람들이 다니다가 주을 수 없을 것 같은 곳을 고른 게 틀림없었다. 경민은 힘껏 창밖으로 휴대폰을 던졌다. 뜨거운 공기가 밀려 들어오고 있었다.

그가 버튼을 눌러 다시 창을 닫자 길가의 소음과 뜨거운 공기가 사라졌다. 차 안에는 적막만 가득 찼다.

"이제 어떻게 되는 거예요."

경민은 무서워졌다. 그녀를 짓누르는 것은 한 번도 겪어 본 적 없는 공포였다.

"그냥 좀…… 요란한 휴가를 보낸다고 생각해요. 이제 더 이상 나쁜 일은 안 생길 테니까. 제가 약속하죠."

한진우인지 혹은 제레미 리프킨인지 모를 남자가 또렷한 목소리로 대답했다.

허기는 둘째 치고 너무 갈증이 났다. 생각해 보니 서울로 오면서부터 물 한 모금 먹지 못했었다. 그런데 너무 땀을 많이 흘렸다.

"저기요. 나 너무 목말라요."

서울을 빠져나와 외곽 도로를 타고 내려왔을 때 경민이 겨우 한마디 했다. 그러자 그가 외딴 편의점 앞에서 차를 세워 주었다. 그리곤 익숙해 보이는 5만 원권 지폐 두 장을 내밀면서 말했다.

"필요한 거 사 와요."

0.5초쯤 이 돈을 들고 도망칠까 생각해 보았지만, 부질없다는 것을 금방 깨달았다. 여기가 어딘지도 몰랐고, 자신이 문래리로 돌아간다 해도 그 주변의 별장에서 불을 지른 사람들이 자신의 존재를 모를 리 없었다. 무엇보다 너무 기운이 없고 허기가 져서 그 외에는 다른 생각이 들지 않았다.

음료수, 도시락, 커피, 삼각 김밥, 샌드위치……. 눈에 띄는 대로 먹을 것과 마실 것을 집어 들자 그나마 정신이 든 경민은 남자의 상처를 기억해 내고 소독약을 찾았다.

"소염제는 없나요?"

"진통제랑 소화제 같은 것만 파는데요."

"그럼 파스도 주세요."

분명히 타박상을 입었을 것이다. 피곤한 얼굴을 한 앳된 편의점 아르바이트생은 5만 원권 지폐가 부담스러운지 계산을 두 번씩이나 하고 잔돈을 거슬러 주었다.

"안녕히 가세요."

"네, 안녕히 계세요."

묵직한 비닐봉지를 들고 여전히 시동이 걸린 채 있는 검은색의 차에 올라탔다.

경민은 우선 생수부터 뜯어 마시기 시작했다. 목구멍에 차가운 물이 넘어가니 그나마 살 것 같았다. 아마 조금만 더 있었으면 정신을 잃었을지도 모를 일이었다.

"마실래요?"

정신을 차린 경민이 겨우 그에게 물을 내밀었다.

차는 무시무시한 속도로 어둠 속의 낯선 길을 달렸다.

분명히 여러 개의 모텔이니 호텔이니 하는 곳을 지나왔었다. 그러나 지명조차 모를 동네를 지나 차가 멈춘 곳은 칙칙한 외관이 별 볼 일 없어 보이는 여관이었다. 물론 여관이라고 쓰여 있지는 않았다. 궁전장이라는 정 안 가는 간판이 붙어 있었을 뿐.

그러나 간판 따위는 중요하지 않았다. 그녀는 너무 지쳐 버려서 어디 씻고 누울 수만 있다면 아무 곳이라도 상관없었다.

먹다 만 편의점표 물건들이 든 봉지를 잊지 않고 챙긴 이유는 그 안에 약이 있기 때문이었다.

"방 하나 주세요."

"3만 원요."

TV에 정신을 쏟고 있는 중년의 여인이 쳐다보지도 않고 말했다.

"여기요."

남자가 또다시 5만 원권을 내밀자 거스름돈 2만 원과 요즘 보기 힘든 열쇠가 끝에 매달린 202라 쓰인 노란 플라스틱 막대기, 그리고 일회용 플라스틱 비닐 팩을 내밀었다. 거기엔 싸구려 일회용 칫솔, 치약, 비누 같은 것들이 들어 있었다.

남자는 한마디도 없이 그것들을 받아 들고 엘리베이터도 없는 계단을 걸어 올라갔다.

"다행히 CCTV는 없네요."

그의 말이 아니었다면 계단으로 올라가면서 한마디 했을 것 같았다. 일부러 허름한 곳을 골랐나 싶어 경민은 가만히 있었다.

그는 열쇠로 202라는 숫자가 쓰인 문을 열었다. 호텔식 카드도 아니고 열쇠 구멍에 열쇠를 넣어 돌려서 열어야 했다. 재미 교포가 아니라 완벽한 미국인이라는데 이런 걸 어떻게 잘 아나 싶은 생각이 잠시 스쳤다.

그것도 다 거짓말일지도 모르지.

"좀 씻고 자요. 피곤해 보여요."

실은 그 말을 하는 사람이 더 피곤해 보였다.

사실, 도시 운전이 서툰 경민은 서울까지 와서 헤맨 것으로도 바로 곯아떨어질 만했다. 그러나 너무 많은 일을 겪었다. 아마 강 선생이 들으면 2년 동안은 안 심심할 만큼 질문을 해댈 정도로. 너무 피곤해서 정신이 멍한 느낌이었다.

"CCTV 없는 델 고르느라 이런 곳에 잡은 거니까, 불편하더라도 씻고 잠깐 눈 붙여요."

불편이라. 시골에 근무하면서 가정 방문을 많이 한 경민에게도 참 어이없어 보이는 객실이었다.

유행은 한참 지난 듯한 커다란 양귀비꽃 포인트 벽지에 짙은 색 침대는 낡아 보였고 덮여 있는 하늘색의 얇은 이불은 덮고 싶은 생각조차 들지 않았다. 의자 두 개와 둥근 탁자, 오래

돼 보이는 TV와 작은 냉장고, 그리고 옷장도 없이 옷걸이만 달랑 두 개 있는 단출한 방이었다.

유행 지난 화장대 위에는 낡은 드라이기와 커다란 도끼빗, 그리고 남자용 스킨로션이 반쯤 담긴 플라스틱병 두 개가 놓여 있었다. 그나마 다행인 건 요란한 소리가 나지만 에어컨이 돌아가고 있다는 사실이었다.

경민은 남자를 돌아보았다. 저 남자의 지친 표정은 처음 보는 것 같았다. 먼지투성이인 데다 핏자국이 말라붙은 옷이 보였다. 상처를 소독해 주려고 약을 샀지만 너무 피곤한 그녀는 대답할 기운도 없이 화장실을 찾았다.

아까 받은 플라스틱 팩에 든 것을 꺼내 보니 다행히 싸구려 일회용 클렌징 폼과 보디클렌저, 샴푸와 린스가 들어 있었고 뻣뻣한 칫솔과 작은 치약, 그리고 당황스럽게도 콘돔 두 개가 들어 있었다.

"젠장……."

저도 모르게 내뱉은 경민은 있는 힘을 다해서 겨우 샤워기를 들었다. 낡은 욕조와 곰팡이 기운이 보이는 세면대가 눈에 걸렸지만 애써 무시했다.

씻고 나서 그 빽빽한 싸구려 칫솔로 이까지 닦고 나니까 정신이 들었다. 그러나 눈꺼풀이 감길 만큼 피곤한 건 어쩔 수 없었다.

그녀가 화장실에서 나오자 가타부타 말도 없이 화장실로 가는 남자도 그래 보였다. 이제는 밍밍해진 남은 생수를 마시고 그녀는 침대에 걸터앉았다. 눈을 부릅뜨고 침대 위로 쓰러지지 않으려고 애쓴 건, 아까 사 온 약들 때문이었다. 빨리 씻고 나와야 할 텐데.

물소리가 마치 자장가처럼 들렸다. 웅웅거리는 에어컨 소리도 거기에 일조했다.

잠깐만 누워서 기다려야지.

단지 그랬을 뿐이었다. 그러나 그녀는 제 의식이 마치 무거운 바위를 달아 강물에 던져진 듯 저쪽 심연으로 스르륵 가라앉는 것조차 느끼지 못했다.

8. 여행

완벽한 암흑 속에서 희미한 불을 켠 듯했다.

낡은 에어컨이 돌아가는 소리와 희미하게 차 소리가 들렸다. 그래서 아무것도 없는 진공 같은 암흑 속에서 움찔거렸다. 눈꺼풀이 한없이 무거워서 그것조차 들 기운이 없었다.

그러나 암흑 속에서 깬 머릿속에는 누군가 곁에 있다는 막연한 느낌이 던져졌다.

그녀가 벌떡 일어나지 못하는 것은 온몸에 기운이 하나도 없기 때문이지만, 한편으로는 그 막연한 느낌이 적대적이지 않다는 걸 본능적으로 알았기 때문이었다.

깊고 고른 숨소리, 어쩐지 익숙한 것 같은 그런 체취.

암막 커튼 사이로 스며드는 여명의 희미한 빛에 그녀의 눈이 점점 적응하고 있었다.

남자가 나오길 기다리다 자신이 쓰러져 잠든 것처럼, 침대 한쪽에 남자가 쪼그린 채 잠들어 있었다.

여리여리해 보인다 해도 키는 180이 넘는 남자였다. 더블사이즈 이상은 되어 보이지만 시골 작은 여관방의 침대는 보잘것없이 작았다. 그런 침대 한구석에 쓰러져 잠든 자신을 방해하지 않으려는 듯 최대한 끝 쪽에 붙어 죽은 듯이 잠든 남자의 누워 있는 모양새가 꼭 자신처럼 잠깐만 누워야지 했던 것처럼 보였다.

옆에 있는 탁자가 조금이라도 편안했다면 거기서 잠들었을 거 같았다. 아니, 그러려다 만 모양이었다. 의자를 침대 쪽에 바싹 끌어다 놓았으니.

이제 어둠이 걷히고 푸르스름한 공기가 스며들었다. 그 공기는 새벽답지 않게 뜨거울 테지만 내내 돌아가느라 애쓴 에어컨 덕에 조금은 선뜩한 느낌이었다. 입술 끝이 마르고 두개골의 밑바닥이 웡하고 울리는 것 같은 느낌이었다. 냉방병 때문인지 아니면 어제 너무 스펙터클한 하루를 보내서인지는 딱히 구별할 수 없었다.

그 푸르스름한 공기 속에 죽은 듯 잠든 이의 얼굴 윤곽이 드러났다.

평생 만져 보기 힘든 돈을 아무렇지도 않게 쌈짓돈에서 꺼내 주듯 가방에 잔뜩 담아 던져 준 남자는 그 돈으로 보상할 수 없는 짓을 한 게 틀림없다. 그 정도 돈이면 그래도 되는 거였나? 응급실이나 중환자실에서 그것에 비교조차 안 되는 한

참 적은 돈 때문에 사람이 죽어 가는 걸 심심치 않게 봤었으니까.

그동안 보여 준 모든 게 다 거짓이었다. 모두 다 자신을 이용하려는…….

그래서 화가 났었다. 자신을 납치하고 협박하고 감금한 사람들보다 더 치가 떨리게 증오스러웠다.

난 이 남자한테 무슨 짓을 당한 거지? 이름을 속인 거? 무서운 여친이니 어쩌니 했던 거? 그리고 또 뭐가 있나. 일부러 그런 최악의 경우를 대비해서 제게 비밀번호를 외우게 한 거? 그리고 결코 배신하지 못하게 뜨거운 밤을 보낸 거?

곰곰이 생각해 보니 화가 치밀었다. 배신감에 치가 떨렸다. 그러나 별수 없었다. 또다시 그자들한테 끌려가지 않으려면 이 가증스러운 철면피 같은 남자와 함께 있어야 한다.

그런데…….

잠깐 동안 더욱더 밝아졌다.

낮은 숨소리가 에어컨 소음 사이로 그녀의 귓속에 스며들었다. 흐트러진 머리카락이 이마를 덮은 남자는 베개도 베지 않은 채 쪼그리고 누워 있었다.

푸르스름한 여명 속에서도 희미하게 빛나는 것 같은 창백한 남자의 얼굴이 밝아지면서 짙게 드리워진 속눈썹이 보였다. 자신이 마스카라를 예술적으로 칠하고 온갖 도구를 사용한다 해도 저렇지 못할 것만 같았다.

이제 보니 외국인 같기도 했다. 너무 반듯하고 긴 콧대 때문에 그렇게 느껴지는 것일지도. 그리고 순간순간 밝아지는 새벽빛에 보이는, 이제는 보랏빛으로 물든 입술은 허옇게 굳어 가고 있었다. 소독이라도 해야 할 텐데. 이 더운 날 물도 닿고 했으니 잘못하면 염증이 생길지도 몰라.

경민은 그런 생각을 하려 했다.

다른 데는 괜찮을까. 각목이 부딪치는 것 같은 소리가 났었으니까 혹 내출혈 같은 게 있을지도.

가지런히 모은 하얀 손이 보였다. 밝아지는 새벽빛에 손등에도 상처가 난 게 보였다. 치기 어린 남자들이 벽을 칠 때 난 상처처럼 관절 부분이 벗겨진 채 물에 닿아 허옇게 변해 있었다. 단순 찰과상일까, 그런 생각을 하려 했다. 그러나 왜 저 손의 감촉이나 움직임 같은 게 떠올라 속이 뜨끔거리는지 모르겠다.

바보, 천치 같은 강경민. 욕을 먹어도 싸지.

이 남잔 널 철저하게 하나부터 열까지 이용한 거야.

알아, 알지만……. 그래도 저들의 손에서 날 구했잖아.

그거야 자기 때문에 그런 일을 당했으니까 양심에 찔려서 그랬겠지. 아니면 일이 더 시끄러워질지도 모르니까 조용히 해결하려고 그랬는지도.

아마 그랬을 거야. 그랬겠지. 그러니까 지금 여기 있는 거겠지.

그 대단한 상속자한테 그 숫자들을 전해 주면 끝날 것이다. 항아리 속에 있는 돈쯤은 정말 아무것도 아닌 대단한 사람들

일 거야. 그걸 전해 준 뒤 이 남자는 미국이든 어디든 갈 것이고, 그러면 저는 평범한 문래리의 보건진료소 보건지소로 돌아가겠지. 그럼 끝인걸.

그러니까…….

경민은 눈을 감았다. 떠오르는 태양 때문에 밝아져 남자의 그린 것 같은 얼굴이 너무나 선명해졌기 때문에.

다시 누굴 만나더라도, 저 남자보다 키스를 잘하는 사람을 만나진 못할 거라는 바보 천치 같은 생각을 하며, 도로 잠들려 애썼다.

갈증 때문에 눈이 떠졌다. 그러나 주변이 훤히 밝은 것을 보고 그는 벌떡 일어나 몸을 일으켰다.

온몸 구석구석 안 아픈 곳이 없었다. 마치 아주 오래전에 잊어서 완전히 사라진 기억 속의 통증 같은 게 스멀스멀 올라오는 것만 같아서 그는 버릇처럼 관자놀이를 꾹꾹 눌렀다.

손등이 쓰라렸다. 운동 삼아 글러브를 끼우고 샌드백이나 보호대를 찬 스파링 파트너를 치는 것과는 전혀 달랐다.

손등에 난 상처 따위는 무시하고 저쪽 탁자 위에 있는 편의점표 비닐봉지를 향해 다가가기 위해 조심스럽게 몸을 일으켰다. 끼끄덕 거리는 침대의 낡은 스프링이 신음 소리를 냈다. 혹 그것 때문에 옆에 곤히 잠든 여자가 깰까 봐 그는 잠시 움직임을 멈췄다.

깊이 잠든 여자가 있었다. 그는 잠시 어제 일어났던 수많은 사건을 반추해야 했다. 평범한 저 여자가 겪었을 당혹스러운 일들도.

심리적으로 많은 충격을 겪었을 것임이 틀림없었다. 그 답답한 구식 별장에서 하루 종일 할 일 없이 누워 설계한 계획은 가장 최악의 시나리오로 딱딱 맞아 떨어져 버렸다. 저 여자의 인생에서 그냥 무료한 시골에서 있었던 재밌었던 추억 정도로 각인될 수도 있었는데.

우선은 자기가 맡은 일을 끝내는 게 중요했다. 그리고 충분한 보상을…….

"윽……."

갈증 때문에 몸을 일으키자 저도 모르게 신음 소리가 새어 나와 입술을 악물어야 했다. 그러니 입술이 터진 상처가 통증을 더해 주었다. 저 비닐봉지에 분명히 물이 몇 병 더 들어 있었었는데……. 그는 몸을 일으키고 가서 봉지를 열었다.

먹다 만 도시락, 샌드위치의 빈 케이스, 아직 먹지 않은 빵도 있었다. 허기도 졌지만 갈증이 먼저였다.

반가운 생수통이 보였지만 들어 보니 가뿐했다. 또다시 뒤적이다 찾아낸 것도 거의 비어 가고 있었다. 겨우 바닥에나 있는 밍밍한 물이 그의 입술을 간신히 적실 뿐이었다. 안쪽에 묵직한 것은 냉기를 잃어버린 커피였다. 그것도 플라스틱 팩에 들어 빨대까지 달린…….

갈증이 더 심해진 그는 빨대 따위를 끼울 새도 없이 뚜껑을 열고 입구를 막은 비닐을 뜯고는 벌컥벌컥 내용물을 마셨다.

당혹스러울 만큼 단맛이었지만 그는 마지막 한 방울까지 다 마셔 버렸다. 너무 달아서 오히려 갈증을 더 일으키는 것 같았지만 비닐봉지 안에는 더 이상의 액체가 없었다.

뭐라도 들어가서인지 겨우 정신이 든 그가 주변을 둘러보았다. 암막 커튼 덕에 어두침침한 실내는 어젯밤 불빛에서 본 것보다 더 어설펐다.

어떡하든 빨리 이 번호들을 그 사람에게 전해 주는 방법밖에 없었다. 이 여자든, 아니면 스스로든 안전해질 수 있는 방법이란 건.

"그 애한테 전해 줘야 해. 그러면 모든 게 다 평탄하겠지. 하지만 그때까진 좀 힘들 거야. 그래도 이 일…… 그 정도의 가치는 있을걸?"

생김새가 동양계여서 일본어와 한국어를 배운 탓이었다. 캘리포니아엔 땅 많은 한국계, 일본계 지주들이 많기 때문에 그들을 상대하기 위해서 특별히 언어에 능통한 사람을 특채했고, 그 때문에 일자리를 수월하게 얻을 수 있었다.

그러다 우연히 만나게 된 노인, 허름한 옷차림에 속사포 같은 남부 사투리를 쓰는 펍 매니저의 말을 제대로 못 알아듣고 쩔쩔매고 있을 때 지나가다 한마디 도운 것뿐이었다.

"자네, 내 손자를 닮았군."

결코 동정심이나 정의로운 마음이 있어서 그런 건 아니었다. 애초에 그런 것 따위 없었으니까. 새로 배운 언어가 들렸을 뿐이고, 서로 소통을 못 하고 자기 말만 하는 게 답답해서 끼어들었을 뿐이었다.

알고 보니 그 노인은 대단한 자산을 가진 갑부였고 새내기 회계사였던 그를 좋게 보았다. 마침 그의 자산 운용에 대한 회계 업무를 돌봐 줄 사람이 필요하다는 말에 KPMG가 옳다구나 나선 것뿐이고.

KPMG는 전 세계에 회원사가 있는 미국에서도 첫째로 손꼽히는 회계 법인이었다. 블라인드 테스트로 선발됐다지만, 실무 경험이 전무하고 오로지 돈을 벌겠다는 생각으로 회계사 자격증을 딴 그가 전문가 집단에서 제대로 뿌리를 내리긴 힘들었다.

그러나 워낙에 대단한 자산을 가진 자산가가 그를 개인적으로 신임하면서 그는 회사 내에서도 인정을 받게 되었다. 그러니 이 한국인 노인은 어쩌면 제 은인이나 다름없었다.

그 노인이 갑자기 의문사를 당한 뒤 그가 마지막 유언장을 넘겨주라는 부탁을 받고 일을 처리하게 된 건 당연했다. 물론 그에 대한 상당한 보수도 이미 약속되어 있었다.

그러나 이런 일이 생길 줄은 미처 알지 못했다. 공항에서부터 성대한 환영식으로 화장실에서 나오면서 피습을 당했으니.

어쩌면 이것은 모두 다 정교하게 짜인 퍼즐의 한 조각일지도 몰랐다. 펍에서의 일은 단순한 우연이 아닐 테니.

항상 방탄 처리가 된 캐딜락에 보이지 않는 경호원들이 쉴 새 없이 경호를 하는데 통역하는 아랫사람 하나 없이 그런 곳에 다닐 일도 없었을 것이고, 그렇다면 그와의 만남 또한 이미 안배된 것일 수도 있었다. 물론 대놓고 물어보진 않았지만. 그리고 일이 이렇게 될 것까지 내다보고 일을 맡긴 것일 수도 있다.

그는 몸을 일으켰다. 그러다가 잘못해서 비닐봉지가 바닥에 떨어져 요란한 소리를 냈다. 놀라서 고개를 돌렸지만 여자는 여전히 미동도 없었다. 봉지에서 쏟아진 것들을 다시 주워 담던 그의 손이 멈춰졌다.

소독약과 밴드, 진통제……. 쏟아진 내용물을 보고 있던 그는 아무 일 없다는 듯 내용물을 다시 비닐에 담아 탁자 위에 올려놓고는 욕실로 들어갔다.

"괜찮아요?"

"네."

여자는 꼼꼼하게 소독약을 발랐다. 경민의 지저분한 옷 사이로 뽀얀 목덜미가 쏟아지는 햇살 속에 빛났다. 그는 시선을 돌려 공중에 흩어지고 있는 뿌연 먼지 알갱이들을 쳐다보았다.

"안에 출혈이 있나 봐요. 멍이 밖으로 나올 거 같네요. 많이 아플 텐데."

"괜찮습…… 아……."

"아파요?"

"아니요."

그의 입술에 물이 들어가 뿌옇게 부푼 터진 자국에 소독약이 묻자 그가 움찔했을 뿐이었다.

"상처에 물 들어가면 안 되는데, 날도 더운 데다……. 어젯밤에 소독을 하고 잤었어야 했어요."

그러려고 했었다. 그러다 잠든 건 그녀였으니까.

"이 정도는 괜찮아요."

그의 사무적인 목소리가 들렸다.

"손은요? 어제 보니까 손도 다쳤던데."

"괜찮습니다. 빨리 이곳을 나가서……."

"1분도 안 걸려요."

경민이 단호하게 말했다.

어딘지조차 알 수가 없는 동네였다. 대체 어디일까. 아침부터 푹푹 찌는 날씨는 열기가 가득한 차 안에 들어가는 게 무서울 정도였다. 해가 뜬 지 얼마 되지도 않는데……. 서울 아래쪽의 해안가면 태안반도쯤인가? 경민은 가끔 보는 동해안과는 다른 넓은 개펄이 펼쳐진 흙탕물 색의 바닷가가 창밖에 보이는 것을 보고 생각해 보았다. 그래도 바닷가라고 피서 온 사람들이 군데군데 보였다.

이런 상황만 아니라면 근사한 휴가 아닌가? 평생 못 볼 것 같은 서해안을 다 보다니.

경민은 고개를 돌렸다. 그녀가 열심히 소독하고 밴드를 붙이느라 애쓴 손으로 운전대를 잡은 남자는 눈가가 벌겋게 멍이 올라오는 상태였지만 앞만 보고 운전을 하고 있었다. 뭐라 말을 해야 할 것 같은데 에어컨만 쏟아져 나오는 적막한 차 안은 숨소리도 없이 조용했다.

푹 자고 일어나서인지, 아니면 근처에서 해장국을 먹어 속이 든든해서인지, 그것도 아니라면 무엇 때문인지…….

경민은 어제 저를 맹렬하게 불태우던 분노라는 감정이 어디로 사라져 버린 느낌이었다.

아마 홀린 거겠지.

경민은 바보 같은 자신의 자아에게 쏘아붙였다. 예쁘면 용서된다는 우스갯소리처럼, 잘났으니 용서되는 건 아닐 텐데.

아니, 지금은 방법이 없기 때문이었다. 이 남자를 죽도록 미워한다고 해도 딱히 어디로 도망을 갈 수도 없었다. 이 이름도 낯선 남자의 말대로 이 일이 해결되지 않으면 제가 문래리로 돌아간다 해도 어찌 될지 모르니까. 그리고 휴가는 아직 5일이나 남아 있었다.

체념하고 맡기는 게 나을 거라고, 이제 또 속을 일은 없을 거라고 스스로에게 말하는 게 나았다.

“어디 가서 옷을 좀 사야겠어요.”

분명히 도로 표지판에 지명이 나와서 남자가 그쪽으로 핸들을 틀었는데 낯선 곳이라 되뇌기도 힘든 곳에서 그가 입을 열었다.

"그러게요."

경민도 갑갑스러워 죽을 것 같은 느낌을 애써 잊은 척하고 있어야 했던 제 옷을 이제야 흘끗 내려 보곤 말했다.

큰 마트는 아무래도 CCTV 때문에 위험할 수 있으니 일부러 옷가게와 속옷가게 등을 따로 다녀야 했다.

물론 남자는 또다시 5만 원짜리 뭉치를 건네주었다.

"가방을 잃어버려서요. 여기서 좀 갈아입고 가도 될까요?"

없던 숫기가 넘치는 건지, 아니면 낯선 곳이라는 장소에서 오는 용기인지 모르겠지만 아무렇지도 않게 말했다. 작은 옷가게의 피팅룸에서 속옷까지 갈아입고 나니 경민은 정신을 차릴 수 있었다. 이 개운한 느낌을 남자에게도 선사하고 싶었다.

지글지글 타는 듯한 태양 아래를 지나기 힘들었던 경민이 집어 든 건 화장품과 잡화를 동시에 팔고 있는 작은 가게 한쪽에 진열된 싸구려 선글라스였다. 눈가에 멍 자국이 올라오는 남자 때문에.

혹 시력이 나쁜가? 그랬다면 렌즈라도 꼈겠지. 렌즈 관리하는 걸 못 봤으니 눈은 괜찮을 거야. 기타 등등 생각을 하면서 그녀는 남자에게 잘 어울릴 만한 걸로 골랐다.

그러느라 시간이 한참이나 지난 걸 깨닫고 그의 차가 있는 곳까지 뛰어와서 말을 꺼냈을 때였다.

"옷하고 속옷도 좀 샀어요. 그리고……."

취향이라는 게 있으니까. 제 속옷을 사면서 남자의 것도 고른다는 게 삼각인가 드로즈인가를 고민하다 둘 다 산 게 좀 무안하긴 했지만 말을 해야 할 것 같았다. 세상에 남자 속옷이라니. 그러나 그녀의 말은 이어지지 못했다.

차 안이 텅 비어 있었다.

어디 간 거지? 두 손 바리바리 종이 가방을 들고 있던 경민은 당황했다. 사라진 건가? 그럼 이제 어쩌지. 옷하고 필요한 걸 사 오라고 했을 때 그가 저를 두고 어디론가 가 버릴 거라곤 생각하지 않았다. 그런데 없어진 거야?

경민은 차 문을 급하게 열었다. 선팅이 새까맣기 때문에 안 보인 것일지도 모른다고 생각해서. 그러나 차 안은 텅 비어 있었다. 하지만 아직도 에어컨의 냉기는 있었다. 버튼식 시동이라서 차 안에 키는 없었다. 놀란 경민이 손에 들고 있던 것들을 차에 던져 놓고 문을 닫았다.

어디 가서 찾아야 하는 거야. 작열하는 햇살 아래 그녀는 주변을 두리번거렸다. 그때였다. 길 건너편에 보이는 빛바랜 공중전화에 서 있는 그를 본 건.

아, 저도 모르게 제 입에서 터져 나온 건 안도의 한숨이었는지도 몰랐다. 어제 연락을 한다고 했었지.

그 순간 제 마음속이 어땠는지 다시 유추하고 싶지도 않았다. 이 낯선 곳에서 믿을 것이라곤 저 남자밖에 없지 않은가.

그녀를 봤는지, 그가 공중전화 부스에서 나와 그녀에게 다가왔다.

"마침 공중전화가 있어서요. 망가진 줄 알았는데 다행히 통화가 되네요. 찾았어요. 이제 가면 됩니다."

그가 무슨 말을 하는지 잘 들리지 않았다. 그냥 한적한 도로를 건너 제게 오는 남자의 모습만 보일 뿐이었다. 터진 상처가 있는 입술을—그건 물론 경민의 생각이지만— 하고 불긋거리는 눈가를 한 채, 자신을 안심시키려는 듯 조곤조곤하게 말을 하는 남자를 보고 울면서 그의 품에 뛰어들지 않은 건 제 초인적인 의지라는 걸 인식하고 있어야 했다.

뭐라 말을 하고 싶은데 한마디라도 뻥끗했다간 제 목소리가 이상해질 거라 생각했다. 그래서 경민은 아무 말도 하지 못하고 있었다. 그걸 아는지 모르는지 그가 그녀의 힐끗 다시 쳐다보았다.

"옷 잘 어울리네요."

강릉에서 제게 커피를 사 달라고 하던, 한진우가 그녀를 향해 씨익 웃으면서 말했다.

그는 제 얼굴 근육이 마음대로 움직이는 것을 느끼곤 앞을 쳐다보려 애썼다.

아, 주소를 입력해야지.

차에 달린 내비게이션에 아까 들은 주소를 입력하기 시작했다. 예상 소요 시간은 다섯 시간 남짓. 그리 먼 곳이 아니었다. 워낙에 땅덩어리가 넓은 곳에서 살던 그에겐 가까운 거리였다. 어쩌면 일은 간단하게 끝날 수 있었다.

그는 화살표가 그려지자 곧 차의 시동을 걸었다. 후덥지근해졌던 공기 속에서 금방 찬 기운이 뿜어졌다.

문득 그는 제 손등에 가지런히 붙어 있는 밴드가 신경 쓰였다.

잠깐 헷갈렸을 뿐이다. 뭐라 해야 하지? 동화(Assimilation)? 아니면 동일시(Identification)?

제 방어 기제는 든든했다. 항상 이성적으로 행동할 수 있었다. 앞으로도 그래야 했다. 잠깐 자신이 연기했던 캐릭터에 동화되는 건 아마 상대 배우가 옆에 있어서 일 것이다.

"어디로 가죠?"

분명히 내비게이션에 입력하는 주소를 보았을 텐데도 여자는 묻고 있었다.

"전남 보성요."

"녹차 밭 있는 데요?"

경민의 질문에 그는 대답하지 않았다. 실은 잘 모르니까. 거기가 어딘지 알 리가 없었다. 그냥 내비게이션이 인도하는 곳으로 갈 뿐.

그가 자연스러운 한국인처럼 행동하게 된 것에는 끊임없는 노력 덕분이었다. 한국어와 일본어를 배우면서 항상 드라마와 뉴스, 다큐를 보았고, 좋은 기억력을 가졌지만 그것에 멈추지 않고 늘 정리하고 기록했었다. 덕분에 일본어도 홋카이도와 교토 방언 정도는 할 수 있었다. 다만 한국의 방언은 너무 복잡해서 아주 특징적인 것만 알 수 있었고 능숙하게 구사하기는 힘들었다.

특히 한국에 들어올 일이 생기면서 더욱더 많은 공부를 했었다. 그래서 능숙하게 연기를 할 수 있었는지도 몰랐다. 다 발달된 인터넷 덕분이지.

보성이라. 녹차 밭? 여자의 말에 그는 운전을 하면서 생각하고 있었다. 한국의 비경 100선에서 본 사진들을. 잘 정리된 정원수 같은 나지막한 차 나무들이 새파란 녹음을 자랑하면서 산등성이를 물결치던 사진 같았다. 그런 곳인가.

"거기 가면 그 대단하신 상속자분이 계신대요?"

"일단은 알려 준 주소가 그곳이니까요."

여자의 물음에 그가 평이하게 대답했다.

"혹시 그걸 알려 주면…… 그 사람도 같이 쫓기게 되는 거 아닐까요? 어제 그 사람들 정말 무서웠는데. 자백제까지 쓸 정도면 경찰에 알려야 하는 거 아니에요?"

그게 나을지도 모른다. 하지만 그런 이야기는 없었다.

"그 애가 알아서 할 거야."

단 한마디밖에 하지 않았다. 그러니 우선은 그대로 따를 수밖에.

"그냥 가서 전해 주면 됩니다."

그는 딱딱한 목소리로 대답했다. 그런 그의 마음을 알아챘을까. 경민은 입을 다물었다.

최단 거리를 알려 주는 최신형 내비게이션이었지만 그는 일부러 국도를 타고 가고 있었다.

남자는 부드럽고도 안정적인 운전을 하고 있었다. 경민은 나지막한 구릉만 있는 바깥 풍경을 내다보고 있었다. 높은 산만 있는 강원도하고는 달랐다. 처마같이 은근한 산이라고 부르기도 뭣한 언덕들이 넓은 평야 사이에 슬쩍슬쩍 솟은 풍경이 신기했다.

참 근사한 여름휴가 아닌가. 이것만 본다면.

병원에서 근무할 때는 휴가를 받으면 이삼일은 곯아떨어져 자기 일쑤였다. 그러다 저녁쯤 영화라도 한 편 보고 느긋하게 저녁을 먹으면 짧은 휴가는 끝나 버렸었다.

그나마 유일하게 작년에는 휴가다운 휴가를 얻었지만 이래저래 제대로 받지 못한 연수와 자격증을 따느라 허비하고 말았었다. 아니, 그건 일부러 그렇게 한 것이었다. 달리 할 일이 없었으니까.

어제 있었던 일만 머릿속에서 삭제한다면, 그렇다면…… 이 휴가는 참 뜻깊지 않은가.

한적하던 도로에 서서히 차가 많아졌다. 짐을 잔뜩 실은 화물차와 뒤에서 제대로 추월을 못하고 머뭇거리는 소형차, 2차선 좁은 국도에서 힐끗거리면서 추월하려 했지만 굽어진 도로에서 다른 차선의 눈치를 보기 힘들어진 차는 속도가 줄어들었다.

경민은 시선을 돌려 운전하고 있는 남자를 쳐다보았다. 자신의 이름이 제레미 리프킨이라고 하는…….

정말이지 한 톨도 어울리지 않는 이름 아닌가. 한진우, 비행기 안에서 본 드라마의 주인공이라는데 대체 어떤 주인공이었을까. 저렇게 단 한 조각도 어긋남 없는 한국 사람이 틀림없는데 왜 이 사람은 그런 이름을 가진 걸까.

이건 다 꿈인가? 꿈은 아니어도 이 일이 끝나고 나서 저 남자가 떠나 버리면 난 스펙터클한 꿈을 꾼 게 되는 걸까? 이 후덥지근하고 무료한 여름에?

차라리 그게 낫겠지…….

경민은 다시 고개를 차창 밖으로 돌렸다. 무표정한 얼굴로 운전에만 열중한 저 잘난 남자가 제 인생에 끼어든 건 그야말로 우연이니까. 그 우연은 곧 해소될 테니까.

그때, 거기 당신이 있었으니까요.

그 한마디로 모든 선 끝난 거니까.

"이것도 써요. 싼 거라서 눈이 아플지도 모르겠는데 멍이 올라오고 있어요."

휴게소에 잠깐 들렀을 때 경민은 그를 위해 산 옷을 주면서 같이 산 선글라스도 건넸다.

"아, 그래요."

그는 약간 머쓱한 듯 그녀가 내미는 선글라스를 받아 들었다. 손등엔 경민이 정성껏 붙인 밴드가 보였다.

"난 가서 물 좀 살게요. 옷 갈아입고 안으로 들어와요. 편의점 앞에 있을 테니까."

어딘지도 모를 낯선 국도변의 휴게소였다. 야트막한 산 만이 간간히 솟아 있는 넓은 평야가 유리문 밖으로 보였다. 지평선을 본 것도 이번이 처음이었다.

옷이 잘 맞을까. 경민은 물과 커피를 사면서 생각했다.

"감재가 몰랑몰랑하게 잘 쪄져 부렀네잉."

"속까지 다 익었능가?"

"그렇겠제. 푹 퍼진 것 좀 보게."

알 듯 말 듯한 대화 내용이 옆에서 들렸다. TV에서나 듣던 전라도 사투리인가? 그제야 경민은 제가 참 멀리도 왔다는 걸 알게 되었다. 보성이라…… 얼마나 더 가야 하는 걸까.

그때였다. 땡그랑, 유리문에 달린 종소리가 나고 그가 들어왔다. 먼지와 말라붙은 핏자국까지 있던 옷은 손에 들린 종이가방에 들었을 것이 분명했다. 그가 입은 건 반바지, 하얀 반팔 티셔츠뿐이었다. 그리고 그녀가 건넨 선글라스 덕에 눈가의 멍이 가려져 잘 보이지 않았다.

그것뿐인데도 불구하고 참 잘났다.

"음매나, 누군겨? 참으로 잘나부렀넹."

"글쿠만, 어디 테레비에 나오는 인갑네!"

옆에서 만담을 하던 할머니들도 감탄할 지경이었다.

"경민 씨."

"아, 네."

그냥 그가 자신을 부르는 것뿐인데, 왜 가슴 한구석이 쿵쿵거리는지 이해를 할 수 없었다.

"옷이 잘 맞네요."

"그러게요. 딱 맞아서 좋네요. 옷을 못 갈아입어서 정말 답답했었거든요. 고마워요."

참 딱딱한 목소리였다. 그 덕분에 다시 어색한 침묵이 차 안에 떠다녔다. 아마 전처럼 능글거리는 기름기라도 조금 남아 있었으면 그로 인해 다른 대화가 이어졌을지도 모를 텐데.

"얼마나 남았죠?"

"두 시간쯤이라는데……. 중간에 다시 연락을 해 봐야 할 거 같은데 공중전화가 안 보이네요."

경민도 실은 공중전화가 있다는 게 더 신기했다. 학창 시절에는 길목마다 꽤 있었는데, 초등학생도 스마트폰을 들고 다니는 세상이 되니 공중전화를 찾기가 힘들었다.

그나저나 세 휴대폰은 도대체 어디 있을까, 그리고 또 제 가방은…….

경민은 다시 심란해져 힐끗 옆을 쳐다보았다. 여전히 낯선 길을 운전하고 있는 남자는 똑같은 얼굴이었지만 선글라스 때문인지 낯선 사람같이 보였다. 멍 자국이 가려진 데다 심혈을 기울여 골랐다곤 하지만 싸구려일 뿐인 선글라스인데도 날카롭고 반듯한 얼굴 윤곽 때문에 배우의 옆모습 같았다. 배우란 게 별건가. 이런 잘난 사람이 하면 그만이지.

앞으로 두 시간. 뭘 하면서 적막을 견뎌야 할까.

경민이 불쑥 내뱉었다.

"이게…… 진짜 당신인가요?"

"네?"

길이 한적해서인지 그가 경민을 힐끗 쳐다보았다.

"내가 알고 있는…… 그 문래리의 별장에 있던 한진우라는 인물은 드라마 주인공의 이름에서 따온 가상의 인물인 거죠? 그러니까 지금 이 모습이 당신 본 모습인 거예요? 아니면 이것도 설정에 맞는 건지."

묻다가 보니 이 사람은 정말 배우일까 싶었다. 엊그저께와 완전히 다른 사람같이 보이니까.

그는 잠시 침묵을 지켰다. 아니, 대답하지 않으려 하는지도 몰랐다. 대답하지 않겠다면 어쩔 수 없는 거고.

경민이 살짝 체념했을 때 적막을 깨고 남자가 입을 열었다.

"죄송하게 됐습니다. 경민 씨가 말한 게 맞아요. 한진우는 만들어 낸 가상의 인물이 맞습니다. 굳이 말하자면 이게 제 모습에 가깝죠."

"……그렇구나."

경민이 혼잣말처럼 내뱉었다.

한진우라. 그는 저도 모르게 피식 실소를 뱉었다. 마치 우연 같지만 우연을 가장한 필연일지도 모를 테지.

그러나 우연이건 필연이건, 혹 누군가의 계략이든 상관없지 않은가. 오로지 계산에만 몰두해야 했다. 지금 만나러 가는 미지의 상속자를 설득해야 했다. 그래야…….

"이 차엔 CD도 없나? 라디오라도 틀까요?"

체념을 했는지 타협을 했는지 시골의 착한 간호사 선생님은 아무렇지도 않다는 듯 물었다.

"네. 그렇게 하세요."

생각이 너무 많이 갔다. 굳이 그러지 않아도 됐었는데. 아니, 두 번씩이나 그럴 필요는 없었는데.

그는 느릿느릿 가고 있는 트럭이 나타난 게 다행이다 싶었다. 반대편 차선에서 차가 오는지 안 오는지 살피면서 차를 추월할 생각에만 몰두했다.

"와, 녹차 밭 어마어마하네요. 저걸 다 손으로 따는 건가."

"그러게요."

그가 간단하게 대꾸했다. 끝도 없이 펼쳐진 나지막한 녹차나무의 구불거리는 곡선은 낮은 산들을 돌고 돌아도 끝없이 나타났다.

오후가 한참 지난 지라 사람의 인적은 드물었다. 대지의 열기는 데워질 대로 데워져서 잠깐이라도 창문을 내렸다가는 습식 사우나에 얼굴을 내민 것 같은 열기와 습기가 느껴질 것이다. 틀어 놓은 라디오에서도 오프닝 멘트가 하나같이 오늘 폭염의 절정이라고 입을 맞추어 떠들어 대고 있었다.

건성으로 대꾸하는 그는 내비게이션만 쳐다보고 있었다. 전화라도 해 봐야 할 텐데. 이 근처라고 했지만 실은 내비게이션에 찍은 주소는 대략적인 것이었다. 인적도 드물고 온통 산 위에 펼쳐진 녹차 밭만 있는 이곳에서 어떻게 찾아야 할까.

좁고 구불거리는 국도는 그나마 산 저쪽으로 해가 넘어가 그늘이 져서 숨이라도 쉴 만했다. 인적도 없는 곳에서 더 어두워지기 전에 휴대폰을 빌려줄 만한 사람이 있는 곳으로 가야 했다. 하루라도 늦어지면 그들이 여기까지 추적할 수도 있었다.

그때였다. 갑자기 저길 모퉁이에 커다란 밴 한 대가 서 있었다. 경민은 힐끗거리면서 그 차를 쳐다보았다. 그 연예인들이 타고 다닌다는 외제 승합차였다. 차는 검은색으로 번쩍거리고 있었고 그늘 속이라지만 새까맣게 선팅이 되어 있어서 전혀 속이 보이지 않았다.

남자는 곧장 그 차 곁으로 가서 차를 세우더니 차에서 내렸다.

"진우 씨."

경민은 저도 모르게 그의 가짜 이름을 내뱉었다. 아무래도 그 외국식 이름은 입에 붙지 않았으니까.

"잠시만요."

아무렇지도 않다는 듯 내린 그가 밴 쪽으로 다가갔다. 시동이 안 켜졌던 거 같은데 시커먼 차 문이 열렸다. 혹시 서울에서 쫓아온 사람들 아닐까. 경민은 저도 모르게 긴장했다. 차를 몰고 도망가야 했나? 조심하라고 해야 하나.

"저기, 부탁 좀 드리겠습니다. 잠깐 휴대폰 좀 빌릴 수 있을까요?"

최대한 부드럽고, 상대가 거부감이 들지 않을 만한 목소리로 그가 물었다. 검은색의 차창이 열렸다. 차창을 열고 고개를 내민 남자는 산그늘에서 그와 비슷하게 검은색 선글라스를 끼고 하얀색 와이셔츠를 입은 건장한 남자였다.

"전화요?"

목소리마저 낮게 깔리는 남자는 한눈에 보기에도 듬직한 체격이었다. 이런 사람이 왜 이런 외딴곳에 있을까 싶을 정도로.

"네. 급하게 전화를 해야 하는데 휴대폰을 잃어버려서요."

요즘은 휴대폰 빌려 달라고 하고 도망가는 사람도 많지만, 상대는 아무렇지도 않게 휴대폰을 내밀었다. 그는 감사의 뜻으로 고개를 숙이곤 휴대폰을 받아 들어 전화번호를 눌렀다. 통화음이 들리자마자 저쪽에서는 바로 전화를 받았다.

—여보세요?

"나야. 보성에 알려 준 곳까지 찾아오긴 했는데 어디로 가야 하지? 그 전 사장이란 사람을 찾으려면……?"

—주소는 거기가 끝입니다. 상세한 주소는 알 수가 없습니다.

"뭐?"

그때였다.

"전 사장님 찾아오신 분입니까?"

휴대폰을 빌려준 남자가 물었다.

뭐가 어찌 된 걸까.

"그 사람…… 찾은 거예요?"

"그런 거 같네요."

간단하게 대답을 내뱉은 남자는 경민이 다른 질문을 하는 걸 제지한다는 듯 입을 꾹 다물었다.

차 안에만 있던 경민은 검은색의 밴에 있던 사람과 대화를 나누던 그가 차에 돌아와 검은색 밴을 따라가는 것을 보고 물었을 뿐이었다. 정말 찾은 걸까? 저 검은 차의 사람들은 누굴까.

경민이 골똘하게 생각에 잠겨 있을 때 비죽한 공간 사이로 길이 있었고 그 퉁탕거리던 비포장 길은 평평해졌다. 잠깐의 비포장 길 뒤에는 아스팔트로 잘 포장된 1차선 길이 숲속에 나 있었다.

경민은 지금까지 본 얕은 구릉 지대보다 제법 높은 산에 난 길옆에 일정한 간격을 두고 막대기가 서 있는 보습이 보였다. 그 상속자라는 사람이 정말 이 산속에 사는 걸까?

한참을 산을 오르던 중 차가 갑자기 멈춰 섰다. 경민이 앞을 보려고 했지만 그들의 차 앞에는 육중한 밴이 가로막고 있었다.

멈춰 있던 차가 다시 움직였다. 경민이 내다보니 길 중턱에 문이 있었기 때문이었다. 커다란 대문이 열리고 차는 다시 산속의 길로 들어갔다. 문 옆에는 작은 초소 같은 건물까지 있었다.

산속에 초소라니.

그때였다. 길이 갑자기 넓어지더니 주차장이 보였고, 눈을 의심하게 될 정도로 대단한 건물이 보였다.

순간 그가 차를 세웠다.

"내려요."

2층밖에 없어 보였지만 너무 넓고 대단해서 이게 무슨 건물인가 싶었다. 절대 개인의 집처럼 보이지 않았다. 산속의 미술관이나 커다란 카페 건물 같아 보였다.

검은색의 밴에서 내린 하얀 반팔 와이셔츠에 선글라스를 낀 덩치 큰 남자 두 명과 문에서 나온 역시 덩치가 좋은 남자들이 그와 경민을 에워쌌다.

"전 사장님을 찾고 있는 제레미 리프킨이라고 합니다. 회장님의 전언을 가지고 왔습니다."

"들어가시죠."

그들은 별로 상관하지 않는다는 듯 회색의 커다란 유리문을 열었다. 경민과 그는 그 문으로 들어갔다.

딱 최신식의 건물이었다. 회색의 대리석으로 된 외장재는 검은색의 철재 같은 포인트 벽이 적절하게 안배된, 미술관 같은 외관이었다.

문을 열고 들어간 실내도 그랬다. 온통 하얀색의 대리석으로 된 바닥과 벽, 매립형으로 된 천장의 조명, 커다란 창으로 보이는 눈이 시리도록 새파란 숲, 약간의 언덕이었는지 시야는 시원하게 트여 있었다. 그리고 넓은 정원까지.

커다랗고 고급스러운 소파가 있었고 심플하면서도 화려한 상들리에가 높은 천장에 늘어져 있었다. 시원하면서도 청량한 기운이 가득해서 폭염 따위는 전혀 느껴지지 않았다. 참 비현실적인 공간이었다.

역시 대단한 사람의 대단한 상속자인가.

"앉아서 기다리시죠."

누군가의 말에 경민과 그는 커다란 소파에 앉았다. 딱딱해 보였지만 앉자마자 부드럽게 꺼지면서 편안하게 만들어 주고 있었다. 이리저리 둘러보던 경민의 시선을 사로잡은 것은 가운데 걸린 커다란 그림이었다.

이 심플하고 모던한 집과는 전혀 어울리지 않는 시커먼 그림이었다. 어찌 보면 초등학생의 그림 같기도 했으나 매우 큰 그림이었다. 시커먼 강물 같은 것이 대각선으로 그림을 나누고 있었고, 한쪽에는 노란 지푸라기 같은 머리를 한 여자가 떠내려갈 듯 누워 있었다. 반대쪽에는 서툴게 그려진 것과는 달리 매우 섬세하게 그려진 시커먼 옷을 입은 남자 하나가 서 있는 그림이었다.

남자만을 보니까 서툰 그림은 전혀 아니었다. 게다가 남자 뒤에 있는 크리스털 같은 배경도 섬세했고 마치 여자 그림만 일부러 그렇게 그린 듯 보였다. 전체적으로 묘하지만 자꾸만 눈이 가는 그림이었다.

왜 저런 그림을 이런 데다 걸어 놨을까?

경민이 의아해하고 있는데 어디선가 발소리가 났다. 슬리퍼도 아니고 구둣발의 소리였다.

그때였다. 옆에 있던 그가 벌떡 일어났다. 얼결에 경민도 같이 일어났다. 소리 나는 곳을 쳐다본 경민은 저도 모르게 헉하고 소리치고 말았다.

누군가 그 복도 끝에 서 있었다.

9. 상속자

복도 끝에 있던 사람이 다가왔다. 그리곤 딱딱하게 한마디를 내뱉었다.

"회장님의 전언을 하기 위해서 왔다던데."

"아, 그런데 저분은 상관이 없기 때문에……."

그의 한마디 말 때문에 경민은 그 자리에서 축출돼야 했다. 표면적으로는 정중한 안내였지만.

"피곤하실 텐데 좀 쉬시는 게 어떨지? 안내해 드려."

경민은 대답도 못 하고 덩치 큰 남자의 안내를 받으며 커다란 거실에서 나와야 했다.

나오면서 그녀는 힐끗 뒤를 돌아보았다. 눈이 시리게 푸른 숲이 보이는 커다란 창 앞에, 화려한 실내보다 더욱더 화려한 두 남자를.

경민이 저도 모르게 소리를 내뱉은 건 등장하신 '대단한' 상속자님의 어이없는 외모 때문이었다.

저게 말이 되나?

경민은 제가 본 제일 잘난 남자는 지금까지 저를 여기에 데리고 온 제레미 리프킨, 아니 그게 진짜인지 알 도리가 없으니 편하게 한진우라고 말한 저 남자였다.

딱 레오나르도 디카프리오의 전성기를 동양판으로 구사해 놓은 듯 그 가냘픈 선이 누워 있을 땐 모성 본능을 자극했지만, 밤에는 더할 나위 없는 색기로, 그리고 그녀를 위해서 괴한의 해치웠을 땐 뜬금없는 박력으로 경민의 속을 뒤집어 놓았었다.

그런데 이 대단한 저택의 주인이 분명하신 상속자라는 남자는 처음 본 순간 바로 숨이 헉하고 멈추었다. 물론 한진우의 허옇게 부푼 입술과 보라색으로 변해 가는 눈가의 멍 자국 때문에 그 미모란 게 덜해졌기에 더욱더 대비가 극명해졌을지도 몰랐다.

그러나 아무 생각 없이 사람을 쳐다봤을 텐데도 느껴지는 살기 같은 뭔지 모를 싸한 기운 때문에 경민은 소름이 돋았다.

문제는 그와는 상반되게 한진우보다 더 키가 큰 데다가 깎아 놓은 것처럼 잘생겼다는 말이 절로 튀어나올 정도였다. 나이는 더 많을까? 아니, 한참이나 더 많을까. 도무지 짐작도 할 수 없었다. 경민은 다시 돌아가서 자세히 봤으면 좋겠다 싶을 정도였다.

하지만 이미 그녀는 거실에서 쫓겨나듯 다른 남자의 안내를 받으면서 낯선 곳으로 가고 있었다.

다들 부와 능력과 외모까지 갖춘 대단한 남자들이구나 싶어 경민은 이것조차 꿈인가 싶었다.

"이쪽에서 쉬시죠."

한참이나 걸어서 모퉁이를 지나 막다른 곳에 있는 문을 열면서 남자가 말했다.

"아, 네."

"식사라도 하시겠습니까?"

아직 밖은 훤했지만 저녁 시간이 된 듯했다. 그런데 혼자 밥을 먹으라고?

경민은 어색하게 웃으면서 대답했다.

"아뇨. 좀 이따가……."

"그럼 시키실 일이 있으시면 벽에 있는 저 벨을 누르시기 바랍니다."

전혀 그런 대사가 어울릴 것 같지 않은 덩치 좋은 남자가 인사를 하면서 나갔다. 경민은 혼자가 돼서야 자신이 안내된 곳을 휘 둘러보았다.

"어머나."

저절로 감탄사가 나왔다. 새파란 숲이 보이는 커다란 창 두 개가 벽처럼 싸고 있었고, 거기에도 간단한 테이블과 소파가 놓여 있었으며 뒤쪽에는 침대와 커다란 TV도 있었다. 한쪽의 문은 욕실이 분명해 보였다. 이곳 하나만으로도 평수가 적당한 고급 아파트 한 채 같은 공간이었다.

"어휴……."

경민은 이제 어찌해야 하나 고민하며 휘황찬란한 공간을 서성였다.

"회장님이 돌아가셨다고."

한여름의 대낮인데도 건물의 서늘하고 쾌적한 공기 때문인지 와이셔츠와 정장 바지 차림의 남자는 익숙하다는 듯 소파의 상석에 앉으며 말했다.

"네."

"언제쯤?"

생각보다 젊었다. 서류상의 나이가 아흔이 다 돼 가는 노인의 손자니 4, 50대는 됐을 거라 예상했었다.

"두 달 전쯤 된 거 같습니다."

"두 달 전이라. 5년 전이 아니고?"

"네?"

남자는 씨익 미소를 지었다. 본인은 분명히 웃는 거였겠지만 보고 있는 그는 그렇지 않았다. 무엇보다 아직 확증이 없었다. 이 사람이 자신을 피습한 자들과 한패가 아니란 걸 어떻게 믿을 수 있단 말인가. 이것도 거대한 함정일 수도 있었다. 주어진 일을 제대로 해내지 못한다면 대가를 얻지 못할 수도 있었다.

"당신이 전혁수 회장님이 말씀하신 그 손자란 걸 확인해야 하겠습니다. 증거를 보여 주시죠."

"당신?"

상대가 소름 끼치는 목소리로 되물었다. 저도 모르게 몸이 굳어졌지만 그는 딱딱한 목소리로 대답했다.

"증거를 보여 주십시오."

"내가 왜 그래야 하는데?"

하얀 공간 안에 가득한 시원한 공기는 그의 등골을 서늘하게 했다.

어떻게 생각해 보면 나름 굉장한 휴가일지도 몰랐다.

지금 경민의 눈앞에 광경만 보면 그러했다. 자신이 예약했지만 단 한 번도 가 본 적 없는, 그 호텔의 디럭스 룸보다 훨씬 값비싼 저 남자와 들어갔던 스위트룸도 나름 훌륭했었다. 사진으로야 실컷 봤지만 절대 클릭할 수 없었던 가격을 생각하면 근사한 룸이었다. 아깝게도 호텔은 대실을 하지 않을 테니 하루 치 방값을 홀랑 날렸겠지만.

그러나 지금 경민이 있는 이 방은 그 호텔에 비한다면 적어도 한두 배쯤 가격을 더 받아야 할 것만 같았다.

눈부시게 하얀 벽이나 대리석 바닥, 미니멀하지만 고급스러운 흰색 가죽 소파가 있는 공간의 한쪽은 바닥부터 천장까지 이음새도 없는 통유리였고, 그것보다 더 기가 막힌 건 밖으로 보이는 끝도 없이 이어진 새파란 녹차 나무가 그리는 곡선이 장관을 연출하고 있었다는 사실이다.

화이트와 초록의 극명한 대립이라니. 무슨 커다란 작품을 걸어 놓은 모습이었다.

이게 바로…… 말로만 듣던 그사세구나.

욕실은 더 대단했다. 개운하게 씻고 나서 녹차 향이 풀풀 나는 호텔의 어메니티(Amenity) 같은 화장품 세트로 마무리를 하고 나온 경민은 새 옷을 여러 벌 산 게 다행이다 싶었다.

시간이 꽤 됐을 텐데도 한여름의 질긴 해는 질 생각을 하지 않았다. 아직도 밖은 훤했지만 경민의 속은 그렇지 않았다. 늦은 아점을 먹은 뒤로 뭘 더 먹을 겨를이 없었기 때문에 이미 그녀의 속은 텅 비어 있었다. 그러나 감히 문밖으로 나가거나 아까의 우락부락한 남자가 안내해 준 벨을 누른 뒤에 '저녁 좀 주실래요' 하고 말할 분위기도 아니었다.

"아니, 무슨 물도 없어."

호텔의 객실이라면 조그만 냉장고라도 있어야 할 텐데, 유일하게 이 방에 없는 물건이었다.

미냥 기다려야 하나? 아니면 용감하게 벨을 누르고 '밥 좀 주세요' 라고 해야 하나.

경민이 서성거리다가 막 벨 근처까지 갔을 때 똑똑 소리가 나더니 소리 없이 문이 열렸다.

"식사 준비됐는데 식사하시겠습니까?"

"아…… 네."

듣던 중 가장 반가운 소리였다.

손님용 방만 해도 어마어마하니까 메이드가 시중을 드는 커다란 식탁의 진수성찬이리라고 생각했다. 무료한 저녁 시간을 때우기 위해선 수다쟁이 정 선생이 적극 추천하는 드라마도 가끔씩 보니까. 사실 지금은 토스트와 커피 한 잔을 준다 해도 맛있게 먹을 수 있었다.

감각의 역치가 넘었다고나 해야 하나. 경민이 분노나 공포 같은 그동안 느끼지 못한 극악의 감정을 느끼다 보니 이제는 무감각해진 느낌이었다. 그냥 눈앞에 보이는 화이트와 초록의 완만한 곡선이 그녀의 부글거리는 감정을 꾹 눌러 버리는 기분이었다. 꿈속이나, 아니면 그 비슷한 전혀 다른 곳에 있기 때문에 현실적으로 느끼는 감정 같은 게 우스워지는 경지라고나 할까.

하얀색의 미로 같은 복도를 지나 도착한 곳은 다이닝 룸이었다. 다행인지 아니면 그 반대인지 그가 있었다. 경민이 유일하게 알고 있는 남자. 그러나 그것조차 사실인지 불분명한 남자.

한진우는 그녀처럼 깨끗하게 먼지를 씻어 내고 새 옷을 입고 의자에 앉아 있다가 경민이 오자 자리에서 일어나 그녀를 맞이하였다. 참 비정상적으로 보이게.

다만 그의 얼굴에 남아 있는 상처들이 이 비정상적인 공간을 그나마 현실적으로 만들고 있었다. 이게 꿈이나 상상이라면 적어도 저런 상처는 없을 테니까.

그리고 경민의 눈앞에 펼쳐진 것은 그녀가 상상했던 것 이상이었다. 하얀색의 커다란 식탁에 차려진 형형색색의 음식들. 그리고 제게 말을 건네는 한 여자.

"어서 와요. 이곳에 손님이 온 게 드물어서……. 나 너무 반가워서 눈물이 날 것만 같아요. 도우미 아줌마한테 맛있는 거만 골라서 하라고 했는데, 급하게 준비하느라 입맛에 맞을지 모르겠어요."

"아, 네."

경민과 비슷한 나이이거나 아니면 조금 더 많을까. 키가 크고 예쁘장한 여자는 긴 생머리를 포니테일 스타일로 묶고 있었다. 그리고 밝은 표정의 샛노란 원피스를 입었는데, 자세히 보니 배가 꽤 나온 임산부였다.

손님의 시선이 어디에 쏠리는지 눈치챈 여자는 환하게 웃으면서 말했다.

"막달이에요. 정확히 말하면 예정일이 일주일 남았어요. 그러나 괜찮아요. 아무 지장 없으니까."

"네……."

응급실과 수술실에 주로 있었던 경민은 응급한 임산부를 몇몇 본 적이 있었다. 보건진료원이 되기 위해서는 조산원 자격증도 필요했기에 공부도 했고, 또 분만 과정도 몇 번 참관했었다.

하지만 이 여자는 배만 아니라면 전혀 임산부란 느낌이 없어 보였다. 얼굴도 경민보다 더 작아 보였고 하늘거리는 원피스 밑의 팔다리도 가늘었다.

"식사도 하고, 음…… 재밌게 지내요. 금방 갈 건 아니죠?"

그건 저 남자한테 달린 거 아닌가? 경민은 흘끗 진우를 쳐다보았다. 그는 여전히 아무렇지도 않다는 표정으로 앉아 있을 뿐이었다.

그때였다. 가만히 앉아 있던 그가 자리에서 일어난 건.

"아……."

한진우를 보고 있던 경민은 자연스럽게 그의 시선을 좇았다. 그리곤 저도 모르게 숨을 들이쉬고 말았다.

아까 그 남자. 그냥 한눈에 봐도 딱, 한진우가 누누이 말하는 상속자님이라고 할 만했다. 헌칠한 키, 싸늘하지만 눈을 떼지 못하게 잘난 얼굴, 그리고 온몸에서 풍기는 위압감……. 그래도 아까 얼핏 보아서인지 처음 느꼈던 그 싸늘함은 좀 가신 듯했다. 그러나 경민이 가지고 있는 그 오싹한 느낌은 그리 오래 가지 않았다.

"무리하지 말라고 했는데 그냥 가만히 있지."

"아니에요. 오랜만에 온 정상적으로 보이는 손님이라고요. 그리고 전혀 기미도 없다니까요. 오히려 기분 전환을 하면 좀 나아질 거예요. 그런 표정 하지 말고 앉아요."

싸한 남자의 표정이 금방 부드러워지는 걸 눈앞에서 보니, 이 짧은 대화만으로도 거친 사자 같던 남자를 온순한 양으로 만들 수 있는 건 사랑하는 사람이란 걸 알 수 있었다. 이 예쁜 여자는 이 집의 안주인이 분명했다. 참으로 대단하게도…….

"앉으시죠."

그 남자가 처음보다는 한층 부드러워진 목소리로 경민에게 말했다. 그러자 경민도 옆자리에 앉을 수밖에 없었다.

"이렇게 우락부락하지 않은 손님이 온 게 오랜만이라서 제가 너무 기뻐서 그래요. 아무쪼록 편하게 머물다가 가시길 바라요."

"아, 네."

"우리 도우미 아주머니가 음식을 굉장히 잘하시거든요. 전 입맛에 딱 맞는데 어떻게 다들 괜찮으신지 모르겠어요. 제 맘대로 차렸는데, 다음 식사는 뭐 드시고 싶은 거 있으면 말씀해 주세요."

다소 딱딱할 수도 있는 자리였다. 그러나 젊고 명랑한 안주인 덕분에 경민은 오랜만에 거한 식사를 할 수 있었다.

"이름이 어떻게 되죠? 나이는 나랑 비슷한가? 좀 어려 보이기도 하고……."

그림 같은 두 남자들은 단 한마디 대화도 없이 그야말로 밥만 먹고는 자리에서 일어났다. 경민은 아마 안주인이 없었으면 그 사이에서 숨이 막혀 질식을 했을지도 몰랐다. 두 남자가 자리를 뜨자 자연스럽게 여자들끼리 자리를 옮기게 되었다.

"강경민이라고 해요. 나이는 스물여덟 살이고요."

"어머나, 미안해요. 내가 요 근래 사람들하고 어울리질 못해서……. 난 서른셋이에요. 훨씬 어렸구나. 경민 씨라고 부를게요."

"무척 동안이시네요."

경민이 어색하게 웃으면서 말했다.

"언니라고 편하게 불러요."

"네."

그런데 그게 가능할까 싶었다.

도대체 이 집은 어떤 구조일까 궁금해졌다. 식사를 하던 곳에서 요리조리 모퉁이를 지나가니 또다시 새파란 차 밭이 보이는 공간이 나타났다.

다만 깨끗한 화이트로 된 인테리어가 아니라 이 집과는 완전히 이질적으로 다른 공간이었다. 누구의 집에나 있는 평범한 분홍빛 커튼이 있었고 선인장이며 군자란 같은 평범한 가정집에서 볼 수 있는 화분들이 줄지어 놓여 있었다.

또한 지금까지 본 대리석 바닥으로 된 거실이나 화이트 톤의 가구가 아니라 마룻바닥에 몇 년 전에나 볼 수 있었던 회색의 패브릭 소파, 그리고 면으로 된 러그가 깔린 가운데 공간에는 통나무로 된 커다란 좌식 탁자가 있었다.

그 위엔 둥그런 필통이 여럿 있었고 색연필, 붓, 크레파스 같은 그림을 그리는 도구가 가득 꽂혀 있었다.

벽에도 표구가 된 게 아니라 스카치테이프나 압정으로 꽂혀 있는 직접 그린 그림들이 붙어 있었고, 물감 같은 것들이 잔뜩 있는 서랍장도 한쪽 벽에 세워져 있었다.

경민의 시선을 느꼈는지 여자가 화사하게 웃으면서 말했다.

"여긴 내 작업실이에요. 다만 지금은 독한 화공 약품 같은 거 안 쓰려고 잠깐 쉬는 중이라서요. 그냥 간단한 스케치나 채색 같은 것만 해요. 임산부한테는 그런 것도 안 좋다고 누누이 이야기하길래. 아 참, 내 이름은 권세연이라고 해요."

"아, 네."

경민은 또다시 어정쩡하게 대답할 수밖에 없었다.

"같이 온 분, 울 연우 씨 일 때문이라는데……. 진짜 잘생겼던데, 애인인 거죠?"

"네?"

"난 딱 보면 알아요. 애인 사이인 거. 그 잘생긴 얼굴은 어쩌다 그렇게 된 거예요? 하여튼 다 잘될 거예요. 안되면 내가 잘되게 해 줄게요."

경민은 뭐라 대답해야 할까 싶었다. 애인이라……. 그러고 싶은 걸까.

"잘난 남자들은 그만큼 힘들어요. 아마 내가 그걸 젤 잘 알고 있는 사람일걸요?"

그런가? 그 상속자님 정말 대단한 거 같으니. 이 평범하기 그지없는 여자는 어쩌다 저런 남자를 만났을까? 경민은 궁금하긴 했지만 할 말은 해야 했다.

"애인이라뇨. 절대 그렇지 않아요. 그냥 어쩌다 보니 엮인 것뿐이에요. 그 사람은 절대 그렇게 생각 안 하거든요."

"그럴 리가? 경민 씬 그렇게 생각 안 하잖아요?"

오히려 당황한 건 경민이었다. 내가 뭘 어쨌기에. 그냥 밥을 먹었을 뿐이었다. 물론 좀 신경이 쓰여서 몇 번 흘끗거리기는 했지만. 그게 뭐…….

"절대 그렇지 않아요."

"아니에요. 쳐다보는 눈빛만 봐도 난 알거든요. 문제는 상대방인 거죠? 저 남자가 경민 씰 그렇게 생각 안 하는 거 같아요? 경민 씬 어때요? 그렇게 만들고 싶지 않아요?"

대단한 사모님의 눈동자가 반짝거리고 있었다.

"시온의 전 사장은 그걸 인정 못 하겠지. 어마어마한 자금난에 허덕이고 있을 테니까."

어떤 것도 증거는 없었다. 그래서 그는 침묵을 지키는 중이었다.

"그런데 갑자기 회장님의 유언장을 가지고 온 회계사라……. 그러니 그들이 혈안이 돼서 난리가 났을 거고, 그걸 또 예측 못 할 리 없었을 테고."

그가 가만히 있는 걸 눈치챘는지 상대가 물었다.

"왜? 아직도 내가 못 미더운가? 증거를 대지 않아서?"

"확정 짓지는 못하겠지만 이 유언장에 걸린 금액이 대충 얼마인지는 알고 있습니다. 저는 신중할 수밖에 없습니다."

상대는 픽 하고 웃음을 내뱉었다.

"신중한 거 좋지. 좋을 대로 해. 하지만 시간이 얼마 없을 테니까. 스위스 계좌라고 했지? 아무래도 자네가 있어야 할 테고."

그는 갑자기 주머니에서 휴대폰을 꺼내 들어 어딘가로 전화를 했다.

"김 비서. 가장 빠르게 스위스로 갈 수 있게 준비해. 그리고 이 친구 여권도 준비하고."

"네?"

오히려 놀란 건 한진우였다. 당장 스위스로 가겠다니. 게다가 자신의 여권이 지금 어디 있는지도 알 수가 없었다. 공항에서 피습당한 뒤에 바로 병원으로 옮겨졌고, 전 회장의 비서에게서 건네받은 SD카드를 상처에 넣은 뒤에 장 부장과 한밤중에 병원에서 나와 차를 타고 온 게 그 문래리의 별장이었으니까.

자신의 짐이나 그 밖의 것들이 어디 있는지도 알 수가 없었다. 그저 장 부장이 급조해 와서 피 묻은 옷 대신 갈아입은 옷 한 벌 뿐이었다. 그러니 여권의 행방은 이미 포기하고 있었다.

놀라는 그의 모습을 본 남자가 다시 피식 웃었다.

"제레미 리프킨 패스벤더. 두 살 때 마이클 리프킨 부부에게 입양됐고, 불의의 사고로 열두 살에 배 아돌프 패스벤더에게 다시 입양되었고, KPMG 산호세의 재무 3파트 주니어 매니저이고, 원래 콜롬비아에서 심리학을 전공했지만 학위를 딴 뒤 회계학을 독학해서 자격증을 땄지."

진우의 얼굴이 굳어졌다.

"자네가 날 그냥 찾을 수 있었을 거 같아? 장 부장의 정체가 궁금하지 않나? 갑자기 나타나서 전 회장이 보낸 경호원이라고 했을 때 한 번쯤 의심해 보지 않았다면 자네의 불찰인 거 같은데. 장 부장이 어느 쪽의 사람인지도 확인 안 하다니 말이야."

"그럼……."

"오늘은 늦었으니까, 아마 이르면 내일 오후나 늦게 출국하게 될 거야. 그러니까 쉬면서 그 얼굴 좀 어떻게 하는 게 좋을걸. 같이 온 아가씨가 간호사라던데. 물론 여기도 의사가 있긴 하지. 산부인과 의사지만 말이야. 치료받고 냉찜질이나 좀 하라고."

남자는 아무렇지도 않다는 듯 말했다. 그러나 그걸 듣고 있는 진우는 저도 모르게 소름이 돋는 느낌이었다.

모든 걸 다 알고 있었다면, 왜 이렇게 내버려 둔 걸까.

"알고 있어. 무슨 생각을 하는지. 나도 시간이 필요했거든. 모든 게 사실인지, 그 노인네가 왜 그렇게 됐는지, 그리고 왜 하필 자네 같은 풋내기에게 이런 일을 시켰는지 알아낼 시간 말이야. 가서 쉬어."

"안 되면 내가 잘되게 해 줄게요."

대체 뭘?

모르긴 몰라도 최고급 커피와 호텔보다 더한 각종 디저트가 우아하게 차려졌던 그 작업실에서의 티타임은 복 받은 안주인의 마사지 시간이라고 모시러 온 누군가에 의해서 끝나고 말았다.

마치 친구라도 만난 듯 별게 다 알고 싶은 그녀 덕에 정신이 쏙 빠질 것 같았던 경민은 안내인을 따라 복잡하고 긴 복도를 걸어가고 있었다.

하얀 대리석 바닥, 그리고 복도나 거실을 지날 때마다 보이는, 이제는 조명을 받아 어둠 속에 보이는 푸른 녹차 밭. 마법의 성에 온 느낌이었다. 이 성의 대단한 주인과 그 주인의 굳은 얼굴을 풀게 하는 안주인까지.

그때 갑자기 윙 하는 소리가 났다. 저를 안내해 주는 도우미 같은 여자의 주머니에서 난 소리였다. 휴대폰을 꺼내 든 여자가 경민에게 말했다.

"죄송하지만 호출이 와서요. 여기서 쭉 가다 왼쪽으로 꺾으면 숙소입니다. 혹 불편한 점이 있으시면 인터폰을 누르세요."

"아, 네……."

도우미가 바쁜 듯 온 길을 되돌아갔다. 그런 그녀가 시선에서 사라지자 경민은 저도 모르게 중얼거렸다.

"참 스펙터클한 여름휴가네."

이런 대단한 곳이라니. 경민이 도우미의 말대로 복도 끝에서 왼쪽 모퉁이를 돌았을 때였다. 그녀는 저도 모르게 발걸음을 멈추고 말았다.

"아……."

거기엔 유일하게 그녀가 아는 사람인 한진우가 서 있었다. 아니, 그도 어디선가 오다 잠시 발길을 멈춘 모양이었다. 복도 중간엔 탁자와 역시 밖이 다 내다보이는 작고 아담한 휴게 공간이 있었다. 그 옆으로 경민이 머무를 방이 있었으며, 그 옆엔 또 다른 문이 있었다.

"괜……찮아요?"

역시 제일 먼저 보인 건 그의 얼굴이었다. 어제보다 더 시커멓게 올라온 멍 자국은 그의 창백한 얼굴에 더 도드라져 보였다. 게다가 하얗게 굳어 있는 입술의 상처 자국도.

"괜찮습니다."

이 낯선 곳에 자신이 와 있는 이유는 이 남자 때문이었다. 그렇지 않다면 이 인터넷에서나 보았지 실제로 와 볼 생각도 못 한 남쪽 끝의 녹차 밭 속 화려하기 그지없는 성 같은 이런 대단한 곳에서 제가 서 있을 리가 없으니까.

그런데 막상 이 남자와 마주하고 있으니 데면데면했다. 차라리 그 드라마 속의 주인공이라는, 전에 구 여친의 칼에 찔렸다던 '한진우' 였다면 나았을까.

"있잖아요."

머뭇거리던 그가 자신의 방으로 가려는 듯 몸을 돌렸을 때 경민이 말했다.

"네?"

"전 언제까지 여기 있어야 해요?"

어떤 말이라도 해야 했다.

그는 잠시 생각했다. 아까 저 상속자의 말대로 그렇게 빠르게 스위스를 갔다 올 수 있을까. 그러면 다 끝난 걸까. 얼마나 걸리게 될까.

아마 그와 유언장과 서류들만 확인한다면 뭔가 더 일이 일어나진 않을 것이다. 그리고 이 죄 없는 간호사 선생님의 경호를 따로 부탁할 수도 있을 것 같았다.

"휴가 끝나기 전까진 돌아가실 수 있을 겁니다. 아니, 지금이라도 가고 싶으시다면 전 사장님께 경호를 해 달라고 부탁해 보겠습니다."

전혀 바라는 대답이 아니었다.

그러나 바라는 대답은 뭐였을까? 이 남자한테 자신이 원하는 게 뭘까. 경민은 스스로 궁금해졌다. 그사이에 남자는 또다시 그녀의 시선에서 사라지고 싶어 하는 듯했다.

"저기요."

왜 이 남자를 붙잡고 싶은 걸까.

"네?"

왜 붙잡느냐는 듯한 표정이었다.

"그냥 끝까지 연기를 하지 그랬어요."

"네?"

남자가 이번엔 무슨 소리냐는 듯 되물었다.

"그 제레미 리프킨인지…… 그런 사람 말고, 어차피 난 문래리 보건지소로 돌아갈 텐데, 그때까지 그냥 한진우로 있는 게 낫지 않았을까 싶은데요."

그러자 그가 완전히 돌아섰다. 눈가에 보랏빛 멍이 든 남자는 당혹스럽다는 표정이었다.

"지금이라도 그래 주면 안 될까요?"

"이미 늦은 거 같은데요."

눈가에 보랏빛 멍이 든 남자는 약간은 씁쓸해 보이는 표정으로 침울하게 대답하고는 고개를 끄떡여 인사를 한 뒤 경민의 방 저쪽에 보이는 문으로 들어가 버렸다. 그의 씁쓸해 보이는 표정은 제 착각일 수도 있었지만.

밖은 어두웠다.

무시무시한 초록의 산등성이도 어둠 앞에서는 기를 펼 수 없는 모양이었다. 커다란 통창 밖으로는 노란 조명 밑의 초록이 요상한 색으로 물들어 있었다. 그 노란 조명 밑으로는 어떻게든 살아 보려고 애쓰는 온갖 날파리들이 가득 모여들어 있었다. 더러 커다란 날갯짓을 하는 나방까지도.

너무나 고급스러워서 푹신하다 못해 사지가 녹아 버릴 것 같은 하얀 침구가 눈앞에 있었지만 경민은 그저 망연하게 서 있었다.

넌 왜 그런 거니?

저쪽 거울에 비치는 여자에게 따지듯 물었다. 그러나 그 여자는 대답이 없었다. 할 말이 없으니까.

경민은 낯설고 화려한 하얀 방에 멍하니 서 있었다.

아니, 대체 그 남자한테 뭘 바라는 건데.

히죽거리면서 따끈따끈한 멘트를 날리며 이 근사한 침구에서 밤을 불태워 주길 바라는 건가?

경민은 깊이 한숨을 내쉬었다.

그녀에게 남아 있어야 하는 건 분노와 속았다는 자괴감, 낯선 공간에서의 어색함, 그런 것들이었다. 방음이 훌륭한 공간의 저편 벽에서 무언가 들리지 않나 하고 신경이 곤두설 필요가 없는 거였다.

그냥 화려하고 근사하고 예측 불가한, 게다가 이젠 안전하기까지 한 즐거운 휴가를 보내게 된 것이라 생각하면 되는 거였다. 더 이상 뭘.

상대는 아무런 감정 따위가 없었다. 그냥 내가 거기 있었기 때문이었다. 거기에 정 선생이 있었든, 혹은 정년이 다 되어가는 할머니가 있었어도 똑같았을 것이다. 그게 더 화가 나고 슬펐다.

'바로, 당신이었으니까요' 라고 말해 줬으면 뭐가 달라졌을까?

그럴 리가. 저 남자는 사사로운 감정 따위 애초부터 없었을 것이나.

그럴 것이다.

"정말 가는 거예요?"

"응. 최대한 빨리 올 거니까, 그 전에 우리 귀동이 아빠 보고 싶다고 미리 나오지 말라고 해. 얌전히 기다리라고 말해."

하……, 귀동이라니.

복중 아기의 태명이 틀림없었다. 달님이, 생명이, 비약이, 사랑이…… 사랑스럽고 귀여운 태명이 얼마나 많은데 귀동이라니.

그러나 저 영화 속의 주인공 같은 남자는 복을 너무 받아 행복에 겨운 이 커다란 성의 안주인의 동그란 배에 대고 보는 눈들은 신경 쓰지 않는지 아무렇지도 않다는 듯 말했다.

"아직 예정일이 일주일이나 남았어요. 게다가 초산부는 원래 예정일 지나서 나온다잖아요. 김 비서가 빠르면 3, 4일 내로 올 수 있다던데…… 맞아요?"

"직항이 11시간 반이니까, 바로 일 보고 나올 거야. 그럼 아무리 늦어도 3일이면 돼. 그동안 꼭 참으라고 계속 말해. 아빠 없을 때 나오면 절대 안 된다고."

"우리 귀동이 워낙에 말을 잘 듣는 아기여서 당연히 기다릴 거예요. 일 잘 보고 와요."

그리곤 정말 아무렇지도 않다는 듯 두 사람은 이 수많은 타인을 앞에서 입을 맞췄다. 볼이나 이마도 아니고 정확하게 입술에다.

세상에나.

딴 사람은 아무렇지도 않은 표정인데, 심지어 한진우까지. 왜 제 얼굴만 붉게 물드는지 경민은 알 수가 없었다. 이게 우리나라에서……. 장 선생한테 말해 줘도 절대 믿지 못할 것이 분명했다.

"가지. 간호사 선생님은 휴가 기간이 남았다고 들었습니다. 여기 있는 게 안전하실 테니 집사람과 말동무도 해 주시고, 내 집이다 생각하고 편안하게 쉬고 계시기 바랍니다."

아주 정중한 '명령'이었다.

"아, 네."

너무 당황해서, 경민은 잘 다녀오라는 말도 제대로 못 하고 말았다. 그사이 이 하얀 성의 주인은 아쉬움이 가득한 안주인의 배웅을 받으면서 굳은 표정의 진우와 함께 새파란 숲 사이로 난 길로 검은색 승용차를 타고 사라졌다. 정말 스위스로 가 버리는 건가?

멍한 그녀를 깨운 건 안주인의 한마디였다.

"눈치도 없긴! 아니, 왜 미스터 한한테는 인사할 기회도 안 주고 저러는 건지! 안 그래요, 경민 씨? 두 사람은 잘 다녀오라는 인사도 못 했잖아요."

그런가? 생각해 보니 그렇긴 했다. 그러나 딱히 그 냉랭한 표정의 남자에게 잘 다녀오라며 다정하게 인사할 분위기도 아니었고, 더군다나 이 대단한 부부의 남의 안중 따윈 상관없는 작별 인사에 충격을 받아서 이제야 생각이 났을 뿐이었다. 스위스라……. 직항으로 비행시간만 열 몇 시간이라는데 배웅을 했어야 하나?

"하여튼 저이는 자기 생각만 한다니까요. 아우, 더워. 들어가요, 경민 씨. 임신하면 온몸에 열이 나서 말이죠."

"네, 그럴 거예요."

임산부에 대해 열심히 공부했던 경민은 고개를 끄덕이며 그녀를 따라 들어갔다.

"내가 원래 수다가 심한 편은 아니거든요. 그런데 여기 있는 사람은 다들 너무 과묵해서 말이죠. 아무리 말이 많은 사람이라도 저이를 보면 다들 할 말이 줄어드나 봐요. 경민 씨는 일하는 사람도 아니고 저이하고 관계있는 사람도 아니니까, 그냥 편하게 나랑 놀아요. 알았죠?"

거기에 뭐라 딱히 대답할 말은 없었다.

"보건소장이라고 했어요?"

"아뇨, 보건진료소를 담당하는 보건진료원이에요. 보건소가 없는 작은 동네에 있는……."

"아, 그렇구나!"

궁전 같은 하얀 집은 산속 한가운데에 있었다. 번잡한 걸 즐기는 체질은 아니지만 만삭의 예정일이 얼마 안 남은 임산부는 안정을 취해야 했다.

물론 말 한마디면 뭐든지 해 줄 것 같은 사람들이 눈치를 보면서 일을 하고 있는 곳이었다. 안쪽에는 작지만 수영장도 있었고, 그녀 단 한 명을 위한 의사와 간호사도 대기 중이었다.

안주인은 밝고 명랑한 데다가 호기심이 왕성하며 같은 또래의 젊은 여자인 경민에게 호의적이었다. 오히려 그게 다행이었다. 어디든, 이 휴가란 이름으로 주어진 시간을 보내야 할 곳이 필요했으니까.

휴가가 끝나면 또 어떻게 되는 걸까. 문래리에서 아무렇지도 않다는 듯 꽉 막힌 산과 지나가는 차도 드문 도로를 내다보면서 살게 될까.

"미스터 한은 어떻게 만난 거죠?"

세상이 다 궁금한 여자가 방긋방긋 웃으며 예쁘게 깎아 놓은 과일 접시 앞에 있는 시원한 냉차를 마시면서 물었다.

"밤에 누가 열이 난다고 해서 왕진을 갔었어요. 그런데 복부에 자상이 있는 환자가 있더라고요."

"어머나, 드라마틱해! 그래서 칼에 찔린 상처를 치료해 준 거예요?"

경민이 한 일은 그저 해열제를 주고 탈수에 대비해 포도당 링거를 놓아 준 것밖에 없었다.

"그게……."

"미스터 한이 뭔가 비밀스러운 사람이었군요? 그렇죠?"

경민은 할 말은 바로 해야 했다.

"그 이름은 가짜예요. 원래 이름은 제레미 리프킨이래요. 미국인이거든요."

"어머나! 이름도 드라마틱하네. 안 그래요?"

모든 걸 다 신기해하고 재미있어 하는 이 안주인이 경민은 부러워졌다. 어쩌다 저런 남자를 만나 이런 성의 안주인이 된 건지.

"사람에겐 인연이란 게 있어요. 전엔 그런 거 안 믿었는데 연우 씨를 만나고 나서 그걸 믿게 됐죠."

그건 경민도 마찬가지였다. 저런 남자를 만난다는 건 평범한 일이 아닐 테니까.

"연우 씨와 난 전혀 다른 세상의 사람이었거든요. 그래도 다 인연이 있어서 이렇게까지 된 거니까. 중요한 건 서로에 대한 마음이에요. 마음이 간절하고 진실하다면 결국 다 만나게 돼 있거든요."

과연 그럴까? 그건 아닌 거 같았다. 서로 마음이 있어야 하는 거겠지. 한쪽의 마음이 아무리 크다 해도 일방적인 거니까.

"경민 씨가 미스터 한에게 마음 있는 건 맞죠?"

"그거야……."

"그건 내가 한눈에 알아봤어요. 문제는 미스터 한인데……. 내가 봤을 때 그 사람은 우리 연우 씨 과예요. 자신이 누구에게 마음이 있다는 걸 인정하기 싫어하는 거죠. 결국은 다 인정할 거면서!"

이 행복한 임산부의 즐거운 상상에 대해서 뭐라 하고 싶은 생각은 없었다. 실은 경민 자신도 자신의 마음을 잘 알 수 없었으니까.

사람은 망각의 동물이었다. 송 선생의 배신에 상처를 입었다지만 또 몇 달 후에는 아무렇지도 않게 일상을 보내지 않았나? 이 남자도 그렇겠지. 지금은 뭔가 앙금처럼 바닥에 남아 흔들릴 때마다 속을 뒤집겠지만 그건 그리 오래가지 않을 것이다.

아마 그럴 것이다.

“그럴 땐 뭔가 계기를 만들어 줘야 하는 거예요. 자신의 마음을 인정할 수 있는 그런 계기 말이죠. 그게…… 아!”

“왜 그래요? 어디 편찮으세요?”

세연의 인상이 굳어지자 경민이 물었다.

“배가 뭉쳤나 봐요. 아…….”

“그래요? 다른 건 괜찮고요? 의사 선생님 계신다던데 부를까요?”

“아뇨. 그냥 배가 좀 뭉친 거 같은데…… 아.”

“이봐요!”

경민이 바깥에 대고 다급하게 소리쳤다.

원래 아기들을 말을 안 듣는 법이었다. 경민이 봤을 때, 이 아기는 귀동이라는 태명이 맘에 안 들었던 게 틀림없었다. 이런 최첨단 디지털 시대에 귀동이라니!

산통이란 건 요즘 말로 케바케, 그러니까 케이스 바이 케이스라고 사람에 따라 천차만별이었다. 초산부라던 비썩 마른 젊은 임산부가 이슬이 비친 뒤 30분 만에 대여섯 번 힘을 주어 아기를 쑥 낳고는 씩씩하게 병실로 걸어가는 것도 봤고, 셋째라는데도 3박 4일 동안 졸며 울며 진통을 하다가 결국 수술하는 것도 보았었다.

대체 이 상속자님이 돈이 얼마나 많은지는 모르겠으나 다급하게 옮겨진 방은 거의 수술실에 가까웠다. 아니, 여느 고급 산부인과의 가족 분만실 같았다.

"안 돼! 귀동아, 좀 참아……. 아빠 있을 때 나오란 말이야!"

"숨 크게 쉬세요, 사모님!"

경민도 조산사 자격증이 있었지만 의사와 간호사가 열심히 제 할 일을 하고 있었기에 굳이 도울 필요는 없어 보였다. 보아하니 제왕절개 수술까지 할 수 있을 만큼 시설이 잘되어 있었고 인원도 충분했으니까. 그러나 만약을 대비해서 밖에는 사설 구급차까지 신속하게 대기하고 있었다.

경민이 할 일이라곤 그저 산모의 손을 잡아 주는 일뿐이었다.

산도가 열리는 데는 오랜 시간이 필요했다.

"힘내세요. 호흡 크게 하시고요!"

"안 된다고! 귀동아…… 아악!"

초산부의 진통은 조금 길긴 했다. 남편인 그 대단한 사장님이 공항에 도착하고 비행기에 오를 때까지 절대 연락하지 말라고 했다.

오히려 전화가 오자 잠들었다고 말하고 받지 않기까지 했다. 불규칙한 진통 때문에 제 목소리가 달리 들릴 수도 있다는 이유로.

진통이 왔다고 하면 분명히 그 사장님은 아이와 함께하기 위해 차를 돌려서 바로 내려왔을 거라 했다. 차가 안 되면 헬기라도 대절해서 타고 왔을 거라고……. 물론 경민은 믿지 않았지만 이 대단한 분위기를 보면 그러고도 남지 않을까 싶기도 하긴 했다.

하여튼 그 대단한 상속자님의 대단한 애기 씨는 밤새 엄마를 고생시키더니 새벽에야 우렁찬 울음소리를 들려주었다. 혹시나 어찌 될까 봐 병원으로 갔어야 하는 거 아닐까 하고 모두들 밤새 긴장을 했어야 했다.

"사모님을 쏙 빼닮은 예쁜 공주님이에요!"

귀둥이라는 태명하고 전혀 어울리지 않는 씩씩한 딸내미였다. 그러니 이렇게 화가 난 거지.

"에이, 아빠를 닮았어야지."

물론 산통에 의해 퉁퉁 붓기는 했지만 그래도 오목조목 예쁜 얼굴의 산모였다. 하지만 워낙에 대단한 아버지를 익히 보았기에 경민도 산모가 힘없이 중얼거리는 말에 심적으로는 동의할 수 있었다.

"아니에요. 아기 너무 예쁜걸요. 수고하셨어요."

경민이 위로하자 피곤에 지친 산모는 그제야 힘없이 웃었다.

"우리 아기 잘 돌봐 줘요. 난 좀 자야겠어요."

"그래요. 쉬세요."

이미 날이 훤하게 밝아 왔고 밤새 이 집에 있던 사람들 모두가 꼬박 새우며 고생한 모양인지 다들 지친 얼굴로 제자리로 돌아갔다. 경민도 산부인과 간호사에게 아기를 넘겨주고 나서 지친 발걸음으로 걸어갔다. 그리곤 방에 도착하자마자 하얀 침대에 쓰러지듯 누워 잠이 들고 말았다.

어쩌면 다행인지도 몰랐다.

그를 잠시 내려놓을 수 있었으니까.

새 식구가 태어난 이 커다란 성은 더 이상 고요하고 하얀 성이 아니었다. 다들 성의 작은 주인 때문에 존재하는 것 같았다.

보건소나 태어난 병원에서 맞는 기본적인 예방 접종 주사도 직접 들고 와서 놓는 거 보니 정말 이 주인이 대단한 사람이란 걸 새삼 느끼게 되었다. 아기의 아버지도 뒤늦게 사실을 알게 되어 전전긍긍하며 스위스에서 날아올 준비를 하는 모양이었다.

하여튼 경민은 바쁘게 지내려고 노력했다. 다들 일을 할 사람들이 넘쳐나서 그녀가 굳이 뭔가를 해야 할 필요는 없었다. 그러나 경민이 해야 할 일은 다른 면에서 중요했다. 바로 산모의 충실한 말동무가 되어 줘야 하는 역할이 주어졌으니까. 그리고 아기를 막 낳은 산모는 그걸 매우 필요로 했다.

"엄마 아빠도 오래전에 돌아가시고, 날 길러 준 건 할아버지였어요. 몇 년 전에 돌아가셨죠. 그래서 연우 씨를 만나게 됐어요. 엄마가 보고 싶어요. 이럴 때 친정 엄마가 있었으면 얼마나 좋을까요? 아주 오래전이라 기억도 없는데. 할아버지도 보고 싶어요. 이런 예쁜 증손녀를 봤다면 좋아하셨을 텐데. 아, 연우 씨도 빨리 보고 싶다. 나쁜 남편 같으니라고!"

그리움에서 원망으로 끝나는 산모의 신세 한탄을 들으면서 경민은 생각했다.

자신에게도 이렇게 원망할 남편이란 존재가 생길까?

어렸을 적에는 그게 당연하다고 생각했었다. 저도 어렸을 적에 부모님을 여의고 언니와 둘이 살면서 언니를 사랑하는 형부를 보고 제게도 곧 그런 남자가 생길 거라 생각했었다. 좁지만 예쁜 아파트, 넉넉하지는 않지만 알뜰하고 자상한 남편, 그리고 귀여운 아이들.

그러나 직장을 잡아 일을 하고 한국 여자들의 결혼 생활에 대해서 누누이 보고 듣고 나서는 생계를 대신 꾸려 줄 상대를 만나는 것 정도로 생각했었다. 송 선생과 깊은 관계가 되면서 의사의 와이프라는 헛된 꿈을 꾸기도 했고.

제가 처음으로 진지하게 사랑했던 남자가 현실을 좇아가 버렸을 때, 경민은 그제야 꿈에서 깼다. 결혼은 돌파구가 아니었다는 걸. 너무나 한적한 문래리의 보건진료소에서 정 선생의 인생살이를 들으면서, 결혼보단 언젠간 근사한 연애라도 한번 해 봤으면 하는 꿈을 꾸었지만 그 꿈이 점점 너무 한적하게 사라져 가는구나 싶었다.

그러다 나타난 그 남자.

무료한 한여름의 뿌연 오후에 꾼 아주 스펙터클하고 낭만적이고 섹시한 꿈속의 등장인물인 남자. 그 꿈에 달린 부록 같은 이 성에서의 생활.

"연우 씨랑 미스터 한이랑 비행기에 곧 탈 거래요!"

세연의 기쁨에 찬 목소리를 들으면서 경민은 생각했다. 이제 이 화려한 꿈도 깰 때가 됐구나.

두 시간마다 깨서 우는 신생아를 돌보는 차례가 경민이나 혹은 산모한테까지 오진 않았다.

그러나 경민은 하얀 손님방에서 멍하니 앉아 있을 시간 따윈 없었다. 세연은 마사지를 받고, 아이에게 모유를 먹이려고 애쓰는 동안에 오는 스트레스를 고스란히 경민과 함께하고 싶어 했다.

하루 이틀 만에 양수의 물기가 빠진 아기는 천사 같은 미모를 자랑했지만 잘 나오지 않는 초산부의 젖을 빠느라 늘 울어댔다.

“애 낳는 것보다 젖 먹이는 게 더 힘들다니. 말도 안 돼!”

세연의 투덜거리는 소리를 들으면서 경민은 어떻게든 도움이 되고 싶어 했다. 게다가 산모와 아기의 방은 산후풍을 염려하여 에어컨도 켜지 않았기 때문에 경민은 땀을 뻘뻘 흘리면서 허둥거려야 했다. 그러다 보니 금세 시간이 지났다. 그리곤 누군가 외쳤다.

“사장님 오신대요!”

그 말밖에는 하지 않았지만 경민은 저도 모르게 심장 한쪽이 두근거리는 게 느껴졌다. 거기엔 그도 동행했을 테니.

그러다 갑자기 딴생각이 들었다. 사는 곳이 미국이라던데, 혹시 가 버린 거 아닐까?

“연우 씨!”

세연의 울음 섞인 목소리에 슈트 차림의 남자가 들어서는 걸 본 경민은 두 사람의 뜨거운 재회를 위해서 얼른 자리를 비켜 주었다. 실은 그녀가 다급하게 나선 이유는 하나뿐이었다.

이제는 뭐라 불러야 할지 모를, 아득한 한 남자의 모습을 찾으러.

"아, 경민 씨."

"잘 다녀왔어요?"

자신이 이곳에 있어야 하는 단 하나의 이유는 바로 그 때문이었다. 낯선 장소의 낯선 사람들. 그저 경민은 이 남자를 다른 수많은 타인들보다 단지 일주일 더 빨리 만났을 뿐이었다. 그래도 누구보다도 반갑고 그리운 사람은 이 남자 아닌가.

"네, 일은 잘 끝났습니다. 경민 씨도 잘 있었죠?"

"네……."

그것뿐이었다. 피곤해 보이는 그는 방으로 들어섰던 사장님과 비슷한 복장이었다. 슈트 바지와 반팔 셔츠 차림의 그가 선글라스를 벗자 이제는 옅어진 눈가의 멍 자국이 보였고, 입술선은 완벽해져 있었다.

그가 보이지 않았던 며칠 동안, 몸은 바빴지만 마음 한구석, 아니 머릿속 한구석은 배에 거즈를 붙인 채 땀에 젖어 있던 그를 기억하고 있었다.

그리고 경포대에서 자신에게 수화를 가르쳐 주면서 웃던 그, 후덥지근한 밀실에서 저를 구하러 왔던 그, 눈가에 멍이 들고 입술이 터진 채 제 옆에 쪼그리고 누워 있던 그.

그러나 지금 눈앞에 스쳐 간 남자는 또 다른 사람 같았다.

경민은 그의 뒷모습을 눈으로만 좇을 뿐이었다. 이것도 마지막이겠지. 경민은 속으로 생각했다.

이젠…… 눈으로도 좇을 일이 없을 테니까.

10. 한진우

그건 아주 우연이었다.

며칠 동안 남자들이 출타한 집을 자기 집처럼 휘젓고 다녔던 경민은 하얀 이 성의 복잡하지만 효율적이고 체계적으로 설계된 내부에 익숙해져 있었다.

특히 그녀의 방으로 정해진 손님용 별채에서 안주인인 세연의 작업실과 침실, 그리고 분만실로 꾸며졌던 방과 아기의 방이 있는 곳은 겉으론 손님 접대용 거실과 복도를 지나 빙 돌아가야 했다. 그러나 세연은 경민이 맘에 들어서인지 벽처럼 막아 두었던 문을 열어 빙빙 돌지 않고 빨리 드나들 수 있는 지름길을 알려 주었다.

계속 세연과 아기의 옆에 있다가 경민이 씻거나 혹은 개인적인 볼일이 있을 때 자신의 방으로 빨리 갔다 오라는 세연의 배려였다. 그것마저 불편해 보이는지 방을 옮기라는 걸 경민이 괜찮다고 해서 생긴 일이었다.

물론 이제는 세연의 남편인 전 사장이 돌아왔으니까 그쪽에 갈 일은 없었으나 버릇처럼 밤중에 아기 상태를 보러 그 짧은 통로로 지나가는 길이었다. 실은 아기를 돌보는 사람이 여럿이었지만 세연은 경민이 해 주길 바랐고 그녀도 하루가 다르게 예뻐지는 아기를 보는 게 좋았기에 기꺼이 그렇게 하기로 했었다.

그 통로 옆에는 원래 작은 모퉁이가 있었고 그곳은 근사한 바로 꾸며진 공간이었다. 와인과 화려한 각종 양주병들이 즐비했고 천장에서 길게 늘어뜨려진 랙에는 장식처럼 수많은 각양각색 모양과 크기를 가진 와인 잔들이 거꾸로 걸려 있었다.

경민은 술을 좋아하는 편도 아니었고, 크기는 작지만 워낙에 화려해 보였기에 그냥 '저런 데가 있구나' 하고 처음이나 감탄했지, 그다음부터는 아무 생각 없이 지나쳤었다. 그리고 밤에는 늘 작은 할로겐 등만 켜져 있을 뿐이었다.

그러나 오늘따라 그곳에 밝은 불이 켜져 있었고 누군가의 기척이 들렸다. 경민은 마치 비밀 통로를 몰래 지나다 들킨 것처럼 환한 것을 보고 깜짝 놀랐다. 하지만 뭐 잘못한 것은 아니라고 생각하고 조용히 지나가려고 했을 때였다.

"제레미 리프킨이란 이름을 얻은 건 만 두 살 때더군. 원래 입양 증명서에 쓰여 있던 이름은 한진우고."

경민은 저도 모르게 발길을 멈추었다. 낮고 명료하지만 싸한 기분이 있는, 그 한없이 사랑스러운 여자의 싸늘한 남편의 목소리였다. 그런데 뭐라고?

경민은 마치 온몸이 귀가 된 듯 본능적으로 숨소리도 죽인 채 서 있었다.

"그새 뒷조사한 자료가 도착한 모양이죠? 맞습니다. 잘 기억이 나진 않지만 나중에 듣기로 한이라는 성은 친모의 성이고 진우라는 이름은 기관에서 대충 지었다고 하더군요. 어차피 친부모한테 버려진 아이니까 이름 같은 거 그냥 아무렇게나 지었겠죠."

그의 목소리는 무심하게 들렸다. 그러나 그걸 듣는 순간 경민의 심장은 쿵쿵거리고 있었다. 왜일까. 이유를 생각하기도 전에 다시 다른 남자의 목소리가 들렸다.

"당시 심한 폐렴 증세와 황달 증세 때문에 국내 입양이 어려웠었기에 해외 입양이 되었군. 입양 절차가 이루어진 곳은 부천 원미구에 있는 새싹 보육원이었고."

말을 듣는 쪽은 가벼운 침묵 중이었다.

"리프킨 부부는 좋은 부모였군. 일곱 살 때 괜찮은 집안 아이들만 간다는 뉴욕의 사립 초등학교를 보낸 거 보니. 극진한 치료를 받아서 몸도 다 나았을 거고."

그는 여전히 대답이 없었다.

"그런데……."

"맞습니다. 제 첫 번째 양부모님은 사고로 돌아가셨죠. 제가 학교에 있을 때 집에서 총격으로 돌아가셨으니까요. 그때가 막 초등학교를 졸업할 시기였습니다. 사고 원인은 나중에 알게 됐죠. 제 양부모님의 막대한 재산 때문이었으니까. 하지만 부모님은 그 재산을 아이들에게 물려줄 생각이 없으셨습니다. 아이들에게는 최소한의 생활이 가능한 몫의 현금을 성인이 됐을 때 받을 수 있게 해 놓았고, 나머지는 모두 국제 아동센터에 기부하도록 미리 유언장을 작성하셨으니까요. 부모님에게는 다른 데서 입양한 동생도 셋이나 더 있었습니다. 사고는 부모님의 재산을 노린 사람이었어요. 하여튼 졸지에 고아가 된 우리 남매들은 각자 다른 곳으로 재입양이 되었습니다. 그리고…….”

그의 목소리가 잦아들었다. 경민은 더욱더 귀를 기울인 채 남자들의 대화에 정신을 집중했다.

“밴 아돌프 패스밴더라. 내가 봤을 때 이런 입양은 불가능한 거 아닌가?”

서류를 넘기는 소리가 났다.

“물론 그렇죠. 하지만 사회 복지사와 미리 이야기가 되어 있고 주립 판사가 친한 친구라면 가능했었나 봅니다. 서류상에 나와 있을지는 모르겠지만 밴은 알코올중독자에…… 성도착자였습니다.”

잠시 침묵이 이어졌다. 그러나 마치 남의 이야기를 하듯 담담한 그의 목소리가 조용히 이어졌다.

“절 입양한 건 제 양부모였던 리프킨 부부의 재산이 많았기 때문이었죠. 절 양육하면 그 재산의 일부라도 받을 수 있을 거라 생각했던 모양입니다. 그러기 위해서 판사와 복지사에게 뒷돈도 준 모양인데, 얼마 후에 유언장이 미리 작성된 걸 알고…… 그때부터 절 학교에도 보내지 않고 그의 화풀이 상대로 썼었죠."

썩 좋은 이야기는 아니었다. 경민도 멈칫했으니까. 그건 보고서를 받은 사람도 마찬가지였던 모양이었다. 말을 넘기려고 했으니까.

"그게……."

"양부의 학대는 도를 넘었습니다. 제 외모가 서양인들이 보기엔 곱상했으니까. 주변의 신고로 양부가 구속되고 제가 발견될 때까지 전 열두 살 때부터 1년 동안 그 집의 지하실에 갇힌 채 폭행과 성폭력에 시달렸습니다. 경찰에 의해 구출됐을 땐 극심한 저체중에 심한 실어증과 망상에 시달렸다고 했었거든요. 심한 대인기피증도 있었고요. 물론 전 잘 기억나지 않지만 그 뒤로 2년 동안 보호소에서 정신과 치료를 받았고 지속적인 심리 상담을 받았죠. 나중에야 제가 무슨 일을 당했는지 마치 남의 일처럼 잘 정리된 보고서를 보고 알게 됐습니다."

잠시 침묵이 이어졌다.

그건 경민도 마찬가지였다. 아무런 소리를 내진 않았지만 마치 무슨 책을 읽듯이 아무렇지도 않게 이야기하는 한진우의 말이 끝나자 그녀는 숨이 잠시 멎은 듯했다.

"그래서…… 심리학을 전공한 건가?"

전 사장의 목소리가 이어졌다.

"그것도 영향이 있었다고 봐야겠죠. 절 지속적으로 심리 상담을 해 준 담당 교수와 치료사에게 많이 의존하고 있었고, 그 덕분에 사회생활에 적응할 수 있었으니까요."

"그런데 왜 회계사가 된 거지? 성적도 우수하고 학위도 있었는데."

"돈이 되지 않는다는 게 가장 중요한 이유였습니다."

그의 목소리는 지극히 차분하고 딱딱했다.

"그랬군."

경민은 어찌해야 할지 알 수 없었다. 지나가면 저 사람들의 눈에 띌 것이니까. 아까는 그런 생각을 전혀 하지 않았었다. 그냥 지나가던 길이었니까. 그러나 지금은 듣지 말아야 할 것을 엿 든 느낌이었다. 아니, 그게 맞았다. 그러니 그냥 여기에 계속 기척 없이 있어야 하는 건지, 아니면 소리 내지 않고 돌아가야 하는 건지 결정해야 했다.

그러나 몸은 굳은 듯 그 자리에 가만히 움직이지 않고 있었다.

"보고서엔 그런 이야기까진 없어. 그런데 그런 이야기까지 털어놓는 이유는 뭔가?"

"아까도 말씀드렸듯이 그냥 보고서에서 읽은 것들이니까요. 게다가 전 사장님께 잘 보이고 싶습니다. 아마 그게 가장 큰 이유겠죠."

그것 또한 지극히 사무적인 목소리였다. 그런 진우의 대답에 경직되었던 것 같던 분위기가 흐트러진 듯 전 사장의 가벼운 웃음소리가 들렸다. 잠깐 동안이었지만 세연이 막연히 부러워질 만큼 근사한 목소리였다.

"나한테 잘 보여서 자네가 얻는 것이 뭐가 있지?"

"전 회장님께서 상속하신 부동산은 모두 미국에 있습니다. 베벌리 힐스에 세 채, 산호세에 두 채, LA 시내에도 두 채, 마이애미와 라스베이거스에도 있습니다. 그걸 관리하시려면 관리 대리인이 필요하지 않으시겠습니까? 전부 매매를 하신다고 해도 단기간에 직접 하시긴 힘드실 거고, 새로 관리인을 선임한다 해도 저보다 더 잘 알고 있는 사람이 있을까요?"

"원하는 게 그거군."

"임대료 수익만 해도 어마어마하거든요. 다들 100만 달러 이상의 고급주택들이니까요. 이름난 할리우드 스타들이 탐내는 초호화 주택도 몇 끼어 있습니다. 전 회장님은 변호사와 관리 회계 책임자를 두고 있었지만, 그 외에는 저희 KPMG에서 회계와 세금을 처리해 드렸고 그 담당자가 저였습니다. 제게 전체 회계 책임을 맡겨 주신다면 좀 더 효율적인 관리를 해 드릴 수 있습니다."

다시 전 사장의 가벼운 웃음소리가 났다.

"자네의 과거의 상흔 같은 것도 얼마든지 비즈니스에 이용하겠다는 건가?"

"그렇다고 볼 수 있죠. 전 클라이언트에게 최대한 진실한 모습을 보이고 정당하게 일을 맡고 싶으니까요. 제 실적과 평판은 KPMG에 문의하시면 될 겁니다. 아니면 직접 알아보셔도 괜찮고."

"자넨 참, 무서운 사람이군. 나이도 어린데."

"글쎄요. 클라이언트에게 인정을 받고 정당한 업무를 얻기 위해 노력하는 게 무서운 사람이라 정의된다면, 전 그런 사람이겠죠."

그때였다.

갑자기 아기 울음소리가 들렸다.

오히려 놀란 경민은 저도 모르게 소리를 내려 했고 재빨리 스스로 입을 막았다. 아기가 왜 저기…….

"음, 깼어? 뭐가 불편한 거니?"

그동안 아기를 안고 있었던 걸까? 경민은 당연하게 작지만 화려한 바가 있었으므로 두 남자가 시차 적응 때문에 술이라도 한잔하고 있을 거라 생각했었다.

그러나 그게 아니었던 모양이었다. 등을 토닥이는 소리가 났다. 듣기 좋은, 남자의 낮은 목소리로 부르는 작은 자장가 소리도.

그러자 아기의 칭얼거리는 소리가 잦아들었다.

벽 귀퉁이에서 서서 온몸이 귀가 된 것처럼 듣고 있었지만 갓난아기의 칭얼거리는 소리와 그걸 달래는 아빠의 부드러운 목소리는 결혼이나 가족에 대한 환상이 생길 만큼 감미로웠다.

"안아 보겠나?"

매일매일 얼굴이 달라지는 것 같은, 작고 귀여운 공주님의 얼굴이 저절로 떠올라 경민은 저도 모르게 입가에 웃음이 서렸다. 그러나 그 말을 들은 사람은 그렇지 않은 모양이었다.

“아니요. 괜찮습니다.”

“하긴, 하도 작고 여려서 선뜻 안아 보기 무섭지? 나도 방금 전까진 그랬어. 그런데 핏줄이란 게 뭔지, 안는 순간 뭉클한 느낌이 들더군. 자네도 이제 가정을 꾸려야겠지. 같이 왔던 간호사 선생하고는 어떤 관계인가? 안사람은 정말 좋은 여자라고 온갖 칭찬을 하던데.”

갑자기 자신의 이야기가 나오자 경민은 얼굴이 붉어졌다. 한편으론 그가 뭐라고 대답할지 궁금해졌다.

“저 때문에 본의 아니게 피해를 많이 입은 사람이죠. 충분히 보상할 생각입니다.”

“그렇게밖에 생각이 안 드나? 자네도 가정을 꾸려야지.”

그때였다. 그가 다시 한마디 했다.

“절대, 가정 같은 거 꾸리고 싶은 생각…… 없습니다.”

아마 다시 아기가 울었던 모양이었다. 그 때문에 두 남자의 비즈니스는 곧 파하고 말았다. 아기를 달래면서 아기 아빠는 엄마가 있는 곳으로 갔을 것이다.

그러니 경민은 자신의 가려고 했던 행선지를 잃어버리게 되었다. 얼른 방으로 돌아갔어야 했다. 그러나 그녀는 멍하니 그 자리에 서 있었다.

"절대, 가정 같은 거 꾸리고 싶은 생각…… 없습니다."

그의 목소리엔 아무런 감정 따위가 들어 있지 않았다. 어렸을 때 당했던 상처 때문일까. 재미 교포라고만 생각했지 입양됐을 거라는 생각은 못 했었다. 그래서 그런 이름을 가지고 있었던 거였구나.

기분이 이상했다. 친부모한테 버림받고, 양부모는 사고로 잃고, 그 뒤에는 어린아이가 그런 몹쓸 일을 당하고 살았다니.

처음 문래리에서 그를 봤을 땐 단 한 조각도 그런 어두운 과거가 있었을 거라는 여지가 없었었다. 차라리 그가 말했던, 너무나 인기가 넘쳐서 살벌한 여자들의 등쌀에 못 이기고 있다는 한량 같은 삶이 더 어울리는 그런 모습이었다.

그런 저 남자를 동정해야 하나? 아니, 자신의 지우고 싶은 과거까지도 태연하게 이야기하면서 자신의 이익을 챙기려는 걸 보고 실망해야 하는 건가.

"여기서 뭐 합니까?"

"자네도 가정을 꾸려야지."

단 한 번도 생각해 본 적이 없었다. 아까 거기서 자연스럽게 젖내를 풀풀 풍기는 저 작은 핏덩어리 같은 아이를 안아 보면서 예쁘고 사랑스럽다는 찬사를 보냈어야 했나 싶었다. 그러나 그러지 않을 게 다행이었다. 어린아이라니…….

물론 그곳에 가면 아이들이 많았지만 그는 그곳을 자주 방문하지 않았다. 그에겐 그곳의 계좌만 머릿속에 들어 있을 뿐이었다.

원래부터 은행에 들러 볼일을 보고 유언장을 확인하는 일은 몇 시간 걸리지 않았다. 다만 공항에서 시가지까지의 지독한 교통 체증에 대한 시간을 상정해서 일정을 짰다.

사장의 아내가 아이를 낳았다고 해서 더 빠른 일정으로 돌아온 것은 아니었다. 하지만 시차를 두고 열한 시간 이상 비행기를 타고 오가는 것은 비행기 내에서 계속 잠을 잤다 해도 피곤한 일이었다. 최고가의 퍼스트 클래스여서 그나마 좀 덜하긴 했지만.

아직도 아기의 향이 남아 있는 기분이었다. 비린내 같기도 하고 땀 냄새 같기도 한 향이 낯설었다.

바에 앉아 있던 그는 다리가 긴 의자에서 일어났다. 창밖으로 굽이치는 것 같은 녹차 밭이 어둠 속에 이어져 있었다.

간호사 선생이라.

아마 누군가와 이렇게 오랜 기간 동안 연관되어 본 적이 없어서일 것이다. 그리고 그게 여기 한국이어서 더 한 모양이었다. 완벽하게 미국인으로 미국인들과 섞여 살았지만, 그는 단 한 번도 자신이 그들과 같다고 생각해 본 적이 없었다.

분명히 절 사랑했던 양부모와는 그런 차이 같은 걸 느끼지 못할 만큼 평범하고 행복한 어린 시절을 보냈던 거 같았는데…….

단 하나도 뚜렷이 기억나는 게 없었다. 그에게 남아 있는 것은 그냥 그 시절을 기록하듯 남겨진 몇 장의 사진들뿐.

사진 속의 어린 제레미는 자신과는 전혀 다른 모습을 한 양부모와 함께 늘 웃고 있었다. 같이 캠핑을 간 사진, 전혀 기억나지 않는 놀이동산이나 페스티벌에서의 즐거운 한때를 추억하는 사진들. 그러니까 행복했을 거라 추측할 뿐이었다.

단지 그 1년의 참담한 삶이 그런 것들을 기억도 못 할 만큼 어린 그를 망가뜨려 버렸었다.

"네 노란 피부는 말이야, 마치 덜 익은 닭 껍질 같거든. 마구 뜯어 먹어 버려야 할 것 같아. 난 하얀 것보다는 노란 게 좋단 말이지."

그는 저도 모르게 손을 들어 관자놀이를 눌렀다.

"여기 말이야, 여기 옆에 움푹 들어간 부분. 중국 의학에서는 여기를 급소라고 하는데 세게 누르면 사람이 죽는다고 하지. 그런데 적당하게 누르면 머리의 통증을 완화해 준단다. 지미, 머리가 아플 땐 여기를 꾹 눌러. 뭔가 나쁜 기억이 나거나 혹은 나쁜 냄새가 나는 것 같은 느낌이 들 땐 꾹 눌러 봐. 뇌에 자극을 주기 때문에 기분도 좋아지고 안 좋은 기억도 잠깐 사라지게 될걸. 자꾸만 반복하면 나쁜 기억은 아예 사라져 버려. 한번 해 볼래?"

일종의 위약적 최면 방법이었다. 나중에 심리학을 공부하면서 알게 된 것이었지만 그래도 그 당시엔 꽤 효과가 있었다. 그렇지 않았다면 병원에 있는 시간이 더 길었을 테니까.

태연하게 새로운 환경에서 평범하고 행복하게 살아온 이들과 섞여서 산다는 건 많은 예행연습을 했음에도 힘에 겨웠다. 다 잊어버렸는데도 불구하고 형체도 떠오르지 않는 기억들이 그를 짓눌렀고, 그때마다 약으로 버티거나 식은땀을 흘리며 심리 상담소로 달려가야 했다.

그는 여러 심리학자 중 프로이트의 딸인 안나 프로이트를 가장 좋아했다. 프로이트의 여러 심리학적 연구 중 방어 기제에 관해 깊이 있는 연구를 한 학자였기 때문이었다.

스스로 큰 상처를 받은 건 맞지만, 그로 인해서 더욱더 마음을 닫고 보호하는 방어 기제에 대한 깊이 있는 연구를 하는 것을 매일 먹는 약처럼 스스로의 심리적 처방으로 여겼다.

그 때문에 다른 '평범한' 사람들처럼 살 수 있었는지도 몰랐다. 그 또래 대학생들이 하듯 댄스파티를 가고, 데이트를 하고, 친구들과 어울리며 같이 공부를 하고, 또 아르바이트를 하고…….

그러나 중요한 건 자신을 뺀 '타인'에 대한 진심이란 게 없었다. 그게 무엇인지도 알지 못했다. 그리고 그게 잘못이라고 생각하지 않았다.

눈앞에 보이는 이들은 다른 생물체였다. 같이 모여서 똑같은 언어를 쓰고, 같은 주제에 대해 같은 의견을 가졌다 할지라도 눈으로 보는 그들과는 전혀 다른 생김새였으니까 오히려 그게 더 간단하고 명료했다.

내가 기르는 강아지를 사랑하고 가족같이 여기지만 실제 가족이 아니듯, 제 주변인들과 같이 살아가고 있지만 같은 생물이 아니라는 사실이 그를 견디게 해 주었다.

가끔 그게 모호해질 만큼 타인과 친밀해지려 하면, 그는 그 사람과 같이 사진을 찍고 그걸 거울 앞에 두었다. 사진 속의 그 사람과 자신이 전혀 다른 생김새를 가지고 있다는 걸 확인하려고. 그래서 그는 저와 생김새가 비슷한 동양인들을 멀리했다.

그러나 동양인들은 넘쳐났다. 같은 눈동자의 색깔, 같은 머리색, 같은 얼굴색이 있으면 그는 다른 차이점을 찾으려 애썼다. 저 사람의 국적이 일본이라든지, 중국어를 잘 쓴다든지, 한국어를 한다든지…….

그런 학창시절을 보내고 나서 학위를 땄지만 그는 돈이 필요했다. 그때 즈음에는 굳이 그런 구분을 하지 않아도 될 만큼 방어 기제가 단단해졌다.

그걸 확신한 그는 회계학을 공부하면서 비슷한 생김새를 가진 이들의 언어를 배웠다. 다행히 그는 머리가 비상했고 성취감이 높아질수록 타인에 대한 벽은 더욱더 견고하고 완벽해졌다.

그러니 단기적인 관계는 가능하지만, 가족이라는 지속적이고 진실한 관계는…… 맺고 싶지도 않았지만 맺을 수도 없었다. 하지만 그게 후회되거나 불행하다고 여기진 않았다. 혼자서도 얼마든지 '행복' 하게 살 수 있으니까.

아주 잠깐, 자신의 클라이언트에게 일을 따내기 위해 꺼낸 제 묻혀 있던 과거 때문에 두통을 느낀 그가 한참이나 관자놀이를 누르다가 방으로 돌아가려고 걸었을 때였다. 막 모퉁이를 돈 순간 누군가 있었다.

"여기서 뭐 하는 겁니까?"

하얀색의 대리석으로 된 짧은 복도였다.

저도 모르게 커진 목소리의 메아리가 공허하게 복도를 울렸고 그로 인해 놀란 듯한 여자의 커진 눈을 보고서야 순간적으로 자신이 자제하지 못했다는 걸 알게 됐다.

"그…… 그게."

"미안해요. 나도 모르게 언성을 높여서."

확 흔들렸다가 다시 가라앉은 것 같은 그의 목소리를 듣고서 경민은 겨우 말을 이을 수 있었다.

"지나가는 길이었어요. 일부러 엿들을 생각은 없었어요."

알고 있었다. 엿들어서는 안 되는 것들이었다는 걸. 듣지 못했다고 해야 했나.

"괜찮습니다. 그럼."

무슨 상관이 더 있나? 어차피 전 사장도 알고 있는걸. 이 여자도 알고 있다고 해서 무슨 상관이 있는 것도 아니다. 어차피 이 관계란 건 일시적인데.

그는 돌아섰다. 그때였다. 에어컨이 켜져 있어 약간은 서늘한 느낌의 하얀 복도에서 난데없이 느껴지는 따뜻하고 가느다란 손길이 셔츠를 걷어 올린 그의 팔뚝에 느껴졌다.

"저기……."

"동정할 필요 없습니다. 이미 다 지난 일이니까."

여자가 무슨 말을 하려는지 알 것 같았다. 그런 눈초리는 이미 많이 봐 왔다.

하지만 경민의 입에서 나온 말은 의외였다.

"왜 그렇게 늘 가시가 돋쳐 있는 거예요? 그게 원래 당신의 모습이죠? 잔뜩 움츠려서 가시를 바짝 세우고 아무도 곁에 오지 못하게 하는 거 말이에요."

"무슨 소립니까?"

"이게 당신의 본 모습이라고 말하지만…… 이것 또한 그냥 당신이 만들어 낸 공적인 모습을 연기하는 거 아닌가요? 당신이 해 왔던 다른 역할처럼."

"무슨 말을 하고 싶은 겁니까?"

정말 이해할 수 없어서 묻는 거였다. 이 여자는 대체 무슨 말이 하고 싶은 걸까.

"구 여친의 칼에 찔렸다던 한진우는 그저 연기였고, 사사로운 감정이라곤 아무것도 없는 제레미 리프킨이 당신의 진짜 모습이라고 말하지만, 난 그렇지 않다고 생각해요. 당신의 진짜 이름이 한진우잖아요."

그가 잠시 침묵에 잠겼다. 그 덕에 경민도 더 이상 말을 잇지 못했다.

"그 이름이란 거, 듣지 않았습니까? 날 낳자마자 기관에 맡겨 버린 누군가의 성이 한 씨였을 뿐이고, 그렇게 버려진 다른 아이들과 구별하기 위해서 우연하게 지은 이름이 진우였을 뿐입니다. 내가 진우건 아니건 그건 중요하지 않습니다. 기관의 낡아빠진 증명서에 쓰여 있는 글자일 뿐이니까요. 경민 씨가 날 한진우라고 부르고 싶으면 그렇게 하세요. 상관없습니다. 아마 경민 씬 매사에 부드러웠던 그 한진우가 훨씬 대하기 편했을 테니까 제게 자꾸 이런 말을 하는 거겠죠. 원하신다면 여길 떠날 때까지 그 역할을 다시 해 드리죠. 적어도 전 당신한테 미안함과 폐를 끼친 것에 대한 사죄의 맘을 가지고 있으니까요. 저번엔 늦었다고 말씀드렸지만, 실은 제가 마음만 먹으면 되는 일이니까요. 경민 씨를 위해서 그렇게 하죠."

경민은 말을 잇지 못하고 가만히 그를 쳐다보았다. 여전히 그의 팔뚝을 잡은 채로.

"뭘 원합니까?"

"진우 씨가…… 진심으로 행복한 거요."

그때였다. 갑자기 그의 웃음이 터진 건.

행복? 행복이 뭔데. 지금 이 순간이 행복한 거 아닌가? 저 막대한 전 회장의 호화주택들에 대한 관리라는 어마어마한 이권을 거의 획득했는데? 이 당황스러운 회장님의 임무도 무사히 끝났는데, 왜 나한테 행복이란 걸 말하는데.

경민은 그의 웃음소리에 당황해 손을 놓고 말았다. 분명히 웃고 있는데, 공허함이 느껴지는 건 텅 빈 하얀 복도 때문일까.

"왜 당신은 제가 행복하지 않을 거라고 생각하는 겁니까? 어려서 나쁜 일을 당했다고 지금 불행할 거라 생각해요? 그러는 경민 씨는 지금 행복합니까? 부모님도 안 계시고 혼자 사는 건 경민 씨도 똑같은데 말입니다. 왜 나한테 그런 말을 하는 겁니까?"

"왜……냐면."

그건 경민을 괴롭히고 있는 것이었다.

이 하얀색과 초록으로 뒤덮인 커다란 성에서, 바빴지만 그래도 잠깐잠깐 그녀에게 혼자 주어진 시간이 되면 곱씹었던 생각이었다.

왜 지금 이런 생각을 하고 있는 걸까. 단지 무료한 삶에 나타난 드라마틱한 남자와의 평생 잊을 수 없는 어이없고 당혹스럽지만 강렬한 일련의 사건들을 추억으로만 치부하고 현실로 돌아가기엔 너무 아쉬워서일까. 아니면 용서할 수 없는 나쁜 남자의 일련의 행동에 분노하면서도 이 남자에게 막연하게 끌리는 제정신 나간 이성에게 방금 들었던 불행한 과거가 적당한 해명거리와 당위성을 보장해 준다는 생각이 드는 걸까. 아마 그것일 것이다.

그러나 이성이건 본성이건, 늘 분노와 배신감을 느끼면서도 경민은 저 남자의 굳은 표정, 혹은 가식으로 둘러싸였다는 게 믿기지 않는 웃음을 보면서도 제 마음 밑바닥은 흔들리고 있었다.

이제 이 남자는 모든 일이 끝났으니까 그가 있던 곳으로 갈 것이다. 그리고 자신도 마찬가지로 조용하고 한적한, 장 선생의 지긋지긋한 수다밖에 없는 문래리로 돌아가야 했다.

그리고 따분한 제 인생은 또다시 굴곡 없는 완만한 곡선을 그리다 언젠간 끝날 것이다. 그러기 전에…….

"난 한진우 씨를 좋아해요. 진우 씨가 없는 내내 생각했어요. 이대로 우리 인연을 끝내기 싫다고."

그는 대답하지 않았다.

이 남자에게 원하는 게 뭘까.

그냥, 당신 자체를 원해.

제게 커피를 사 달라고 하던 남자, 같이 해장국을 먹자고 하던 남자, 숨이 넘어갈 정도로 부드럽게 키스해 주던 남자.

같이 장을 보고, 같이 잠을 자고, 같이 눈을 뜨고…… 그렇게 같이 살고 같이 늙어 갈 타인이 필요하다면, 그게 당신이었으면 좋겠어.

차갑고 이성적인 척하지만 당신이 연기했던 그것들도 당신의 일부일 수 있잖아. 언젠가 그게 당신의 전부가 될 수도 있잖아. 할 수 있을지는 모르겠지만.

"경민 씨가 원하는 게 이겁니까?"

그가 다가왔다. 그리고 그의 입술이 내려앉았다.

「아니, 거기 말고…… 아, 아, 거기.」

「좋아?」

「하아…….」

그녀의 이름은 기억나지 않았다. 제인, 마리, 로지, 에이미…… 뭐 그런 비슷한 이름 중의 하나였을 것이다. 글래머러스한 몸매에 핏줄이 다 비칠 것 같은 새하얀 피부, 그리고 실제론 빨강에 가까운 갈색 머리였지만 샛노랗게 염색한 머리카락.

그에게 처음으로 섹스를 가르쳐 준 여자, 그리고 어떻게 하면 일방적인 폭행이 아니라 서로 기분 좋아질 수 있는지를 가르쳐 준 여자. 그 뒤로 그의 상대는 모두 빛나는 써니 블론드를 가진 백인 여자들뿐이었다.

대학을 다니면서 일본어를 배우고 일본에 두어 번 간 적이 있었다. 제가 병적으로 피하던 새까만 머리의 사람들이 길거리를 가득 메우고 있었다. 그러나 그들의 입에서 흘러나오는 일본어는 나름 그를 견디게 해 주었다. 아무렇지도 않았다.

단 한 번도 한국어를 해 본 적도 없었고, 한국이란 나라에 대해 뭔가 알지도 못했었다. 단지 그의 출생증명서 밑에 쓰여 있던 단어 하나뿐이었다. 제 핏속에 그들의 유전자가 흐르고 있다고 해도 그걸 뭐라 하는 사람은 없었다. 그러니 더 이상 아무렇지도 않을 수 있을 것 같았다.

그래서 그는 한국어를 배우기 시작했다. 한국어 강사는 당연히 한국 사람이었다. 저와 같은 흑갈색 머리와 흑갈색 눈동자를 가진 비슷한 얼굴이었다. 하지만 자신은 제레미 리프킨, 완벽한 미국인이 아닌가.

모든 것은 점점 괜찮아졌다. 아니, 점점 무감각해졌다. 상담사를 찾는 일도 줄어들었고, 약을 먹는 일도 줄어들었다. 그러나 여전히 그의 곁에는 밝은 써니 블론드를 가진 여자들만 머물렀다. 지지부진한 심리학을 그만두고 회계학을 배워 자격증을 따고 새 직장을 얻었다. 그리고 첫 휴가로 한국에 왔다.

처음 공항에서 내렸을 때, 이상했다.

묘한 감정이 쏟아져 내리는 느낌이었다. 전혀 실감할 수 없는 혈관 안에서 흐르는 피 속에 떠다니는 유전자의 힘이었을까.

그러나 그는 곧 마음을 다잡았다. 일본과 똑같다고. 그냥 저와 비슷한 인종들이 모여 사는 곳일 뿐이라고.

어쩌면 운명 같은 일일지도 몰랐다. 전 회장님을 만난 건.

아직도 그 만남이 우연이라고 여기지는 않는다. 그 노인은 알면 알수록 무서운 사람이란 걸 알게 되었으니까. 그 노인네에게 절대 우연이란 있을 수 없다는 것도 알게 되었다. 그도 나름대로 계산했었다. 전 회장을 통해 얻을 수 있는 많은 것들을.

그리고 이 유언장 배달의 미션에는 마이애미 해변에 있는, 다른 집들에 비해 규모가 작지만 시가 80만 달러쯤 되는 괜찮은 저택이 수수료 조로 그에게 양도 되었다. 그래서 그는 한국에 와야만 했다.

그러나 공항에 도착해 들어간 화장실에서 나오자마자 괴한의 칼에 찔려야 했고, 전 회장의 지시로 왔다는 장 부장의 손에 의해 병원으로 실려 가면서 이 일이 그리 간단한 일이 아니라는 것을 깨달았다. 병원 내에 쫙 깔린 미지의 사내들을 피해 전해 받은 SD카드를 상처에 넣고 나서 그는 봉합 수술을 한 지 이틀 만에 몰래 병원 린넨실 비상구로 빠져나와 오지로 탈출해야 했다.

낯선, 그 나무로 만든 좁은 별장의 침대에 누워 고열에 시달리면서 그는 생각했다. 어떻게 해야 이 일을 제대로 할 수 있을지. 그리고 저를 도와주러 온 시골의 의사 선생님—나중에야 그녀의 보건진료원이란 이야기를 조금 이해할 수 있었지만—을 보고 그는 급하게 시나리오를 짰다. 최선과 최악의 시나리오를.

모든 건 나쁜 쪽이었지만 계획대로 진행되었다. 저 착한 간호사가 일에 관여되지 않길 바랐지만 어쩔 수 없었다. 그래도 예측할 수 있는 범위에서 일이 일어났으니까 괜찮았다.

그런데 뭐가 문제였을까.

그녀는 순진하고, 착해 보였다. 그는 잘 알고 있었다. 자신의 외모가 제가 하는 일에 매우 긍정적인 효과를 줄 수 있을 만큼의 플러스 요인이 있다는 걸. 그게 남자든 여자든.

그는 그것을 십분 이용해 왔었다. 그 때문만은 아니었지만 정신과 치료를 마치고 나서 일반 병원에 갈 수 있을 만큼 몸이 회복된 다음에 가장 먼저 한 수술이 불임 수술이었다. 제게 있어 성이란 건 도구일 뿐이지 그 이상도 그 이하의 의미도 가치도 없다고 생각했으니까.

당연히 이 간호사 선생도 선택의 여지가 없이 중요한 배역을 맡게 돼 버렸고, 그는 도장을 찍듯 이용했을 뿐이었다. 세상과 단절된 채 심심하게 살아온 동정심 많고 모나지 않은 성격의 젊은 여자에게 젊은 남자로서 할 수 있는 적당한 미소, 위트, 그리고 섹슈얼리티한 매력을 보여 주는 것.

뭔가 달랐을까? 저와 비슷한 외모를 가진, 왜 그랬는지 모르겠지만 알고 싶지도 않은 30여 년 전의 한 씨 성을 가진 젊은 여자도 이 여자와 비슷했을 거라 잠깐 생각했기 때문일까.

키스에 서툰 달착지근한 입술의 떨림이 뭔지 모르게 당혹스러웠던 이유는 뭐였을까.

그냥 돌아갈 수도 있었는데 막 샤워를 한 여자의 젖은 머릿결과 목덜미에서는 평생 처음 맡아 보는 향이 났다. 서양 여자들과는 전혀 다른……. 제 기계적인, 여자들이 가장 좋아한다는 스킨십을 능숙하게 숙지하고 있는 움직임을, 전혀 다르게 느끼고 있는 여자의 파르르한 떨림이 왜 내내 마음 한구석에 남아 있었을까.

그건 명백하게 죄책감이었다. 그 이상, 그 이하도 아닐 것이다.

아마 그럴 것이다.

잠깐 정신을 잃었던 거 같다.

너무 갈증이 심해지면 물에서 다른 맛이 느껴질 수도 있다. 아마 그랬던 모양이었다. 인정하기 싫지만, 이건 명백한 중독이었다.

그림자 속에 있는 회색이 흰색인지 검은색인지 구분하기 힘들다. 그에 대한 감정 또한 연민인지, 아니면 제 막연한 성적인 욕구가 그걸 상쇄하는 건지 구분할 수 없었다.

그러나 한 가지는 명확했다. 저 남자의 미묘한 감정 따위가 사라진 입술 한 조각에도 제 이 바보 같은 몸뚱이는 저 발끝까지 떨리고 있었다는 걸.

하얀색의 방 안은 고요했다. 이제는 어두워 색을 잃은 푸른 녹차 밭이 보이는 커다란 창은 충분히 두꺼워서 아무 소리도 투과하지 않았다. 최첨단의 시스템 에어컨은 문래리의 제 방에 있던 것처럼 헐떡거리는 신음 소리를 내지도 않았다. 아기를 만나러 가기 전에 샤워를 했다. 그래서 그녀는 가만히 침대 위에 앉아 있었다.

"씻고 갈 테니 기다려요."

그녀에게도 충분히 들렸다. 그 목소리가 감정이라곤 전혀 없이 메말라 있었다는 걸. 전에 문래리에서 그랬던 것처럼 일말의 흔들거림이나 물기라도 한 조각 있었다면 이런 마음이 들지 않았을 것이다.

분명히 그에게 제 감정을 전달했다고 생각했다. 그러나 상대는 그러지 않았던 거 같았다. 아니면 그 잠깐의 브리핑처럼,

어렸을 적에 받은 상처 때문에 다른 사람의 감정 따위는 이해하지 않는 그런 사람이 되어 버린 건지도.

경민은 그가 연기했던 한진우라는 인물처럼, 그의 본성이 그렇게 될 수 있을지도 모른다고 잠깐이나마 생각했었다. 그러나 그 파삭하게 마른 목소리를 듣고 제 헛된 바람이란 걸 깨달았다.

그러나 그럼에도 불구하고 경민은 그를 기다리고 있었다. 분명 저 남자가 그녀에게 처음 했던 키스는 꽃잎처럼 부드럽고 사랑스러웠다. 감정이 없으리라고는 전혀 생각이 되지 않을 만큼. 그걸 기다리는 걸까.

아, 모르겠다.

경민은 제 긴 머리카락을 헤집었다. 상대는 절 아무렇지도 않게 생각한다는 걸 알면서도 안아 주길 기다리는 건 대체 뭔지.

그때였다.

달칵 소리와 함께 문이 열렸다. 경민은 저도 모르게 고개를 들었다.

방금 샤워를 한 게 분명한, 머리카락이 젖어 있는 그가 상체를 드러낸 채 하의만 입고 안으로 들어섰다. 경민은 놀라서 저도 모르게 일어섰다. 고요한 적막 속이었지만 경민의 심장은 쿵쿵거리며 뛰는 게 느껴졌다.

"불 끌게요."

담담한 목소리와 함께 그가 문 옆에 달린 불을 껐다.

삐릭 소리와 함께 하얀 실내는 순식간에 어둠이 내려앉았다. 아까까지만 해도 새까맣던 창밖에서 희미한 빛이 흘러들어 왔다. 마당에 켜 놓은 정원 등의 불빛이 스며드는 모양이었다.

맨발로 대리석 바닥 위를 걸어오는 소리가 났다. 경민의 귀에는 그 짧은 발걸음 소리조차 무감정하게 들렸다.

왜 내가 이러고 있는 거야. 상대가 아무렇지도 않다는 걸 알면서. 차라리 마음이 변했으니 그냥 돌아가라고 해.

그러나 늘 그렇듯 그녀는 아무 소리도 내지 못했다. 뜨거운 살갗 위에 채 마르지 않은 차가운 물기가 서린 팔이 그녀를 안을 때도.

익숙하지만 낯선 손길은, 뜨거웠지만 찬 물방울이 떨어졌다. 이 손길을 다시 기억해 내려고 애썼다.

그의 부드러운 입술이 그녀의 쇄골에 닿았다. 여전히 따뜻하고 장미 꽃잎처럼 부드러웠지만 그녀의 살갗은 차가운 얼음덩어리가 닿은 느낌이었다.

그러나 그녀의 생각 따위는 필요 없다는 듯 남자의 손은 그녀의 등 뒤로 가 곧바로 원피스의 등에 달린 지퍼를 내렸다.

익숙한 손길이었다. 그녀의 하얀 원피스를 벗긴 손길은 그녀의 속옷조차 간단하게 치워 버렸고, 어둠 속에서 바스락거리며 자신의 남은 옷도 벗어 버린 남자는 그녀를 침대에 눕혔다.

하얗고, 넓고, 깨끗한 침대 위에 눕혀진 그녀는 어둠 속에서 희미하게 보이는 남자의 눈빛을 찾으려 애썼다. 그러나 정원에 켜져 있는 빛은 숙면을 방해하지 않으려는 듯 미약했고, 숨소리조차 없는 남자는 뜨거운 체온으로만 그 존재를 나타낼 뿐이었다. 하지만 그 순간은 아주 잠깐이었다.

이내 능숙하게 몸을 더듬어 오는 그의 손길에 그녀의 머릿속은 뭔가를 더 생각할 수 없었다. 동그란 가슴을 두 손으로 감싸고 부드럽게 주무르며 입을 맞추는 그의 머리칼 속으로 손가락을 파묻었다. 젖은 머리카락이 손가락에 감겼다. 가느다란 신음 소리가 절로 새어 나왔다.

그가 주는 자극에 몸은 자연스럽게 반응했다. 그의 혀 아래서 그녀의 가슴 끝은 단단하게 일어섰고, 그의 손길을 기다리는 아래쪽은 벌써부터 젖어 들었다.

진우가 손을 미끄러트려 허리를 쓸고 수풀을 더듬고, 그 아래 은밀한 곳을 비비기 시작했다. 여자의 숨소리가 조금 더 거칠어진 것을 느끼며 그는 안으로 손가락을 밀어 넣었다. 아직 충분히 젖지 않은 안을 천천히 휘저으며 민감한 곳을 만지작거렸다. 저도 모르게 그녀의 허리가 들썩였다. 그 작은 손짓만으로도 경민은 숨도 쉴 수 없을 지경이었다.

얼마나 시간이 지났을까. 몸을 가르고 들어오는 그를 느끼며 경민은 숨을 길게 내뱉었다. 그의 손길에 넘치게 물이 흘러 준비되어 있어도 첫 진입은 늘 버거웠다. 그녀도 미처 막지 못한 신음 소리가 흘러나왔다.

진우는 손을 뻗어 여자의 한쪽 가슴을 움켜쥐었다. 천천히 허리를 움직이며 부드럽게 죄어 오는 여자의 안을 휘저었다. 경민의 목소리가 조금씩 높아질수록 진우의 허리 짓도 빨라졌다. 턱을 타고 흐른 땀방울과 덜 마른 머리카락에서 떨어진 물이 여자의 가슴 위에서 한데 섞여 흘러내렸다.

하얀 방에는 어둠이 가득 차 있었고, 그 어둠 한가운데는 부드러운 침구가 마찰 때문에 사그락거리는 소리와 살갗이 부딪치는 야하디야한 소리, 그리고 경민의 작은 신음 소리 사이로 남자의 꾹 눌린 숨소리만 새어 나왔다.

저도 모르게 자신의 어디선가에서 쏟아져 내리는 감각들에 소리치면서도 경민은 그의 목소리가 듣고 싶었다. 자신처럼 절정에 다가가는. 그러나 그는 전혀 아무 소리도 없었다.

하지만 그의 움직임은 점점 격해졌다. 경민에게 들이붓듯 느껴지는 자극도 그녀의 이성 위를 넘쳐 흘러가고 있었다. 그의 격정을 받아 내던 경민이 파르르 떨며 남자에게 매달릴 때, 그는 그녀를 부둥켜안고 입술을 덮쳤다. 마지막을 향해 달려가는 남자의 몸짓이 더 격렬해지는가 싶더니 한순간 멈췄다. 꾸역꾸역 그녀의 몸에 모든 정을 쏟아 낸 남자가 몸을 굴려 여자 옆에 누웠다.

그제야 그의 입에서 터지듯 숨 한 자락이 새어 나왔다.

경민은 숨을 몰아쉬고 눈앞이 하얗게 물든 것이 점점 어두워질 때까지 움직일 수가 없었다. 제 사지가 아직도 파르르, 그 떨림을 멈추지 않았는데 옆에서 기척이 느껴졌다.

그가 몸을 일으켰다.

"지…… 진우 씨."

경민이 겨우 그의 이름을 불렀을 때, 그가 부스럭거리면서 침대 옆에 있는 티슈 곽에서 몇 장을 뽑더니 제 일부를 닦아 내곤 다가와서 그녀의 아래를 닦아 주었다. 어둠 속에서 보이지 않지만 얼굴이 새빨갛게 물든 경민은 후들거리는 두 팔로 몸을 일으켰다.

"씻고 쉬어요. 난 가서 씻을 테니까. 아침에 봐요."

"진우 씨!"

경민이 온몸의 힘을 짜내 일어나 손을 내밀었지만 그는 일어나 바닥에 떨어진 자신의 옷을 집어 들고는 문으로 걸어갔다.

하얀 문이 열리자 복도에 켜진 불빛에 의해 남자의 매끈한 나신이 드러났다. 그러나 그건 아주 잠깐이었다. 탁 하는 소리와 함께 문이 닫히고 방 안은 다시 어둠에 싸였다. 가는 떨림이 멈춘 경민의 맨몸 위로 부드러운 에어컨의 차가운 바람이 내려앉았다.

조금 더 부드럽게 해 주고 싶었다.

그러나 그의 머릿속에 가득 찬 사념 때문에 그러질 못했다. 행위에 집중한 나머지 자제력을 끝까지 붙들지 못했다.

가쁜 숨을 내쉬는 여자를 두고 그는 방에서 나와야 했다. 그녀가 부르는 소리가 귓가에 들렸지만 그는 밝은 복도로 나와 버렸다. 실오라기 하나 걸치지 않은 채.

문을 닫자 은밀하게 퍼져 있던 달뜬 살 냄새들은 사라졌고 청량하고 깨끗한 복도의 싸한 빛만 눈알을 찔러 댔다.

그는 바로 옆에 있는 자신의 방으로 들어섰다.

늘 올바른 인생을 살려고 노력한 적은 없었다. 아마 리프킨 부부의 사랑스러운 큰아들로 쭉 살아왔더라면 혹 그랬을지도 모른다.

하지만 그러지 못했다. 제가 버는 꽤 큰돈들이 쏟아져 들어가는 곳 하나만으로도 그는 제 죄책감을 달랠 뿐, 그 외에는 선하게 살려고 굳이 노력하지 않았다.

어두운 빈방에 들어선 그는 잠시 그대로 서 있었다. 그냥 다시 그 방으로 돌아가서 따뜻하고 끈적한 여자를 오롯이 안고 잠들면…… 어떨까.

그는 손에 든 옷가지를 던져 버리고 욕실로 향했다. 이것은 옳은 선택이었다.

아마 그랬다면, 그 여자를 잊는 데 더 많은 시간이 걸릴 것이 분명했다.

“가면 꼭 연락해요. 내가 몸조리 끝나면 놀러 갈 거니까!”

“네. 그럴게요.”

“안 가면 안 되나? 이쪽으로 와요. 내가 일자리 소개시켜 줄 테니까.”

그녀의 말에 경민은 그냥 웃고 말았다. 이 사모님의 말씀은 진심일 게 분명했다.

세연은 대답이 없는 경민을 보다가 이번엔 옆에 선 남자에게 말을 이었다.

"미스터 한, 우리 경민 씨 잘 모시고 가요. 알았죠? 미스터 한은 어떻게 할 거예요? 경민 씨 바래다주고?"

"우선 출국할 생각입니다. 유언장대로 집행해야 하고 복잡한 일도 많고, 회사에 보고도 해야 하거든요. 잡은 일정도 다 되어 가고요."

"비행기는 바로 있어요?"

"아직…… 서울 가서 정리할 일도 좀 있습니다."

"그럼 경민 씨 휴가 아직 남았는데 같이 가는 건 어때요? 경민 씨, 미스터 한 때문에 엄청 고생했잖아요. 가서 못다 한 데이트도 좀 하고 맛있는 것도 사 주고."

"아, 그게……."

새로 오너가 된 전 사장의 와이프를 상대하기 위한 모습일까. 경민은 세연의 말에 진우를 물끄러미 쳐다보았다. 어젯밤의 일 따윈 전혀 없었던 것처럼, 경민이 이름도 모를 작은 시골 동네에서 산 반바지와 반팔 셔츠를 입은 그는 여전히 창백한 얼굴이지만 마치 문래리에서 보았던 한진우처럼 밝은 미소를 짓고 있었다. 사모님을 향해.

"아니에요. 저도 가서 할 일이 있어요."

경민은 아무렇지도 않다는 듯 먼저 대답했다. 아마 이게 저 남자가 원하는 대답일 것이 분명했다. 어떻게든 두 사람을 연결시켜 주고 싶어 하는 세연의 마음을 모르는 건 아니지만, 이미 불가능하다는 걸 경민은 어젯밤에 깨달았기 때문이었다.

"네. 저도 그러고 싶지만 저야말로 경민 씨한테 너무나 죄송해서 더 이상은 폐가 될 거 같습니다."

경쾌하지만 예의 바른 목소리로 그가 대답했다.

그때였다.

"두 사람 일은 두 사람이 알아서 하는 거지. 당신이 이래라저래라 할 일이 아니지. 둘 다 조심해서 가. 미스터 한은 서울에 가면 장 부장이 호텔에서 기다리고 있을 테니까, 아마 비행기 편하고 서류 정리해 줄 거야. 미국에 도착하면 서류 정리한 거 메일로 보내. 곧 나도 한번 갈 테니까 그때 보자고."

"네. 사장님."

이로써 모든 게 끝났다.

살뜰한 전 사장 부부 내외의 배웅을 받은 후, 그동안 늘어난 짐을 실은 진우가 운전하는 검은색 승용차가 푸른 숲으로 난 길로 나아가면서 저택이 등 뒤로 시선을 감추자 세상은 고요해졌다.

그는 어디서 났는지 그녀가 샀던 선글라스를 꺼내 썼다. 그렇게 하얀 얼굴에 드러나는 감정을 감춰 버렸다.

시선을 받아 줄 휴대폰도 없었고, 차 안은 내비게이션에서 나오는 단조로운 여자 목소리뿐이었다. 하는 수 없이 경민은 새파란 창밖에 시선을 고정시켜야 했다. 그러나 완만한 새파란 산들은 내비게이션에서 나오는 목소리보다 더욱더 단조롭고 변화가 없었다. 단지 새파란 녹음이 무시무시하게 퍼져 있을 뿐이었다. 산길은 굴곡이 심했고 달랑 왕복 2차선이었다. 뭐 하나 시선 둘 마땅한 것이 없었다.

"얼마나 걸려요?"

적막에 짓눌릴 것 같은 경민이 겨우 입을 열었다.

"아까 보니까 다섯 시간 반쯤요? 고속도로 타면 더 속도를 낼 수 있을 겁니다."

다섯 시간이라. 길다면 길고, 짧다면 짧은 시간이다. 이제 이 남자와 함께할 마지막 시간. 무얼 해야 할까.

자신이 포기가 빠른 사람이라고 여긴 적은 없었다. 오히려 집요하게 노력하는 스타일이었다. 그래서 악착같이 공부를 했고 취직을 했고, 다들 눈물 콧물 짜다 포기하는 응급실 간호사 일도 했었다.

그러나 그녀가 유일하게 포기한 것은 바로 사람이었다. 송 선생도 그랬고 또 이 남자도……. 송 선생이야 어이없는 변심이었다지만, 아니 생각해 보면 뭐 둘 다 같지 않은가. 자신이 선택받지 못했다는 거니까.

이제 연애나 남자는 영영 제 인생에 없는 건가? 아직 서른도 되지 않았는데.

이런저런 생각을 하면서 완만하게 지나가는 짙푸른 초록들을 내다보고 있었다.

구불거리는 산길이었다. 한쪽은 작은 개울이 흐르고, 한쪽은 산을 깎아 만든 2차선 작은 도로였다. 앞에 늦게 가는 차라도 한 대 있으면 쉬이 추월을 할 수 없는 길이었다. 다행히 느릿느릿 가던 작은 트럭을 추월할 수 있었던 차는 시원스럽게 구불거리는 길을 가고 있었다.

"고속도로는 언제나 나올까요?"

"글쎄요."

초행길이니 알 길이 없었다. 경민이 막 내비게이션을 손으로 조정하려고 할 때였다.

"어!"

짧은 그의 고함 소리를 들었을 뿐이었다. 그와 함께 갑자기 차가 크게 휘청거리더니 고개를 든 경민의 앞에 난데없이 SUV 차가 나타났고 급하게 핸들을 꺾은 진우 때문에 경민은 저도 모르게 소리쳤다. 그리곤 커다란 굉음과 함께 그녀는 정신을 잃고 말았다.

어느 정도 시간이 지났는지 알 수가 없었다. 매캐한 화약 냄새와 허연 것이 눈에 들어왔다.

이게 뭐지.

머릿속이 띵한 게 눈이 떠지지 않았다. 그래도 억지로 눈을 떴을 때 보인 허연 것은 터진 에어백이었다. 막 바람이 빠져

가는 에어백에서 화약 냄새가 가득 났다. 경민이 겨우 정신을 차리고 고개를 돌렸을 때였다.

"진우…… 씨!"

뿌연 연기 속에 차는 기울어져 있었고, 바로 옆에서 역시 터진 에어백 사이로 진우가 보였다. 경민은 소리를 지르고 말았다. 그의 잘생긴 얼굴을 가리고 있던 선글라스는 어디론지 사라졌고, 얼굴은 시뻘건 피투성이였다. 고개는 옆으로 꺾인 채 무슨 헝겊 인형처럼 구석에 처박혀 눈을 감고 있었다. 그의 얼굴과 다른 곳에서 흘러내린 피는 바람이 빠져 가는 에어백을 물들이고 있었다.

그 뒤로 잘 생각이 나지 않았다. 아마 경민은 피투성이 남자의 맥을 찾았을 것이다. 그러나 에어백과 안전벨트, 그리고 기울어진 차체 때문에 잘되지 않았다. 응급실에서 매일 맡았던 피 냄새와 익숙한 감촉인데도 그녀의 손끝이 부들부들 떨리고 있었다.

"진우 씨! 정신 차려요!"

그녀의 한쪽 눈이 잘 보이지 않는 것이 제 머리에서 흘러내린 피 때문이란 것도 모르고 있었다. 미친 듯이 안전벨트를 풀고 차 문을 열고 나간 그녀는 저도 모르게 다리가 푹 꺾이는 느낌이었지만 아랑곳하지 않고 절뚝거리면서 운전석 쪽으로 갔다. 그녀의 앞에는 뒤집힌 커다란 SUV 차량과 옆으로 꺾어 선 트럭이 있었지만 그런 것 따위는 보이지도 않았다.

"진우 씨!"

미친 듯이 차 문을 열려고 했지만 상대 차의 충격으로 인해 찌그러진 문은 열리지 않았다. 경민은 제가 울부짖고 있다는 것도 잊어버리고 깨진 창문 사이로 손을 넣어 그의 머리에서 흘러내리는 피를 막으려 애쓰면서 소리쳤다.

"진우 씨! 정신 차려요! 죽으면 안 돼요, 진우 씨!"

11. 또 다른 한진우

불쾌한 냄새, 통증……. 그는 저도 모르게 욕지거리를 내뱉었지만 그게 입 밖으로 나오지는 못했다. 끈적한 것이 얼굴을 뒤덮고 있었고, 그것이 무엇인지 냄새와 느낌으로 알 수 있었다.

Fuck.

온몸을 움직일 수 없었다. 마치 그때처럼. 이럴 땐 차라리 기절해 버리는 게 나았다. 물론 깨어난 다음이 문제였지만 참을 수 없는 통증이 계속될 땐 차라리…….

"정신 차려요!"

낯선 목소리가 들렸다. 처음 들어보는 언어였는데 이상하게 알아들을 수 있었다. 그리고 누군지 알 것 같았다.

가까스로 눈을 떴지만 잘 보이지 않았다. 눈 안으로 뜨거운 액체가 흘러들었다.

"진우 씨! 괜찮아요? 진우 씨!"

누군가 손으로 제 눈가의 피를 닦으려 했다.

"으윽……."

베이는 듯한 통증에 다시 욕지거리가 쏟아져 나올 거 같았지만 그의 입은 열리지 않았다. 지독한 통증이 온몸을 스쳐 가는데 이상하게도 그것보다 더 신경이 가는 게 있었다.

"진우 씨!"

여자가 자신을 안은 채 울부짖고 있었다. 너무나 마음이 아프게…….

희미해지는 의식 사이로 여자의 오열이 스며들었다.

왜 우는 거야.

"경민 씨!"

"아, 오셨어요."

그러나 그녀는 목이 메어서 말을 잇지 못했다.

"경민 씨는 괜찮은 거예요? 누워야 하는 거 아닌지……."

막 응급처치만 한, 여전히 피가 묻은 옷에 거즈를 이곳저곳에 붙여 놓은 경민을 보자마자 소리쳤다. 세연은 자신의 품에서 흐느껴 우는 경민 때문에 말을 잇지 못했다.

"괜찮을 거예요……."

아기를 낳은 지 얼마 되지 않아서 나가면 안 된다고 말려도 굳이 가 봐야 한다고 한 아내를 못마땅하게 생각하던 그녀의 남편도 그 모습을 보고 하려던 말을 삼켜야 했다.

"어떡해요, 이대로 잘못되면……."

경민이 울먹이자 세연이 그녀의 등을 쓰다듬었다.

"그럴 리 없어요. 오면서 물어보니까 큰 사고 아니라고 했어요. 잘못되게 놔두지 않을 거예요. 우리 그이가 알아보고 서울로 옮겨야 된다면 그렇게 할 테니까 걱정 말고 경민 씨도 좀 누워요. 이거 다 상처잖아요. 상대 차가 중앙선 침범한 거죠?"

사고 경위는 그들에게 위해를 가했던 사람들의 소행은 아니었다. 그냥 단순히 마주 오던 차가 굴곡진 2차선 도로에서 무리한 추월을 하다가 충돌이 일어났을 뿐이었다.

정면충돌이나 마찬가지였지만 다행히 그들의 차가 서행을 하고 있었기 때문에 차는 옆으로 밀려 배수로로 빠졌을 뿐이었다. 반대쪽 절벽으로 떨어지지 않은 게 천만다행이었다.

경민은 깨진 유리와 충격 때문에 가벼운 찰과상을 입었지만, 피부가 찢어져서 피가 많이 났을 뿐 골절 같은 것은 없어서 드레싱과 지혈만 한 채 응급실 복도에 앉아 있었다.

다만 문제는 운전자였다. 절벽 쪽으로 떨어지지 않기 위해서 핸들을 오른쪽으로 틀었기에 경민은 거의 다치지 않았지만 진우는 마주 오던 차와 부딪치면서 충격을 받은 데다 선글라스를 끼고 있었던 탓에 터진 에어백 때문에 깨진 유리 조각이 얼굴에 박혔고 머리를 부딪쳐 혼수상태였다.

경민은 세연과 그녀의 남편 때문에 병실로 가야 했다. 어차피 응급실 앞에 있어 봤자 간호사가 아닌 환자가 할 수 있는 일은 없었다.

겨우 환자복으로 갈아입은 경민은 병실에서 링거를 꽂고 침상에 누워야 했다. 그녀의 직업이 간호사였기에 자신이 남의 보살핌을 받는 환자가 된 건 처음이었다. 그러나 그게 문제가 아니었다.

"검사 중이래요. 큰 외상이 없어서 수술할 것도 아니라고 했어요. 그냥 마음 편하게 기다려요. 경민 씨도 환자라고요!"

세연의 따끔한 충고가 아니었다면 경민은 누워 있지도 못했을 것이었다.

"괜찮겠죠?"

"괜찮을 거예요."

묻는 사람도 대답하는 사람도, 간절한 바람을 말할 뿐이었다.

"정면충돌이었다는데, 그것에 비해 상세는 경미한 편입니다. 가벼운 뇌출혈입니다."

의사가 돌려서 보여 주는 컴퓨터 화면에는 시커먼 MRI 화면이 떠 있었다. 그녀들이 보기엔 어떤 이상이 있는지 알 수가 없었다. 심지어 간호사 출신인 경민조차 자신이 직접 그런 화면을 보아야 할 일이 없었기 때문에 모르는 건 세연이나 마찬가지였다.

"오히려 깨진 유리 조각들이 박혀서 난 외상이 더 심하다고 볼 수가 있어요."

"그럼 뇌에는 이상 없는 건가요? 아까 다른 선생님께선 혼수상태인 게……."

경민이 급하게 말했다.

"급성 경막하 출혈(Acute Subdural Hemorrhage)이 조금 있습니다. 여기 조금 어둡게 나온 부분 있잖습니까? 담당 의사로서 이 정도의 미미한 출혈은 굳이 수술을 권하지 않습니다. 아무리 간단한 수술이라고 해도 개두술은 환자한테 위험합니다. 그리고 상처도 남고요. 가장 중요한 건 수술을 할 정도의 출혈이 아니라는 점이죠. 젊고 지병도 없는 건강한 분이라 이 정도 출혈은 사나흘에서 길게는 일주일이면 저절로 흡수되거나 없어질 수 있을 정도입니다."

"그럼 괜찮은 건가요?"

"그렇다고 봐야죠. 정신은 곧 돌아올 겁니다. 다만 출혈 있는 부분이 사고력에 영향을 주는 부분이니까 드물게 있을 수는 있습니다. 사람의 뇌라는 게 아주 정교한 기관이거든요. 임상에서 본 바로는 폭력적인 성향을 보이는 환자도 있었고 평소에 가지고 있던 강박 관념이 증폭되는 경우도 있었습니다. 대부분 사나흘이면 돌아왔습니다. 외과적으로 봤을 때는 이상 없으니 너무 걱정하시지 마십시오. 다만 외상은 관리를 잘 해야겠습니다. 환자분의 얼굴이랑 오른쪽 상박에 상처가 깊어요. 나중에 수술이 필요할 수도 있을 것 같네요."

의사의 설명을 듣고 왔지만 경민의 표정을 여전히 좋지 않았다. 세연이 애써 위로의 말을 건넸다.

"괜찮다고 하잖아요. 의사가 외모 걱정을 더 할 정도니까. 괜찮아요."

괜찮다고, 주변에서 모두 다 그러는데 왜 눈을 뜨지 않는 건지.

"정신 돌아오면 병실로 올라올 거예요. 여기 의사 선생님도 굳이 서울로 올라갈 필요 없다고 했으니까. 만약 서울에 가야 하면 우리 그이가 바로 다 처리해 줄 거니까 걱정 마요. 병실도 경민 씨랑 같이 있을 수 있게 했으니까 아무 걱정 말아요. 알았죠? 다 내 잘못이야. 차라리 우리 쪽 기사를 보내는 거였는데, 난 두 사람이 재밌게 가라고……."

"아니에요."

오히려 스스로를 질책하는 세연에게 미안해진 경민이 겨우 한마디 했다.

"좀 쉬고 지켜봐요. 난 돌아가야 할 거 같아서."

아까부터 굳은 표정으로 옆에 있던 그녀의 무서운 남편 때문인 듯했다. 아기 낳은 지 얼마 되지도 않은 산모인 세연이 아직 붓기도 안 빠진 얼굴로 옆에 와 준 것만 해도 고마웠던 경민은 그제야 사실을 인지했다.

"가 보세요. 아기도 엄마 보고 싶을 거고 쉬셔야죠. 괜찮을 거예요. 와 주셔서 고마워요."

"무슨 그런 말을. 내가 여기 정 비서 보내서 뒤처리 다 하라고 할 테니까. 아무 걱정 말고 그냥 몸조리나 잘해요. 또 올게요."

"네. 감사합니다."

다행이었다. 전혀 와 본 적도 없는 이런 타지에서, 더군다나 한진우는 국적도 미국이었다. 당장 의료 보험이나 사고 처리를 할 겨를이 없었다. 그런 걸 다 알아서 해 줄 사람이 있다는 게 얼마나 큰 도움인지.

"아무것도 신경 쓰지 말고 둘 다 몸만 챙겨요."

"네, 감사합니다."

전 사장이 와서 한마디 한 것도 큰 도움이 되었다.

두 사람은 곧 병원을 떠났고 경민은 커다란 특실에 혼자 덩그러니 앉아 있게 되었다.

그가 넓은 병실로 올라온 것은 경민이 깜빡 잠이 들었을 때였다. 노크 소리가 들린 거 같은데 문이 열리고 덜컹거리는 소리가 났다.

저도 모르게 벌떡 일어난 경민은 온몸이 쑤시는 통증과 갑자기 당겨진 링거 줄 때문에 바늘이 꽂힌 부분이 찌릿했지만 아랑곳하지 않고 물었다.

"괜찮나요?"

"네. 환자분 의식 돌아오셨고요. 지금은 잠드셨어요."

경민은 아직도 피가 묻어 있는 제 신발을 찾아 신고 링거가 매달린 폴대를 끌고 그가 옮겨진 침상 쪽으로 갔다. 붕대가 칭

칭 감긴 얼굴은 창백해진 채로 눈이 감겨 있었다. 왼쪽 눈은 붕대로 덮여 있었다.

"눈도 다쳤나요?"

경민이 다급하게 링거를 걸고 수액을 확인하는 간호사에게 물었다.

"아, 환자분요? 시력엔 이상이 없는데 유리 조각이 눈썹 부분에 박혀서 빼내고 봉합했거든요. 조금만 아래 다쳤으면 큰일 날 뻔했는데 천만다행으로 괜찮다고 했어요. 다만 관자놀이 부분에도 찢어진 상처가 커서 출혈이 많았거든요. 팔 여기도 상처가 크게 났고요. 그 외에는 괜찮으십니다. 아까 의식 깨나서 말씀도 하고 그랬어요. 지금 다시 주무시는 거고 진통제랑 약 들어가는 중이에요."

"아, 그래요."

경민은 겨우 대답했다.

"괜찮으실 거예요. 걱정하지 마세요. 환자분도 다치셨는데 본인 몸도 생각하셔야죠."

"……."

"너무 걱정하지 마시라니까요."

간호사의 부드러운 목소린 아마 경민의 눈에서 저절로 떨어진 눈물 덕분이었던 모양이었다.

누구의 탓도 아니었다. 굳이 탓하자면 무리하게 추월을 한 상대방 잘못이었다.

그러나 경민은 눈을 감은 채 아직도 여기저기 핏자국과 소독약 자국이 비쳐 나온 붕대로 드레싱된 남자를 쳐다보면서 모든 게 자기 잘못이 아닌가 자책하고 있었다. 결코 자신의 잘못이 아니었다. 그런데…….

아마 목 놓아 울었던 거 같았다.

굳이 누군가 물어본다면, 그냥 잘 알고 있는 사람이 바로 옆에서 죽을까 봐 무서워서 그랬다고 대답해야 할 것 같았다. 이 남자는 자신과 아무런 관계도 없는 사람이었다. 그냥 저를 문래리에 데려다주고 미국이든 어디든 이 남자가 있던 곳으로 가 버린 후에는 연락도, 혹은 서로 일면식이 있었다는 증거도 남기지 않을 게 분명했다. 자신이 이 사람을 어찌 생각하든…….

간호사였고, 이것보다 더한 상처를 가진 환자들을 응급실에서 무수히 보았었다. 조금만 정신을 차렸다면 상대가 충돌한 충격 때문에 잠시 정신을 잃었을 뿐, 다른 큰 외상은 없다는 걸 알 수 있었을 것이다.

그러나 자신은 어땠나.

남자의 얼굴은 쓰고 있던 선글라스가 에어백에 의해 부서지면서 피투성이가 되었을 뿐이었다. 운 좋게도 그 흔한 뼈 하나 부러지지 않았었다. 그러나 당장이라도 이 남자의 죽음을 목도한 것처럼 이 남자를 안고 울부짖지 않았던가.

다행이다.

그 말 한마디면 끝이었다. 다행히도 모든 일을 해결해 줄

만한 든든한 사람들도 있었다. 이 남자가 눈을 떠 경민 씨는 안 다쳤냐고 되묻고는 의사가 퇴원해도 된다고 하면 각자 갈 길로 가서 자신들의 생활로 돌아가면 끝이었다.

그러면 끝이었다.

물끄러미 눈을 감은 남자를 보고 경민은 제 링거가 달린 폴대를 끌고 다가갔다. 버릇처럼 링거 줄과 투약 속도를 확인하고 드레싱 된 상처들을 살폈다. 아주 예전에 제가 했던 일을 하듯. 이 남자를 위해 할 수 있는 일은 이제 이것밖에 없을 것이다.

이 지긋지긋한 미련과 아쉬움과 혹시나 하는 기대 따위가 똑똑 떨어져 내리는 링거액처럼 천천히라도 모두 사라지길 바랄 뿐이었다.

분명히 눈을 뜨고 이야기도 했다는데, 남자는 매정하게도 제게 그 눈빛을 보여 주지 않았다. 한쪽은 과하게 드레싱이 되어 가려져 있었지만.

빨리 그가 눈을 뜨고 차가운 목소리로 '경민 씨는 괜찮습니까' 하고 묻는 걸 듣고 싶었다.

차분하게 연무를 뿜어내는 가습기의 소리, 가끔씩 복도를 지나는 발소리와 밤잠을 이루지 못하는 환자들이 폴대를 끌고 다니는 소리 외에는 특실이어서인지 조용하다 못해 적막했다. 늘 정신없이 소리치고 뛰어다니던, 그녀가 알던 병원과는 사뭇 달랐다.

이물감이 느껴지는 링거 줄과 딱딱한 침대에서 뒤척거리다 또다시 깜빡 잠이 들었다.

새벽에 노크 소리가 나서 설핏 잠이 깼다. 아마 링거 확인과 혈압 체온 등 기초적인 바이털 사인을 재러 온 모양이었다.

"밤새 편안하셨습니까?"

간호사는 작지만 부드러운 목소리로 그녀에게 인사를 하더니 곧장 남자가 누워 있는 침상으로 갔다.

"아, 그쪽은……."

잠을 깨우지 말라고 말할 참이었다. 그때였다.

"환자분 일어나셨어요? 통증은 좀 괜찮으신가요?"

경민은 저도 모르게 몸을 일으켜 침상 밑의 슬리퍼를 찾았다.

"이쪽이 아파요."

하루 반 만에 처음 듣는 그의 목소리였다. 경민은 요란한 소리를 내며 링거가 달린 폴대를 끌고 그의 침상으로 다가갔다.

"환자 괜찮나요?"

다급한 그녀의 목소리와는 아랑곳없이 간호사는 보조 조명을 켜고 혈압과 체온을 재면서 말했다.

"통증이 심하시면 말씀하세요. 진통제 다시 드릴 테니까."

"그 정도는 아닌데……."

경민은 숨도 제대로 쉬지 못하고 그를 바라보았다. 한쪽 눈을 겨우 뜬 그가 인상을 찡그리는 게 보였다.

"진우 씨, 괜찮아요?"

경민이 다급하게 물었다.

"괜찮습니다."

그 목소리를 듣고 경민은 간호사가 있다는 사실도 잊은 채 그에게 바싹 다가가서 다시 물었다.

"정말 괜찮은 거죠?"

그때였다. 한쪽 눈만을 뜨고 그녀를 쳐다보던 그가 천천히 말했다.

"그런데 왜 절 진우라고 부르시죠? 다른 사람하고 헷갈리신 거 같은데."

경민은 그의 얼굴을 보고만 있어야 했다. 뭐라 말을 이으려는데 그가 다시 말했다.

"절 아십니까?"

"굳이 진단을 내리자면 해리성 기억 상실이라고 봐야겠습니다만, 환자의 일반적인 지적 능력이나 행동에 있어서 크게 장애를 보이고 있지 않습니다. 정밀한 뇌 스캔과 촬영에도 전에 말했던 경미한 지주막하 출혈 외엔 이상이 없거든요. 게다가 그 출혈도 거의 없어진 상태고요. 아주 일시적인 현상으로 저절로 호전되지 않을까 싶습니다."

"그런가요?"

"저희도 뭐라 말씀드리기 힘듭니다. 환자가 국적이 미국인데다가 환자의 친인척도 전무한 상태거든요. 대부분 진단을 내릴 땐 보호자들께 평소 환자가 어떤 생활을 했고 생활 습관이 있는지를 듣고 나서 진단을 내리는 편입니다. 그런데 지금 보호자분들도 이 환자분의 평상시 생활에 대해서 잘 모르시는 것 같아서요. 큰 외상은 없고 자상 정도야 거의 아문 상태니까…… 좀 지켜보고 환자가 안정을 취하면 저절로 좋아지지 않을까 싶습니다."

경민은 무엇을 더 물어야 할지 알 수가 없었다. 아득한 기분이었다. 그러나 옆에 있던 세연은 달랐다.

"이런 경우가 또 있었나요?"

"글쎄요. 비슷하다고는 딱 짚어서 말하긴 힘들지만 머리를 다친 가벼운 경상 환자들이 회복기에 다양한 양상의 이상 행동을 한 경우는 학계에 많이 보고되어 있습니다. 실제로 저도 임상에서 가벼운 뇌진탕을 당한 환자가 특정 음식만 찾으면서 주지 않을 경우 매우 폭력적인 성향을 보인 적이 있었어요. 다른 예로는 숫자에 대한 강박 관념을 보인 환자도 있었습니다. 체온이나 바이털 사인 같은 숫자가 들어간 모든 것에 매우 집요한 강박을 보였었거든요. 모두 일주일 이내에 그런 이상 행동이 호전됐고 당사자들은 자신이 그런 행동을 했다는 사실도 잊어버렸다는 거죠. 그 환자들도 이 환자와 같은 소견을 보였다는 겁니다."

걱정스러운 표정으로 이야기를 전해 들은 세연이 경민의 손을 잡으면서 물었다.

"그럼 이제 어떻게 해야 하는 거예요?"

"주치의 선생님이 말한 대로 하는 거죠. 그냥 천천히 지켜보는 거."

정리란 게 좀 됐으면 좋겠다 싶었다. 그런데 그게 잘되지 않았다.

"경민 씨 괜찮아요? 상처가 남았네. 아까 주치의 선생님이 성형 수술은 언제쯤 하라 했어요?"

그래도 자신에게 관심을 가져 주는 사람이 있다는 게 다행인 걸까.

"그게 중요한 걸까요?"

세연을 본 지 채 일주일도 되지 않았다. 그런데 마치 친언니처럼 친근하다고 느낀 건 그동안 정을 붙일 사람이 없어서 그랬는지도 모른다.

"그럼요. 경민 씨 이 예쁜 얼굴에 상처가 났는데 말이죠. 미스터 한은 금방 좋아질 거예요. 그래서 말인데요. 의사 선생님이 말씀하시길……."

굳이 의도하지는 않았다. 어쩌다 보니 이렇게 흘러와 버렸다. 그게 나쁘지 않았다. 오히려 좋아질 수도 있었다.

"안녕하세요. 저는 전 사장님 별장을 정리하고 청소하는 도우미예요. 보시다시피 이 별장은 도우미인 저와 바깥양반이 돌보고 있습니다. 2층에는 침실하고 거실 서재, 주방이 따로 있는데 식사 준비를 시키시려면 여기 있는 인터폰으로 미리 연락을 하시면 됩니다. 그 외에 필요하신 거 있으시면 바로 연락 주세요. 여기 휴대폰 번호도 있으니까 인터폰 안 받으면 장보러 가거나 했을 때니까요. 따로 드시고 싶은 게 있으셔도 말씀하시고요. 사모님이 정성을 다해 모시라고 몇 번이나 말씀하셔서요."

"네. 감사합니다."

인상 좋은 남도의 아주머니가 꾸벅 인사를 하고 나가자 적막이 내려앉았다. 그리고 그 사이로 마치 배경음악처럼, 잔잔한 파도 소리가 귓가에 스며들었다.

격정적인 새파란 동해 바다와는 또 다른, 잔잔하게 물결치는 푸르스름한 바다가 발밑에 보였다.

"우리 별장이에요. 밑에 몽돌 해변이 있는……. 조금 좁긴 하지만 조용하고 병원하고도 가까워서 그리로 했어요. 급하게 정리하느라 좀 부산할 수도 있는데, 도우미 아주머니네가 워낙에 성실하니까 잘 돌봐 줄 거예요. 원래 여름엔 그 동네 관광객들이 많은데 그쪽은 사유지라서 일반인이 못 들어오는 데니 지낼 만해요. 필요한 거 있음 별장지기 부부한테 말하면 될 거예요. 거기서 좀 쉬면서 잘 지켜봐요. 곁에 있어 준 사람이 경민 씨인 거 알면, 미스터 한도 기억을 되찾고 마음도 돌아올 거예요. 내가 경민 씨 직장 일은 해결해 달라고 연우 씨에게 이야기했으니까. 아무 걱정하지 말고 무조건 몸조리만 잘 해요."

여기가 어딘지도 모르고 온, 전 사장 부부의 남해안의 별장은 작다는 말에 어울리지 않았다. 절벽 위에 있는 하얀 건물은 푸른 소나무와 하얀 절벽, 그리고 새파란 바다와 새파란 하늘이 어우러져 한 폭의 그림 같았다.

1층의 주차장과 별장지기 부부의 거처 위쪽엔 엘리베이터까지 있는 2층의 프라이빗한 공간이 있었는데 지중해의 사진 속에서나 볼 듯한 하얀색의 건물은 한눈에 보기에도 값비싸 보였다. 베란다에는 월풀 욕조가 밖으로 나와 있었고 1층 옆에는 작은 수영장도 있었다.

보면 볼수록 한숨만 나올 경지였지만 경민은 그걸 채 살필 겨를이 없었다.

"괜찮아요?"

"네."

여전히 거즈로 드레싱된 얼굴과 팔의 상처에는 소독약이 배어 나와 있고, 구급차에서 내린 그는 완연한 환자의 모양새였다.

"우선 여기 누워요. 링거 다시 해야 하니까."

전문 간호사인 경민은 버릇처럼 의사의 처방전을 보면서 박스에 담긴 링거액과 수액 키트의 숫자와 내용물 등을 확인하느라 바빴다.

"와, 여기 경치 정말 좋네요. 저기 좀 봐요."

정신없이 숫자들과 글자들을 확인하던 그녀의 귓가에 몽롱한 듯한 남자의 목소리가 들렸다. 그래서 그녀는 고개를 돌려야 했다.

"아……."

자기도 모르게 짧은 탄성이 흘러나왔다.

그저 급하게 엘리베이터로 올라와 약품과 환자만 확인하던 그녀는 제 눈앞에 펼쳐진 별세계 같은 풍경을 보고 저도 모르게 감탄하고 말았다. 하얀 창틀 너머 나비의 날개가 파닥거리는 듯한 하얀색 레이스 커튼 사이로 보이는 새파란 바다는 마치 호수 같았고, 그 뒤로 아련하게 섬들이 솟아 있었다. 몽돌로 이루어진 회색의 해안선, 푸른 나무들. 녹차 밭의 성과는 또 다른 풍경이었다.

그리고 지긋지긋하게 쐬던 에어컨 바람도 없는 짠 기가 살짝 섞인 시원한 바닷바람까지.

"여기 하루만 있으면 어떤 병도 다 낫겠어요."

낯선 남자의 목소리를 듣지 못한 듯 그녀는 수액 키트의 질긴 비닐을 벗겨 내려 애썼다.

"생선 싫어해요?"

잘 구워진 생선구이에 손이 가지 않는 걸 보고 경민이 물었다.

"이렇게 통째로 있는 건 본 적이 없어서 어떻게 먹어야 할지 모르겠어요."

여전히 낯설었다.

게다가 말하는 것도 묘하게 달랐다. 전엔 그가 외국인이란 걸 전혀 인지하지 못할 정도로 익숙하게 한국말을 했었기에 국적이 미국이라는데 오히려 놀랐지만, 정신을 차린 그는 의사와 아주 낯설게도 영어로 대화를 했다. 그리곤 한참 있다 약간 더듬거리듯 한국어를 했고, 차츰 익숙해지는 중이었다.

"제레미 리프킨이에요. 지미라고 불러요."

이제껏 본 적 없는 묘한 표정으로 웃으면서 자신을 소개한 그에게 경민은 단 한 번도 지미라고 부를 수 없었다.

이 사람은 대체 누굴까. 저 똑같이 잘난 얼굴 밑에는 대체 몇 개의 '그'가 있는지 알 수가 없었다. 하지만 어쨌든 '그'는 그니까.

"한국에서는 이렇게 통째로 구워 먹어요. 다들 흰 살만 스테이크처럼 주니까 잘 못 먹겠죠? 내가 뜯어 줄게요. 나 손 씻었으니까 지저분하다고 생각하지 말아요. 한국에선 엄마가 아이들한테 이렇게 생선 구워서 가시 발라서 주니까요."

"가시를 발라요?"

그가 생소하다는 듯 고개를 갸우뚱했다.

"네, 그렇게 말해요. 지느러미 옆의 가시를 떼고, 반으로 이렇게 해서 가운데 굵은 가시를 빼고…… 이렇게 하는 걸 생선 가시를 바른다고 해요. 자, 먹어 봐요. 맛있어요. 여기 요리해 주시는 분이 솜씨가 좋으신 거 같거든요. 간도 잘 맞고."

미심쩍은 듯한 표정의 남자는 그녀가 내미는 생선 살을 아이처럼 받아 들었다. 그리곤 입으로 가져갔다.

"음. 맛있어요. 생선에서 단맛이 나는 거 같아요."

"그렇죠? 이건 좀 매울 거 같은데, 그래도 먹어 봐요."

그녀는 다른 반찬을 그의 밥 위에 올려 주었다.

"한국에선 이렇게 해요. 밥하고 반찬하고 같이 먹는데, 이렇게 올려서 먹기도 해요."

"입이 커야겠어요."

한쪽 눈꺼풀 위에 커다란 거즈를 붙인 남자가 활짝 웃었다. 경민은 제 심장 한구석이 쿵 하고 내려앉는 것 같은 느낌이었다.

저 거즈 밑에 웃고 있는 남자가 대체 누군지는 모르겠지만, 지금 이 순간이 나쁘지 않았다. 오히려 그 반대였다.

이 남자가 다치지 않았으니까. 그러면 된 거였다.

"샤워도 하고 싶고, 머리도 좀 씻고 싶은데……."

머리를 감는다는 단어가 생각이 나지 않았던지 잠시 머뭇거리다 대답했다. 그럴 수도 있을 것이다. 이 더위에 며칠 동안 씻지 못했을 테니까. 경민이 보기에 그의 상태는 썩 나쁘진 않았지만 본인이 겪을 답답함 정도는 이해가 갔다.

"상처를 피하면 씻어도 될 거 같아요. 어차피 드레싱 다시 해야 하니까 내가 도와줄게요."

그녀가 생각해 낸 것은 미용실에서 머리를 감겨 주는 방법이었다. 마침 낮은 의자가 있었고, 의자를 기울이고 그 옆에 스툴을 놓은 채 수건을 받쳐서 목을 뒤로 젖힐 수 있게 만들었다.

"이쪽에 크게 찢어진 상처가 있어요. 여긴 앞으로도 머리카락이 나지 않을 테니까 위 머리카락을 길러서 가려야 할 거예요."

그는 눈을 감은 채 가만히 있었다. 경민은 상처에 물이 들어가지 않도록 최대한 조심조심 그의 머리카락에 물을 묻히고 샴푸를 했다.

"아프면 이야기해요. 작은 상처가 많으니까. 그때 선글라스랑 깨진 유리창 때문에 유리 파편이 많이 박혔거든요."

"안 아파요."

그가 말했다. 그리곤 몽롱한 목소리로 덧붙였다.

"그리고 음…… 기분이 좋아요."

미지근한 물로 거품을 내며 남자의 가느다란 머릿결을 훑던 그녀의 손이 멈칫했다.

"이런 기분 처음이에요."

오른쪽 어깨 부분과 팔 부분에 깨진 유리가 박혔었기에 큰 상처는 의료용 스테이플러로 봉합했고, 작은 상처는 꿰맨 후에 드레싱을 한 상태였다. 그러나 상처는 빨리 호전되고 있었고 오른쪽 팔을 제외하면 그다지 큰 상처가 없었기에 경민은 방수 테이프를 붙여 준 뒤에 샤워를 허락했다.

"아, 진짜 시원하다. 이제 살 거 같아요."

그 기분을 이해할 수 있었다. 경민도 작은 상처들 때문에 샤워를 한 게 엊그제였으니까.

"씻고 나와서 옷 갈아입고 나서 불러요. 드레싱 새로 할 테니까요."

"네, 고마워요."

어딘가 낯선 남자의 목소리는 자신이 한진우라고 했을 때와는 또 달랐다.

"약간 고장 난 시계와 같다고 보시면 됩니다. 정교한 시계를 바닥에 떨어뜨렸을 때 겉으론 멀쩡하지만 잠깐 시간이 맞지 않는 경우가 있죠. 그러나 곧 있으면 멈칫했던 시계는 다시 가기 시작합니다. 환자가 전에 어떤 생활을 했는지는 모르겠지만 보호자 말씀으론 상당히 복잡하고 전문적인 일을 하셨던 모양인데, 그런 일에 종사하신 분들이 이런 경우 좀 더 후유증이 큽니다."

"후유증이 크다고요?"

"본인이 평소에 가지고 있던 스트레스 요인이 외부적 충격에 더 크고 민감하게 작용하기 때문이죠. 비슷한 외적 충격에도 농부보다는 증권가에서 일하거나 전문직에 종사했던 분들이 좀 더 큰 후유증을 겪는 것은 작용 반작용과 같은 원리거든요. 이 환자 같은 경우 완전히 기억을 다 잃어버린 것이 아니라 부분적인 것이 잘 생각이 안 나는 정도이기 때문에 편안한 곳에서 요양을 하면 회복될 것이라고 생각됩니다."

그건 맞는 말 같았다. 자신이 미국에서 무엇을 하던 사람이란 건 잘 대답했었다. 그러나 왜 자신이 한국에 와 있는지, 그리고 여기서 무얼 하고 누굴 만났는지에 대해서는 잘 모르겠다고 했다. 그러나 거기에 대해 불안해하진 않았다. 의사는 그것이 고무적이라고 했다.

"차차 기억이 나겠죠. 그런데 전 왜 다친 거죠?"

그는 웃으면서 되물었던 것 같았다.

혹시 잊어버린 척하는 건 아닐까?

경민은 의심이 들기도 했다. 입장을 바꿔 놓고 생각해 봤을 때 자신이 낯선 곳에서 교통사고가 나 낯선 사람들 속에서 깨어났다면 아무렇지도 않을 수 없을 것 같으니까.

그러나 또 생각해 보면, 그가 잊어버린 척할 필요가 있을까? 아니, 지금까지 자신을 수없이 속인 것을 보면 정말일까 싶기도 했다.

그녀의 어처구니없는 생각들을 잠시 끊어 놓은 건 한 줄기 바람이었다.

바닷가의 밤바람은 지금껏 이 계절에 불던 바람과 달랐다. 텁텁하고 습도가 가득해서 마치 습식 사우나에서 새어 나오는 것 같은 그런 뜨겁고 습한 바람이 숨통을 막아 놓았다. 그러나 지금 그녀의 뺨을 스쳐 지나가는 약간의 미미한 짠 기가 느껴지는 바닷바람은 청량하고 시원했다. 계절이 지나가는 걸까?

지금이 며칠이지. 휴가는 끝났나?

시간이 어떻게 가는 줄도 모르고 있었다. 전 사장의 저택에서 아기를 보고 이 남자를 기다릴 땐 날짜 정도는 헤아렸던 거 같은데 병원으로 실려 간 뒤로 며칠이 지났는지가 모호했다. 하루 이틀이었나 아니면 일주일이었나.

세연이 자신이 일하는 곳에 가서 뒤처리를 해 준다고 했는데 대체 어떤 식으로 할지는 모르겠지만 정 선생이 꽤나 놀랄 거란 생각까지 드는 거 보니 이제야 제 마음이 안정된 건가 싶기도 했다.

낯설지만 익숙한 느낌의 아름다운 절벽 위의 별장이라.

경민은 저도 모르게 한숨을 내쉬었다. 자신의 삶이 어쩌다 여기까지 온 건지.

그때였다. 달칵 소리와 함께 그녀를 이곳까지 이끈 사람이 나타났다.

"아, 이제 살 거 같아요."

약간 야윈 것도 같지만, 한쪽 팔에 덕지덕지 붙은 거즈 빼곤 하얀 남자의 상체에는 물이 뚝뚝 떨어져 내리고 있었다. 그 물방울은 그대로 그녀의 가슴 속에도 떨어져 내리고 있었다. 경민은 고개를 돌려 버렸다.

"아, 미안해요. 안에 깜빡 잊고 윗옷을 안 가지고 들어가서……."

"괘, 괜찮아요."

벗은 윗몸 때문은 절대 아닌데. 경민은 주섬주섬 약품이 든 상자에서 소독약과 드레싱 도구들을 뒤적이는 척 그의 시선을 피했다.

"나 이제 링거 안 맞으면 안 돼요? 대신 밥 잘 먹으면 되지 않나."

"오늘 저녁만 맞아요. 거기에 약 성분도 들어가는 거니까."

"그래요? 답답한데. 옷 입으면 이거 다시 못 할 거 같은데요."

"드레싱 새로 하고 옷 입는 게 낫겠어요. 이리 오세요."

경민은 왜 자신의 손끝이 미미하게 떨리는지 모르겠다 싶었다.

상처는 많이 호전돼 있었다. 날이 덥긴 했지만 병원에서 잘 관리를 했고 남자는 건강했다. 경민은 병원에서 붙여 준 거즈들을 떼어 냈다.

"안 아프죠?"

"네."

"아프면 이야기해요."

"네에."

장난스럽게 꼬리를 빼는 남자의 얼굴을 차마 쳐다보지 못하고 그녀는 정성껏 상처를 소독하기 시작했다. 작은 상처는 이미 실밥을 뽑았고 큰 상처는 하루 이틀 뒤에 병원에 가서 스테이플러를 제거하면 될 것 같았다. 그러나 흉터는 오래 남을 거 같았다.

"흉터가 오래 갈 것 같아요. 나중에 레이저 시술 같은 거 받으면 좀 덜할 텐데…….”

“남잔데 이 정도 상처쯤은 괜찮지 않아요?”

“그래도…….”

매끈한 남자의 온몸에 난 상처가 아쉬운 경민은 흘끗 벗은 남자의 복부에 있는 자상의 흔적에 흘끗 시선을 던졌다. 제법 옅어졌지만 상처는 남아 있었다. 한국에 와서 이렇게 상처투성이가 되다니. 그래서인지 응급실에선 1분도 걸리지 않을 소독과 드레싱을 오래오래 정성껏 했다.

“윗옷 입으세요. 얼굴하고 머리 상처를 소독해야 하니까요.”

“네에, 알겠습니다. 선생님.”

남자는 싱끗 미소를 지으면서 옆에 둔 티셔츠를 입었다. 마치 그녀가 알던 한진우같이.

두피의 상처는 길고 깊었다. 그래서 출혈이 심했었을 것이다. 터진 에어백이 온통 피로 물들었으니까.

큰 혈관이 터지면 출혈이 많다는 사실 정도는 알고 있었지만 그 당시에는 자신이 죽도록 공부했던 의학적 지식들이 소용없었다. 이 남자의 몸에서 많은 피가 흘렀고, 그 때문에 남자가 죽을지도 모른다는 어처구니없는 생각만 가득 차 울부짖고 있었으니까. 경민은 그때의 기억을 애써 누르면서 침착하게 머릿밑의 상처를 소독했다.

“아…….”

“아파요?”

"좀 따가워서요."

"살살 할게요."

남자의 젖은 머리카락에서 샴푸 냄새가 났다. 그건 자신이 해 준 건데도 경민은 제 손끝이 굳어지는 것 같은 느낌이었다. 그러나 얼른 생각을 지우려 애썼다. 늘 하던 환부의 드레싱 아닌가.

그러나 이곳은 복잡한 응급실이 아니었다. 시간은 한참 저녁때를 지났지만 기나긴 여름 해가 이제 막 넘어가 푸르스름해지고, 켜 놓은 등불에 석양과 밤이 섞이는 몽롱한 시간이었다. 시원한 바람에 하늘거리듯 나부끼는 옅은 커튼들이 그녀의 정신을 더욱더 사납게 하고 있었다.

겨우 머릿밑의 상처를 소독하고 드레싱한 그녀는 이제 얼굴에 붙어 있는 거즈들을 떼어 냈다.

눈썹 밑의 상처는 깊었다. 아마 흉터도 깊게 남을 것 같았다. 조금만 더 밑이었으면 시력에도 이상이 있을 뻔했으니 여기가 다쳐서 다행이라고 생각했어야 했지만, 그러고 나니 깊은 흉터가 맘에 걸리는 건 사람의 간사한 마음 때문일 것이다.

"큰일 날 뻔했어요. 상처가 여기어서 다행이에요."

경민이 대답을 들으려고 한 말은 아니었지만 상대는 말이 없었다.

딱 지중해 풍 인테리어에 맞게 등나무 같은 재질로 된 동그란 의자에 얌전히 앉아 있는 남자는 대답이 없었다. 남자의 큰 키 때문에 서서 약간 허리를 굽힌 채 그의 눈썹 위의 상처를 소독하던 그녀는 소독약이 눈에 들어가지 않게 하려고 바싹 다가서서 상처를 들여다보면서 꼼꼼하게 소독을 하는 중이었다.

그녀의 얼굴이 그의 얼굴에 바싹 다가가 있었다.

"향기가 좋네요."

"네?"

남자의 단 한마디에 경민은 제 얼굴에 화르륵 열기가 오르는 느낌이었다. 그리곤 그 순간 남자에게서 싸한 보디클렌저 냄새와 함께 언젠가 맡았던 체향이 스멀스멀 피어오르고 있었다.

"경민 씨한테 좋은 향기가 나요."

경민은 아무렇지도 않다는 듯 눈썹 위에 거즈를 붙이고, 옆에 있는 다른 작은 상처들을 소독하기 시작했다. 그러면서 딱딱하게 말했다.

"여기 있는 보디클렌저가 무척 향기가 좋더라고요. 비싼 건가 보죠."

뭘 어쩌려고 여기 있는 건 아니었다. 어쩌다 보니 여기 와 있는 거고, 이 사람은 환자일 뿐이었다. 꼭 그렇게 되길 바라지만, 이 남자는 며칠 안정을 취하면 기억을 되찾고 자신이 살고 있는 세상으로 가 버릴 터였다. 제가 가지고 있는 미련이나 세연이 대신 이야기해 주는 두 사람 사이의 인연 같은 건 부질없었다.

자꾸만 어떤 걸 기대하게 만드는 이런 순간들이 싫어졌다.

그래 봤자 멍들고 상처받고 외로워지는 건 자신뿐일 테니까. 문래리의 작은 사무실에서 견딜지, 아니면 다른 어느 곳에서 견디게 될지는 모르겠지만 적어도 이 찌는 여름의 끝자락과 가을, 겨울, 그리고 기약 없는 무수한 시간들을 이 남자와의 추억과 미련으로 짓씹으면서 보내고 싶지는 않았다.

갑자기 열심히 소독하고 있던 면봉과 약통을 집어 던지고 싶다는 느낌이 들었을 때 그가 물었다.

"경민 씨."

"네."

그녀는 더욱더 딱딱하게 대답했다.

"우린…… 어떤 사이예요? 왜 경민 씬 여기 나랑 있는 거죠?"

경민은 저도 모르게 바쁘게 움직이던 손길을 멈추고 말았다.

대체 어떤 사이지? 그냥 아무렇지도 않은 사이 아닌가. 막 대답하려는데 그가 다시 말했다.

"서로 사랑하는 사이였나요?"

12. 사랑하는 사이

"서로 사랑하는 사이였나요?"

경민은 약품들을 커다란 냉장고의 야채 넣는 곳에 버릇처럼 채워 넣었다. 왜 자신이 화가 나 있는지를 이해할 수 없었다. 모서리가 둥근, 하얀색의 외제 냉장고에는 생수병이 나란히 채워져 있었다. 경민은 다시금 날짜를 살피면서 냉장 보관해야 하는 약품들을 몇 번이고 확인하고선 넣고 있었다.

쓸데없이.

"아니요. 우린 아무런 사이도 아니에요."

또박또박 아무렇지도 않게 대답했다. 상대가 쓸데없이 잘못

듣거나 잘못 이해해서 되묻지 않도록.

그는 다시 묻지 않았다. 경민은 아무렇지도 않게 오염된 거즈 등을 잘 챙긴 후에 더욱더 무덤덤하게 말했었다.

"피곤할 텐데 잘 준비하세요. 저도 피곤하네요."

피곤한 하루였다.

병원에서 이곳 별장까지는 한 시간 남짓 걸렸다. 그러나 그 짧은 시간도 나서는 길이라고 퇴원 준비를 하고 약을 받고 처방전을 보고 옷을 갈아입고 차를 옮겨 타고 왔을 뿐인데 마치 아주 큰일을 치른 것처럼 피로가 몰려왔다.

너무 화려한 것들만 봐서 오히려 수수해 보이는 이 별장의 커다란 욕실에서 열심히 양치를 하는 거울 속의 여자를 보면서, 경민은 잠시 후회했다.

아까 왜 그렇게 대답했을까.

"경민 씨가 여기서 자요. 이쪽이……."

"아녜요. 환자니까 링거 줄이 걸릴 수도 있으니 그쪽에서 편히 자요. 난 이걸로도 괜찮으니까."

별장의 침실은 호텔의 스위트 룸 같진 않았다. 딱 그 부부 두 사람을 위한 별장이었는지 엘리베이터와 계단이 있는 독립된 2층은 널찍한 거실, 그리고 욕실 겸 화장실 외에 차 정도 끓여 마실 수 있는 간이 주방과 침실밖에 없는 구조였다.

여분의 방은 없었지만 특이하게도 넓은 침실에는 어마어마하게 넓은 킹사이즈의 침대 하나와 좀 떨어져 싱글 침대 하나가 더 있었다.

호텔 방들을 검색하면서 이렇게 두 개의 침대가 있는 방을 보긴 했었다. 분명히 부부는 저 침대에서 잘 텐데 이 싱글 침대는 왜일까 생각하다가 혹 아기까지 생각한 게 아닌가 싶었지만 경민은 남자와 같은 침대를 쓰거나 혹은 밖의 소파에서 자야 하는 불상사를 막았다는 데에 의의를 두기로 했다.

링거를 걸 폴대가 없어서 어디서 급조했는지 하얀 방 하고는 어울리지 않는 검은색의 봉 옷걸이에 플라스틱 팩 링거를 걸고, 처방받은 주사제를 투여한 경민은 남자의 팔에 바늘을 확인하고 드레싱을 한 곳도 다시 살폈다. 내일이나 혹은 모레쯤 병원에 가서 박혀 있는 봉합용 스테이플러를 빼도 될 것 같았다.

“여긴 조용하니까 편히 주무세요. 잘 쉬어야 빨리 나을 테니까요.”

경민은 다시 간호사가 된 것처럼 기계적으로 친절하게 말했다. 당직자들이 잠들지 않는 병원은 아무리 특실이라도 기척이 없을 수는 없었다. 늘 밤에도 깨어 있는 병원에서 깊은 잠을 잔다는 게 무리였다. 이렇게 조용하고 어둠이 내려앉은 밤이 얼마 만인지 모를 지경이었다.

경민은 모든 불을 끄고 침대 옆에 있는 스탠드를 끌까 말까 생각하다 물었다.

“이것도 꺼도 되죠?”

"네."

달칵 소리와 함께 빛이 사라졌지만 방 안은 완전히 어두워지지 않았다. 아래층 마당에 있는 가로등 불빛이 희미하게 들어와 사물의 윤곽선은 구분할 수 있었다.

"경민 씨도 잘 자요."

어둠 속에서 남자의 목소리가 부드럽게 들렸다. 경민은 대답하지 않고 제 침대로 갔다. 열린 창문으로 시원한 바닷바람과 함께 남자의 체취가 묻어오는 것 같아 경민은 잠자리 날개처럼 얇은 이불을 뒤집어쓰고는 돌아누웠다.

바닷바람 때문일까. 좋은 향이 나는 부드러운 침구가 약간 눅눅한 기분이었다. 그러나 그 정도의 눅눅함은 내내 진절머리 났던 에어컨의 인공적인 바람을 대신해 얼마든지 감내할 만했다.

푹신한 베개에 푹 파묻히듯 고개를 숙인 경민은 멀리서 은은하게 들리는 잔잔한 파도 소리가 고마웠다. 그렇지 않았다면 남자의 숨소리나 뒤척이는 소리에 밤새 잠을 이루지 못할 것 같았기 때문이었다.

피곤한 하루가 끝나가는 듯 그녀가 막 잠에 빠져들려 했을 때였다.

"저기요."

작은 남자의 목소리에 경민은 눈을 떠야 했다.

"경민 씨 자요?"

"아, 아뇨. 왜요? 어디 불편해요?"

경민은 그가 환자라는 사실을 직시할 수 있을 만큼 자신이 이성적이란 걸 다행으로 여기면서 부스스 몸을 일으켰다.

"바늘 때문에 아파요?"

환자들 중엔 낮엔 잘 인식하지 못하다가 잠이 들려 하면 링거 바늘이 불편하다는 이들도 더러 있었다. 경민은 몸을 돌려 그가 누운 쪽으로 향했다.

그러나 남자에게선 전혀 엉뚱한 말이 나왔다.

"저기 경민 씨, 혹시 이상한 냄새 안 나요?"

"네?"

이상한 냄새라니. 남자의 조심스러운 말을 듣고는 그녀는 고개를 휘휘 돌려 보았다.

침구에서는 섬유 유연제의 향이 아주 미미하게 머물러 있을 뿐이었고, 열린 창문 밖에서 나는 바다 향기도 그다지 불쾌할 정도는 아니었다. 하지만 환자에겐 거슬릴 수도 있을 거 같았다.

"바다에서 나는 갯내인가 본데. 문 닫고 에어컨 켤까요?"

"아니, 그게 아니라요."

"그럼요?"

경민은 침대에서 일어났다. 뭔가 다른 냄새가 나나? 2층엔 음식을 조리할 수 있는 도구 따윈 아예 없기 때문에 뭔가 탈 일이 없었다. 먹었던 저녁 식사도 아까 말끔하게 치웠었다. 게다가 에어컨도 껐으니 과열될 것도 없고…….

"여기 침대에서 무슨 냄새가 나는 거 같아요."

"네?"

그럴 리가. 도우미 부부가 급하게 침대 시트도 다 갈았던데. 그녀의 침대에서는 기분 좋은 향이 났었다. 이쪽 침대도 똑같지 않나?

경민은 그가 누워 있는 커다란 침대로 갔다. 자신의 침대와 똑같이 잠자리 날개처럼 얇고 보드라운 재질의 여름 홑겹 이불과 호텔같이 부드럽고 청량한 매트리스 커버, 그리고 하얀색의 베개 커버가 씌워진 베개들이 여럿 놓여 있었다. 이불을 들어 냄새를 맡았다. 경민의 것과 똑같은 이불에선 아주 미미하고 기분 좋은 섬유 유연제 냄새뿐이었다.

"섬유 유연제 냄새 때문에 그래요? 이 향이 맘에 안 들어요?"

갑자기 왜 이렇게 까다롭게 구나 싶었다. 그러나 곧 의사의 말이 떠올랐다. 쓸데없는 데 예민해지거나 과민해지는 반응도 흔하다고. 그래서 그런 건가?

"아니, 그게 아니라…… 지하실 냄새 같은 거 나지 않아요?"

"네?"

남자의 황당한 말에 경민은 그에게 다가가 옆에 있는 스탠드를 켰다. 은은했지만 어둠 속에서 켜진 불빛 덕에 앉아 있는 남자의 실루엣이 선명했다.

가는 결의 머리카락이 이마를 덮은 남자는 눈가와 얼굴에 이리저리 거즈를 붙였지만 여전히 날렵한 턱선과 콧대는 경민의 마음 한구석을 살짝 흔들 만했다. 그러나 경민은 전혀 그런 내색 없이 그가 있는 곳으로 다가가 남자가 말하는 불쾌한 냄새를 찾으려는 듯 이불을 뒤적거렸다.

"무슨 냄새요? 난 잘 모르겠는데. 이불에서 나는 건 세탁할 때 넣는 섬유 유연제 냄새 같은데요. 전 그다지 거슬리진 않는데……. 바닥에서 나나?"

바닥은 매끄럽고 고급스러운 화이트 톤의 원목 바닥재로 되어 있었다. 대체 무슨 냄새가 난다는 걸까.

"막 오래된 지하실에서 나는, 그런 냄새 있잖아요. Mould odor 같은……."

"네? 뭐라고요?"

그가 막상 한국말이 떠오르지 않는 것처럼 경민도 낯선 영어 단어의 뜻을 알 수가 없었다.

"축축하면 벽에 생기는 거 있잖아요. 까만색도 있고, 빵에도 오래 두면 생기고."

"곰팡이요?"

"그, 그건가? 하여튼 Mould 냄새."

"그럴 리가요."

눅눅한 기운이란 것도 불쾌할 정도는 절대 아니었다. 머리 아픈 에어컨 바람 대신 얼마든지 감내할 정도였다. 그런데 곰팡이 냄새라니.

"정말 나요? 곰팡이 냄새가?"

그때였다. 경민의 머릿속에 스친 것은.

"주변의 신고로 양부가 구속되고 제가 발견될 때까지 전 열두 살 때부터 1년 동안 그 집의 지하실에 갇힌 채 폭행과 성폭력에 시달렸습니다. 경찰에 의해 구출됐을 땐 극심한 저체중에 심한 실어증과 망상에 시달렸다고 했었거든요. 심한 대인기피증도 있었고요. 물론 전 잘 기억나지 않지만……."

혹시 그 기억이 무의식중에 나온 걸까? 경민이 의아심을 갖는 사이 그가 말했다.

"지금은 괜찮네요. 아깐 막 심하게 났는데……. 이상해요. 불을 꺼서 그런가."

미안하다는 듯 머리를 긁적이는 걸 보니 경민은 이 남자가 안쓰러워졌다. 나쁜 기억 때문일지도 모른다는 건 제 추측이지만, 그것밖에는 달리 이유가 생각나지 않았다.

"그럼 불을 켜 놓고 자요. 편히 자야 회복에도 도움이 될 테니까요."

그때였다. 갑자기 그가 킁킁거리면서 냄새를 맡았다.

"왜요? 지금도 나쁜 냄새가 나요?"

그러자 그가 희미하게 웃으면서 말했다.

"아뇨, 경민 씨한텐 좋은 냄새가 나요. 저기……."

"네?"

머뭇거리던 그가 조심스럽게 말했다.

"여기서 같이 자면 안 돼요? 저 어차피 한쪽 팔에 링거도 있고, 침대도 넓잖아요. 내가 막 움직여도 경민 씨한테 닿을 거 같지 않아 보여요. 옆에 경민 씨가 있으면…… 그런 냄새는 안 날 거 같아서요."

"네?"

자리를 옮겼기 때문일까 옆에서는 금방 깊은 잠이 빠진 숨소리가 들렸다.

깊이 잠든 남자에게선 달큰한 체취가 풍겼다.

아마 페로몬이란 게 섞인 살갗의 향일 것이다. 본인은 편안하게 잠들었을지 몰라도 상대는 그렇지 않다는 걸 알지 못할 것이다. 환자니까, 아픈 사람이니까, 정상이 아니니까. 이해를 할 수 있고 편의를 봐줄 수 있지만, 경민은 괴로웠다.

단 한 번도, 이런 걸로 괴로움을 겪을 거라 생각해 본 적이 없었다.

우스갯소리처럼 '손만 잡고 잘게' 라고 말하고 괴로워하듯 옆에 예쁜 여자 친구가 잠들었을 때 괴로워하는 건 호르몬이 푹푹 솟아나는 혈기왕성한 남자 친구의 고민과 갈등일 뿐이었다. 그게 결코 조신하고 성욕 따위 초탈한 평범한 여성에게 적용되는 경우는 어디에도 없었다.

그러나 괴로웠다.

분명히 잘 알고 있었다. 저 남자의 부드러운 입술이 주는 황홀한 감촉, 저 굳건하고 탄탄한 사지가 주는 쾌락, 저 가증스러운 입술 속 부드러운 혀가 주는 달콤한 단맛.

절대 육체적 쾌락이니 감정이 곁여된 황홀경이니 따위의 단어를 신뢰해 본 적 없이 살아왔었다. 그러나 그런 제 평범한 고정관념 하나하나가 이 대단하고 이상한 남자 때문에 무너져 내리는 게 힘겨웠다.

"피곤해 보여요. 어제 잘 못 잤어요?"

"화장을 안 해서 그래요. 여자들은 다 그래요."

잠을 못 잔 건 사실이었다. 그러나 그걸 이야기하긴 싫었다. 세연이 살뜰하게 다 봐주긴 했지만, 필수품 속엔 기초 화장품 외에 비비크림 하나 들어 있지 않았다.

"화장을 안 해도 예뻐요. 내가 말한 건 그냥 피곤해 보인다는 말이에요."

분명히 남자는 몸에 밴 비즈니스 멘트를 했을 터였다. 본능처럼. 그러나 경민은 살짝 얼굴을 붉히고 말았다.

"아침 식사해야겠죠?"

재빨리 말을 돌려야 했다.

어제 올 때만 해도 드레싱을 병원에서 해 준 그대로여서 환자 같았지만, 경민이 상세를 보고 간편한 밴드로 잘 붙여 놨기 때문인지 그는 한결 상태가 좋아 보였다. 그건 방해 없이 푹 자고 입맛을 돋울 수 있을 정도로 좋은 식사를 맘 편히 한 덕분이기도 했다.

“밑에 몽돌 해안이 있어요. 잘 알려진 데가 아니라서 사람도 별로 없으니까 산책도 하시고 한 바퀴 둘러보세요. 그리고 이건 사모님께서 새벽에 보내셨는데요. 도움이 되실 거라고요.”

도우미가 내민 건 최신 휴대폰과 화장 가방, 그리고 새 옷이 든 종이 가방이었다. 아무래도 폰이고 뭐고 소지품을 전부 다 잃어버린 그녀는 새 휴대폰이 반가웠다. 그리고 살뜰하게 이렇게 챙겨 준 세연이 고맙기도 했다. 본인도 금방 출산을 해서 도움이 필요할 텐데.

고마운 마음에 그녀에게 전화를 걸었다. 전화 너머에서 세연의 음성이 들렸다.

“저예요. 이렇게 다 챙겨 주셔서…… 너무 고마워요.”

—아니에요. 경민 씨. 더 필요한 거 있으면 다 이야기해요. 최대한 도와줄 테니까. 미스터 한은 괜찮아요?

“네, 많이 좋아졌어요.”

—더 좋아질 거예요. 주변에 구경도 다니고 별장지기 박 씨한테 말해서 드라이브도 다니고. 맛있는 것도 먹고 그래요. 휴대폰에 내가 신용 카드 넣어 뒀으니까 그걸로 결제하면 돼요. 신경 쓰지 말고 푹 쉬고 잘 지내요. 알았죠?

“안 그러셔도 되는데. 너무 감사해요.”

경민은 마치 미국에 있는 언니처럼 다정한 세연에게 제 마음을 다 전하지 못한 게 미안할 정도였다.

—감사하면 두 사람 꼭 잘되어야 해요. 알았죠?

세연의 마음 씀씀이는 고마웠지만, 왜 저 남자와 자신을 그렇게 연결해 주고 싶어 하는지는 잘 이해할 수 없었다. 그게 인위적으로 될 만한 일이 절대 아닌데.

하지만 세연 덕분에 이렇게까지 편안하게 있을 수 있게 되었으니 그 뒤의 인사는 얼버무리며 고마움을 표시하고는 새 휴대폰의 첫 통화를 마쳤다.

이제 뭘 하지.

경민은 난간에 기대 바깥 경치를 감상하는 그를 바라보며 생각했다.

"익히지 않은 음식은 좀 먹기가 그래요."

"맞아요. 그럴 수도 있어요."

몽돌 해변의 산책은 근사했다. 동글동글한 돌들이 가득한 해변이라니. 그러나 돌들이 의외로 커서 발바닥이 아프기도 했거니와 별장이 있는 해안 절벽에서 해변으로 내려가게 만든 계단은 좀 가파르기도 했다. 거길 내려와 해변을 거닐다 보니 점심때가 되었고, 해안가에 있는 식당에 들어선 두 사람이 시킨 음식은 그런 바닷가의 흔한 회였다.

외국에서 평생 살아온 사람이 날것으로 된 생선 살만 가득한 식사를 어찌해야 할지 주저하는 건 이해가 됐다. 그러나 고개를 들어 사람을 쳐다보면 완벽한 한국 사람인 게 참 당황스러웠다.

“매운탕부터 달라고 할까요? 전에 보니까 진우 씨 국물 있는 건 잘 먹던데.”

설렁탕을 맛있게 먹던 모습이 생각난 경민이 말했다.

“그래요? 그럼 그렇게 해요.”

간이 버너에 새빨간 국물과 생선 뼈, 쑥갓, 그리고 수제비가 든 국물이 끓자 그의 표정이 더욱더 굳어졌다.

“진우 씨 매운 거 못 먹나요?”

생각해 보니 하얀 설렁탕 국물만 먹었던 게 기억난 경민이 말했다.

“멕시칸 음식 잘 먹었으니까 먹을 수 있을 거예요.”

“아, 그럼 다행이고요.”

경민이 어색하게 냄비 위에 끓고 있는 매운탕을 보고 있는데 그가 말했다.

“그런데요, 왜 경민 씬 나한테 진우 씨라고 불러요?”

“네?”

경민은 아무 생각 없이 싱싱한 광어 회 한 조각을 집어 들었다가 입에 넣지 못하고 되물어야 했다.

“내 이름은 제레미 리프킨이라고 한 거 같은데, 경민 씨는 늘 진우라고 하길래요. 그 이름은 어떻게 알게 됐어요?”

“그거야 그쪽이 처음 만났을 때 한진우라고 했으니까.”

“그래요?”

그가 의아하다는 듯 되물었다.

경민은 뭐라 말을 해야 할지 당혹스러워졌다. 처음 문래리에서 만났을 때 한진우라고 했던 이름은 서울에 납치되어 갔을 때 만든 가짜 이름이라고 들었기에 막연한 분노를 주었었다. 그러다 정말 그의 이름이 진우라는 것을 알게 된 뒤로 경민은 이 남자의 이름은 한진우였을 뿐이었다.

제레미 리프킨이라든가 혹은 지미라는 애칭은 절대 입에 붙지 않았다. 그러나 정색을 하고 되묻는 남자를 보니 제가 잘못한 거 아닐까 싶은 생각이 들었다.

“미안해요. 난 처음부터 한진우란 이름을 들었기 때문에 그래요. 그 이름이 낯설거나 기분 나쁠 수도 있다는 걸 잊어버렸어요. 마음에 들지 않는다면 부르지 않도록 할게요.”

경민의 말에 그가 천천히 대답했다.

“아니, 경민 씨가 그 이름이 익숙하다면 그렇게 부르세요.”

“아니에요. 괜찮아요.”

경민이 다급하게 덧붙였다. 그러나 그런 경민의 다급함과는 달리 그는 창밖에 물이 빠지기 시작하는 바다를 내다보면서 천천히 말했다.

“내가 그 이름이 낯설었던 이유는 익숙하지 않기 때문이기도 하지만, 그 이름은 마치 내게 매겨진 넘버링 같은 느낌이 들었기 때문이에요.”

경민은 뭐라 대꾸할 수 없어서 가만히 있어야 했다. 넘버링이라니.

“내 첫 번째 양부모님은 정말 좋은 분들이셨어요. 지금에야 사진 속에 있는 모습밖에 기억이 없지만, 드문드문 기억의 조각을 찾아보면, 아마 완연하게 다른 외모를 보고 물어봤었을 거예요. 나와 당신들은 다른 모습인데 어떻게 우리가 가족이냐고. 그분들은 너를 사랑하기 때문이라고 말씀하셨던 거 같아요. 또 다른 동생들을 찾으러 같이 갔던 걸로 그 답을 설명해 주셨죠. 그리고 알게 됐어요. 내 낡은 사진, 기록, 그리고 읽기도 힘들었던 입양 서류 속에 있던 이름을요."

그는 경민의 시선을 피해서 창밖에 시선을 멈추고 있었다.

"어린 내겐 굉장히 당혹스러운 명칭이었어요. 내가 살던 곳은 나와 같은 동양인들이 별로 없던 곳이었거든요. 읽기도 힘들었어요. 그 이상한 내 어린 시절의 명칭이란 게 그냥…… 뭐랄까, 내게 매겨진 넘버링 같은 느낌이었어요. 다른 아이들과 구분하기 위한 번호표 같은 그런 느낌 말이죠."

그의 말을 이해하긴 좀 힘들었다. 그러나 바꿔 생각해 본다면, 저의 출생증명서에 '강둘째'라고 쓰여 있던 걸 봤을 때 비슷한 느낌이지 않을까 싶었다.

"나중에 한국어를 배우게 됐어요. 물론 일본어를 먼저 배웠지만. 서양 사람들한테 동양의 언어를 배울 때 가장 힘든 게 한자예요. 동아시아권 문화가 가지고 있는 표의 뮤자에 대한 의미 말이죠. 뭔가 의미가 있었을 텐데. 그 의미라는 게 있다면 더 비참해지는 그런 기분 알아요? 하여튼 그 낡은 출생증명서에 있던 그 이름이 물건들에게 하나 둘 셋 하듯 매겨진 넘버링 같았어요. 그 이름이 입양을 위해서 급조된 아무 뜻도 의미도 없는 이름이란 걸 알게 되었거든요. 그래서 그 이름이 싫었어요."

결론은 그거였다. 그러니까 경민은 이 남자에게 대단한 실례를 한 거였다. 절대 그러고 싶은 마음이 없었음에도 불구하고.

"미안해요. 난 몰랐어요. 우리가 처음 만났을 때 당신이 한진우라고 했었거든요. 그게 마음에 안 든다면 지미라고 부를게요."

입에 절대 익지 않지만, 이 남자의 상처를 덧나지 않게 하려면 불러 줄 수 있었다.

"아뇨. 아까까지만 해도 그렇게 생각했는데, 내가 경민 씨한테 그렇게 이야기했다면 아마 괜찮았기 때문에 그랬겠죠. 그냥 불러요. 그보다 우리가 어떻게 만났는지 이야기해 줄래요?"

그가 몽롱한 표정으로 경민에게 말했다.

어디서부터 어떻게 이야기를 해야 하는 걸까. 경민은 보글보글 끓고 있는 새빨간 매운탕을 보면서 고민해야 했다. 한진우란 남자가 소기의 목적을 달성하기 위해서 아무 상관도 없는 보건진료소 진료원인 자신을 이용했다고, 그렇게 이야기해야 하는 건지를.

"미안해요."

경민은 헷갈렸다. 그럴 수밖에 없지 않은가. 이 똑같은 이목구비와 사지를 가진 남자는 그녀에게 매번 다른 모습을 보여줬다.

처음 그녀에게 나타났을 땐 건들거리는 양아치 같은, 구 여친의 질투 때문에 칼에 찔렸다는 설명이 딱 맞는 느글거림이 가득한 모습의 한진우였다.

그다음에 그녀의 앞에 나타난 건, 자신의 이익을 위해서라면 어떤 짓이든 기꺼이 할 수 있는 제레미 리프킨이었다. 모든 게 거짓이었고 자신이 원하는 대로 이루기 위해 남을 이용했던 기회주의자의 모습이었다.

경민은 바보같이 이 남자의 그럴듯한 외모와 이 남자가 자신의 이성을 흩뜨리고 이용하기 위해 한 가증스런 행동들에 멍청하게 이용당했다는 것도 무엇보다 잘 알고 있었다.

그럼에도 불구하고 자신은 이 남자를 쳐다보고만 있었다.

잘못인 줄 알면서도.

"아니에요. 괜찮아요."

머릿속 어딘가에 피가 고여서 멀쩡한 생각을 할 수 없기 때문일 것이다. 제가 늘 보았던 이 잘난 남자는 전혀 다른 이야기를 생각하고 있는 것처럼 보였다. 능글거리는 가장(假裝)이 가득한 한진우와 제 할 일만 생각하는 싸늘한 제레미 리프킨도 아닌, 어딘가 고장이 나 버린 한진우.

뭐라 규명할 수 없는 이 남자의 여러 인격 중에 가장 맘에 드는 건, 바로 고장 난 이 남자였다.

"사과할 필요 없어요."

그래서 경민은 그렇게 단정해서 말할 수 있었다.

"경민 씨가 불러 주는 이름은 낯설지만, 꼭 그게 나인 것같이 느껴져요. 그래서 불러 주면 불러 줄수록 익숙해지는 거 같아요."

오른쪽 눈꺼풀에 하얀 거즈를 붙이고, 오른쪽 얼굴에 군데군데 의료용 테이프를 붙인 남자가 화사하게 웃으면서 말했다.

와사비 간장을 찍은 하얀색의 자연산 광어 살이 달게 느껴졌다. 어딘지도 모를 남도의 어느 한적한 횟집에서 낯익지만 낯선 남자와의 점심이라니. 이것 또한 꿈결의 한 자락일 뿐 다른 의미 따윈 없을 것 같았다.

"그럼, 앞으로도 한진우 씨라 부를게요."

그래서 경민은 그렇게 말할 수 있었다.

시간은 느릿느릿 한적하게 지나갔다.

그러나 그게 갑갑하지는 않았다. 그건 아마도 옆에 그가 있기 때문일 것이었다. 의도적으로 능글거리면서 제게 접근했던 그 한진우도 아니었고, 제 민낯을 보이고는 싸늘하게 뒤로 물러선 제레미 리프킨도 아니었다. 머릿속이 약간 고장 나서 자신을 한진우라는 이름으로 불러도 괜찮다는 그는 경민이 봐왔던 이 남자의 여러 가지 모습 중에서 가장 괜찮았다.

"수영하면 안 되죠?"

"네, 상처에 이물질 들어갈 수 있어서 안 돼요."

"아쉽다. 왠지 나 수영 되게 잘 할 거 같은데."

"참아요. 상처 초기에 잘 관리를 해야 하니까요."

"그럼 발 정도 담그는 건 괜찮죠?"

"뭐 그 정도야……."

"경민 씨도 신발 벗고 이리 와요. 모래보단 훨씬 괜찮네요. 난 이런 바닷가는 처음이에요. 돌이 닳아서 완전히 부드럽잖아요."

그건 경민도 마찬가지였다. 고운 모래가 가득한 경포대는 여러 번 가 봤지만 이런 돌로 된 해안은 처음이었다.

그러나 신기한 둥근 돌멩이들이 가득한 해안보다 그 해안을 잘박거리면서 돌아다니는 커다란 남자가 더 그녀의 시선을 끌었다.

알고 있었다. 이러면 안 된다는 걸.

그러나 이번 여름은 그랬다. 늘, 그녀의 이성보다는 본능이 더 앞서 서성이고 있었다.

"얼굴이 햇볕에 그을린 거 같아요. 선크림이라도 바를걸 그랬나 봐요."

경민이 이제 혼자 머리를 감고 샤워를 해서 일손을 덜게 된 남자의 젖은 머리카락 사이를 헤집으면서 상처를 소독하고는 눈가의 상처에 새로 드레싱을 하면서 말했다.

워낙에 창백한 낯빛이었기 때문에 약간 붉은 기를 띈 그의 얼굴을 보고 경민은 세연이 보내 준 가방에 들어 있던 선크림을 잊어버린 걸 탓했다.

"일부러 일광욕도 하는데 뭘 이 정도 가지고 그래요."

그가 아무렇지도 않다는 듯 말했다. 경민은 뭐라 대답할 말을 찾지 못한 채 열심히 눈가의 상처에 소독약을 발랐다. 정교하게 봉합한 실밥도 내일 병원에 가서 빼면 될 것 같았다.

다만 날이 덥기 때문에 혹 잘못될까 싶기도 하고, 흘러내린 소독약이 눈 안으로 들어갈까 봐 조심스럽게 소독약의 양을 조절해서 소독하느라 면봉을 든 손길은 조심스러웠다. 그 때문에 그의 얼굴에 가까이 다가가 있다는 것도 잊고 있었다. 그녀가 막 의료용 테이프를 그의 눈 위에 있는 상처에 붙였을 때 그가 말했다.

"경민 씨."

"네?"

그제야 경민은 그의 얼굴이 너무나 가까이 있다는 것을 깨달았다. 막 몸을 뒤로 빼려는데 남자의 손길이 빨랐다.

그녀의 손목을 잡은 남자의 손은 따뜻했다. 사방이 열려서 어제보다 1℃쯤 내려간 게 완연하게 느껴지는 시원한 바닷바람 사이로 느껴졌다.

잡힌 제 손목을 내려다보고 있는 경민을 물끄러미 보던 남자가 말했다.

"우리 정말 아무 사이도 아닌 건가요?"

어제 같으면 그렇다고 또박또박 이야기했을 것이다. 굳이 어제하고 오늘이 다르지 않은데 경민은 아주 잠깐 딴생각을 하느라 대답할 타이밍을 놓치고 말았다.

적막 속에서 멀리서 들려오는 잔잔한 물결이 절벽에 부딪치는 물소리가 낮게 내려앉았다.

"그, 그래요."

"그런데 왜 우린 여기 같이 있어요?"

"그게……."

'당신이 날 데려다주다 사고가 났고, 그 후유증 때문에 내가 당신을 돌봐 주는 거예요' 라고 어제도 말했었다.

그런데 경민의 혀는 뻣뻣하게 굳어 있었다. 바로 눈앞에 남자의 낯선 눈빛이 저를 향하고 있었기 때문이었다. 자잘한 상처 때문에 의료용 밴드를 덕지덕지 붙였지만, 그래도 남자의 얼굴은 아름다웠다. 그 문래리의 낯선 별장에서 처음 보았을 때 제 숨이 잠시 멎었던 이유도 그 때문이었으니까.

그런 이목구비가 마치 타는 듯 그녀를 쳐다보다 입을 열었다.

"우리…… 키스한 적 있죠?"

"……."

물론 있죠. 그리고 그것보다 더한 것도.

경민은 대답할 수 없었다. 하지만 상대는 그녀의 대답 따위는 들을 생각이 없었던 모양이었다.

그의 얼굴이 다가왔다. 어떤 일이 일어날지 알 수 있었다. 그러나 그걸 막을 수는 없었다. 아니, 그러고 싶지 않았다. 젠장, 이 남자에 대한 욕망이나 욕구에 대해서 잘못됐다는 이성의 의의 따위를 생각도 할 수 없을 만큼 제 머릿속은 철저하게 망가져 있었다.

이건 기대였다. 이미 알고 있는 그 황홀한 감촉에 대한.

기대를 저버리지 않고 매끄럽고 장미 꽃잎처럼 부드러운 입술이 그녀의 마른 입술에 내려앉았다. 약간의 이성 따위가 남아 있다면 그러지 말아야 했다. 어차피 잊힐 일이라면 기대 따위, 혹은 감촉에 대한 기억 따위 안 나는 게 나은 일이었다. 하지만 이 빌어먹을 몸뚱이는 그런 망각의 이로움보다 괴로운 후유증을 남길 쾌락을 선택했다. 그리고 제 사지는 그걸 방조했다.

가증스럽도록 부드럽고 따뜻한 입술은 그녀의 입술 위에 내려앉아 그녀의 이성을 갉아먹었다. 마치 몸에 밴 듯 비스듬히 내려앉아 날 선 콧대가 마주치는 불상사를 미연에 방지한 매끈한 입술은 잠시 그녀의 입술 위에 안착해 상대의 허락을 구하듯 멈칫하다가 아무런 거부 반응이 없자 허락이 떨어졌다는 걸 인식하는 듯 움직거리기 시작했다.

귓가에 배경처럼 깔리던 파도 소리가 사라져 갔다. 살짝살짝 움찍거리는 입술 끝이 달콤했지만 끝 맛은 지독한 갈증을 남기고 사라졌다.

남자는 제 입술을 맛보듯 살짝 베어 물기만 했다. 정말 아무것도 기억이 나지 않는 건지, 더 이상 무언가를 하지 못하고 미안스러운 듯 체온을 가져가 버렸다. 더 깊고, 더 진하고, 더 황홀한 감촉을 이미 잘 알고 있는 경민은 지독한 갈증 때문에 언제 감겼는지 모르는 눈을 뜨지 못했다.

"경민 씨?"

그가 꿈에서 깨우듯 그녀를 조용히 불렀다. 경민은 마치 천둥소리라도 들은 듯 움찔거리면서 눈을 떴다.

"경민 씨."

"아, 그, 그게……."

제 바보 같은 꼴이 눈에 보이는 것 같았다.

그때였다. 그가 그녀의 두 팔을 잡았다. 오른쪽 팔엔 경민이 정성껏 소독하고 드레싱한 상처투성이인 채로.

"이야기해 주면 안 돼요? 있는 그대로 말이에요."

"무, 무슨 이야길요."

경민이 그의 눈길을 피해 고개를 돌리면서 말했다.

"우린 아무 사이도 아니라면서요. 그런데 왜 난 경민 씨의 입술이 낯설지 않죠? 그리고 또……."

또, 또 뭘……. 경민은 뭐라 말을 해야 할지 알 수 없었다.

"내가 경민 씨에게 상처를 줬죠? 그래서 그렇게 이야기한 거죠? 우린 아무 사이도 아니라고."

상처.

이건 상처일까? 그렇겠지. 앞으로 아물지도 않고 괴로움만 줄 테니까.

경민이 고개를 돌렸다. 그녀를 쳐다보고 있는 이 남자는 누굴까.

알고 싶어 하니까, 그러니까 말해도 되는 거 아닌가? 정말 알고 싶은 건 바로 당신이란 사람이 대체 무슨 생각을 가지고 있냐는 거니까.

"그걸 알아서 뭐하려고요? 어차피 전에 우리가 어떤 사이였는지는 별로 필요 없거든요. 한진우 씨는, 그러니까 제레미 리프킨 당신은 지금 외상이 낫고, 또 기억이 돌아오면 당신이 기억하고 있는 미국의 일상으로 돌아갈 텐데요. 의사 선생님이 그랬잖아요. 이건 일시적인 현상이라고. 며칠 있으면 다 정상이 될 거라고."

그녀의 두 팔을 잡고 있던 그의 손이 스르르 풀어져 버렸다.

"그런 건가요."

그의 목소리가 흐려졌다.

"그냥 그게 다입니까?"

다가 아니면 어떻게 되는 건데.

경민은 아무 말 없이 바닥에 떨어져 있는 남자의 상처를 감싸고 있던 거즈와 소독약들을 챙겼다.

"난 그냥 그렇게 가 버릴 사람이군요. 그런데 왜 경민 씬 날 돌봐 주고 있는 겁니까? 단지 나와 같이 가다가 사고가 났기 때문에…… 그래서인가요? 난 그렇게 알고 있으면 되는 겁니까?"

"네."

간단명료하지 않은가. 경민은 제 마음 한구석이 이렇게 콱 막힌 것처럼 쓰린지 생각하지 않으려고 챙긴 것들을 들고 돌아서려 했다.

그때였다. 그가 다시 그녀의 손목을 잡았다.

"그런데 내 마음은 안 그런 거 같아요. 왜 난 경민 씨만 보고 있는 겁니까, 왜 경민 씨의 입술이 주는 감촉과 경민 씨의 향이 하루 종일 머릿속에 맴돌고 있는 거죠?"

덜컥 무언가가 내려앉았다. 당신은 누군데 그런 말을 하는 거지. 그 싸늘한 제레미 리프킨은 아무렇지도 않았는데, 당신은 누구야.

"그건, 아마 지금 진우 씨가 정상이 아니기 때문일 거예요."

경민은 손에 든 것들을 치워 버리려고 자리에서 일어났다. 그 때문에 그녀의 손목을 잡았던 그의 손이 풀어져 버렸다.

"경민 씨가 그렇게 이야기하는 거 보니 난 나쁜 사람이었군요. 아니, 현재 진행형이겠죠. 지금 이 상태가 일시적인 거니까 난 나쁜 사람이군요. 경민 씨를 속이고 이용했으니까."

나빠. 정말 저질이야. 그렇지만 그걸 인정하지 못하고 계속 미련을 두며 맴도는 내가 더 바보 같아.

경민은 아무 말을 하지 못했다. 저렇게 이야기하는 것도 저 사람의 일부니까, 정말 마음 깊은 곳에서는 저런 마음을 가지고 있는 게 아닐까.

흔들리려는 자신을 다잡으려는 듯 경민은 젖은 거즈를 버리고 소독약을 가지런히 정리했다. 그런 그녀를 아무 말 없이 보고 있던 그는 그녀가 할 일을 다 끝낼 때까지 조용히 기다리다 그녀의 손이 멎자 물었다.

"그럼 경민 씬 날 어떻게 생각해요? 내가 나쁜 사람이라서 미운가요?"

미운가. 하지만 중요한 건 그게 아니었다.

"내가 어떻게 생각하는지는 중요하지 않아요. 어차피 당신은 떠날 사람이니까. 내가 당신을 미워하거나, 혹은 그 반대라 해도 달라지는 건 없을 테니까요. 어쩌다 보니 여기까지 왔고, 한진우 씨는 환자고 난 그걸 돌봐 주고 있을 뿐인걸요. 얼른 몸을 회복해서 모든 걸 기억해 내는 게 좋을 거예요. 그렇게 되면 모든 답이 나올 테니까요. 그럼 쉬어요."

방이 두 개였으면 좋을 텐데. 경민은 그가 잠들 때까지 기다릴 수 있었다. 어차피 오늘은 그다지 피곤하지 않으니까. 아니, 바깥쪽의 거실에도 눕기에는 좀 그렇지만 소파도 있었다. 내일쯤이면 병원에 가서 스테이플러도 뺄 것이고.

그때였다. 경민이 생각에 잠긴 사이에 그가 소리도 없이 그녀 곁에 다가와 있었다.

"내가 어떤 마음과 어떤 생각으로 경민 씨를 이용하고 외면했는지, 생각이 잘 나지 않는다는 게 참 미안해지네요. 하지만 난 인정하지 못하겠어요. 경민 씨처럼 좋은 사람한테 난 왜 그랬을까. 그리고 정말 그랬다면 적어도 죄책감과 미안함을 가지고 있었을 거 같아요. 하여튼 미안해요. 그리고……."

그는 뭔가 말을 더 하려 했었다. 그러나 말을 잇지 못했다.

"경민 씨……."

경민은 그제야 그가 자신의 얼굴을 쓰다듬고 있다는 것을 알았고 그 이유가 제 눈에서 떨어지는 눈물을 닦으려고 했기 때문이란 걸 깨달았다.

"나, 난 좀 피곤해서……."

거실로 나가려고 했지만 그러지 못했다. 그가 눈물을 닦던 손을 내밀어 자신을 품에 안았기 때문에.

"미안해요. 그러니까 울지 말아요."

남자가 작은 소리로 부드럽게 말했다. 그러나 그 말은 오히려 역효과를 냈다. 그녀는 저도 모르게 왈칵 울음이 터지고 말았다.

왜 자신이 여기까지 와 있는지, 대체 이 남자는 자신에게 무엇인지, 그리고 이 모든 것이 끝나면 어찌 되는 것인지. 모두 다 혼란했다.

그중에서 가장 혼란스러운 건 자신을 부드럽게 안고 있는 이 남자의 존재 아닐까. 왜 제 눈에서 눈물이 나는 건지도 이해할 수 없었다.

"경민 씨가 어떻게 생각하느냐가 중요하지 않다니, 그런 말이 어디 있어요. 사람 사이의 일인데 서로가 어떻게 생각하느냐가 중요한 거지. 과거의 내가 어땠는지는 모르겠지만 적어도 지금 이 순간은 그렇지 않아요. 경민 씨가 곁에 있어 줘서 고맙고 다행이라고 생각해요. 병원에서 계속 악몽에 시달렸어요. 어둡고 축축하고, 괴로운 기분이 눈만 감으면 엄습했었어요. 그러나 눈을 뜨면 늘 내 곁에서 내 걱정을 해 주는 경민 씨가 있었어요. 병원에서는 다른 사람도 많고 몸도 아프고 해서 잘 몰랐는데 여기 오니까 확실하게 알게 됐어요. 내가 이렇게 회복하게 된 게 경민 씨 때문이란걸요. 내 곁에 경민 씨가 있을 때 제일 안심되고, 또 기분이 좋아진다는 것도요."

경민은 왜 제가 울고 있는지 이해할 수 없었다. 그러나 마치 노랫소리처럼 부드러운 남자의 목소리 때문에 눈물은 마치 수도꼭지를 튼 것처럼 쏟아져 내렸다. 남자의 가슴께가 젖어 들고 있었지만 그것조차 느낄 수 없었다.

"내가 물었잖아요. 우리가 서로 사랑하는 사이였냐고. 그게 내 착각이었나 봐요. 아마 나 혼자 경민 씨를 사랑하고 있었나 봐요. 그래서 물었어요. 난 그렇게 느껴졌거든요."

그 말을 들은 순간 경민은 저도 모르게 그의 품에서 벗어났다. 제 얼굴이 눈물로 범벅이 되어 있다는 것도 잊은 채.

갑작스런 그녀의 행동에 놀란 그가 당황한 표정으로 그녀를 쳐다보았다.

"미, 미안해요. 내가 그러면 안 되는 거였죠. 경민 씬 날 용서할 수 없으니까. 이건 그냥 나 혼자만의 마음이에요. 경민 씨가 불편했다면……."

이 남자가 한진우라는 이름을 드라마 주인공에서 따왔다거나, 그 계좌 비밀번호를 일부러 제게 외우게 했다거나, 혹 자신이 배신을 할까 봐 일부러 같이 잤다는 이야기보다 더 당황스러운 말이었다. 뭐라 말을 해야 하는데 경민은 아무 말도 나오지 않았다.

"내가 이럴 자격이 없다는 거 알아요. 하지만 잠시라도 경민 씨가 안 보이면 가슴 속이 답답하고, 불안하다가도 경민 씨가 있으면 행복해져요. 경민 씨가 웃는 모습이 좋고 날 챙겨 주고 보살펴 주는 게 좋아요. 경민 씨 손길이 닿을 때마다 내 속 어딘가가 울렁거리는 거 같은 그런 기분이 느껴져요. 잘 모르겠지만 이런 게 사랑인 거 같았어요. 그래서 그렇게 물었어요. 하지만 내가 많이 잘못한 거니까."

한 겹의 물기 사이로 자신을 쓸쓸하게 쳐다보는 남자의 모습이 어렸다.

경민은 눈을 깜빡여 이제 겨우 멎은 눈물을 떨궈 내려 애썼다. 짠물이 가신 그녀의 눈에 그가 선명하게 보였다.

여름 바닷바람에 꽃잎들처럼 흩날리는 옅은 커튼 사이로 푸르스름한 밤바다가 펼쳐져 있었다. 그 앞에 서 있는, 부드러운 머리카락이 간간히 흩날리는 하얀 이마를 가진 남자는 마치 처음 보는 사람 같았다. 늘 눈가에 웃음을 머금고 있던 한진우도, 감정 없는 눈빛으로 자신의 잘못을 보상하겠다던 제레미 리프킨도 아니었다.

그가 말했다.

"난 지금 이 순간 당신을 사랑해요."

그리고 입을 다문 남자는 물끄러미 그녀를 바라보았다. 무언가 대답을 바라는 듯.

경민은 손을 들어 제 얼굴에 묻은 눈물을 닦았다. 대체 왜 이렇게 펑펑 울어 버린 거지. 감동받아서? 저 가증스러운 남자의 밑바닥에 있던 진실을 들었다고 생각해서? 천만에.

"그건 착각이에요. 모든 게 기억나면 지금 그 말을 한 걸 후회할 거예요. 못 들은 걸로 할게요. 지금 이건 제가 좀 당황스러워 그러는 거니까 신경 쓰지 마세요."

경민은 분명히 멎었다고 생각했는데 또다시 흘러내리는 눈물을 닦아 내면서 말했다.

"나 좀 씻어야겠네요."

"경민 씨!"

경민은 몸을 돌려 욕실로 향했다. 그리곤 급하게 들어가 쾅 소리가 나도록 문을 닫았다. 욕실 바닥에 주저앉지 않으려 애쓰는 제 두 다리가 부들거리는 게 느껴졌다.

굳이 나쁠 것도 없잖아.

엉망이 된 얼굴을 찬물로 씻던 그녀는 샤워를 하고 머리를 감았다. 오랫동안 머리카락을 말렸다.

그러곤 내내 거울 속의 여자에게 말했다.

나쁠 것도 없잖아, 늘 그래 왔잖아. 결론 따위 다 알고 있으면서 그냥 이 순간만 좋으면 다였잖아. 바보처럼 넌 늘 그래 왔잖아.

그러나 거울 속의 여자는 두 볼이 새빨갛게 달아올라 있었다. 드라이기 열 때문이라고 말하기엔 과하게.

바삭하게 마른, 잠옷으로 입어도 될 만큼 편안한 면 원피스를 입고 나온 경민은 시원한 바닷바람에 바싹 말린 머리카락이 날리는 게 느껴졌다.

침실은 텅 비어 있었다. 그제야 제가 너무 오랫동안 욕실에 있었다는 걸 알게 된 경민은 주변을 급하게 두리번거리다 문을 열고 거실로 나왔다. 아직도 환자인 그가 어찌 될까 봐 걱정스러웠다.

다행스럽게도 남자는 바다 쪽을 향해 있는 등나무로 만든 커다란 카우치에 기대 있었다. 다만 두 다리를 가슴께에 모은 채 마치 동그란 공처럼 몸을 오그리고 있었다.

환자에게 너무 심한 말을 한 거 아닐까. 저 사람은 머릿속이 아픈 환자였다. 아픈 사람이니까 오냐오냐하고 대꾸를 해줬어야 하는 거 아닐까, 제 감정 따윈 상관없이.

경민은 천천히 그에게 다가갔다.

그녀가 다가가는 발소리가 들렸을 텐데도 그는 돌아보지 않고 바닷바람이 불어 들어오는 새카만 바깥만 내다보고 있었다.

“저기…… 아까는 미안했어요. 괜찮아요?”

경민이 조심스럽게 말을 꺼냈다. 그러나 그는 여전히 대답이 없었다.

“진우 씨.”

“생각 중이에요.”

그가 대답했다.

“뭘요?”

“내가 얼마나 나쁜 사람이었는지 생각해 내려고 애쓰는 중이에요. 그런데 생각보다 잘되지 않아요. 내가 뭘 잘못했는지 알아야 경민 씨를 이해할 텐데 뭔가가 헝클어져 있는 느낌이에요. 분명히 산호세에서 내가 일을 했던 것도 기억나고, 한국어를 배웠던 것도 기억나는데 그거 외에는 다 흐릿해요. 내가 왜 한국에 왔는지도 잘 기억이 안 나요. 그래서…… 힘들어요."

마지막 말을 하고는 그는 더욱더 무릎 위로 고개를 숙였다. 몸을 최대한 조그맣게 만들려는 듯했다.

"억지로 그러지 말아요. 아직 몸도 회복되지 않았는걸요. 그렇게 숙이면 눈 위에 상처가 눌려요."

경민은 살그머니 그의 옆으로 가 앉았다. 커다란 라탄 카우치에는 푹신한 토퍼가 깔려 있었다. 하지만 다 문을 열어 놓아서인지 바닷바람에 눅눅해져 있었다.

"차차 다 기억날 거예요."

경민이 조용히 말했다.

"기억이 다 나면, 난 또다시 나쁜 사람이 될 텐데요."

그가 여전히 고개를 숙인 채 말했다.

"한진우 씨는…… 제레미 리프킨이라는 사람은 나쁜 사람이 아니었어요. 물론 나를 속이고 이용하긴 했지만 미안해했어요. 내가 어려움에 처했을 때마다 구해 주려고 애썼고요. 그렇지 않았더라면 난 이미 이 세상 사람이 아니었을 거예요. 아니, 그 상황에서 벗어났다 하더라도 아마 내 갈 길을 갔을 거예요. 여기 있지 않았을걸요. 진우 씬 자신이 맡은 일을 하기 위해서 어쩔 수 없이 그랬을 거예요. 이제 다 해결됐기 때문에 난 그다지 나쁘게 생각하지 않아요. 굳이 자책할 필요 없어요."

"그런가요?"

그제야 그가 고개를 들었다. 여전히 그의 오른쪽 눈 위에는 경민이 아까 조심스럽게 소독하고 붙여 준 밴드가 붙어 있었다. 하지만 그녀를 보는 그의 눈빛은 한없이 부드러웠다.

"네, 너무 걱정하지 말아요. 이제 마음 편하게 좀 쉬어요."

"경민 씬 날 용서할 수 있어요?"

그의 눈이 반짝거리고 있었다. 쌍꺼풀도 없는 긴 눈은 예전처럼 무섭거나 싸늘한 빛을 띤 게 아니라 마치 커다란 사슴이나 강아지처럼 그녀를 올려다보고 있었다.

몸을 잔뜩 움츠리고 자신을 쳐다보는 남자는 커다란 한 마리의 순한 강아지 같았다.

"과거의 일은 이미 다 잊었어요. 난 지금의 한진우 씨가 빨리 회복되기만을 바랄 뿐이에요."

"그래요? 그럼 지금 나는 괜찮아요?"

그가 몽롱한 표정으로 물었다. 남자가 무슨 뜻으로 물었는지는 모르겠지만 경민은 대답했다.

"괜찮아요."

남자의 눈 때문이었다. 전에 이 남자를 봤을 때, 죄책감이라곤 단 한 조각도 없던 그 모습이 어이없었기에 남자의 이런 모습에 마음 한구석이 미안함으로 가득 찼을 뿐이었다. 단지 기억나지 않는다는 이유만으로 본래 가지고 있지도 않았던 죄책감에 시달릴 필요 따윈 없으니까. 그래서 그렇게 말했다.

괜찮다고.

하지만 상대가 이해한 것은 다른 의미였을까.

그가 고개를 들었다. 여전히 푸르스름한 조명 밑의 하얀 얼굴은 경민의 마음속 한구석을 울컥하게 만들 만큼 근사했다. 얼굴에 덕지덕지 밴드를 붙였음에도 불구하고.

남자가 손을 내밀어 자신을 붙잡는데도 경민은 멍하니 취한 듯 그를 쳐다보고만 있었다. 남자는 느릿느릿 다가왔지만 그녀는 피하지 못했다. 아니, 피하지 않았을 수도.

괜찮다는 것의 의미는 말하는 사람에겐 매우 좁은 의미였을 것이었다. 생각나지 않는 지난날에 대해 그렇게 죄책감을 가질 필요 없다는……. 그러나 듣는 사람은 매우 넓은 의미였던 모양이었다. 모든 게 다 괜찮다는.

남자의 따뜻하고 매끄러운 손이 그녀의 턱에 닿았다. 그리곤 그의 얼굴이 다가왔다. 다가온 그의 얼굴이 그녀의 귓가에 낮게 속삭였다.

"난, 강경민 당신에 대한 갈증을 참을 수가 없어요."

뭐……라고?

그게 무슨 뜻이냐고 되물어야 하는데, 그럴 수가 없었다.

동그랗게 말려 있던 그의 몸이 펴진 건 아주 순식간이었다. 그리고 제 귓가에 작게 속삭이던 남자의 입술이 뭔가 말하려던 그녀의 입술을 덮은 것도 금방이었다. 남자는 두 팔로 그녀를 익숙하게 감싸 안았다.

항상 그래 왔지만, 아무리 불쾌한 순간이더라도 이 남자의 입술에 제 입을 막으면 그 불쾌함 같은 것들이 모조리 사라져 버렸었다. 참 당혹스럽고 어이없게도.

지금도 그랬다. 지금 이 순간도.

부드러운 장미 꽃잎처럼 매끄러운 입술이 그녀에게 내려앉았다. 그러나 그 입술은 아까 같지 않았다. 눈치를 보면서 움찍거리다 사라지지 않았다. 뜨거운 입술은 그녀의 입술 위에서 머뭇거림 없이 꿈틀거리더니 익숙하다는 듯 그녀의 안으로 파고들었다.

의식 따위가 채 닿지 못한 그녀의 입술은 그 과감한 행동에 이미 굴복하고 말았다. 파고든 남자의 뜨거운 혀가 그녀의 속으로 말려들었다. 당혹스럽지만, 그녀가 원하던 것이었다. 익숙한 듯, 그녀 자신도 모르게 남자를 받아들이고 있었다. 제 손끝이 파르르 기쁨에 떨리고 있다는 사실도 잊은 채.

"난 지금 이 순간 당신을 사랑해요."

잠시 잠깐의 찰나에 섬광처럼 그녀를 훑고 지나갔다.

사랑이란 감정 없이도, 그 어떤 교감 따위 없이도, 흔들리는 조명과 꿍꽝거리는 음악 소리 밑에서 서로 오케이 사인만 날리면 서로의 육체 따위 공유할 수 있는 세상이었다.

그러나 그 흔한 원나잇 한 번 해 본 적 없는 경민에게 그가 말했었다.

"나 다른 것도 잘하는데…… 마저 할까요?"

그땐 미쳤었다.

한낮의 쏟아지는 폭염 속 찢어지는 매미 소리가, 차 한 대 지나지 않는 바싹 마른 아스팔트가 뿜어내는 열기가 자신을 미치게 한 거였다. 그 무료함 속에 나타난 너무 과하게 잘난 남자가 자신을 유혹하고 있었다. 한 번쯤 미쳐 보는 게 어떻겠냐고.

그런데 그 감정도 없이 그 잘난 육체로 자신의 혼을 빼놓고 영혼을 빨아 먹은 존재가 이제 와 제게 속삭였다.

당신을 사랑한다고.

그게 머릿속이 망가져 버렸기 때문이란 걸 뻔히 알면서도 경민은 외면할 수 없었다. 남자의 머릿속이 일주일이면 재정렬을 해 잠깐 동안의 흐릿한 정신 따윌 비웃을 거란 걸 명확하게 알고 있음에도 불구하고, 지금 '이건 아닐 겁니다' 라고 말하고 자리를 피하지 못한 건 제 마음 깊은 곳에서 여전히 바보처럼 이 남자를 강렬하게 원하기 때문일 것이다.

빌어먹을.

뭐라 욕을 하든 남자의 입술은 뜨겁고 황홀했다. 입술 안에 든 뜨거운 혀는 더 끔찍스러웠다. 제 혀와 아무렇지도 않게 얽히고 스며들면서 제 육신을 빨아들이고 있었다.

경민은 저도 모르게 그의 옷자락을 움켜줬다. 그런 자신의 손을 남자의 커다란 손이 감싸 쥐었다. 그 순간에 더욱더 뜨거운 입술과 혀가 그녀를 옭아맸다. 그 뜨거운 입술이 그녀의 쇄골에 화인을 남겼을 때 몸이 붕 뜨는 게 느껴졌다. 그가 그녀를 안아 올려 방 안으로 움직였다.

바닷바람 속에 눅눅해진 침대 시트는 청량한 향을 뿜어내고 있었다. 두 사람이 외출한 사이에 급하게 교체된 것이 분명했다. 어제 그가 말하듯 눅눅한 지하실의 곰팡이 냄새 따위와는 다른.

그는 그녀를 그 침대 시트 위에 조심스럽게 눕혔다. 그리곤 곧바로 제 쇄골에 입술을 묻었다. 뜨겁고 열정적인 남자의 감정이 고스란히 제 살갗 위에 묻어났다. 저도 모르게 입속에선 쉿소리가 흘러나왔고 제 죽어 있던 사지는 유연하게 꿈틀거렸다.

남자는 부드러운 향을 내는 원피스를 벗겨 냈다. 스탠드 불이 켜져 있던 방 안을 완벽하게 어둡게 만드는 방법을 몰랐는지 눈에는 잔뜩 달떠 있는 남자의 짙은 숨결이 또렷하게 보였다.

오히려 다행이었다. 여유 만만한, 제 급격한 숨소리와 저도 모르게 새어 나오는 신음 소리가 창피해지던 남자의 유연한 얼굴과 몸짓 대신 잔뜩 긴장하고 흥분한 굳은 목덜미가 보이는 얼굴을 올려다보는 게 좋았나. 금방 남자의 뜨거운 입술이 제 사지를 달궈 놓아 눈을 감긴 했지만.

난 지금 이 순간 당신을 사랑해요.

이 얼마나 달콤하고 황홀한 말인가.

남자가 자신의 옷을 벗기고 급격하게 달아오른 그이 분신을 채 준비도 못 한 제 속에 밀어 넣는 자잘한 통증 따위도 잊게 만드는 이 한마디가.

경민은 그의 팽팽하게 굳은 왼쪽 어깨를 움켜쥐었다. 열이 올라 화끈거릴 것만 같은 그의 뒷목을 잡아당겼다. 그리고 그의 귓가에 속삭였다.

"날…… 사랑해요?"

그의 윗몸을 받치고 있는 팽팽한 오른팔에는 자신이 정성껏 드레싱한 의료용 테이프가 붙어 있었다. 그가 힘겨운 목소리로 말했다.

"사랑해요. 죽을 만큼."

뒤에 붙은 말은 아마 그의 분신이 화르륵 불타오를 것처럼 은 제 속에 잠겨 있기 때문에 한 의미 없는 감탄사일 것이 분명했다. 그러나 상관없었다. 그녀에게 중요한 건 앞에 있는 말뿐이니까.

경민은 몸을 일으켰다. 그녀의 몸에 힘이 들어가자 남자가 격한 신음 소리를 내뱉었다.

그녀가 남자의 목을 두 손으로 휘어 감았다. 그러자 남자의 허리와 둔부가 격하게 움직였다.

사랑, 그게 뭘까.

13. 꿈에서 깨고 난 뒤

에어컨의 웅웅거리는 소리 사이로 이상한 소리가 스며들었다. 경민은 저도 모르게 뒤척이다 뭔가 제 팔에 닿는 걸 느끼곤 까무룩히 들었던 잠에서 깼다.

"Don't hit me…… sorry……."

목구멍에서 잠긴 듯한 낯선 언어. 경민은 몸을 일으켰다. 소리는 바로 옆에서 난 것이었다.

"Don't hit…… don't……. help! help me……."

마치 신음 소리 같은 낮은 소리가 계속 반복됐다.

"진우 씨, 진우 씨?"

차가운 에어컨 바람이 나오고 있는데도 땀범벅이 된 남자는 온몸을 경련이 날 만큼 웅크린 채 낯선 언어를 내뱉고 있었다. 경민은 손을 뻗어 스탠드를 켰다. 노란 불빛 밑에 남자의 도드라진 척추가 드러났다.

“정신 차려요, 진우 씨!”

경민이 급하게 소리를 지르면서 그의 웅크린 팔을 잡아 억지로 피게끔 했다. 예전에 공부할 때 환자가 발작이나 경련을 일으키면 어떻게 해야 하는지를 기억해 내려 애썼다. 오그라든 근육을 펴서 이완을 시키는 게 중요했다.

“진우 씨!”

그녀가 그의 귓가에 대고 소리쳤다. 그러자 갑자기 남자의 몸이 멎었다.

“겨, 경민 씨?”

“정신 들어요? 무슨 꿈꿨어요?”

“아…….”

흠뻑 젖은 식은땀이 차가운 에어컨 바람에 순식간에 증발하는 듯했다. 그제야 경민은 제 맨몸이 불빛에 훤히 드러난 것을 알아채고 얼른 얇은 이불을 들어 몸을 가렸다.

“나쁜 꿈 꾼 거예요?”

“그랬나 봐요. 나 때문에 깼어요?”

몸을 일으킨 그가 창백한 얼굴로 겨우 대답했다.

“이제 괜찮아요?”

그는 미미하게 고개를 끄덕였다.

때리지 말라니. 전에 학대를 받았을 때의 꿈일까. 경민은 물어볼 수가 없었다. 그냥 손을 내밀어 그의 이마에 진득한 땀을 닦아 주는 것밖에는 할 수 있는 게 없었다.

그때였다. 그가 손을 내밀어 그녀의 손을 잡았다.

"악몽을 꿨나 봐요. 경민 씨가 날 깨워 줘서 다행이에요."

"나 때문일까요?"

"그럴 리가요."

경민이 아무 말 없이 쳐다보자 그가 손을 내밀어 그녀를 품에 안았다. 에어컨의 찬 바람 때문에 싸늘하게 식은 남자의 몸이 경민을 감싸 안자 그녀도 두 팔을 내밀어 그의 허리를 감싸 안았다.

"악몽 자주 꿔요?"

"안…… 그랬을걸요."

그의 목소리가 모호하게 흔들렸다.

"에어컨 때문인가. 끄고 문 열까요?"

경민은 현실적인 이유를 찾으려고 애썼다. 그러자 그가 더욱더 힘을 주어 그녀를 안으면서 말했다.

"아뇨. 이제 괜찮을 거예요. 에어컨은 그냥 틀어 놔요. 경민 씨를 꼭 안고 자고 싶으니까요."

아까 그녀가 샤워를 하고 나오자 그가 문을 다 닫고는 에어컨을 켰었다. 그녀와 꼭 안고 자고 싶다고.

경민은 얼굴을 붉혔다. 그러고는 겨우 말했다.

"그럼 스탠드는 켜 놓고 자요."

"그래요."

그가 누우면서 경민을 끌어당겨 안고는 그녀의 이마에 입을 맞추었다.

"어디 가지 말고 꼭 내 곁에 있어요. 그럴 수 있죠?"

"……."

경민은 대답하지 않았다.

"상처는 아주 좋아졌습니다. 핀도 다 제거했고요. 눈 쪽 실밥이랑 머리 쪽도 다 제거했습니다. 한 6개월 후쯤에 성형외과를 방문해서 흉터 치료를 하면 될 것 같습니다."

"그거 말고……."

경민이 머뭇거렸다.

"아, MRI 상에서 보면 출혈 흔적은 다 사라졌습니다. 보이시죠? 전에 것과 비교하면 색이 달라졌지 않습니까? 출혈 증상은 다 사라졌다고 봅니다."

의사가 컴퓨터 화면 두 개를 비교하면서 보여 주었다. 그러나 중요한 건 그게 아니었다.

"하지만……."

"환자하고 면담을 해 보니까 그다지 차도는 있는 거 같지 않았지만 환자 스스로 굉장히 안정된 기분이라고 하더군요. 원래 자신에 대해 잘 기억이 나지 않는다면 불안해지는 게 인지상정인데 말입니다. 대부분 환자들이 거의 발작 상태 같은 양상을 보이거든요. 그런데 이 환자는 오히려 안정적입니다. 아마 전에 상태가 스트레스를 유발해서 약간의 도피적 성격을 보이기도 하는 거 같기도 합니다만, 몸이 회복되는 게 급선무니까 조금 더 두고 보는 것도 괜찮다고 생각합니다. 환자 스스로도 자기가 전에 하던 일이 떠오른다고 했거든요. 좀 기다려 봅시다."

"네."

진찰실 문을 닫고 나오면서 경민은 복도에 앉아 있는 진우를 보았다. 뭔가 생각에 잠긴 듯 보였지만 여전히 그는 주변의 평범한 사람들과는 달라 보였다. 마치 그쪽만 영화 속의 스크린을 옮겨 온 것 같은 그런 느낌이었다.

내가 바라는 건 뭐지. 그냥 이 상태 그대로인 건가.

"경민 씨!"

그가 진찰실에서 나온 그녀를 보고 손을 흔들었다. 경민은 명치 한구석이 욱신거리는 듯했다. 이 고통의 정체는 뭘까.

"진우 씨!"

그러나 그녀는 웃으면서 그에게 다가갔다.

"제가 좀 볼 일이 있는데……."

"잘됐네요. 천천히 오세요. 우리 저기 카페에서 시원한 거 한잔 마시고 있을 테니까 저리로 오세요."

"네. 금방 오겠습니다."

"천천히 오세요. 우리도 데이트 좀 하게요."

"아, 네."

두 사람을 병원까지 태우고 왔던 별장지기가 인사를 하고 골목으로 사라지자 그가 경민의 손을 잡아끌었다.

"시원한 거 한잔해요! 더워 죽겠네요."

남자의 하얀 미소가 경민의 눈을 시리게 했다.

병원에서 잠깐 길로 걸어 나왔을 뿐인데 정수리에 쏟아지는 햇살이 따가웠다. 이제는 가을볕에 가까운지 드러난 팔에 따끔거리듯 쏟아져 내리는 걸 피해 온 카페는 점심 전이라 한적했다. 막 문을 연 모양이었다.

"아, 시원하다."

카페는 에어컨이 빵빵하게 쏟아져 나오고 있었다.

"사람이 없어 다행이네. 뭐가 맛있을까요?"

그는 에스프레소를 주문하지 않을까. 문득 경민의 머릿속에 떠올랐다. 그러나 그녀는 가만히 있었다.

"난 아이스 아메리카노요. 진우 씨는요?"

"나도 같은 거요."

경민은 오늘보다 훨씬 더웠을 때도 긴 팔 와이셔츠와 슈트 바지를 입은 채 아무렇지도 않게 다니던 그의 모습이 떠올랐다. 그리고 뜨거운 에스프레소를 홀짝거리던 것도.

"커피 나오셨습니다."

경민이 아르바이트생의 말을 듣고 얼른 계산대로 가서 커다란 얼음이 가득 든 커피를 받아 그에게로 왔다.

"음……."

"왜요?"

"내가 말을 잘못 배웠나 싶어서요. 커피에도 존대 붙이는 거예요? 사람한테만 하는 거 아닌가."

고개를 갸웃거리는 그를 보고 경민은 웃음을 터뜨렸다.

"잘못된 거 맞아요."

"그런데 왜 해요?"

"과도한 서비스 정신이랄까. 한국엔 손님이 왕이라는 서비스 정신이 기본이라, 왕이 마시는 커피나 음식도 다 높이는 게 요즘 유행이에요. 커피 마셔요."

그녀의 말에 그가 얼음이 달그락거리는 커다란 아이스 아메리카노를 시원스럽게 마셨다. 그런 그를 물끄러미 보고 있는 경민은 오히려 자신이 혼란스러웠다. 어떤 게 옳은 걸까.

커피를 마시던 그가 갑자기 손을 내밀어 테이블 위에 있는 경민의 손등을 덮었다.

"앗, 차가워."

얼음이 가득한 커피를 들고 있던 손이니 당연했다.

"시원하죠? 내 시원한 마음을 전해 주고 싶다니까요."

그는 그녀의 손을 잡은 채 컵을 흔들어 달그락 소리를 내면서 말했다.

"아, 좋다. 바닷소리 나는 별장도 좋고, 사람들 다니는 길가에 있는 카페도 좋고. 경민 씨랑 같이 있으니까 어디든 좋구나. 그렇죠?"

"……네."

경민은 제 손을 덮고 있는 찬기가 가셔 가는 젖은 남자의 손을 내려다보면서 말했다.

좋다.

이 좋은 기분의 유통기한은 언제까지일까. 왜 자신은 자꾸만 이것을 생각하고 있는지 모르겠다 싶었다. 그냥 때가 되면 모든 게 순리대로 될 것이고, 제 속은 조금 아프고 쓰리겠지만 그걸 견뎌 내면 되는 거 아닐까. 지금은 이 달착지근하고 시고, 쓰고, 시원한 커피처럼 바닥이 드러날 때까지 맛있게 마시면 되는 거 아닌가. 아무 생각 없이.

"우리 저녁은 좀 일찍 먹어요."

그가 갑자기 웃음을 띠면서 그녀에게 가까이 다가와 작은 소리로 말했다.

"왜요?"

"하고 싶은 게 있거든요."

무엇이 하고 싶은 건지는 잠시 잊어버리고 있었다.

병원에 들렀다 커피를 마시고 별장으로 돌아왔을 땐 점심때가 좀 지나 있었다.

병원을 갔다 오는 것도 일인 데다 MRI 촬영 때문에 아침을 금식하느라 경민도 같이 식사를 걸렀었다. 그러다 보니 늦은 점심을 먹었고, 또 도우미 아주머니의 정갈하고도 맛깔 나는 음식들은 두 사람을 과식하게 만들었다.

점심상을 치우는 걸 보던 그가 웃으면서 말을 했다.

"오늘 저녁은 간단하게 좀 일찍 먹으려고요. 6시쯤 괜찮을까요?"

막 상을 치우는 시간이 2시가 넘어 3시가 되어 가고 있었다.

“아니, 그렇게 일찍은 왜요? 배도 안 꺼지겠는데.”

“그럴 일이 있어요. 하여튼 간단하게 6시에 준비해 주시고 음…… 밤에 먹을 간식 같은 거 좀 부탁드려요.”

“네, 그렇게 할게요.”

도우미 아주머니는 의아한 표정이었지만 알겠다고 말을 하고 상을 치워 내려갔다. 그걸 보고 경민이 물어야 했다.

“대체 왜요?”

“이따가 알려 줄게요.”

그리곤 그가 화장실에 가서 양치를 하고 나오더니 말했다.

“우리 6시까지 뭐 할까요?”

“산책이라도 할까요? 소화도 시킬 겸.”

그가 웃었다. 낯설게. 늘 같이 있어서 생김새는 익숙한데도 익숙해지지 않는 얼굴.

경민이 잠시 머뭇거렸을 때 그가 다가와 말했다.

“소화시키려고 괜히 나갈 필요 없어요. 안 그래요?”

뭐라 대답하기도 전에 차갑고 치약 맛이 살짝 느껴지는 그의 입술이 내려앉았다.

“하고 싶은 게…….”

경민은 말을 잇지 못했다. 그녀의 말을 막은 건 그의 손길이었다. 부드럽게 그녀를 뒤에서 감싸 안은 그가 젖은 그녀의 귓가에 대고 속삭였다.

“봐요, 예쁘잖아요. 시간 딱 맞춰서 다행이죠?”

그건 맞는 말이었다. 그러나 뭐라 대답을 하기도 전에 잘박거리는 물소리 속에 그가 그녀의 귓가에 입을 맞췄다. 마치 항해를 하던 선원들을 아름다운 목소리와 모습으로 홀려 물속으로 끌고 들어가는 세이렌처럼 그녀를 끌어안아 물속으로 몸을 잠갔다.

“낙조에 푹 담가야죠. 안 그래요?”

제 젖가슴을 안고 있는 두 팔과 온몸을 감싸고 있는 남자의 벗은 몸, 그리고 젖어 든 남자의 입술, 어쩔 줄 모르는 듯 온몸의 세포 하나하나가 살아서 떨리고 있는 자신의 벗은 몸이 담가져 있는 커다란 야외 욕조에는 마침 가라앉고 있는 남해안의 낙조가 물들어 있었다.

“이 근사한 욕조를 보자마자 생각하고 있었어요.”

하긴, 경민도 처음 이 별장에 와서 가장 눈에 띄었던 게 널찍한 베란다에 설치된 커다란 월풀 욕조였다. 당혹스러웠지만 절벽 끝이라 밖에서 보일 리는 없을 거라 생각하고 이 별장 주인들은 참 별난 취미도 다 있다 싶었었다.

여름의 절정이 지났다지만 여전히 해는 길었다.

도우미 아줌마가 6시에 차려 온 저녁은 간단한 국수였고, 간식으로는 샌드위치를 준비해 온 거 보면 센스가 보통 이상인 걸 알 수 있었다.

간단한 국수를 먹은 것도 마치 대낮 같은 6시였다. 저녁상을 도우미 아줌마가 가져간 바로 직후에도 남자의 애정 행각은 계속되었다. 물론 그게 싫거나 나쁘지 않은, 오히려 좋았던 그녀의 호응 때문이기도 했지만.

나른한 몸을 보글거리는 월풀 욕조에 담그자마자 마치 딱 맞춰 놓은 것처럼 남해 바다의 낙조가 스미기 시작했다. 동해 바다에선 일출만 있었는데 낙조라니.

보글거리는 물결이 나오는 스위치마저 꺼 버리자 고요해진 욕조 안이 붉게 물들었다.

그가 젖은 뺨을 그녀의 뺨에 대었다.

“이 광경은 절대 잊지 못할 거 같아요.”

기억을 잃어버린 남자가 그녀에게 속삭였다.

“그랬으면 좋겠어요.”

“그럴걸요.”

그가 경민의 얼굴을 돌려 입을 맞추었다. 그녀의 엉덩이를 받치고 있던 그의 단단한 허벅지 사이가 딱딱하게 부풀어 오르는 게 느껴졌다. 경민은 고개를 돌려 팔을 내밀어 그의 목을 감아 안았다.

적어도 지금 이 순간 이 남자는 자신의 것이니까.

아침저녁으로 선선한 바람이 불어오는 게 느껴졌지만, 두 사람의 침실에는 오늘도 문이 꼭꼭 닫혀 있었고 차가운 에어컨 바람이 가득 차 있었다.

하얀 침대 위 옆엔 노란색의 스탠드가 켜져 있었고 남자의 손은 침대 위에 흩어진 여자의 긴 머리카락을 쓰다듬고 있었다.

"피곤할 텐데 왜 안 자요?"

"잘 거예요. 그런데 오늘은……."

경민이 무슨 이야기를 하려는지 아는 듯 그가 말했다.

"괜찮을 거예요. 그냥 악몽이었을 뿐이에요."

"기억……나요?"

경민은 묻고 나선 후회했다. 이런 걸 물어도 되는 건지.

"뭐가요? 어제 꾼 악몽 말이에요? 글쎄요. 꿈 깬 다음엔 잘 기억도 나지 않았어요. 나쁜 꿈이었나 보죠. 내가 잠꼬대해서 깬 거죠? 오늘은 괜찮을 거예요."

"그래요."

팔로 머리를 받치고 있던 그가 베개를 베고 그녀와 나란히 마주 보고 누웠다. 노란색의 스탠드 불빛이 남자의 얼굴이 내려앉았다.

경민은 이제 체념했다. 이 순간이 너무 달아서 정신이 나가 버린 게 분명하다고 스스로에게 변명했다. 결론이 어떻게 날지는 알 수 없었다. 의사가 말했던 일주일이란 시간은 점점 의미가 퇴색하고 있었다.

그냥 이대로가 좋은 걸까. 아무런 계획이나 속셈도 없이 이 남자가 자신을 좋다고 하니까. 경민은 제 머릿속을 지워 버리려 했다. 아무리 나중을 생각하려 해도 지금은 어쩔 수 없었다.

"무슨 생각을 해요?"

경민의 머릿속에 뭔가가 열심히 굴러다니고 있다는 걸 아까부터 저만 쳐다보던 남자가 알아챈 모양이었다.

"아뇨, 아무것도."

"거짓말 말아요. 난 경민 씨가 무슨 생각하는지 알 거 같아요."

"뭘요?"

"나 때문에…… 그렇죠?"

그렇게 티가 났을까. 죄책감이 든 경민은 그의 시선을 피하고 싶었지만 고개를 돌릴 순 없었다.

"경민 씨가 전에 그랬잖아요. 난 나쁜 사람이라고, 그러니까 차라리 기억이 나지 않는 게 나을까요?"

기억을 되찾지 못하면 어떻게 되는 걸까. 이대로 서로를 사랑하면서 사는 거?

이곳은 전 사장 부부의 별장이었다. 경민도 언젠간 문래리로 돌아가야 하고, 그곳에서 더 이상 일을 하지 못한다면 새 일자리를 찾아봐야 했다.

이 남자가 전엔 대단한 사람이었을지도 모르지만 지금은 아무것도 기억하지 못하고 있었다. 기억나지 않은 채 새로 시작하는 것도 괜찮을 텐데.

그러나 그건 제 어리석은 희망 중에서도 가장 저 밑바닥에 내제된 꿈일 뿐이었다. 현실은 절대 그렇지 않을 것이다. 현실 속의 이 남자가 어떤 사람이었는지 경민은 보았었다. 그래서 경민은 이야기할 수 있었다.

"아뇨. 기억나는 게 나을 거예요. 입장을 바꿔 놓고 생각해도 내가 내 과거를 모두 잊어버린 채 산다는 건 아마 슬플 거 같아요. 그 과거가 안 좋은 일이 많았더라도요. 많이 살진 않았지만 그래도 내 전부잖아요."

"그게 경민 씨한테 안 좋을 수도 있잖아요."

그의 목소리는 부드럽고 고요했다.

"그건 내가 느끼는 것일 뿐이죠. 진우 씨한테 나는 타인일 뿐이에요. 자신의 지난 추억과 기억을 되찾을 권리는 진우 씨 거죠."

"내가 그걸 찾기 싫다면요?"

어떤 이치에 어긋나는 말이라도 모두 진실이 되어 버리는 것 같은 남자의 눈과 입술이 바로 제 앞에 있었다.

이 남자가 이렇게 말하는 건, 모두 자신을 위해서 그런다는 걸 알고 있었다. 그 사실 하나만으로도 경민은 가슴 한구석이 찡해져 왔다. 그동안 이 남자의 다른 모습들이 제게 준 배신이나 상처 같은 것이 모두 사그라들어 자취를 감추는 듯했다.

그러나 경민은 그게 결코 두 사람의 미래에 도움이 되지 않을 거란 걸 잘 알고 있었다.

"곧 생각날 거예요. 그리고……."

"그리고?"

그리고 아마 후회하겠죠. 지금 한 말들을.

경민은 말하지 않았다. 그녀의 마음을 아는지 모르는지 그가 손을 들어 그녀의 얼굴을 쓰다듬었다.

"모든 게 생각나더라도 지금 이 순간들이 사라지진 않을 거예요. 그럼 아마 난 경민 씨에게 그동안 잘못한 일들에 대해 후회할 거고 용서를 구할 거예요."

"그래요. 그랬으면 좋겠어요."

경민은 대답했다. 하지만 의사가 한 말이 머릿속 한구석에서 떠올랐다.

"그런데 모두 일주일 이내에 그런 이상 행동이 호전됐고 당사자들은 자신이 그런 행동을 했다는 사실도 잊어버렸다는 거죠. 그 환자들도 이 환자와 같은 소견을 보였다는 겁니다."

그는 그런 사실을 모른 채 대답했다.

"꼭 그럴 거예요. 그럼 당신은 날 용서해 줄 거죠?"

"이미 다 용서했어요."

경민이 천천히 말했다.

이 남자를 미워했는지, 아니면 속절없이 끌렸었는지, 배신에 치를 떨었었는지, 그런 건 이제 중요하지 않았다. 단 며칠이지만 경민은 충분히 남자의 마음을 알고 사랑했다. 다만 이 순간이 좀 더 길어지길, 혹은 영원하길 빌면서도 진심으로 이 남자가 기억을 되찾게 되었으면 하는 바람을 갖게 되었다.

그가 다른 손을 내밀어 그녀를 끌어당겼다. 익숙한 남자의 체취가 그녀에게 스며들었다. 드러난 쇄골과 목울대가 보였다. 그의 입술이 그녀의 이마를 덮었다. 그리곤 두 사람의 맨 몸은 익숙한 듯 겹쳐졌다.

괜찮았다. 이 정도면. 여기가 제 평생 쓸 수 있는 연애사라는 노트의 맨 끝장이라고 해도 기꺼이 내줄 수 있을 것 같았다. 비록 이 남자에게 이성이라곤 한 조각도 없는 상태지만, 그래도 사랑한다는 말을 들었으니까. 맨 밑바닥에 깔린 감성은 절 이용만 한 게 아니라 눈곱만큼이라도 생각하고 있었으니까. 그걸 기꺼이 확인했으니까. 그러니까 괜찮았다.

당장 내일 이 꿈이 깨더라도, 꿈속은 충분히 달콤했으니까.

시련의 순간은 그렇게 아무런 예고도 없이 찾아온다. 아니, 시련의 순간이란 말 자체가 너무 거창한 걸까.

그냥 올 것이 왔을 뿐이었다.

어딘지도 모를 남도의 그림 같은 별장에서의 아침은 느릿느릿 시작되었다. 머리 아픈 에어컨을 끄고 떨어진 옷들을 주섬주섬 주워 입은 뒤 창문을 열면 지긋지긋한 새 소리 대신 푸른 바다가 살금살금 파도치고 있었다. 동해의 바다처럼 성을 내거나 우렁차게 울부짖는 소리 따윈 아예 모르는 듯.

짠 기가 스민 바닷바람은 청량했다. 지긋지긋한 여름이 헉헉거리면서 스쳐 지나간 느낌이었다. 물론 정오가 되어 정수리 위에 해가 솟으면 여전히 타는 듯한 열기를 느끼겠지만.

경민은 잠자리 날개 같은 커튼들을 고리에 묶어 걸고 여전히 깊은 잠에 빠진 벌거벗은 남자를 흘끗 쳐다보았다.

여전히 깊은 잠에 빠진 남자는 고급스러운 별장의 침대와 너무도 잘 어울렸다. 마치 근사한 패션 잡지의 화보 촬영을 위해 연출한 느낌이었다. 다만 드러난 팔에 길게 난 상처를 덮은 의료용 테이프가 이게 촬영 현장이 아니라 현실이라고 이야기해 주는 듯했다.

좋아. 오늘도.

경민은 스스로에게 말해 주었다. 온몸에 자잘한 통증조차 그녀에게 나른한 만족감을 주었다.

경민은 조심스럽게 기척을 내지 않으려 애쓰면서 씻고 갈아입을 옷을 찾아 세연이 준 가방을 뒤적거렸다. 나름 조용조용 움직였는데 그녀의 기척 때문일까.

"잘 잤어요?"

"아……."

남자의 나른한 목소리가 귓가에 울리자 경민은 깜짝 놀라 돌아보았다.

베개를 안은 채 기댄 남자가 그녀를 보고 웃고 있었다. 나른한 미소, 헝클어진 머리카락, 그리고 느껴지는 미미한 체향.

경민이 뭐라 말을 꺼내기도 전에 그가 다시 웃으면서 말했다.

"잘 잤어요?"

두 번이나 묻자 경민은 대답할 수밖에 없었다.

"네. 잘 잤어요."

그러자 남자는 기지개를 켜면서 여전히 나른한 목소리로 말했다.

"그럼 이리 와서 모닝 키스해요."

"찾았어요? 못 찾아도 난 괜찮은데."

"찾았어요."

경민이 반가운 소리로 대답했다. 파우더 룸 옆에 있는 서랍 속에 간단한 화장품이니 하는 것들 담긴 케이스 속에 있는 손톱깎이를 꺼내 들었다.

"너무 길면 다친다니까요."

"아, 나 때문에 경민 씨가 다칠 수 있군요!"

"그게 아니라……."

경민은 얼굴을 붉히면서도 그의 곁으로 다가가 앉았다. 방금 샤워를 한 남자에게선 풀꽃 같은 보디클렌저 향기와 함께 물 냄새가 스며 나왔다. 정신이 아득해지려는 것을 겨우 가다듬고 그의 젖은 손을 잡아당겼다.

"나 혼자도 할 수 있는데."

"괜찮아요. 전에도 많이 해 봤어요."

병원에서 근무를 할 때는 그런 적이 없었지만 보건진료소에서 일을 하면서부터 경민은 나이가 들어 밭일을 하느라 새까맣게 흙이 낀 노인들의 손발톱을 직접 깎아 드리곤 했었다. 딱히 봉사 정신을 가지고 했던 게 아니라 눈이 어두운 노인들이 잘못 깎아 다친 것이 크게 덧난 것을 본 뒤로는 진찰 가방에 손톱깎이를 넣어 가지고 다니는 게 일상이었다.

지저분한 손발이라 그럴 필요 없다고 손사래를 쳤지만 경민은 못 들은 척 그들의 손은 붙잡았다. 딸랑 안부만 묻고 약만 준 뒤 용무를 끝내기엔 가가호호 방문할 집도 적었고 서먹한 분위기도 머쓱했기 때문이었다.

손발톱을 깎다 보면 자연스레 접촉도 하게 되고 말도 섞게 되어서 처음 발령을 받아 다들 낯을 가렸던 이들과 쉽게 친해지는 계기가 되었었다.

그래서인지 사고가 난 뒤로 정리를 못 한 남자의 손톱을 깎아 주겠다고 한 것이었다. 그냥 버릇처럼 자기가 타인에게 해주던 일이라 말했던 건데, 남자의 하얗고 긴 손가락을 보자 저도 모르게 마음속 한 곳에 열기가 피어나는 느낌이었다.

바닷바람이 잠자리 날개 같은 커튼들을 차 올렸다.

남자의 손끝에 서린 찬 물기가 사라지자 따뜻한 기운이 스몄다. 경민은 혹 자신이 너무 짧게 깎아서 아플지도 모르기에 신경을 온통 하얀 손톱에만 집중했다. 그러나 손을 내맡긴 사람은 달리 할 일이 없는지 다른 손으로 경민의 머리카락을 쓰다듬었다.

"기분이 이상해요."

"익숙하지 않아서 그럴 거예요. 그냥 조금만 참아요."

똑똑, 경쾌한 소리와 함께 경민은 늘 하던 일이니까 아무렇지도 않다고 여기려 애쓰면서 손톱과 손톱깎이에 신경을 쏟았다. 그러나 머리카락을 쓰다듬던 손길은 더 대담해져 그녀의 목덜미를 만지작거렸다.

"억지로 참고 견딜 만큼 나쁜 거 절대 아닌데요."

"그럼요?"

"되게 따뜻한 느낌이에요. 경민 씨가 내게 주는 느낌들이요."

"더운데 따뜻하다니 큰일이네요."

어색한 경민이 내뱉은 농담에 그가 웃었다.

"움직이지 말아요. 다쳐요."

"네."

순순히 대답한 남자가 무게를 싣지 않은 채 가만히 그녀의 굽은 등에 몸을 숙여 왔다. 경민은 남자의 체온이 불쾌하지 않았다. 오히려 그 반대였다.

"발 내밀어 봐요."

손톱을 다 깎은 그녀가 말했다.

"아니, 괜찮아요. 내가 할게요."

그가 당황한 듯 말하자 경민이 말했다.

"전에 일할 땐 할아버지 할머니 다 깎아 드렸어요. 괜찮아요. 아까 샤워했잖아요."

"그래도……."

"얼른요. 저기 소파에 앉아요. 다리 여기에 올려놓고."

경민은 어색하게 발을 내미는 남자를 쳐다보지 않으려 했다. 안 그러려고 해도 이미 제 마음속에는 정체도 알 수 없고 성분도 알 수 없는 분실물 같은 남자가 너무 많이 들어 있었다. 손톱, 발톱 따위 무시해도 그만인데.

아마 이 남자의 손끝 발끝까지 모조리 기억하고 싶은 걸까.

그냥 늘 하던 일이니까. 그것뿐이야.

스스로에게 왜 변명하는지 알 수 없었다. 그래서 늘 그렇듯 그녀는 말을 꺼냈다. 다들 손톱까지는 괜찮아도 발을 맡기면 어색하고 미안해했다. 그래서 아무렇지도 않게 떠드는 게 버릇처럼 되어 버렸다.

다 굳고 터지고 까칠하고 뭉개져 버리거나 죽은 발톱을 가진 수많은 노인들의 발과는 달리 남자는 발끝조차 미운 구석이 없었다. 아마 그건 제 마음 한구석이 투영되었기 때문이리라.

"여기 굳은살이 있네요. 구두만 신고 다녔나 봐요. 그렇죠?"

"그렇게 보여요?"

똑똑 소리를 내면서 경민이 아무 생각 없이 말을 이었다.

"진우 씨를 처음 봤을 때 뭘 신었는지는 기억이 없는데, 슈트 바지에 긴 드레스 셔츠를 입고 있었어요. 그 더위에 에어컨도 없었는데."

"그래요? 난 기억이 잘 안 나요. 의사 선생님 말로는 기억날 때가 됐다는데."

"억지로 그럴 필요는 없어요. 차차 기억나겠죠. 난 그게 인상 깊었기 때문에 생각난 김에 이야기한 것뿐이니까. 진우 씬 그런 정장이 잘 어울릴 거 같아요. 재킷 입으면 엄청 멋질 거 같아요."

"그래요?"

칭찬이라고 생각했는지 그는 좋아하는 기색이 역력했다.

"날 시원해지면 맨날 입어야겠어요. 그럼 경민 씨가 맨날 날 멋있게 봐 줄 테니까요."

정장 재킷을 입고 자신을 볼 일이 있을까. 경민은 잠시 생각하다가 제가 딴생각을 하면 이 사람이 다칠지도 모른다는 걸 깨닫고 정신을 차렸다. 남자의 발가락을 잡은 손에 힘이 들어가자 그가 키득거리면서 웃기 시작했다.

파도 소리에 섞인 남자의 웃음소리는 경민의 마음속을 간질이고 있었다.

"이거 맛있었어요."

"그러셨어요? 감사해요. 맛있게 드셨다니."

별장지기의 아내인 도우미가 남자의 진심 어린 칭찬에 미소를 지으면서 대답했다. 사투리 억양이 묘하게 든 도우미 아줌마의 요리 솜씨는 정말이지 입에 착착 감길 정도였고, 점심의 메인 메뉴는 남도식 물회였다.

경민은 상 위에 있던 그릇들을 왜건에 옮기는 도우미 아줌마를 도와 그릇들을 치우면서 말했다.

"이분이 외국 살던 분이라 회를 잘 못 먹는데 아주 맛있게 먹었어요. 진짜 맛있었어요."

"그럼 감사하죠. 그냥 두세요. 제가 치울 테니까."

"아니에요."

경민은 잘 먹은 식사에 고마움을 표하고 싶었기에 빈 그릇을 옮기는 걸 도와주려 했다.

이제 막 얼음이 녹아서 흥건해진 국물만 남은, 커다란 물회를 담았던 유리 볼을 들어 왜건에 옮기려 했을 때였다. 커다란 얼음덩어리가 들어 있던 물회 그릇은 이미 얼음이 녹아 버리긴 했지만 더운 날씨 덕에 그릇 표면에는 물방울이 잔뜩 맺혀 있었다. 그리고 커다란 유리 볼은 두께가 꽤나 두꺼웠기에 보기보다 묵직했다. 경민은 그것도 모르고 투명한 그릇을 한 손으로 들었다가 손끝에서 미끄러져 버리고 말았다.

한순간에 일어난 일이었다.

"아!"

경민이 날카롭게 소리친 순간 요란한 소리와 함께 그릇이 바닥에 떨어졌고, 유리 볼은 산산조각이 나 버렸다. 새빨간 물회 육수와 얼음 조각, 유리 조각이 사방으로 폭발물처럼 튀었다.

"에구!"

"아앗!"

도우미 아줌마의 고함 소리와 경민의 비명 소리가 연이어 들렸다. 놀란 경민이 뒷걸음질 치다 저도 모르게 유리 조각을 밟은 것이었다.

"조심해요! 다치셨어요?"

그때였다. 갑자기 뒤에 서 있던 남자가 주춤거리면서 뒷걸음질 친 것은.

"으……."

진우의 목소리를 들은 경민은 돌아보지도 않고 소리쳤다.

"이쪽으로 오지 말아요, 진우 씨!"

경민은 제 발에서 피가 나는 것도 급했지만 사방에 유리 조각과 남은 음식물이 쏟아진 채 엉망이 된 곳에 그가 오면 자신처럼 다칠까 봐 걱정되어 소리쳤다.

"에구 아가씨, 괜찮아요? 발에 피 나오는데!"

"괜찮아요. 아, 이거 어째."

"움직이지 마세요. 제가 슬리퍼 신었으니까, 제가 움직일게요."

온통 하얀 가구뿐인 곳에 시뻘건 국물과 산산조각이 난 유리 조각이 사방에 튄 데다 경민의 발에서는 피가 나고 있었다. 두 여자는 그것 때문에 정신이 없었다.

"괜찮아요. 그것보다……."

남자가 주춤거리면서 뒤쪽에 있는 의자에 주저앉은 것을 두 여자는 모르고 있었다.

"피부터 어떻게 해야겠어요! 피 많이 나는데."

"저쪽에 구급상자 있어요. 아, 그런데 어떻게 가지."

"그대로 뒤에 의자에 앉으세요. 제가 갖다 드릴 테니까. 병원에 가야겠죠?"

"그 정도까지는……."

유리가 박혔으면 가야 할지도 몰랐다. 경민은 제가 도와주려다 난리가 났기에 아픈 것도 모르고 오히려 미안해하고 있었다.

"어떡해요. 저 때문에……."

"아니에요. 그나저나 어째 많이 다쳤어요?"

"죄송해요."

파우더 룸에 있던 구급상자를 가져다주고 그새 전화를 했는지 별장지기 남편까지 올라와서 유리 조각들과 국물을 치웠다.

난리가 난 통에 지혈을 하긴 했는데 유리 조각이 상처에 있는지 아닌지를 알 수가 없었다. 거즈로 발바닥을 누르고 있다가 그제야 생각이 난 경민은 뒤를 돌아보았다.

"진우 씨, 진우 씨?"

그녀의 말꼬리가 흐려졌다.

"진우 씨, 괜찮아요?"

경민이 소리치자 바닥을 치우는데 정신이 없었던 별장지기 내외가 고개를 돌렸다.

"에구머니나, 왜 그러시죠? 여보! 병원에 가야겠어요!"

남자가 환자인 걸 알고 있는 도우미 아줌마가 소리쳤다.

하얀 의자 위에는 하얗게 경련이 일어 뻣뻣하게 사지가 굳은 남자가 정신을 잃고 있었다.

"아, 어떡해요!"

매달릴 사람이라곤 두 사람을 태우고 급하게 병원으로 달려온 별장지기 아저씨뿐이었다.

"아이고, 저 총각이야 의사들이 데려갔으니까 어찌하겠죠. 아가씨도 발 다쳤잖아요."

급하게 응급실로 와서 정신을 잃은 그의 곁으로 의사와 간호사들이 몰려나와 움직이는 침상에 눕히고 데려간 뒤에 응급실 앞 간이 의자에 앉아 눈물범벅이 된 경민을 보고 별장지기가 놀라 말했다. 그러고는 일어나서 응급실 앞을 지나가는 간호사를 붙들고 말했다.

"여기 이 아가씨도 발을 다쳤어요. 좀 봐 줘요!"

그제야 경민도 발바닥에 박힌 유리 조각을 빼고 간단히 꿰매는 처치를 받았다.

그러나 진우는 응급실에 없었다. 다년간 응급실에 근무했던 그녀의 경험상 아마 CT나 MRI 같은 특수 촬영을 하러 환자를 옮긴 모양이었다. 마침 어디서 사고가 났는지 응급실은 북적거렸고 경민은 그의 소식을 알 수 없었다.

무슨 일이 생긴 걸까.

병원으로 오는 내내 그는 호흡은 정상이었지만 맥박이 빠르고 약간의 쇼크 상태에 빠져 있었다. 무엇 때문에 그렇게 된 걸까. 새빨간 국물이나 제 발에서 나온 피 때문에 충격을 받은 걸까. 경민은 그 생각밖에는 들지 않았다. 과거에 그런 트라우마가 있었을지도 모를 일이었다. 제발 괜찮아야 할 텐데.

경민은 발에 붕대를 감고 모자란 응급실 침상에서 내려와 밖에 있는 보호자용 의자에 앉아 초조하게 소식을 기다렸다.

"괜찮아요?"

"아, 네."

별장지기가 다가와 경민에게 무언가를 내밀었다.

"사모님 전화예요. 휴대폰을 두고 오셨나 보네요. 집사람이 놀라서 연락을 했는지 사모님이 전화하셨어요. 받아 보세요."

경민은 휴대폰을 받아 들었다.

—경민 씨! 미스터 한 쓰러졌다면서요? 어찌 됐어요?

휴대폰 저편에서는 자신보다 더 놀란 세연의 목소리가 급하게 들렸다. 그제야 경민은 멍하던 정신이 좀 드는 기분이었다.

"제가 뭘 좀 깨뜨렸는데 그걸 보고 쇼크를 받았나 봐요. 지금은 검사 중인 거 같아요. 아직 결과는……."

—혹시…….

사모님의 우려가 무엇 때문인지는 잘 알고 있었다. 그러나 그건 경민도 아직 알 수 없었다.

"아직 여기가 바빠서 이야기를 못 들었어요."

—어떡해요, 경민 씨. 내가 좀 이따 갈 테니까…….

"아니에요. 그러시지 마세요. 크게 나쁜 일은 아닐 거예요. 올 때 제가 잘 살폈어요. 그러니까……."

—경민 씨.

"괜찮을 거예요."

경민은 제 입에서 나오는 말이 휴대폰 저편의 여자가 아니라 떨면서 휴대폰을 붙들고 있는 저에게 하는 말 같았다.

"환자는 의식 돌아왔습니다. 그냥 단순한 혼절 상태였어요.

검사상 이상 없고요. 그리고…….”

경민은 조용히 한진우의 주치의인 신경외과 박사의 말을 듣고 있었다.

“음…….”

하얀 백발에 잘 익은 복숭앗빛 안색을 지닌 인자한 모습의 의사 선생님이 약간은 곤란스럽다는 듯 경민을 쳐다보더니 다시 커다란 모니터로 시선을 돌렸다.

“이런 경우에는…….”

그냥 간단하게 ‘그렇다, 아니다’라고 이야기해 주면 안 되는 건가. 경민은 아무 말 없이 앉아 있었다. 다만 문밖에서 노교수의 외래 진료를 기다리는 환자들이 복도 가득 앉아 있는 것을 보고 왔기에 경민은 이 침묵 속의 짧은 시간마저도 미안스럽다는 생각이 들었다.

“의식은 차렸으니까. 직접 환자를 만나 보는 게 낫겠습니다. 그렇죠?”

“네.”

경민은 달리 할 말이 없어서 그렇게 대답했다.

피하고 싶었다.

행복한 순간이 영원할 수도 있을 거라 믿었다. 그리고 그랬으면 싶었다. 늘 현실적인 삶에 치여 사느라 꿈이나 이상 따윈 잊고 살았기에 그녀는 이 순간에도 기억을 잃어버린 쓸데없는 남자와 앞으로 생계를 유지하기 위해서 강릉의 개인 병원 같은 곳에 취직을 해야겠다는 생각까지 하고 있었다.

드라마에 나오듯 기억 상실증 따위가 아니라 충격에 의한 단순한 기억 장애일 뿐이었다. 비록 신경외과 병동에 근무한 적이 없었기에 본 적은 없었지만 누누이 설명하는 박사 학위를 가진 교수님의 이야기를 귀담아듣고 있었다.

인간을 구성하는 인체 구조 중에 구석구석 하나하나가 다 신기하지 않은 것이 없으며, 그 어느 것 하나도 쓸데없이 고장 날 일이 없다는 것도 잘 알고 있었다. 그런데도 불구하고 그 며칠 동안 그녀는 꿈을 꾸고 있었다.

그러니까 괜찮았다.

며칠이었을까. 경민은 복도를 걸으면서 날짜를 헤아렸다.

그와 그 하얀 별장에 간 날을. 그리고 그가 자신에게 입 맞추고 사랑한다고 했던 그 날들을.

젠장, 며칠인지 기억이 나지도 않았다.

그 날들이 며칠인지 세기도 전에 그녀는 아까 들었던 숫자가 적힌 병실 앞에서 발을 멈추었다.

남자를 보고 싶다는 마음이 반, 그렇지 않다는 마음이 반.

그녀는 잠시 머뭇거렸다. 그러나 오랜 시간 하얀 복도가 깔린 곳에서 일을 했던 그녀는 본능처럼 미닫이문을 열었다.

그리고 방에 들어서서는 발걸음을 멈추고 말았다.

14. 여행의 끝

하얗고 약간은 좁은 방 안에는 적절하게 온도가 잘 맞춰진 에어컨이 소리도 없이 작동하고 있었다.

그러나 미닫이문을 연 그녀에겐 일순간 이 작은 방 안이 진공 상태가 된 느낌이었다. 어딘가 작은 구멍이라도 생겨 모든 공기가 다 빨려 들어간 것 같았다.

멀쩡하게 청량한 공기가 가득 찬 방 안에서 산소란 것이 갑자기 증발해 버린 그런 느낌.

그가 있었다.

남자의 옷은 바뀌어 있었다. 검사를 위해서 누군가가 옷을 갈아입혔던 모양이었다. 이제 더 이상 병원에 있을 필요가 없다는 말을 들었는지 환자복을 벗고 있었다. 그러다 왼팔에 꽂힌 링거 바늘과 줄이 문제였는지 벗은 윗몸이 드러난 그는 줄에 걸린 소맷부리를 어쩌지 못하고 있었다.

그건 본능 같은 것이었다.

방 안이 진공이었든, 상대가 오늘 아침까지만 해도 저 하얀 상체에 제 코를 박고 향을 맛보며 열락을 느끼던 상대였든 상관없었다. 경민은 기계적으로 다가가 남자의 환자복 소맷부리 사이로 걸려 있던 링거의 플라스틱 팩을 내려 통과시켜 빼냈다. 병실이나 응급실에서 환자들이 환의를 갈아입을 때 하던 방법이었다. 남자가 당황스러운 듯 저를 쳐다보는 시선 따위는 무시한 채 경민은 자신이 이 병동의 담당 간호사라도 되는 듯 기계적으로 행동했다.

환자복 상의를 벗자 남자는 옆에 있던, 아침에 샤워를 하고 입었던 티셔츠를 집어 들었고 경민은 익숙하게 그 셔츠의 왼팔 쪽으로 링거 팩을 끼워 넣었다. 수액은 거의 다 들어갔지만 아직 좀 남아 있었다. 그러자 남자는 셔츠의 구멍으로 목을 꿰어 넣었다.

지극히 정상적이었고 아무렇지도 않았다. 남자의 하얀 윗몸은 셔츠에 가려졌다. 경민은 그것에 눈길 하나 주지 않고 남자가 벗은, 체온이 미미하게 남은 환자복을 개켰다.

부스럭거리는 소리와 천장에 달린 에어컨에서 쏟아지는 바람 소리, 그리고 하얀 연무를 뿜어내고 있는 가습기의 소음밖에는 이 작은 1인실에 다른 소리는 나지 않았다. 두 사람이나, 그것도 아까 오전에만 해도 한 몸 같았던 두 남녀가 같은 공간에 있는데도 불구하고.

경민이 침묵을 이기지 못하고 막 입을 열려는 순간이었다.

"미안해요."

"……."

남자의 한마디가 그녀의 말문을 틀어막았다.

그의 목소리는 명료했다. 하얀 병실에 딱 어울리는 명료하고 간결한 목소리였다. 그러나 경민은 그 한마디 말로 모든 걸 알 수 있었다.

그랬구나.

"다행이에요."

분명히 옆에는 그의 반바지가 있었지만 남자는 경민의 앞에서 갈아입지 못하고 있었다. 아침만 해도 두 사람은 아무것도 걸리적거리는 것 없는 맨몸으로 같은 침대에 누워 있었던 사이였는데.

"옷 마저 갈아입어요. 간호사 선생님한테 링거 다 들어갔다고 말씀드리고 올게요."

경민이 돌아서자 뒤에서 그의 목소리가 들렸다.

"경민 씨……."

그가 무슨 말을 할지 알 것 같았다. 물론 경민이 생각하고 있는 말이 아닐 수도 있었다. 그러나 그녀는 이미 이 방의 문을 여는 순간 깨달았다. 그건 그녀가 아주 오래전부터 두려워하고 있던 결말이었다. 하지만 그 결말은 모두에게 타당한 것이었다.

아주 많이 슬플 거라 생각했다. 오히려 아무렇지도 않게 담담했다. 스스로도 당혹스러울 만큼.

"난…… 나쁜 사람이었어요."

그의 담담한 목소리가 들렸다.

"……."

갑자기 가슴 한구석이 욱신거렸다. 아마 지금 제게 이야기하는 남자는 제레미 리프킨일 것이다. 오늘 아침까지 한진우는 그녀에게 속삭였었다. 내가 나쁜 사람이었을지도 모른다고.

별장에서의 남자는 경민에게 가장 소중한 사람이었다. 사랑하고 사랑받고 손길 하나 입맞춤 하나, 말 한마디가 다 소중했던 그 남자는 아마 매 순간순간이 다 진실이었고 진심이었을 것이다. 그리고 경민도 그랬다.

그러나 제레미 리프킨인 이 남자는 제게 진실이었던 적이 없었다. 그리고 본인도 그렇게 말했었다.

하지만 지금 이 한마디는 이 남자의 진심인 게 틀림없었다.

"괜찮아요."

경민은 그 한마디를 하고 방을 나섰다.

분명히 눈물이 날 것만 같았는데 아무렇지도 않았다.

아무렇지도.

「그렇게 처리됐습니까? 네, 빠른 시간 안에 돌아가서 처리하도록 하죠. 나머지 일들은 알아서 하도록 하겠습니다.」

그가 엄연히 국적이 미국인 외국 사람이란 걸 실감하게 되는 순간이었다. 물론 전에도 잠꼬대를 하거나 제정신이 아닐 때 의사와 대화를 하기도 했었지만 그때와는 또 달랐다. 지극히 사무적이면서도 한국어를 하는 것보다 영어로 말하는 게 훨씬 자연스러워 보여 잠깐 착각하지 않았나 싶었던 경민의 바람이 헛된 망상이었음을 알려 주고 있었다.

딱 한 사람, 익숙한 체취와 매혹적인 몸뚱이는 딱 하나뿐인데 경민은 매번 전혀 다른 사람을 보는 것 같았다.

오늘 아침까지만 해도 모닝 키스를 해 달라던 그는 이제 그녀의 기억 속에만 있을 뿐 그 어디에도 존재하지 않는다는 것을 깨달은 순간 경민은 지금까지 했던 걱정이나 우려가 다 부질없는 것이었다는 걸 알게 되었다. 그리고 그게 그다지 슬프거나 저를 힘들게 하지 않았다.

다행이었다.

그의 통화는 오랫동안 계속되었다. 의사와의 면담이 끝난 뒤에 언제 도착했는지 전 사장 부부가 보낸 사람이 별장지기와 이야기를 하고 있었다. 아마 퇴원 수속을 하려고 급하게 온 모양이었다.

"괜찮으시죠? 퇴원 수속은 알아서 하겠습니다. 사모님께서 곧 오신다고."

"아직 출발 안 하셨으면 오지 않으셔도 된다고 말씀드려 주세요."

경민이 말했다.

"그게……."

"아니, 꼭 그렇게 말씀드리세요. 저와…… 미스터 한은 별장에 가서 짐을 찾아서 갈 거라고. 나중에 제가 찾아뵙는다고 전해 주세요. 아, 아니에요. 제가 전화 드릴게요."

경민은 사무적으로 대답했다.

별장지기의 차 뒷좌석에 나란히 앉은 두 사람은 병원에 올 때와는 전혀 다른 사람이 되어 있었다. 진찰을 받으러 올 땐 앞에서 운전하는 이의 시선에도 아랑곳하지 않고 이 남자는 경민의 어깨에 팔을 두르고 손을 잡은 채 간간히 볼에 입을 맞추기도 했었다. 바깥에 지나가는 우스꽝스런 간판을 발견하고 선 이야기를 하면서 웃기도 했고 모퉁이를 돌면 나타나는 바다에 탄성을 지르기도 했었다.

그러나 지금 두 사람은 뚝 떨어져 앉은 채였다. 경민은 의미도 없이 바깥에 시선을 고정시켰고 그는 뭐가 그리 바쁜지 계속 전화 중이었다.

"여권은 아마 이쪽에 있을 겁니다. 혹 못 찾으면 대사관에서 다시 발급받으면 될 거고……. 나머지 짐은 장 부장이 보관하고 있다니 다행이긴 한데 지금 그게 문제가 아니라 저쪽에서 사고가 터졌네요. 하필 마이애미의 블루밍 하우스 건이라서……. 법적으로도 문제가 있는 모양입니다. 마이애미의 블레어 검사에게 연락을 해야 하는데 연락처가 다 사라져서 찾고는 있는데 본사에 연락을 넣어야 할 것 같아서요. 한시가 급해요. 하여튼 여권을 찾으면 바로 출발할 수 있도록 직항으로 찾아 주시기 바랍니다."

남자의 목소리가 마치 자동차의 오디오에서 나오는 타인들의 방송같이 들리는 건 기분 탓일 터였다.

눈앞에 하얀 별장 건물이 보였다. 뭐라 말을 해야 할지. 갑자기 바뀐 분위기를 확인한 별장지기는 우물쭈물하면서 차를 세우고 문을 열었다. 연락을 받았는지 근심스러운 표정의 도우미도 보였다.

"저기, 괜찮으신지……."

"네, 덕분에 괜찮습니다."

분명히 경민에게 물었지만 차에서 내린 그가 대답했다. 도우미의 당황스러운 얼굴을 보지 않아도 경민은 이 남자의 사소한 몸짓 하나까지 완전히 다른 사람이 되었다는 걸 알 수 있었다. 어떻게 저럴 수 있는 걸까.

그때였다. 다시 벨소리가 울렸다. 별장지기의 전화였지만 제 휴대폰처럼 자연스럽게 받는 건 그였다. 경민도 경황이 없어 세연이 챙겨 준 그녀의 새 휴대폰을 가지고 오지 못했다는 걸 떠올렸다.

"음, 여기 상세 주소가……."

그가 고개를 돌려 별장지기에게 물었다.

"여기 주소가 어떻게 됩니까?"

경민은 아무 말 없이 소지품들을 챙기느라 바빴다.

"저기……."

"이거라도 괜찮을까요? 좀 낡았는데……. 조금 기다리시면 바깥양반한테 사 오라고 할 텐데요."

"괜찮아요. 그냥 아무 데나 넣어도 돼요. 다만, 저기 진우 씨 물건은……."

경민은 말을 잇지 못했다. 그냥 자신이 챙기는 게 속 편할 것 같았다. 도우미 아줌마가 가져온 캐리어를 보고 경민은 아까 챙겨 두었던 그의 옷이나 속옷 등을 챙겨 넣었다. 별장에서 나올 때도 짐이 꽤 늘어나 있었는데 이곳에서도 은근히 짐들이 많아졌다.

"굳이 다 안 챙겨도 됩니다."

경민이 차곡차곡 옷을 챙겨 넣는데 무언가를 찾으러 욕실 옆 파우더 룸에 온 그가 제 옷들을 보고 말했다.

"네?"

"챙길 필요 없다고요. 조금 있으면 사람 올 거니까 경민 씬……."

"제가 알아서 갈 거예요. 신경 쓰지 마세요."

"……."

그가 잠시 침묵을 하더니 말을 이었다.

"일이 좀 많이 밀려서 복집하게 된 모양이에요. 사고도 좀 있고……."

"네."

경민은 그가 만류했지만 멈추지 않고 짐을 챙겼다.

"아마 좀 있으면 사람이 도착할 겁니다."

"네."

경민은 안쪽 지퍼가 헐거운지 잘 잠기지 않는 것을 잠그려고 애쓰고 있었다.

"우선 출국을 할 거예요."

"저 신경 안 쓰셔도 돼요."

경민은 오로지 지퍼에만 신경을 쏟으려고 애썼다. 어딘가가 우그러진 걸까.

그걸 보고 있던 진우가 다가왔다. 바닥에 쪼그리고 펼쳐진 가방 속에 안쪽 지퍼를 올리려 애쓰는 경민 옆으로 다가와 앉더니 손을 내밀었다. 경민은 저도 모르게 남자의 손이 다가오자 손을 움츠렸다. 그 행동에 잠깐 멈칫한 그가 손을 내밀어 지퍼를 올리자 잠깐 걸려 있던 게 빡빡하나마 올라가기 시작했다.

지퍼를 제대로 올려 준 남자는 잠시 손을 멈추고 뭔가 말을 하려는 듯 망설이고 있었다.

"고마워요."

가방 안에는 온통 그의 물건들이 가득 차 있었다. 경민은 자신의 짐을 싸듯 다시 그 위에 잘 개켜진 옷들을 넣기 시작했다.

그때, 그가 잠시의 침묵을 깨고 말했다.

"내가…… 어떻게 했으면 좋겠어요?"

돌아갈 곳이 있다는 건 그래도 좋은 일이었다.

아무리 화려하고, 아무리 좋은 곳이라도 그곳이 내 집일 수는 없었다.

길고 긴, 화려하고 위험스럽고 대단했던 경민의 휴가는 끝이 났다. 아마 평생 다시 겪을 수 없을 만큼 대단한 일들이 벌어진 것이 틀림없었다. 어둠 속에서 익숙한 지명이 창밖으로 보였을 때 경민은 묘한 기분이었다.

안도, 혹은 즐거운 꿈에서 깨어났을 때의 실망 비슷한 것 같기도 한.

“고마워요. 오래 운전해서 힘드셨을 텐데 어디 주변에 좀 숙소라도 잡아서 쉬었다 가세요. 정선에 가면…….”

“아닙니다. 걱정하지 마세요. 아가씨가 더 고생하셨죠, 뭐. 사모님이 잘 모시라고 했는데 힘드셨죠? 제가 초행길이라.”

진우는 급하게 내려온, 경민도 익히 얼굴을 알고 있는 장부장의 차를 타고 빈손으로 떠났다. 경민은 하룻밤 자고 내일 아침에 가라는 별장지기 내외와 전화로 만류하는 세연에게 완곡하게 거절하고 돌아가겠다고 말했다. 세연은 그럼 말리지 않을 테니 별장지기가 데려다주는 차를 타고 가라며 몇 번이고 다시 권했다.

지금도 낯선 남쪽 몽돌 해안이 있는 바닷가 동네에서 강원도 산골 중의 산골인 문래리는 멀기도 멀었다. 휴게소에 들려 저녁을 먹은 시간 빼고 내내 달려서 새벽 2시가 다 돼 가는 시간에 겨우 도착할 수 있었다.

“어디서 주무시고 가세요. 이 건물 체력 단련실에 침대가 있으니까…….”

“아이고, 걱정하지 마시고 들어가세요. 그리고 꼭 놀러 또 오세요, 네?”

“네. 그럴게요. 조심해서 가세요.”

별장지기의 차가 시야에서 사라졌을 때 경민은 아직도 후덥지근한 문래리의 가라앉은 공기를 느끼면서 드디어 제집으로 왔다는 걸 깨달았다.

진우가 가져가지 않았던 그의 짐이 든 트렁크를 물끄러미 보던 경민은 굳이 집에 들여다 주겠다는 걸 만류했다. 제 짐들이 마치 작은 이삿짐처럼 쌓여 있는 것을 보고 있다가 얼른 문을 열었다. 관사의 문이 디지털 도어록으로 되어 있는 게 천만다행이고, 열쇠로 보조 잠금장치를 잠그지 않은 것도 다행이라고 생각했다. 문 안에는 몇 주 동안 쌓인 공기가 무겁게 가라앉아 있었다.

창문을 열어 환기를 시키고 땀을 뻘뻘 흘리면서 경민은 그 많은 짐들을 우선은 다 방 안으로 옮겨야 했다. 그래도 낯익은 자신의 공간에 돌아온 경민은 마치 꿈에서 깨난 것 같은 기분이었다.

환기가 끝나 후덥지근해진 방 안을 둘러보던 경민은 창문을 닫은 후에 에어컨을 켰다. 바싹 말라붙어 있는 욕실에서 찬물로 샤워를 하고 나오니 정말 현실로 돌아온 것 같았다.

마치 모든 것이 어제 일 같은 그런 기분이었다.

책상 위에는 여전히 노트북이 열린 채 있었고 침대 위에는 나가면서 던져 놓았던 반바지와 헐렁한 민소매 티가 그대로 널브러져 있었다.

경민은 젖은 머리카락을 닦으면서 차가운 공기가 가득해진 방 안을 둘러보다가 마르는 걸 기다리는 것을 포기하고 새 수건을 베개 위에 놓고 불을 껐다. 너무 피곤해서 금방 곯아떨어질 것 같았지만 머릿속의 불은 쉬이 꺼지지 않았다.

왜 그런 대답을 했는지는.

지금도 알 수가 없었다. 평소에도 진취적이고 독립적이면서 자의를 가지고 있는 여성이 되고 싶다는 거창한 생각 같은 것은 해 본 적 없었다.

그냥 먹고 살기 위해서 가장 돈을 잘 벌 수 있는 간호사가 되었고 생명을 다루는 일이니까 좀 더 열심히 공부하고 노력한 것밖에는 없었다. 의사 사모님이 되고 싶었던 게 아니라 그냥 송 선생이 인간적으로 불쌍해 생겨났던 동정심이 사랑으로 변했을 뿐이었다. 그리고 그게 어느덧 제 진심이 되었기에 배신에 대한 충격에 움츠러들었을지도 몰랐다.

문레리의 조용한 보건 진료소에서도 경민은 소설책 속의 사랑이나 드라마 속의 로맨스를 꿈꾸진 않았다. 아직 젊으니까 인연이 있다면 누군가를 만나겠지만 굳이 그러지 않아도 상관은 없다고 생각하고 지루한 하루하루를 열심히 살았을 뿐이었다.

'사랑이 운명이다' 라고 고분고분하게 순종적으로 살 생각도, '내 인생은 내 것이니까 스스로 개척할 거야' 라고 거창하게 여기지도 않았다.

"내가…… 어떻게 했으면 좋겠어요?"

끊임없이 낯선 언어로 누군가와 통화를 하고 바쁜 지시를 내리던 남자가 제 곁에 와서 익숙한 숨결을 뿜으면서 물었다.

뭘. 당신이 뭘 어떻게 할 건데. 차라리 '우리 이제 어떻게 할까요' 하고 물었으면 달라졌을까.

아니, 어차피 자신의 대답은 똑같았을 것이다.

"해야 할 일을 해야죠. 그걸 왜 저한테 물어요?"

알고 있었다. 그 남자가 거기서 '그럼 나도 당신하고 갈게요' 라고 대답할 리 없다는 걸.

그냥 그 물음은 아마 의례적이고 며칠간 남자의 또 다른 자아가 가졌던 마음에 대한 죄책감을 덜기 위한 말이었을 것이다.

경민은 알고 있었다. 자신이 '사랑' 이란 걸 한 사람은 이미 이 세상에 없다는 걸.

저 싸늘하고 계산적인 제레미 리프킨이란 남자랑 함께할 자신 같은 것도 없다는 것도.

지금 차가운 공기가 가득한 어둠 속에서 제 볼을 타고 뜨거운 것이 떨어져 내리는 이유는 아마 다시는 그를 만날 수 없다는 서러움 때문이었다. 적어도 그 빌어먹을 송 선생 새끼보단, 그를 더 '사랑' 했었으니까.

밤새 뒤척이다 자는 걸 포기한 경민은 날이 밝자마자 항아리 속을 뒤졌다. 물론 그 먼지 쌓인 항아리들은 여전히 누구의 손길도 닿지 않은 채였다. 혹여 모든 게 꿈이 아니었나 싶었지만 묵직한 돈 1억 4천 5백만 원은 여전히 남자가 메고 왔던 그 헐렁한 배낭에 담긴 채 얌전히 먼지를 뒤집어쓰고 들어 있었다.

그 전 사장이란 사람의 어마어마한 집이라든지, 최신 휴대폰에 한도 없는 카드를 넣어서 보내 주는 젊은 사모님의 씀씀이를 굳이 보지 않더라도 이 돈은 그들에겐 별로 가치가 없는 금액일 것이다.

"이건 위자료예요. 그러니까 그냥 받아요."

사람의 한정된 머릿속에 너무 많은 것을 한꺼번에 입력하면 회로가 망가지는 게 분명했다. 그리고 제 머릿속도 망가진 것이 틀림없었다. 전 같으면 절대 이런 생각 같은 것들을 하진 못했을 것이다.

여명과 함께 낯익은 새소리들이 이곳이 문래리라는 것을 일깨워 주자 그녀의 머릿속에는 한 문장만 떠올랐다.

여기선 더 이상 살기 싫어.

오랜 부재는 상당한 후유증을 남겼다.

"소장님! 사고 당하셨다면서요! 아니, 대체 어디로 휴가를 가셨다가……. 지금은 괜찮은 거예요? 난 가족은 언니 하나뿐인 줄 알았는데 사촌 동생이 여기까지 찾아 왔더라고요. 하나도 안 닮았던데. 하여튼 간에 나 혼자 진짜……."

대충 어떻게 처리했는지 알 것만 같았다.

그녀의 휴가는 3주 하고도 이틀이나 걸렸었다. 그동안 시간이 어떻게 가는 줄도 모르고 있었으니까.

"전화도 안 되지, 달리 연락할 데도 없지. 진짜 내가 그 연락 안 온 시간 동안 얼마나 걱정했는지 알아요? 아니, 그런데 어쩌다가 남해까지 갔데요? 병원에서 떼 준 진단서 검색해 보니까 전라남도던데. 그쪽에 친척 있었어요?"

셜록 홈스 빰치는 장 선생의 끊임없는 질문 공세는 아무래도 한 달 내내 계속될 기세였다.

"저 사정이 생겨서 여기 이제 그만둘 거예요. 무단으로 자리를 비운 것도 있고요. 오늘 위에 서류 보냈어요."

"네에?"

장 선생의 눈이 휘둥그레졌다.

"아니, 여기처럼 좋은 직장이 어디 있어요? 개인 병원이나 종합 병원 가 봐요. 고생에, 인간적 멸시에. 나도 전에 간호조무사 시절에……."

장 선생이 간호조무사를 했었다는 걸 함께 일한 지 1년 만에야 알게 되다니. 경민은 쉴 새 없이 이 좋은 보건진료소의 장점과 경민 같은 젊은 여자가 한적하게 있기엔 더할 나위 없이 좋은 직장이라는 이야기를 끊임없이 들어야 했다.

누군가 좀 와서 이 지겨운 사설을 끊어 놨으면 하고 바라고 있을 때였다. 열어 놓은 창문 밖으로 차 소리가 났다.

"어디 누가 또 아픈가?"

장 선생이 고개를 뺀 이유는 그녀의 데이터베이스에 입력된 자료에는 없는, 이 동네에서 나기엔 너무 조용한 엔진 소리였기 때문이었다. 자리에서 일어나 바깥에 선 낯선 차를 보고 또다시 호들갑스럽게 말을 이었다.

"수련원도 문 닫았는데……. 길 물어보려나? 아님 임계 지소장이 차를 바꾼다더니 바꾼 건가."

경민도 흘끗 차를 내다보았다. 여기서 차를 돌리려는 사람이 아니라면 뭔가 일이 있어서 왔을 테니 누군가 들어올 게 틀림없었다. 그런데 곧 또다시 차 소리가 나더니 다른 차 한 대가 더 들어왔다. 하얀색의 말리부 한 대와 그 뒤에 작은 차 한 대였다. 뒤에 가려서 보이진 않았지만 뭔가 알록달록한 스티커로 선팅이 된 차인 듯했다.

"웬 사람들이……."

그때였다. 하얀색 차에서 내린 사람이 보건진료소 문을 열고 들어왔다.

"무슨 일이세요?"

궁금증을 참지 못한 정 선생이 벌떡 일어나서 먼저 물었다.

"강경민 씨 계십니까?"

"네?"

경민이 갑자기 나온 제 이름에 당황해서 자리에 일어나서 되물었다.

"강경민 씨입니까?"

"네, 그런데요. 무슨 일이시죠?"

보건진료원이라는 명칭이 붙지 않았으니 관공서에서 온 사람은 아닐 터였다. 장 선생이 뭐라 물으려는데 정장을 잘 차려입은 남자는 손에 들고 있던 가방에서 서류뭉치들을 꺼냈다.

"구입하신 차 탁송 왔습니다. 나와서 확인하시고 확인증에 사인 부탁드립니다."

"네?"

장 선생과 경민은 둘 다 잠시 말을 잇지 못했다.

"차라뇨?"

경민은 그제야 호텔 주차장에서 괴한에게 습격을 받은 뒤로 도망치기 바빠 자신의 차를 잊어버리고 있었다는 사실을 기억해 냈다. 아마, 뒷좌석 창문에 그 나쁜 사람의 머리 때문에 금이 갔었던 거 같았는데.

"강 소장님 새 차 뽑았어? 어쩐지 차가 없더라니!"

장 선생의 비명이 이어졌다. 경민은 그녀의 목소리가 가끔 듣기 싫을 때가 있었지만 지금처럼 심한 적이 없었다. 영문을 알고 싶은 건 자신이었다. 그가 보낸 걸까.

"저기 난 차를……."

그러나 그렇게 이야기했다간 또 저 여자의 무지막지한 추궁에 시달릴 것이 분명했다. 젠장.

"저기요."

"보험은 다 확인하셨죠? 나가서 확인해 보세요. 혹 차에 이상 있으면 다시 반송하시면 됩니다. 보시고 이상 없으시면 탁송 서류에 사인을 하시면 됩니다."

"어머나, 새 차가 역시 좋아. 이거 얼마라고 했죠? 옵션 풀인가? 어디서 샀어요? 정선에서 산 건 아니죠? 서울서 샀나?"

누가 이 차를 계약했는지, 자신의 스파크는 어떻게 된 건지 좀 묻고 싶었지만, 장 선생의 무시무시한 수다 덕에 어느것 하나 물어볼 수 없었다. 경민이 급하게 인수서에 사인을 하자 사람들은 사라졌다.

"아우 차 너무 좋다. 아니, 차도 바꾸고 직장도 그만두고. 우리 소장님 시집가나? 그새 멋진 남자라도 생긴 거가?"

1년 동안 제 주변에 남자 하나 얼씬하지 않은 걸 그 누구보다 잘 아는 이 수다쟁이 여자의 추측은 반쯤은 맞는 건지도 몰랐다.

해가 짧아지고 있었다. 물론 2, 30분 차이지만.

텅 빈 보건진료소 앞마당엔 낯선 새 차가 서 있었다.

익숙하지 않은 새 번호로 된 휴대폰에 부재중 번호가 찍힌 채 반짝거리고 있었다. 경민은 애써 그것들을 무시하려 했다. 열린 창문 사이로 경운기 소리가 털털거리면서 났다. 그동안 익숙해진 문래리의 퇴근 후 정경이었다.

경민은 이 일이 좋았다. 나이 든 오지의 고된 삶을 살고 있는 이들이 제 보살핌에 감사하고 기뻐하는 것이 하루 종일 동동거리면서 의사들의 멸시와 성난 환자 보호자들의 눈초리, 선임 간호사들의 질책 속에서 사는 것보다 나았었다.

가끔은 지루하고 가끔은 뭔가 신나는 일이 일어났으면 좋겠다는 바람을 갖고 차도 지나가지 않는 도로를 쳐다보는 삶이 나쁘지 않았었다.

그러나 경민은 어울리지 않는 파란색의 침대 커버와 분홍색의 여름 이불이 덮인 저 침대에 더 이상 눕고 싶지 않았다. 꿈결처럼 재미있고 스펙터클한 꿈을 꾸었다고 생각하면 그만이었지만, 개 같은 송 선생 때문에 병원 생활을 접었듯 이 당혹스러운 여름휴가의 추억 때문에 이 지루하고 재미없는 생활을 접을 수 있어서 다행이었다. 아직 젊고 뭔가를 할 수 있는 능력이 있으니까. 제 인생의 다음 페이지가 어떤 모습일지는 모르겠지만 괜찮을 것이다.

그렇게 생각하고 싶었다.

그건 그냥 꿈이었다고.

그런 꿈속에서 누군가 속삭였다.

"내가…… 어떻게 했으면 좋겠어요?"

남의 짐이 가득 든 트렁크가 자리를 찾지 못하고 여전히 생뚱맞게 옷장 옆에 서 있었다.

—거긴 왜?

"아니, 그냥……."

—산호세까지 오는 직항 생겼어. 뭐 아는 사람이라도 있어?

"아, 그냥 어쩌다 아는 사람이 산호세에서 일한다고 했었거든. 그래서 그냥 본 거야. 내가 거기가 어디라고 가."

경민이 웃으면서 대답했다.

괜히 언니의 노트북에서 항공권을 검색해 본 게 화근이었다.

—혼자 거기 있는 게 안쓰럽긴 하지만 여기 오라곤 말하지 못 하겠어. 여기도 사는 게 녹록지 않다. 넌 늘 보고 싶긴 하지만 말이야. 아무래도 말이라도 잘 통하는 한국이 낫지 싶어. 형부 아니었음 나도 여기서 살겠니, 뭐……. 지금 그때로 돌아간다면 절대 여기 안 온다고 했을 거야.

살인적인 물가에 치여 사는 언니의 말이었다.

그 뒤로 그의 소식은 알 수 없었다. 간간히 궁금증을 이기지 못한 사모님의 전화가 왔지만 경민은 슬며시 그 전화를 피했고, 옛 번호 그대로 휴대폰을 다시 개통했다. 아마 상대도 그걸 느꼈는지 아니면 그 작은 공주님이 크면서 바빠진 건지 전화의 횟수도 점점 줄어들었다.

그새 문래리의 보건 진료소엔 나이 지긋한 새 보건진료원이 부임했고 경민은 수다스러운 장 선생과 동네 사람들의 배웅을 받으면서 짐들이 실린 트럭과 새 차로 그곳을 떠났다.

특이한 일이라면 경민의 급여가 들어오는 통장에 수상한 뭉칫돈이 입금됐다는 사실이었다. 사모님에게 전화해 물어보니 자신도 모르겠다는 대답이 돌아왔다.

—난 아닌데 혹시 미스터 한 아닐까요? 나도 잘은 모르는데 하여튼 우리 연우 씨 때문에 미국에서 큰 이권을 얻게 되었다는 이야길 들었어요. 뭐, 이쪽 일이란 게 금액이 한두 푼이 아니니까 그 정도 돈쯤이야, 뭐. 같이 고생했잖아요. 수고비라고 생각하고 가볍게 받아요.

역시 서민이 사는 세상에서는 당혹스러운 돈이었다. 이걸 어찌해야 할까. 은행에 여러 차례 전화를 하고 알아본 바에 의하면 외국환이었기에 입금된 곳을 알아도 어찌할 수 없었다.

경민은 마침 강릉에 우후죽순으로 생기는 새 아파트를 보고는 충동적으로 계약을 해 버렸다. 후임자가 나오기 전 한 달 사이에 장 선생이 세뇌를 시키듯 강릉으로 갈 거면 새 아파트를 찾아보는 게 낫다고 이야기를 했기 때문이었다.

물론 그녀의 사정으로 새 아파트를 산다는 건 꿈도 못 꿀 일이었다. 강원도라 하지만 고속철이다 올림픽이다 해서 갑자기 집값들이 천정부지로 뛰어올라 서울 못지않았으니까. 아마 장 선생도 대출을 받아서 전세로 마련하라는 뜻이었을 것이었다.

굳이 강릉에서 살 이유는 없었지만 경민은 위치도 좋고 깨끗한 신축 아파트의 급매물을 보게 되었다. 집이 마음에 든 경민은 자신도 모르게 퇴직금과 그동안 모아 놓았던 돈, 그리고 정체불명의 항아리 속의 돈과 통장에 들어온 출처를 알 수 없는 돈까지 싹싹 끌어 매매 계약을 해 버렸다.

아마 머릿속이 이상해졌을지도 몰랐다. 그렇게 정체도 알 수 없는 돈을 선뜻 쓸 생각을 했다는 것을 보면. 이전의 강경민이었다면 상상도 못 할 일이었다. 하지만 많은 일을 겪은 탓일까. 경민은 아무렇지도 않게 아파트 계약서에 사인을 해 버렸다.

아파트는 한 달쯤 후에 비게 되었고 그녀는 제 짐들을 이삿짐센터에 맡겨 놓은 뒤에, 결혼하고 미국으로 간 뒤로 한 번도 보지 못한 언니가 있는 뉴욕으로 날아갔다.

사진으로만 보았던 어린 조카는 한국말보다는 영어가 훨씬 더 익숙했다. 언니 내외는 둘 다 직장이 있었기에 경민은 주말 빼고는 멍하니 좁은 아파트를 지켜야 했고 주변을 구경하기엔 뉴욕 중심지에서 한참 먼 변두리라 두려움이 앞섰다. 슬럼가는 아니었지만 그다지 잘사는 사람들이 있는 구역이 아니라서 정체 모를 흑인들이나 껄렁하게 농담을 거는 백인 남자들의 시선도 무서웠다. 물론 한인 타운이 근처에 있었지만 혼자 돌아다닐 만큼 재미있어 보이지도 않았다.

시간을 내서 오랜만에 본 동생을 반기는 언니는 그녀와 많은 시간을 보내고자 했지만 본디 자신의 생활들이 있었던지라 경민은 슬슬 돌아갈 날을 손꼽게 되었다.

일부러 일정을 넉넉히 잡은 건 아니었다.

그리고 미국이라곤 마이애미나 뉴욕, 혹은 LA밖에 관심이 없던 그녀가 인터넷으로 산호세라는 낯선 지명을 찾고 기억을 더듬고 더듬어 KPMG를 찾게 된 건 미련이라기보다는 그냥 할 일이 없어서였을 뿐이었다.

마음만 먹고자 한다면 세연을 통해서 얼마든지 그가 어디에 있는지 무엇을 하는지 알 수 있었을 것이다.

—경민 씨, 미스터 한 돌아갔다는데……. 연락 없었어요? 내가 어디 있는지 위치 가르쳐 줄까요? 가 볼 생각 없어요?

친절한 사모님은 경민이 부탁했다면 아마 안내하는 사람까지 붙여서 그의 집 앞까지 바래다줄 작정이었던 모양이었다.

“인연이 있다면 또 보겠죠. 굳이 그럴 필요 없어요. 전 그냥 즐거운 시간 가졌던 걸로 만족해요. 각자의 생활로 돌아가는 거에 미련 없어요. 생각해 주셔서 감사합니다.”

—경민 씨…….

왜 이 젊은 사모님은 자신과 그를 이어 주지 못해 안달이 났었을까 생각하면 참 우스워졌다.

보건진료소를 그만두고, 이사를 계획하고, 아파트를 보러 다니고, 또 미국행을 준비하고. 처음 겪어 보는 낯설고도 바쁜 시간이 오히려 다행이었다.

이상하게도 자다가도 분하고 속상하고 서글프기까지 해서 벌떡 일어나 찬물을 마시게 했던 송 선생과는 달리, 경민은 이 남자를 수월하게 잊을 수 있었다. 속으로 유추하건대 그 이유는 아마 제가 그리워하고 잊지 못할 남자가 더 이상 이 세상에 없기 때문이란 걸 잘 알기 때문인 건지도.

제레미 리프킨이라는 껍데기를 가진 남자는 세상에 존재하지만 경민에게 사랑을 속삭였던 한진우란 남자는 영영 사라졌으니까. 쓸데없는 것을 그리워할 이유가 없어졌기에 경민은 오히려 마음이 가벼워졌다.

"돌아갈 거야?"

"그래야지, 뭐."

"거기 일 그만뒀다면서."

"병원은 많아. 그리고 나 경력도 화려하잖아. 어디든 다시 취직할 수 있어. 아 참, 나 집 마련했어. 다음번엔 언니가 가족들이랑 한국으로 와."

"그래? 나중에 시간 내서 꼭 갈게."

언니의 대답을 들은 경민은 살짝 웃어 보이곤 밖으로 시선을 돌렸다. 뉴욕의 가을은 멋졌다.

어느새 뉴요커가 된 언니의 손을 잡고 작은 펍에서 맥주를 마시면서 경민은 이런 시간이 또 올까 싶었다. 아니, 다시 뉴욕으로 와 언니와 만나 이야기를 하더라도 자신은 나이를 더 먹고 다른 사람이 되어 있을 것이 분명했다. 지금 이 시간은 다시 오지 않을 것이다.

다시 오지 않는 것들은, 그래서 아름답고 소중했다.

그도…… 다시 오지 않으니까.

그러니까 사랑했다.

15. 일상

"강 쌤! 이따 퇴근하고 뭐 할 거야? 나랑 가자니까."

"약속 있어요."

"에이, 거짓말!"

"왜 거짓말이라고 단정해요?"

경민은 조금 화가 났다.

"저번에 소개팅한 남자하고도 쫑났잖아. 집에 가서 멍하니 있으려고 그래? 그냥 가 보면 된다니까. 그리고 우리 교회 청년 중에 괜찮은 사람이 얼마나 많은데! 그냥 가자. 오늘 재밌는 거 많이 한다니까!"

그녀의 인생에 있어서 가장 남의 참견을 잘하는 이는 문래리에서 근무하는 장 선생뿐인 줄 알았었다.

그러나 장 선생은 애교 수준이었다는 걸 깨닫게 된 건 바로 이 박 선생 때문이었다.

“울 강 쌤한테 저번에 그 총각은 좀 아니었잖아. 내가 소개시켜 주고 미안하더라고.”

아니, 그러면 처음부터 소개를 시켜 주지 말든지. 경민은 신경질적으로 대기 환자들의 숫자를 세었다.

“그런데 진짜 이번엔 달라. 크리스마스이브에는 뭐니 뭐니 해도 교회에 가서 예배를 봐야지. 그리고 청년회에서 하는…….”

“선생님, 저 약속 있다고요!”

경민은 저도 모르게 소리를 지르고 말았다. 그 때문에 대기실에 있던 환자와 보호자들이 일제히 그녀를 쳐다보았다.

“아, 죄송합니다.”

경민은 고개를 숙일 수밖에 없었다.

뉴욕에서 돌아와서 경민은 순조롭게 이사를 했다. 그 후 새로 생긴 시내의 소아과에 취직하게 되었다. 종합 병원의 응급실이나 수술실과는 비교도 안 되는 단순한 업무였지만 머리를 쓸 필요도 공부를 할 필요도 없는 참으로 박봉에 소모적인 직업이란 걸 출근한 지 이틀 만에 깨닫고 말았다.

의사 선생님들이 우는 아기들에게 주사를 놓을 때 환자를 잡고 있거나 기껏해야 구내염에 마취제를 바르고 알보칠을 발라 주거나 혹은 막 아프려는 아기들에게 약을 처방해 주는 게 하루 종일 하는 일인 의사 옆에서 아기들 옷을 끌어 올려 진찰을 하게 하거나 얼굴을 잡아 귀 안을 들여다보는 걸 돕는 것이 주 업무였고 부 업무는 우는 아이에게 비타민제를 주거나 혹은 대기실에서 아기들이 토하거나 실수한 대소변을 치우는 것이었다.

늘 울음소리가 가득했고 언제나 뛰어다니는 아이들 투성이였다. 함께 일하는 박 선생은 간호사 자격증이 없어서 주로 접수와 수납 업무를 하고 있었다.

하지만 나이가 더 많고 오지랖 경험은 장 선생을 뛰어넘는 지경이라 사실 경민은 일하는 것보다 박 선생에게 시달리는 게 더 스트레스였다.

게다가 오늘은 크리스마스이브였고 새로 생긴 이 소아과는 2시까지 진료를 본다고 공지해 둔 상태였다. 주변에 병원이 워낙에 많아서 틈새시장을 노리고 토요일도 2시까지 진료를 했고 경민은 그걸 출근한 뒤에 알게 된 터였다.

그러나 웃긴 건 평상시 진료 시간에는 사람이 없다가 꼭 이렇게 휴일이나 토요일만 되면 다른 병원이 다 문을 닫아서인지 환자들이 넘쳐난다는 점이었다.

이미 1시 반이 넘은 시간이라 경민은 시계만 쳐다보면서 진찰실을 돌보는 조 간호사랑 번갈아 가며 환자를 호명하고 진찰실을 들락거리고 있었다. 그 와중에 박 선생은 쉴 새 없이 그녀에게 오늘 자기와 교회에 가자고 꼬드기는 중이었다. 아니, 꼬드긴다기보다 강요를 한다고나 할까.

조 간호사는 이미 아기가 둘이나 있는 주부였고, 박 선생

역시 유부녀였다. 그녀는 병원에서 유일하게 처녀인 경민을 자꾸만 교회 청년들과 엮어 주려는 오지랖을 시전하고 있었고 그 덕에 경민은 머리가 아플 지경이었다.

다른 병원을 알아보는 건 둘째 치고 우선은 빨리 이곳을 탈출하고 싶었다. 퇴근을 한다고 해서 약속이 있거나 할 일이 있는 건 아니지만 죽어도 박 선생이 하루 종일 외치는 교회에는 가고 싶지 않았다. 아니, 사실 박 선생이 없는 곳이라면 지옥 한가운데라도 가고 싶은 심정이었다.

딱히 오늘이 크리스마스이브이기 때문만도 아니었다. 크리스마스이브란 게 별 의미 없었던 건 그녀의 인생 내내 그래 왔기 때문이었다.

대기실 한가운데 있는 반짝거리는 트리는 아이들이 잡아당기는 걸 막지도 않고 멀뚱거니 보고 있는 보호자로 인해 두 번이나 넘어진 상태였다.

"경민 쌤! 그럼 이따 가는 거야?"

"아가야, 그거 건드리지 마. 넘어져!"

경민은 아기가 트리에 달린 리본을 당기는 걸 막지도 않는 아기 엄마가 답답해 최대한 분을 삭이면서 말을 했다.

"어머니, 이게 아까도 넘어졌었거든요. 아기가 다칠 수 있으니까 못 만지게 해 주세요."

그러다가 경민의 신경을 자극하는 전화가 왔다. 이곳에서 자신을 찾는 전화라니.

"강 쌤이 여기 있냐고 누가 물어보길래 그렇다니까 끊어 버렸네? 누구지?"

저보다 궁금한 게 백배는 더할 박 선생 때문에 경민은 머리에서 전화의 상대를 지울 수 없었다.

단조로운 기계음이 들렸다.

—이. 영. 완 환자 들어오십시오.

경민은 누가 절 물어봤는지 생각할 새도 없이 기계적으로 말했다.

"영완이 이쪽에서 체온 재고 들어가요."

그러자 아까 크리스마스트리를 만지던 아기를 휴대폰만 보고 있던 엄마가 안고 들어왔다. 경민은 아이 이마에 체온계를 대고 나온 숫자를 확인한 뒤에 진찰실로 데려가기 바빠서 댕그랑 소리와 함께 문이 열리는 걸 보지 못했다.

박 선생이 재빨리 말하는 게 등 뒤로 들렸다.

"오늘 진료 끝났습니다."

"진료 보러 온 거 아닙니다만."

익숙한 남자의 목소리 때문에 진료실로 아이를 데리고 들어가던 경민의 발걸음이 갑자기 멎었다.

그럴 리가 없어.

경민은 저도 모르게 힐끗 문 쪽을 쳐다보았다. 언뜻 보아도 키가 크고 훤칠한 남자가 정장 위에 코트를 입은 채 들어서고 있었다.

혹시.

경민은 저도 모르게 뒷목이 뻣뻣해졌지만 옆에 있는 아기 엄마가 짜증을 낼 기세여서 어쩔 수 없이 진찰실로 들어가야 했다.

"우리 완영이 어디가 아팠어요?"

"밤에 열이 38도까지 오르고 우유도 안 먹고, 계속 보채요. 기침도 하고 콧물도 나고."

"어디 보자."

경민은 기계적으로 옷을 올려 동그란 배를 내놓게 하고 아기를 붙잡았다. 여전히 신경은 진료실 문밖에 있었지만 진료실이 안쪽이라 바깥이 보이진 않았다. 진료실 밖에서는 요란한 아이의 울음소리만 들릴 뿐이었다.

잘못 본 걸까?

잘못 본 거겠지. 아마 키가 훤칠한 어떤 아이의 아빠였는지도 모른다. 제약 회사 직원 중엔 저런 실루엣을 가진 사람이 없으니까. 아, 뭐랬지 진료 보러 온 게 아니라고 했나.

"강 간호사, 아기 귀……."

"아, 네."

정신이 딴 데 팔려 있던 경민이 꼼지락거리는 아기 얼굴을 잡았다. 귀 안을 카메라로 들여다보고는 의사는 늘 하던 말을 똑같이 반복했다.

"귀는 깨끗하네요. 감기 초긴데요. 휴일이니까 해열제랑 약 드릴게요. 약에 해열제 섞여 있어서 약 먹고도 열 안 떨어지면 해열제 따로 더 먹이시고요, 그래도 열이 나면 응급실에 가셔야 합니다. 물론 아직 초기라서 그럴 일은 없겠지만 말입니다.

연휴 지내고 열이 안 떨어지면 또 오세요."

"네."

늘 똑같은 멘트였다. 아이 엄마가 아기 옷을 입히면서 안고 문을 나섰다. 경민은 그런 아기 엄마를 따라 나갔다. 진료실에서 대기실까지는 채 대여섯 걸음밖에 되지 않는데 경민은 그 짧은 거리를 걸으며 갑자기 심장이 두근거리는 게 느껴졌다.

그럴 리가 없잖아.

대기실이 보이자 스스로에게 핀잔을 주면서 혼자 허탈한 웃음을 지으려 했을 때였다.

그가…… 있었다.

"강경민 씨가 여기……."

그의 목소리가 멎었다.

정장 슈트 위에 검은색의 코트를 덧입고 가죽 가방을 든 남자는 이미 대기실에 있는 모든 아이와 보호자들의 시선을 받고 있었다. 거기다 박 선생과 조 간호사, 심지어 아기들까지.

핑크색의, 얼룩이 생기면 세탁으로도 쉬이 지워지지 않는 나일론 재질의 타이트한 윗옷과 어울리지 않는 일자바지에 보풀이 잔뜩 인 감색 간호사용 카디건을 입고 있었다. 경민은 어젯밤에도 새벽에 깨 뒤척이다 제대로 잠들지 못한 탓에 비비크림만 바르고 출근했다. 그마저도 시간이 흐르자 얼굴은 허옇게 떠 있었다. 게다가 내내 돌아가는 온풍기에서 나오는 건조한 바람은 덧바른 립스틱도 꺼칠하게 일어나게 만들고 있었다. 2시까지 근무였기에 점심도 거른 그녀는 딱 퇴근 시간만 기다리는 부스스한 모습이었다. 그런데 그가 눈앞에서, 그런 자신을 보고 있었다.

"강 쌤, 아는 분이야?"

아는 사람일까.

검은색의 맵시 있는 모직 코트 안쪽에는 하얀 와이셔츠와 단정한 푸른색 줄무늬 넥타이가 보였다. 키가 크고 훤칠한 남자가 슈트 위에 코트만 입어도 누구나 돌아볼 만큼 괜찮을 것이다.

그러나 돌아본 뒤에 탄성을 지르게 할 만큼 창백한 얼굴은 이 강원도의 한구석에 있는 도시에서 보기 힘든 잘난 얼굴이었다. 게다가 잘 넘겨진 머리 스타일까지. 자신을 쳐다보는 남자의 오른쪽 눈꺼풀 위에 희미하게 보이는 상처가 경민을 더욱더 당황하게 만들었다.

"경민 쌤!"

흥미진진한 남녀의 상황을 예감한 박 선생이 신나서 추임새를 넣고 있었다.

"아, 네……."

"아는 분이셔?"

"……네."

저 오른쪽 눈 위의 상처를 알고 있으니 아는 사람이겠지. 경민은 더운 온풍기 바람에 목구멍이 바작바작 마르는 느낌이었다. 아까까지만 해도 괜찮았었는데.

"아직 안 끝났습니까?"

분명히 경민에게 물었지만 얼굴에 갑자기 가식적인 미소가 가득한 박 선생이 대신 얼른 대답했다.

"조금 있으면 끝나요. 진료 보러 오신 건 아니죠?"

갑자기 아이들의 울음소리나 아기 엄마들의 소란이 줄어든 건 기분 탓일지도 몰랐다. 남자는 구석에 가만히 앉아서 손에 든 휴대폰을 들여다보고 있었다.

박 선생의 수군거림에 나온 조 간호사조차 흘끔거리지 않을 수밖에 없는 남자는 경민의 기억 속과는 전혀 달라 보였다. 아직도 남아 있는 아이들을 진료실로 데려가면서 경민은 머릿속이 멍한 느낌이었다.

이건 꿈일까.

"얼른 가 봐! 원장님한텐 내가 말할 테니까!"

교회 청년과의 암묵적인 소개팅을 강요하던 박 선생조차 항복할 수밖에 없는 대단히 잘난 남자 덕에 경민은 뒷정리 대신 옷만 갈아입고 나올 수 있었다. 조 간호사조차 떠미는 바람에 퇴근이 한결 수월했다.

"연휴 잘 보내세요."

의식적으로 인사를 하고 나서는 경민의 곁에는 그가 있었다.

흔들거리는 엘리베이터 속에 나란히 서 있을 때 경민은 이게 무슨 일인가 싶었다. 지금 선 채로 꿈을 꾸나? 대체 이 남자는 누구지.

옅은 향수 냄새가 느껴졌다. 낯설었다. 그녀의 기억 속에 있던 남자는 구겨진 셔츠 바람이거나, 혹은 제가 사 준 장터에서 나 파는 반팔 티셔츠와 반바지 차림이었다. 그도 아니라면 환자복이나.

완벽하게 슈트와 코트를 차려입은 남자는 낯설었다.

두 사람은 건물에서 나올 때까지 한마디도 하지 않았다. 밖으로 나오자 차가운 바람이 얼굴에 부딪쳤다. 바람을 쐬자 정신이 나는 것도 같았다.

여전히 침묵인 남자와 어색하게 서 있던 경민은 아무래도 뭔가 말을 해야겠다 싶었다.

"제가 오늘 눈이 온다고 해서 차를 안 가져왔는데……."

"나도 택시 타고 왔어요."

그제야 남자가 한마디 했다.

"아……."

잔뜩 흐린 겨울날의 오후였다. 물론 크리스마스이브이기 때문인지 번화가에 있는 병원의 앞 대로에는 차들로 가득했다. 그리고 살을 에는 것 같은 추위에도 지나는 사람들이 많았다. 어딘가 들리는 노랫소리가 크리스마스 캐럴인지는 알 수 없었으나 다들 사람들을 들뜨게 하고 있었다.

옷이라도 챙겨 입을걸. 아침에 늦어서 손에 잡히는 대로 패딩 점퍼를 입은 경민은 옆에 서서 지나가는 사람의 시선을 한몸에 받는 헌칠한 남자의 화려한 슈트에 당혹스러워졌다.

그때였다. 그의 목소리가 경민의 귓가에 닿은 것은.

"날씨 추운데 어디 좀 들어가죠."

잔뜩 흐린 날이었다.

카페 안에는 캐럴이 끈적거리면서 흐르고 있었다. 히터가 틀어진 카페 안은 미처 벗지 못한 패딩 점퍼의 등짝을 후끈거리게 하고 있었다.

"뭐 마실래요?"

이제는 완전히 낯설어 보이는 잘난 남자가 물었다.

"아이스 아메리카노요."

잠깐 동안 카페에 걸어오는 데도 귓가가 얼얼할 만큼 찬 바람이 불었지만 경민은 정신을 차리고 싶었다.

이게 꿈인지 생시인지 이가 시린 아이스 아메리카노를 마시면 정신이 들지도 몰라.

남자가 일어나 계산대로 갔다. 남자의 자리엔 옷차림에 딱 어울리는 가죽으로 된 서류 가방이 옆에 놓여 있었다.

다섯 달 만인가? 저 남자를 본 게.

여름의 끝자락은 정신이 없었고 가을엔 낯선 땅에 있었다. 가을의 끝자락엔 이사를 하고 새집을 꾸미고 일자리를 찾았다. 그 와중에 남자의 자취나 흔적은 차마 버리지 못한, 그 뒤로 열어 본 적 없는 캐리어에 든 남자의 소지품뿐이었다. 이사를 하면서 버리려고 했지만 차마 그러지 못하고 베란다 선반 위에 올려놓은 걸 경민은 지금도 기억하고 있었다.

남자가 남기고 간 항아리 속의 지폐와 통장에 입금된 돈, 그리고 그녀의 분수에 맞지 않는 중형차, 희미해지고 있는 교통사고 흔적인 이마와 어깨의 상처.

그것들과 함께 남자는 그냥 송 선생과 비슷한 그녀의 인생에 희로애락을 남겨 준 흔적일 뿐이었다. 남자가 그리워서 울거나 자다 화가 치밀어 찬물을 마셔야 하지도 않았었다.

그냥 그랬었다.

화장실이라도 갔었나. 경민이 둘러보자 남자가 보이지 않았었다. 잠시 뒤에 남자는 쟁반에 보기에도 오싹하게 느껴지는 얼음들이 달그락거리는 아이스 아메리카노 두 잔을 들고 그녀의 앞으로 와 앉았다. 그리곤 그녀에게 커피를 내밀었다. 남자의 앞에는 에스프레소가 아니라 아이스 아메리카노가 놓여 있었다.

이건 꿈인가.

경민은 후덥지근한 공기 덕에 앞에 내밀어진 커피를 들었다. 손바닥으로 싸한 냉기가 스몄고 커피를 마시자 쌉싸래하고 시원한 카페인이 넘어가 정신이 드는 것 같았다. 그러다 보니 눈앞에 커피는 신경도 안 쓰고 자신을 바라보는 이 남자는 대체 누군가 싶었다.

문득 이 싸한 냉기를 제게 전해 주고 싶었다던 남도의 어느 카페에서의 손길이 기억났다.

대체 왜 여기 있는 거지.

머리를 잘 넘겨 이마를 드러낸 남자는 단정한 하얀 셔츠와 푸른 넥타이 때문에 젊은 CEO나 혹은 그걸 연기하는 배우 같았다. 뭐라고 했지, 회계사라고 했었나? 하여튼 그런 게 잘 어울려 보였다. 그래서 더욱더 낯설었다.

남자의 침묵에 경민이 참지 못하고 입을 열어야 했다.

"여긴 어떻게 오셨죠? 전……."

"전 사장님 사모님이 가르쳐 주셨습니다. 이쪽 병원에서 근무하신다고."

간간히 연락을 하면서 놀러 오라고 했지만 가기엔 너무 먼 곳이었다. 아기를 데리고 한번 놀러 온다고 했었는데 날이 추워져 다음을 약속했었다. 이후에도 아기 사진도 보내고 하면서 마치 친언니처럼 연락을 했었다.

엇그제도 크리스마스에 놀러 오라고 했었지만 달랑 이틀 쉬는데 거기까지 갈 수가 없어 모임이 있다고 둘러댔다.

자신이 여기서 일한다는 걸 알아냈다고 하는 건 이해가 갔다. 그런데 왜 온 걸까. 자신을 만나러? 왜?

"아 그래요? 한국엔 볼일이 있으셨나 봐요."

"경민 씨 때문에 왔습니다."

"네?"

피식 웃음이 터진 건 어이가 없어서였다. 왜? 나 때문에…….

경민은 그제야 생각해 냈다.

"아, 말씀드릴 기회가 없었네요. 차 잘 받았어요. 제 스파크는 어찌 됐는지 모르겠더라고요. 하여튼 분수에도 없는 좋은 차 잘 받았고요. 그리고 돈 말이에요. 어떻게 연락을 할 방법이 없었어요. 그 현금으로 준 것도 그렇고. 그거…… 그냥 말도 없이 써 버렸는데."

"잘했어요."

남자의 목소리가 낮고 부드럽게 깔렸다. 얼핏 아주 잊고 있던 그 몽돌 해변 별장에 있던 남자의 것인 양 착각하게.

경민은 잠시 생각을 해야 했다. 이게 무슨 상황이지? 이 남자 또 내게 뭔가 이용할 게 있나? 그런 건가.

실은 남자의 부드러운 목소리에서 갑자기 그녀가 봉인이라도 했듯 꼭꼭 눌러서 기억도 안 난다고 스스로에게 말했던 것들이 피식피식 새어 나오는 기분에 당황하고 있었다. 남자의 부드러운 목소리, 사랑한단 속삭임, 저 매끈한 가슴에서 나던 체취, 저 물기 젖은 입술의 감촉.

"아니, 나는 저기……. 여기 왜 오신 거죠? 되게 당혹스럽네요."

경민은 말을 해 놓고도 어색함에 어찌할 줄 모르고 컵을 들어 차가운 커피를 들이켜야 했다. 얼음이 적당히 녹은 이가 시리게 찬 커피는 그녀의 몽롱한 정신에 따귀라도 때리는 느낌이었지만 오히려 혀만 얼얼하게 마비되는 느낌이었다.

"당혹스러울 거 같아요. 그런데 그건 저도 마찬가지라서요. 경민 씨, 누구 만나는 사람 있습니까?"

"네?"

이제는 당혹스럽다 못해 어이가 없어졌다. 이게 무슨 소리인지.

"그게 무슨 소리예요? 그게 왜 알고 싶으신데요?"

그러나 남자는 이유를 대지 않았다.

“만나는 사람 없죠?”

당황해서 그랬을 것이다.

“그런데 왜요?”

“다행이네요.”

무슨 이 말도 안 되는 상황일까. 경민이 뭐라 말을 하려는데 그가 말했다.

“경민 씨한테 프러포즈하러 왔습니다.”

잠깐 딴생각을 했었다. 만나는 사람이 있느냐니.

그러다가 경민은 그가 내뱉은 말을 이해하지 못한 듯 되물어야 했다.

“네? 뭐라고요?”

송골송골 물방울이 맺힌 차가운 커피가 담긴 플라스틱 컵을 보고 있다가 고개를 들었다.

낯선 남자가 자신을 쳐다보고 있었다. 뭐라고 했지? 프러포즈?

“경민 씨.”

“장난 그만하세요.”

그렇지. 이건 장난일 게 분명했다. 그래서인지 남자는 말을 잇지 않았다.

차가운 커피는 다 마시지 못했다. 경민은 점심을 걸렀기에 배가 고팠을 뿐이었다. 이 과하게 잘난 남자가 시야에서 사라졌으면 싶었다. 아마 병원에서 지금도 잊히지 않은 완영의 이름을 부른 뒤부터 뭔가 잘못된 느낌이었다. 그 시작은 검은색 코트를 입은 남자 때문이겠지 싶었다. 제발 그냥 눈앞의 남자가 사라져 줬으면 싶었다. 제발.

"서울로 올라가나요?"

아무 말 없는 남자가 카페에서 자신을 따라 나와서 곁에 말없이 서 있는 것을 보고 경민이 물었다. 날은 찌뿌둥했고 날이 어두워지면서 번화가의 인파는 더욱더 늘어났다. 가게들에서는 캐럴들이 흘러나왔고 차가운 커피 덕에 속이 시린 경민은 배가 고팠다.

꽉꽉 누르고 있었다. 아니, 혼자 되뇌고 있었는지도 몰랐다. 이 낯선 남자는 모르는 사람이다. 혹 안다 해도 그와 함께하면 분명히 나쁜 일만 계속될 것이다.

"글쎄요. 이 근처에 호텔 많죠? 어디로 가야 하죠?"

분명히 이성은 빨리 이 자리를 떠야 한다고 생각했었을 것이다. 경민은 흘끗 골목에 옥천의원이라는 병원 간판이 저번 여름과 똑같이 보일 듯 말듯 뿌옇게 먼지가 낀 채 걸려 있는 것을 보이는 걸 애써 모른 척하려고 했다. 그 때문에 그랬는지도 몰랐다.

"경포에 가면 호텔 많아요."

"안내 좀 해 줘요."

남자는 일부러 그랬다.

조금만 생각이 있었다면 경민은 분명히 알 수 있었을 것이다. 아니, 이런 크리스마스이브 따위를 지내본 적이 없어서 미처 생각하지 못했었을 수도 있었다.

"예약이 꽉 차서 방이 없습니다."

"아, 네."

이름난 관광지인 경포대 근처에는 호텔, 모텔이 사방에 깔려 있었다. 배낭에 넣어 던져 준 돈의 액수를 생각해 내고는 호기롭게 부른 가장 큰 호텔부터, 근처의 관광호텔, 멀끔해 보이는 모텔, 그리고 허접한 모텔까지. 발바닥이 아플 때까지 돌아다니면서 들은 소리는 그것뿐이었다. 아예 만실 표지를 걸고 프런트에 사람이 없는 경우도 허다했다. 보다 못한 남자가 한마디 했다.

"그냥 둬요. 내가 알아서 할 테니까. 배고프죠?"

그건 사실이었다.

실은 두 사람이 경포에서 저녁을 먹었던 그 레스토랑을 가려 했었지만 불행하게도 오늘은 크리스마스이브였다. 분명히 점심시간도 훨씬 지났고 저녁 시간도 멀었는데 그곳마저 자리가 없었다.

시내에는 인파가 북적거렸지만 바닷가인 경포대에는 사람만으로 견디기엔 차가운 바닷바람이 몰아쳤고 그 덕에 전국에서 모여든 커플들은 모두 어디론가 들어가 있어야만 했다. 카페나 레스토랑, 심지어 편의점까지도 사람들이 바글거렸다.

결국엔 줄지어 있는 순두부 식당 중에서도 별로 이름이 없어서 그나마 자리가 있는 곳에 겨우 들어가 앉을 수 있었다.

"순두부 2인분 주세요."

사람은 커피를 마시는 것보다 같이 밥을 먹는 게 정서적 교감에 좋다는 건 기정사실인 듯했다. 경민은 건너편의 남자가 익숙해지는 걸 무의식적으로 피하고 싶었다.

그러나 남자는 식당 안의 사람들이 모두 흘끗 쳐다볼 만큼 대단한 외모를 지녔음에도 불구하고 어느 여름날에 설렁탕을 아무렇지도 않게 잘 먹었듯 뜨겁고 맛도 없는 순두부찌개를 맛있게 먹었다. 경민이 단 한마디도 하지 않는 썰렁하고 어색한 분위기 속에서도.

사람들은 대개 배가 부르면 관대해지는 법이었다. 경민도 마찬가지였다. 아침부터 빈속에 따뜻한 국물이 들어가니 그래도 아까의 날카로움은 좀 가신 것 같았다.

그때였다.

"눈이 오네요."

남자의 목소리에 경민은 밖을 내다보았다. 잔뜩 흐린 바깥은 시계 속의 시간보다 훨씬 어두워져 있었고 희끗희끗 눈발까지 날리기 시작했다. 옆 테이블에서는 환호성이 들리기도 했다. 늘 겨울이면 내리는 눈일 뿐인데 영동지방치곤 이른 눈이었다.

저게 무슨 의미가 있을까 싶었지만 경민도 갑자기 오늘은 뭔가 다른 날인가 싶었다.

"눈도 오는데. 저 하루만 재워 줄 수 있습니까?"

평수는 작았지만 신축이라 방 세 개에 화장실도 두 개나 있었다. 언뜻 작은 방에서는 바다 귀퉁이도 보였다. 거실에서 바다가 보이면 훨 비쌌겠지만 그녀는 아침에 해가 드는 것 따위 별로 관심 없었기에 층도 높고 새로 지어진 남향 아파트를 구할 수 있었다. 집을 보러 왔을 때 쏟아지는 햇살이 가득한 거실이 마음에 들어서 바로 계약을 했었다

비밀번호를 눌러야 들어올 수 있는 아파트 입구가 신기한지 남자는 뒤에서 그것을 빤히 쳐다보았다. 경민은 엘리베이터를 타고 집 앞에 서서 또 비밀번호를 눌렀다. 그리곤 방 하나에만 난방을 하기에 썰렁하고 어두운 집 현관에 들어서서 불을 켰다.

뒤에선 남자는 약간 당황한 듯한 느낌이었다.

거의 텅 빈, 새 아파트라 평수보다 넓게 보이는 거실에는 달랑 벽걸이 TV뿐이었다. 혼자 소파에 멍하니 앉아 있을 일도 없어서 여름엔 커다란 쿠션을 꺼내 놓기도 했었지만 굳이 난방도 할 필요가 없었기에 거실은 텅 비어 있었다.

일자리를 미리 구한 게 아니라서 다달이 나갈 대출금을 갚을 수 있을지 의문이었기에 집에 모든 돈을 털어 넣은 탓에 내부는 썰렁했다. 가전제품이나 가구는 모두 문래리 관사에 있던 것들이었다.

"늘 비어 있어서 좀 썰렁할 거예요."

경민은 자기 집이어서 아무렇지도 않았지만 남자의 표정을 보고서야 텅 빈 내부가 당황스러울 수도 있다는 걸 생각하고

는 급하게 보일러를 켜고 돌아다니며 불을 켰다.

"금방 따뜻해질 거예요. 거실엔 아무것도 없으니 앉으려면 이쪽으로 와요."

경민은 아직까지 인터넷 설치 기사 빼곤 다른 사람이 와 본 적 없는 텅 빈 집 안이 쑥스러워 아일랜드식 식탁 옆에 그나마 두 개를 사서 다행인 의자 하나를 빼 내밀었다.

고급 싱크대가 있었고 커다란 냉장고 자리에는 생뚱맞은 작은 소형 냉장고가 있었다. 컵 두어 개 빼고는 나와 있는 물건도 없었다.

왜 그랬을까.

미련인가? 다 털어 버렸다고 생각했는데.

막상 텅 빈 집에 단둘만 있다고 생각하니 경민은 당혹스러워졌다. 저녁을 일찍 먹었다지만 경포대의 호텔이나 모텔을 헤매느라 집에 들어온 시간은 꽤 늦어 있었다. 그걸 생각해 내고는 경민은 급하게 안방으로 가서 붙박이장에 있는 요와 이불을 꺼내 들었다. 미국 사람이니까 바닥에서 자 본 적이 없을 거라 생각하고는 그 이불들은 썰렁하기 그지없는 작은 방에 갖다 놨다. 부지런히 다시 안방에 가서 침대 커버와 여분의 이불들을 꺼내 들었다.

"괜찮아요. 그냥 둬요."

남자는 그녀가 무엇을 하려는지를 눈치채고 급하게 자리에 일어나서 말했다.

"아니에요. 어차피 세탁하려고 했어요. 그냥 거기 있어요."

실은 어색했기 때문이었다. 왜 저 남자를 집에 데려온 거지.

이러다…… 뻔한 거 아니야?

그걸 원했기 때문인가? 다 잊은 거 아니었어? 저 잘난 남자에게 늘 따라다니는 추억이란 건 늘 뻔했잖아.

이제 와서 나가라고 할 수도 없었다. 제 깊은 속마음은 남자를 보낼 생각이 없었는지도 몰랐다. 그걸 들킬까 봐 경민은 더욱더 부산스럽게 움직였다.

생각해 보니 그녀는 패딩 점퍼도 입은 채였다. 그제야 얼른 점퍼를 벗고 압축 팩에 들어 있던 침구들을 꺼내고 이불을 걷어 냈다.

"도와줄게요."

"아니에요."

그러나 바로 옆에는 코트와 재킷까지 벗은 남자가 다가왔고 익숙하게 침대 커버 벗기는 걸 돕고 있었다. 뭐라 하기도 전에 압축 팩에 든 커버를 펴서 매트리스 위에 씌우는 것도 도왔다.

덕분에 혼자서라면 한참 걸렸을 일을 금방 끝내게 됐다.

"이제 좀 앉아 있어요. 피곤하면 눕고요."

경민은 적막 속에 눈이 부시게 하얀 와이셔츠를 입은 남자를 쳐다보지도 못하고 급하게 바닥에 널브러진 것들을 주워 들고 세탁실로 갔다.

밤중에 세탁기를 돌릴 순 없어서 세탁물 바구니에 잔뜩 나온 겨울 이불을 구겨 넣은 경민은 한참이나 싸늘한 다용도실에 서 있다가 하는 수 없이 나와야 했다. 보일러가 금세 돌아갔는지 집 안은 평소와는 다르게 훈훈한 기운이 가득했다. 그리고 그가 식탁 의자에 앉아 있다가 그녀의 모습을 보고 일어섰다.

"경민 씨……."

"……."

"우리 이야기 좀 해요."

아일랜드 식탁 위에는 유통기한이 언제까지였는지 모를 녹차 티백이 짝이 맞지 않는 머그잔에서 녹색의 속을 뱉어 내고 있었다.

문득 저번 주에 종합 병원에서 같이 일하던 친구가 오랜만에 전화를 해서 송 선생이 이혼했다는 이야기를 전해 줬던 게 생각났다. 경민은 '그래서?' 라고 물었고 친구는 웃으면서 '그냥 그렇다는 거지' 하고 대답했던 게 기억났다.

그래서 뭐 어쩌라고.

그리고 지금 뭐 어쩌라고.

"그동안 연락 못 했던 거 미안했어요."

"그럴 필요 없어요."

그제야 경민은 아까 이 남자가 카페에서 했던 말이 생각났다. 뭐 어쨌다고.

"경민 씨가 그렇게 생각했더라도 난 미안했어요. 늘 그렇게 생각하고 있었어요."

"……."

"음. 솔직히 말하면 나 좀……. 당황스러워요."

그러나 남자는 전혀 그래 보이지 않았다. 건들거리던 가장 속의 남자가 아닌 진짜 이 미국 국적의 남자는 늘 싸늘했다. 항상 이성적이었고. 그리고 지금도 그래 보였다. 그래서 경민은 남자를 쳐다볼 수가 없었다. 하얀 머그잔 속의 액체가 초록이 되자 경민은 한 모금 들어 마셨다. 여전히 맛이 없었다.

기분 탓이었는지, 경민은 남자가 한동안 망설이고 있다는 실없는 생각이 들었다. 한동안 녹차가 든 머그잔을 내려다보던 남자가 입을 열었다.

"난 전에 말했듯이 정신적으로 좀…… 어렸을 적의 학대 때문에 치료를 꾸준히 받고 사회에 적응할 수 있다고 판정을 받았지만 뭐랄까. 상처가 치유되더라도 흉터는 남잖아요. 나에게는 인정하기 싫지만 그런 정신적인 흉터가 있어요. 지금 내 눈 위에 있는 이런 물리적 상처 말고요."

수술을 하지 않았던 모양이었다. 희미했지만 그래도 한눈에 보일 만큼 남자의 얼굴에는 상처 자국이 남아 있었다. 그런데 심리적 흉터라니.

"그게 평소에는 아무렇지도 않았는데. 그때 사고 난 뒤로 기억을 잠시 잃어버렸다가 되찾으면서, 뭐랄까 정신이 혼란하다고나 해야 하나. 그랬던 거 같아요. 그걸 어떻게 설명을 해야 할까 싶은데. 내 이성이 지배하고 있었던 육체가 마치 지배를 벗어난 것처럼 자유롭게 돌아다녔다고 해야 하나. 음…… 그런 거 있잖아요. 난 멀쩡하게 침대에서 잘 잔 것 같은데 밤새 몽유병으로 돌아다니면서 이것저것 행동을 했고, 아침에 일어난 내가 그게 녹화된 CCTV를 보고 당황할 때의 심정이라고나 할까."

이해가 갔다.

그 몽유병 속의 행동이 경민의 곁에 있었던 날들이었다는 거. 딱 명쾌하고 이해하기 쉬운 그런 예였다. 그러고 나니 깨어나서 얼마나 당황스러웠을까.

"게다가 마침 전 회장님의 자산 중 꽤 비싼 저택에 대해서 렌탈 중복 사고가 났어요. 금액이 좀 컸거든요. 그걸 해결하려고 급히 갈 수밖에 없었습니다."

이쯤에서 괜찮다고 한마디 했어야 했다. 그러나 경민은 다시 목이 말라 씁쓸하고 떫은 액체를 마시느라 타이밍을 놓치고 말았다.

"사고를 해결하는데 좀 힘들었어요. 뭐 자세히 설명하긴 그런데……. 영국과 뉴욕도 왔다 갔다 하고 경찰, 검찰 수사도 해야 했고요. 처리하는 데 거의 두 달 정도 걸렸어요."

그랬군. 그런데 그게 무슨 상관인데.

경민은 여전히 아무 말도 없었다. 그때부터 두 달이면 경민이 뉴욕에 있을 때였다. 그럼 이 남자도 뉴욕에 왔었을까. 그럼 뭐해. 뉴욕도 그렇게 넓은데.

그런 경민의 머릿속과는 달리 남자는 말을 이었다.

"일을 처리하고 나서 전 전 사장님과의 계약 때문에 회사를 나와 이사를 했고 또 그 저택들을 관리하기 위해서 따로 개인

법인을 설립했어요. 새 직원도 뽑고 사무실도 마련하고. 법적인 문제도 복잡했었죠."

그래서 연락을 못 했다는 거겠지. 하고는 싶었나?

경민은 잠자코 있었다.

"그러다가 며칠 전에 회사 동료가 묻더군요. 크리스마스 연휴에 갈 곳이 있으면 비행기 표 예약을 대신해 주겠다고……."

크리스마스가 뭐 별건가.

언니가 있을 때나 같이 그 인파를 무릅쓰고 나가 저녁을 먹거나 왜 남의 생일에 내가 먹어야 하는지 모를 케이크를 먹으며 보냈다. 그러다 언니가 형부를 만나게 됐을 땐 혼자 있는 동생이 안타까웠는지 셋이 만나려고 애쓰려 해서 오히려 근무를 자원하기도 했었다.

그 뒤론 내내 병원에서 일을 하면서 보냈던 거 같았다. 문래리에서 일할 때도 아마 그쪽 교회에서 보냈던가. 하여튼 별 의미도 없는데 의미를 찾느라 애써야 하는 날들이 좀 짜증스러운 그런 날들이었다.

"난 가족이 없어요. 대신 후원하는 단체가 있어서 대부분 그곳에서 연말 연휴를 보냈죠. 추수 감사절도 그렇고. 그런데 올해는 문득 다른 생각이 났어요."

무슨 의미일까. 경민은 여전히 머그잔에 시선을 두었다.

"날…… 안 쳐다보는군요."

그걸 그도 느꼈던 모양이었다. 경민이 뭐라 답을 하려고 했지만 그가 다시 말했다.

"여기 올 때 그냥 이유 없이 무작정 왔어요. 비행기 표를 예약해 달라고 했는데 마침 표가 있으니까 별생각 없이 비행기를 탔죠. 그런데 비행시간이 길잖아요. 다들 들뜬 사람들 사이에서 계속 일만 하다가 갑자기 시간이 생기니까 그제야 뭔가 생각나기 시작했어요."

경민은 고개를 들었다. 그 뭔가가 이건가?

"확인하고 싶었어요."

그가 눈앞에 있었다.

잊어버리려고 애썼던, 자꾸 불쑥 떠오르면 저버리려고 했던, 그리고 그게 쉬웠던…….

그래서 경민은 말을 해야 했다.

"뭘 확인하려는지 모르겠지만 전 다 잊었어요. 그땐 그냥 좋은 추억이었고 정신없던 휴가였어요. 그건 교통사고 후유증이었을 뿐이고요. 솔직히 말하면 난 제레미 리프킨이란 사람한테 충분히 질렸어요. 한진우란 남자가 나한테 좋은 추억을 주었을지는 모르지만, 결국 두 사람은 같은 사람이고 원래 제레미 리프킨이 당신이잖아요. 이제 와서 뭘 어쩌자는 거죠?"

그녀의 갑작스런 물음에 당황한 듯 그는 아무런 말을 하지 못했다. 그래서였나. 경민은 제 감정이 쓸데없이 날카로워지고 있다는 걸 깨닫지 못했다.

"왜요? 그때 즐거웠어요? 내가 만나는 사람 없이 혼자 사니까, 그리고 당신이 던져 준 돈으로 이렇게 집도 마련하고 있으니까. 크리스마스 연휴쯤은 와서 가볍게 즐기다 가도 될 거 같다는 생각이 들었나 보죠? 그래요. 그러고 싶으면 그렇게 해요. 다만 이 꼴 안 보려면 다음 크리스마스엔 필히 이 집에 남자를 구비해 놔야겠군요."

왜 이렇게 화가 난 걸까.

경민은 저도 모르게 말을 내뱉고 나선 혼자 당황하고 말았다. 하지만 이미 뱉은 말은 주워 담을 수 없었다.

"그래요. 경민 씨 말이 맞아요. 그리고 이 집에 다른 남자가 없는 건 천만다행이라고 생각돼요."

이 남자답지 않았다. 아니, 이 남자다운 게 뭔지 알 수가 없었다. 늘 그때그때 새로운 사람이 나타나니까. 이건 뭐 또 새로운 인격체인가.

"피곤하겠네요. 쉬어요. 시차 때문에 정신이 없을 테니까."

자신이 너무 흥분했다는 걸 안 경민은 자리에서 일어났다. 저도 미국에 갔다 오면서 시차 때문에 고생했으니 이 남자도 그럴 거라 생각했다. 이미 집에 들여놨으니 그 정도는 할 수 있었다. 아까도 말했지만 이 집의 대부분은 저 남자의 돈으로 마련한 거니까.

그러나 남자는 가만히 앉아 있었다.

"내가 경민 씨한테 그런 사람이었다는 거…… 충분히 이해해요. 나도 그러려고 했으니까. 미안하지만 난 돈이 필요했어요. 그래서 돈을 벌기 위해선 뭐든 할 수 있었죠."

'이젠 충분히 벌었나 보죠? 나한테 준 돈은 돈도 아니었나' 라고 이죽거리고 싶었지만 경민의 입에서는 그 어떤 말도 나오지 않았다.

"다른 사람의 상처 같은 거 생각 안 했어요. 늘 세상에서 가장 버림받고 상처 받은 건 나 자신이라고 생각했으니까. 경민 씨한테도 그랬어요. 충격 받았겠지만 그만큼 금전적으로 갚겠다는 생각이었으니까."

"고맙네요. 잘 받았어요."

이쯤에서 한마디 해야겠다 싶었다.

그는 여전히 하얀색 와이셔츠와 푸른 넥타이를 맨 채 그녀의 식탁에 앉아 있었다. 너무 과하게 잘나서 비현실적이었기에 경민은 차라리 잘됐다고 생각했다. 이 남자는 그 여름에 만났던 한진우 같지도 않아 보였으니까. 그때도, 문래리는커녕 서울 시내 한복판에서도 보기 힘들 만큼 잘난 외모였었다. 그러나 지금은 완벽한 옷차림이 이 남자의 외모에 날개를 단 기분이었다. 그래서 훨씬 낯설었다. 다행이었다.

"사고 난 뒤로 내가 기억을 잃었을 때 했던 일들이 기억나더라고요. 정신없는 일들을 해결하고 나서 좀 한숨을 돌릴 만하니까요. 그러자 막상 내 스스로 당황스러웠어요. 내가 왜 그랬지? 내 안에 또 다른 인격이 있는 건가? 왜 그랬을까……."

그랬을 거라 짐작은 했지만 막상 남자의 입으로 직접 들으니 마음 한구석이 싸했다. 그랬구나.

"그런데 우스운 게……. 그런 생각을 하고 나니까, 갑자기 그때 느꼈던 감정이 걷잡을 수 없이 떠올랐어요. 그때 사고로 기억을 못 하다가 무언가를 깨뜨린 것을 보고 갑자기 물이 쏟아지듯 생각이 쏟아진 것처럼, 갑자기 기억이 떠오르기 시작하니까 그때 있었던 일들이 아주 사소한 것까지 다 기억이 나더라고요. 그리고 그 기억 속엔 늘 경민 씨가 있었고요."

그가 그녀를 쳐다보았다. 경민은 갑자기 제 몰골이 형편없지 않은가 하는 실없는 생각이 들었다. 왜 이럴 때.

"우리가 같이 걸었던 그 돌멩이가 있던 해안, 같이 마셨던 커피, 손톱을 깎아 주면서 경민 씨가 했던 말들, 그 감촉, 같이 낙조를 보았던 욕조……. 그런 것들 말이죠."

아, 그 욕조. 경민도 잊고 있었다. 아니, 잊으려고 애썼다. 떠오르려고 하면 누르려고 다른 것들을 하려 했었다. 그런데 몽롱한 듯한 남자의 말속에서 하나둘씩 그런 것들이 툭툭 떨어져 내렸다.

"그리고 내가 할 말이 기억났어요."

어떤 말들을 했었지? 이 남자가.

아마 듣는 순간 온몸이 녹아내릴 것 같은 그런 말들만 하지 않았나.

"날 용서해 달라고 했을 때, 경민 씬 이미 다 용서했다고 대답해 줬죠."

그건 그때뿐이었다. 그 순간은 그랬다. 그러나 지금은.

"그리고, 난 경민 씨를 죽을 만큼 사랑한다고 했었죠."

문득 내다본 바깥의 어둠 속에 무언가 휘날리고 있었다.

두 면이 커다란 창인 그녀의 거실엔 커튼도 없었다. 오후까지 깊숙하게 해가 들어 토요일 오후면 거실은 내내 받은 겨울 햇살 덕에 불을 때지 않아도 온기가 가득했다. 그러나 경민은 텅 빈 거실에 있었던 적은 없었다. 그냥 지나쳤을 뿐이지.

늘 침대 옆에 있는 노트북에서 영화나 TV를 보거나 밀린 집안일을 했다. 늘 그녀의 혼자 살기엔 커다란 집에서의 휴일은 그렇게 지냈었다.

누군가 같이 있었으면 하는 생각 따윈 하지 않았다. 박 선생이든 누구든 그녀에게 끊임없이 남자를 소개시켜 줬지만 경민은 그때뿐이었다.

저 사람은 키가 작아, 얼굴이 형편없어, 말하는 게 딱딱해, 재미가 없어.

그녀에겐 보이지 않는 기준이란 게 있었다. 그리고 그 기준은 지나치게 높았다. 하지만 그걸 낮출 순 없었다. 이미 그 지나치게 높은 기준의 남자를 알고 있었으니까.

문제는 그 남자는 다시는 나타날 수 없었고 그걸 잊기까지는 적어도 몇 년쯤 더 걸릴 거라 생각했기에 경민은 혼자 있는 생활이 편했다. 쓸쓸하고 외로웠지만 견딜 수 있었다. 이 텅 빈 집에서 하루를 보내면 제 마음은 좀 더 단단해질 것이고 좀 더 무뎌질 것이 분명했다. 그래서 그게 괜찮았다.

그런데.

“그땐 왜 그랬을까…… 생각해 봤어요.”

잠깐이나마 그녀의 마음 한구석이 쿵 하고 떨어지는 것 같았다. 그런 말을 들었을 때가 있었다. 그리고 그땐 그 말이 유통기한이 있을 거라 생각했지만 기뻤다. 그리고 행복했다. 그런데…….

"죽을 만큼 누군가를 사랑할 수 있을까, 내가 그럴 수 있을까, 그땐 정말 그래서 그랬을까……."

그 말을 했던 '한진우'는 그랬을 것이다. 경민은 그렇게 생각했다. 그는 정말 그랬을 것이다. 지금 그가 없을 뿐이지.

"내 입으로, 내 머릿속에서 나온 말이었어요. 그때, 기억을 잃어버렸을 땐 병원에서 경민 씨를 처음 봤을 뿐인데 말이죠."

경민은 한마디 하지 않을 수 없었다.

"실제로 우리가 안 것도 2주 남짓이었을 뿐이에요. 그땐 아팠으니까, 정상이 아니었으니까 그랬겠죠."

최대한 아무렇지도 않은 듯 말했다. 경민은 자리에서 일어나 바닥이 드러난 머그잔을 집어 들었다. 식어 가는 물을 더 담을까 아니면 치울까 생각하는데 창밖에 흩날리는 하얀 것들은 더 늘어나 있었다.

"그 말을 들었을 때…… 어땠어요?"

16. 어쩌면 새로운 일상

당신처럼 남이나 이용하는 기회주의자가 그 기분을 왜 묻는 건데.

경민은 대답하지 않았다. 아니, 할 수 없었다.

"그땐 그랬어요. 나에게는 아무것도 없었기 때문에 아마 눈 앞에 있는 당신이 내 모든 것이었으니까요. 그때도 산호세에 있는 내 집이나 사무실, 일 같은 건 어렴풋이 기억이 났지만 난 그냥 바닷가 옆의 하얀 집에 있는 환자였을 뿐이었고 그 작은 내 세상은 오로지 강경민이라는 사람 하나를 중심으로 돌고 있었거든요."

잊고 있었었다. 경포대의 모래 위가 아닌, 주먹만 한 몽돌 위를 구르는 파도의 소리는 달랐다. 하얀 별장의 나부끼는 커튼, 새로 갈아 놓아도 금방 눅눅해지는 하얀 아사의 침구들,

그리고 자신을 안던 체온.

"그만해요. 그렇다고 해서 달라질 건 없어요. 그때 기분 같은 거 잘 기억 안 나요. 아마 좋았겠죠. 당신같이 잘난 남자가 좋다는데 어떤 여자가 마다하겠어요. 하지만 그 뒤론 기억 안 나요. 그 일 때문에 사고도 당했고, 직장도 잃었어요. 난 당신이란 사람을 만난 걸 후회해요!"

내가 사랑했던 사람은 영원히 사라져 버렸는걸.

경민은 울지 않았다. 혼자 썰렁한 아파트에서 눈을 떴을 때 코가 맹맹하고 목이 붓고 으슬으슬 추워도 기어이 일어나 제 손으로 죽을 끓여야 했을 때도 울지 않았다. 문득 자신을 뒤에서 안으며 사랑한다고 속삭이던 남자의 체온이 떠올라도 경민은 단지 그때 거기 당신이 있었기 때문이라고 말하던 싸늘한 사내를 기억하며 뜨거워지려는 두 눈덩이를 식혀야 했다.

이제 제발 그만했으면.

"날…… 만날 걸 후회해요?"

"네."

단 0.1초의 망설임도 없이 그녀는 대답했다.

후회해. 그때 그 별장에 간 걸 후회해. 그 남자랑 같이 장을 보고 커피를 마시고 밥을 먹은 것도 후회해. 유혹에 못 이기고 같이 밤을 보낸 것도. 얼마든지 더 미워하고 외면할 수 있었는데 그렇지 못한 것도.

그리고 지금 이 순간도.

"그렇군요."

계속 이야기하던 그가 더 이상 말을 잇지 못했다.

원래 아무 소리도 없는 그녀의 퀭한 아파트에 침묵이 내려앉았다. 다용도실에서 보일러 돌아가는 소리만 깔리고 있었다.

아주 잠깐 그녀는 자신이 잘못한 건가 하는 생각이 스쳐 갔다.

무던히 잊으려고 애썼고 생각날 때마다 화가 치밀어 올랐지만 그래도 설핏 잠이 들었을 땐 쪄 죽을 것 같은 여름밤에도 따뜻한 체온이 감미롭기만 했던 기억을 완전히 삭제할 순 없었다. 그 남자는 사라졌지만 그래도 그땐 정말 좋았으니까.

그건 제 잘못이 아니었다. 그러니까 상관없었다.

"피곤할 텐데 쉬어요. 욕실은 방에 붙어 있는 거 써요."

경민은 손에 들고만 있다 마시지 않는 남자의 차가 든 머그잔도 치워야 하나 싶었다.

"내가 단순하게 생각한 거였군요."

남자의 목소리는 어딘가 쓸쓸하게 들렸다. 아마 기분 탓일게 분명했다.

뭐라 말을 해야 할 것 같은데 경민은 꾹 참았다. 한동안 침묵을 지키던 남자는 자리에서 일어났다. 그리곤 경민에게 머그잔을 건네줬다.

"전에 기억엔 경민 씨 방, 뭔가 굉장히 많았던 거 같았는데……. 지금은 공간이 넓어서 그런가요?"

그는 아까와는 달리 밝은 목소리로 말했다.

남자의 밝은 목소리가 왜 괜히 서운한지 이해할 수 없는 경민은 대답했다.

"거긴 관사라서 기본적인 가구가 갖춰져 있었기 때문에 그래요. 아직 여기 이사 온 지 얼마 안 되어서 가구가 없어서 그래요."

집 안이 제가 생각해도 휑한데 타인에게는 더욱 이상하게 보일 것이다. 이제 뭐 차차 벌어서 채워 넣으면 되니까.

"식사는 하는 거예요? 보니까 별로 나와 있는 게 없어 보여서."

남자는 빈 싱크대를 둘러보면서 말했다.

"여긴 식당도 많고 식료품을 살 데도 많아서 해 먹지는 않아요. 병원에서 식사를 하거든요."

그녀는 더욱더 딱딱하게 대답했다. 두 달 남짓 아파트 입구에 있는 편의점 음식으로 때우거나 병원에서 시켜 먹는 점심으로 하루의 끼니를 다 했다는 걸 굳이 이 남자한테 이야기하고 싶진 않았다.

그는 그녀의 딱딱하고 관심이 불편하다는 듯한 말투에 더 이상 말을 잇지 못하고 자신의 코트와 재킷을 집어 들고 아까 침대 시트를 가느라 애썼던 안방으로 갔다. 경민은 자신도 옷을 갈아입고 씻어야 한다는 걸 깨달았다.

"아, 저 옷이랑 좀 먼저 꺼내고요."

"천천히 해요. 괜찮으니까."

이상한 기분이었다. 아까까지만 해도 자신이 좋아서 크리스마스이브에 그 먼 이국땅에서 왔다는 남자에게 화가 나고 어이가 없었었다. 그동안 왜 내내 연락을 못 했고 왜 지금에서야 왔는지 장황한 설명을 들었을 때도 제 마음은 화가 나 있었다. 이제 와서 뭘 어쩌라는 건지. 그 때문에 남자는 수긍하고 자신을 의견을 존중하겠다는 듯 행동하려고 하고 있었다.

그런데 왜…….

경민은 제 마음속을 들키지 않으려고 재빨리 붙박이장에서 잠옷으로 입는 옷들을 꺼내고 필요한 것들을 집어 들었다. 남자가 등 뒤에서 물끄러미 저를 보고 있는 게 느껴졌지만 경민은 아무렇지도 않은 듯 물건을 들고 방 밖으로 나갔다.

"저기……."

"왜요?"

"좀 나갔다 와야겠네요. 아까 오다 보니까 근처에 큰 마트가 있었던 거 같은데. 생각 없이 오느라 딱히 짐 같은 걸 챙기지 않아서 말이죠."

얼핏 봤을 때도 남자는 달랑 서류 가방 하나를 든 채였다. 미국에서 한국으로 오는데 아무것도 없이 오다니. 제가 미국에 갈 때 무슨 이사를 가듯 짐을 싸서 간 걸 기억한 경민은 어이가 없었다. 그러다 무언가가 언뜻 머릿속을 스쳐 지나갔다.

"아, 잠시만요."

경민은 제 옷가지들을 침대 위에 내려놓고는 재빨리 휑한 거실을 가로질러 베란다에 있는 문으로 갔다. 원체 짐 따위가 없는 집이지만 그래도 텅 빈 방에도 내놓기에 곤란한 것들이 베란다 다용도실에 있었다. 그곳엔 쌓아 놓은 화장지와 세제 같은 것들 사이에 두 달 동안 얌전히 자리를 차지하고 하고 있었던 캐리어가 있었다. 새 마룻바닥에 상처가 날까 경민은 꽤 큼직한 캐리어를 들고 들어섰다. 캐리어는 보기보단 그다지 무겁진 않았다.

"내가 할게요."

그 해변 별장의 도우미 내외의 것이었던 캐리어는 먼지가 묻은 채 다용도실에서 두 달 만에 처음으로 나왔다.

"이사 오면서 그냥 들고 왔는데 이거라도 있어서 다행이네요."

경민은 뽀얗게 쌓인 먼지를 휴지로 대충 닦고 캐리어를 열었다. 안쪽엔 남자의 옷과 선크림이나 면도기, 칫솔, 심지어는 슬리퍼까지 차곡차곡 쌓여 들어 있었다. 물론 세워 놓아서 한쪽으로 몰리긴 했지만.

"아……."

그의 짧은 탄성이 들렸다.

"몇 달 지났는데 괜찮으려나."

경민은 옷들을 뒤적였다. 약간 눅눅하긴 했지만 심하게 냄새가 나서나 하지는 않아 보였다. 그래도 전엔 잊고 있었지만 냄새에 민감했던 남자의 기억이 마치 어제 일처럼 떠올라서 급하게 말했다.

"마음에 안 들면 나가서 좀 사든지요. 일단 확인해 봐요."

경민은 괜히 부산스럽게 움직였다. 그걸 보던 그가 말했다.

"괜찮네요. 다행이에요."

"아, 그래요? 그럼……."

그제야 경민은 제 옷들을 들고 급하게 방을 나섰다. 그리고 그의 방문을 닫았다.

그리곤 경민은 바보처럼 멍하니 서 있었다. 보일러 돌아가는 소리만 들리는 텅 빈 거실에서.

그리고 그녀의 등 뒤 닫힌 문 안쪽에서도 아무런 소리가 들리지 않았다.

급하게 후다닥거리다 멈춘 경민은 한참 뒤에 안쪽에서 탁 하고 문소리가 나자 정신을 차리곤 이부자리를 가져다 놓은 작은 방에 들어갔다. 이 집에 이사 오고 처음이었다. 바닥이라도 좀 닦아야 하나. 그러나 경민은 저도 모르게 주저앉고 말았다.

이 헝클어진 것 같은 속의 정체는 뭘까.

이것도 무슨 꿈인가?

크리스마스이브를 즐겁게 보내라고 잠도 들지 않았는데 꿈을 꾸는 건가. 늘 저 남자와 관련된 일들은 예고도 없이 들이닥쳐 그 상황들에 대해서 이제는 놀랄 기운도 없는데.

과하게 틀어 놓은 보일러 덕에 방 안은 후덥지근해졌다. 그제야 경민은 아직도 제가 외출복을 입고 있다는 사실을 깨닫고 옷을 갈아입고는 한 번도 쓰지 않은 바깥쪽 화장실로 향했다.

물론 이쪽 화장실에도 수건이나 휴지 따위는 있었지만 제세면도구들이 모두 안방에 딸린 욕실에 있었다. 뭐, 하루쯤 비누로 씻으면 어때…….

경민은 부산스럽게 샤워를 하고 나섰다. 생각해 보니 드라이기며 화장품도 모두 안방에 있었다.

하루쯤인데. 그러나 거울 속에서 과하게 뜨거운 물로 오랫동안 샤워를 해서 화장기마저 없어져 새빨개진 맨 얼굴을 대하자 더욱더 당황스러웠다. 아까 남자의 그 눈부시게 하얀 와이셔츠와 단정한 넥타이, 열 몇 시간 비행을 하고 인천공항에서 강릉까지 왔을 텐데도 한 점 흐트러지지 않은 모습이었다. 남자의 외모를 떠올리니 왠지 자괴감까지 들었다.

그때도 맨 얼굴로 잘만 있었는데. 문득 아까 열었던 캐리어 안에 접혀 있던 남자의 옷이 떠올랐다. 그녀가 이름도 알 수 없는 작은 소읍에서 샀던 남자의 옷이었다. 그 옷을 어디서 얼마 주고 샀던 것까지 한꺼번에 떠오르자 갑자기 갈증이 났다. 정수기는 그래도 부엌에 있어 다행이었다.

물 한 잔을 받아 들고 경민은 낯설어진 집 안을 쳐다보았다. 아마 환하게 불이 켜진 거실과 따뜻한 온기가 가득한 집 안이 마치 남의 집 같아 보였기 때문일 것이다. 늘 냉기가 가득하고 불도 켜지 않는 거실이었는데…….

마치 따뜻한 커피를 들고 밖을 내다보듯 경민은 차가운 물컵을 들고 거실의 창으로 다가갔다. 희끗거리던 눈발이 굵어진 모양이었다.

화이트 크리스마스인가.

언제부터인가 눈이 반갑지 않았다. 아마 차를 갖게 된 후였던 것 같다. 차라리 추적거리는 겨울비가 나았다. 하지만 그런 그녀의 냉대에 아랑곳하지 않고 흩날리는 눈송이들은 더욱더 많아졌다. 아마 밤새 꽤 쌓일 것만 같았다.

늘 피곤하고 정신없는 오늘 하루와 지겨운 내일을 예상하면서 무미건조하게 보내던 밤 시간이었다. 그러나 오늘은 왜 틀린 걸까. 아마 눈이 와서겠지.

"아, 경민 씨."

경민은 낯선 목소리를 듣고 그제야 오늘이 다른 게 집에 타인이 있기 때문이란 걸 알았다.

"네?"

놀란 경민이 휙 돌아서자 그 덕에 찬물이 넘쳐 그녀의 발등 위에 떨어졌다.

차가워 소리라도 지르고 싶었지만 말이 밖에 나오진 않았다. 눈앞에 남자가 다가왔다. 갑자기 숨이 막히는 기분이 들었다.

젖은 머리카락을 한 남자는 캐리어 안에 있던 티셔츠와 반바지 차림이었다. 샤워를 했는지 물 냄새를 풍기고 자신이 잘 개켜 놓았던 수건을 든 채였다.

"목이 말라서요. 아까 먹은 게 좀 짰던 모양이에요. 물 어디 있어요?"

"제가 갖다 드릴게요."

경민은 급하게 부엌으로 가서 컵을 꺼내고 물을 담았다. 그리곤 그에게 내밀었다.

"고마워요."

창가에서 나란히 커피를 마시듯 차가운 물이 든 머그잔을 나란히 든 두 남녀는 한참 동안 침묵을 지켰다. 경민은 옆을 쳐다보지 않으려 애썼다. 남자가 물을 마시고 얼른 들어가 버렸으면 좋으련만.

마치 뒤를 돌아보면 저주를 받아 돌이 되듯 물 냄새를 풍기고 있는 남자의 모습에 경민은 스르륵 자신이 무너져 버릴 것만 같았다. 언뜻 보았지만 머리가 조금 길어진 것밖에는 달라진 게 없었다. 그때 저를 안고, 제게 입을 맞추고, 사랑한다고 속삭이던 그 남자와 같은 모습을 하고 있었기에.

"화이트 크리스마스네요."

남자가 멀뚱하니 창밖을 보며 말했다.

새까만 배경으로 불야성을 이루는 아파트 숲이 보였다. 그리고 희끗하게 눈발이 날리고 있었고 눈은 꽤 쌓이고 있었다.

"내가 사는 곳은 눈이라곤 볼 수 없는 곳이라서요. 가끔 뉴욕에 가면 눈이 오긴 하는데. 눈이 오면 아무래도 교통지옥인 곳이 더욱더 심해져서 딱히 어떤 느낌 같은 게 들 사이가 없었어요. 이렇게 크리스마스이브에 눈이 오는 걸 처음 봐요. 어렸을 땐 크리스마스라고 건네주는 카드에 그려진 눈이 이해가 잘 안 갔었거든요. 나중에 로키라든지 만년설 있는 곳에도 갔었는데 이렇게 눈이 오는 걸 직접 본 건 몇 번 없어요. 그리고 눈 오는 크리스마스이브는 생전 처음이고요."

남자가 뭔가 말을 하고 있었다. 그런데 무슨 말을 하는지 하나도 들리지 않았다. 경민은 물을 마실 뿐이었다. 이미 찬기가 가신 물은 의미도 없이 목구멍을 넘어가고 있었다.

'피곤해요, 들어가서 쉴게요. 그쪽도 쉬세요'라고 말해야 했다. 그런데 제 입은 차마 떨어지지 않았다. 남자가 저 방으로 들어가 버리는 게 싫은 걸까.

"피곤하겠어요. 크리스마스 연휴인데도 일을 시키다니, 참."

제 모습을 봐서일까. 경민은 아무렇지도 않게 대답했다.

"크리스마스이브라고 아기들이 아픈 걸 쉬진 않잖아요."

"아, 맞다. 경민 씬…… 그 보건진료원이라고 했죠? 처음에 난 그게 무슨 뜻인지 몰랐어요. 장 부장이 이야기해 줘도 모르겠더라고요."

오랜만에 듣는 소리였다.

보건진료원.

그렇지. 그때 이 남자를 처음 봤을 때 자신은 그런 직업을 가졌었다. 이런 지긋지긋한 소아과의 간호사가 아니라.

남자는 아무렇지도 않은 듯 물을 한 모금 마시고 있었지만 실은 무언가를 헤집고 있는 것 같았다.

그녀가 구덩이를 파고 모든 걸 던져 넣은 다음에 그걸 파묻고 꾹꾹 눌러 버린 것들 중에 설핏 잘못 묻혀 삐져나온 것을 살살 잡아 흔들고 있었다. 덮고 있던 것들이 흐물거리며 무너져 내리게.

피곤했다. 몸이 피곤한 게 아니라 정신적으로. 왜 멀쩡하게 있는 사람을 이렇게 뒤흔들고 있는 건지. 아무런 대책도 없이.

"주무세요. 저 먼저 잘게요."

경민이 창밖에 날리는 눈발과 남자를 무시하고 돌아서서는 컵을 아일랜드 탁자 위에 올려놓고 자신의 방으로 가려 했을 때였다.

그녀는 발걸음을 멈추고 말았다.

남자가 툭 던진 말 한마디에.

"정말 그렇게 내가 미워요?"

"왜 그럴 거라 생각해요?"

남자의 쓸쓸한 목소리 때문이었을까. 경민은 돌아서서 되물었다.

"난 내가 떠나간 게 잘못이라고 생각했어요. 그러니까 경민 씨를 다시 보면 내 기억 속에 남아 있던 그때로 다시 돌아갈 수 있지 않을까. 그런 생각을 하고 있었거든요. 그런데 지금 보니까 그건 아닌 거 같아서 말이죠."

경민은 피식 웃고 말았다. 문제는 그게 아닌데.

"난 제레미 리프킨이란 사람, 미워한 적 없어요. 그 사람이 준 돈으로 이렇게 집도 샀는걸요. 이젠 아무렇지도 않아요. 만난 걸 후회한다고 했지, 미워한다고 말한 적 없어요."

밉다. 전에도 이 말을 들은 것 같았다. 그가, 그러니까 정신이 이상한 한진우가 전에 자신인 제레미 리프킨을 미워했을 거라 했었다. 그때도 그 단어가 생소했었다. 밉다니.

타인에게 그런 단어를 쓴 적이 있었나? 쓸데없는 오지랖을 떠는 장 선생이나 박 선생이 지겨울 뿐 미운 적은 없었다. 주말에도 아무렇지도 않게 초과 근무를 시키는 원장이 미웠나? 짜증이 날 뿐이었다. 삿대질을 하거나 자기 애가 아프다고 진상을 떠는 부모가 소동을 피울 때 미웠나? 한심한 마음에 그저 빨리 사라져 주길 바랐을 뿐이다.

그럼 저 남자가 미웠나? 미운 감정이란 건 뭘까.

"그런데 우린 지금 왜 이렇게 된 거죠?"

지금이 어떤데. 경민은 정리를 해서 말해 줘야 할 것 같았다.

"그냥 제레미 리프킨이란 사람이 날 이용했고 그 사람이 머리가 이상해졌을 때 좋았었고 다시 제 기억을 찾고 돌아갔을 뿐이잖아요. 내가 누굴 좋아했고 미워했고 그게 당신한테 뭐 그렇게 중요해요? 이미 다 끝난 일인데요."

"그런 겁니까?"

그가 말했다. 그렇게 간단히 정리되는 거냐고.

그게 다 아닌가? 경민이 뭐라 더 말하려 했을 때 그가 말했다.

"나도 그렇게 생각했어요. 경민 씨가 하고 싶은 대로 하라고 했을 때……. 난 혼란스러웠어요. 나중에 자꾸만 그 선택을 했던 순간이 떠올랐어요. 그때 당신과 함께 가겠다고 했으면, 난 어떻게 됐을까 하고."

다시 명치끝이 쓰라리다고 느껴진 건, 아마 한 끼밖에 먹지 않은 끼니로 매운 순두부찌개를 먹어서일 터였다. 요즘 먹은 게 부실해서 아무래도 속이 망가진 것 같았으니까.

"이미 선택한 일에 대해서 '만약에 그랬었다면' 이란 질문은 어리석은 거 아니에요? 그때 그랬다면 그에 합당한 현재가 있겠죠. 그때 그렇지 않았으니까 지금 이렇게 있는 거잖아요. 그만해요. 당신답지 않아 보여요."

"나다운 게 뭔데요?"

당신다운 거? 뻔하잖아.

"남을 이용하는 데 전혀 양심의 가책이 없는 거. 그거 아니에요?"

"……."

그의 침묵에 경민은 제가 너무 나갔다는 걸 깨달았다. 그래도 미안한 마음이 있었다는 걸 아니까, 돈을 보낸 것도 미안함에 대한 표현이었겠지. 어차피 세상은 돈이면 다 용서되는 그런 세상이고 그걸 제일 잘 이용해 놓고.

그래서 그녀는 재빨리 말했다.

"미안해요. 그렇게까지 말할 건 아니었어요. 당신이 날 이용했지만 그래도 그 대가를 치른 거 잠깐 잊었어요. 이제 진짜 그만해요."

이 얼굴을 보고 싶지 않았다. 분명히 이젠 더 이상 아니다고 말하고 있는데 눈길이 가는 건 남자의 젖은 입술이었으니까. 젠장.

"아까…… 말한 거요."

"뭘요?"

"머리가 이상했을 땐 좋았다고 했죠?"

"맞아요."

그건 사실이니까.

"그때와 지금 내가 뭐가 달라요?"

경민은 이제 화가 나려 했다. 대체 왜 이러는 걸까.

"그만하자고요. 그냥 그땐 그랬다고요. 그 사람은 아무것도 기억 못 하는 한진우였고, 지금은 모든 전후 사정 다 알고 있는 제레미 리프킨 씨잖아요. 그리고 지금은 그때가 아니고요. 전 다 잊었어요. 지금 다시 시작이라도 하자는 거예요? 그래 봤자 어차피 당신은 겨우 안정된 내 삶을 헝클어 놓고 가 버릴 거잖아요."

결론은 이거 아닌가. 그냥 또 그렇게 사라질 거면서 왜 이러는 건데.

"내가 말했잖아요. 기억이 돌아온 뒤에 일을 해결하고 나니까 갑자기 걷잡을 수 없이 경민 씨가 떠올랐다고. 그냥 그렇게 가 버린 게 후회가 되어서 다시 한번 기회를 찾고 싶었다고요. 비행기 표를 끊고 나니까 경민 씨 머리카락 한 올 한 올, 목소리, 숨소리까지 다 기억이 나서 도저히 참을 수가 없었어요. 내 기억 속의 경민 씬 내가 진심으로 용서를 구하면 날 용서해 주고 내게 다시 돌아올 거 같았어요. 지금 경민 씨가 왜 그러는지 이해는 가는데……."

이 남자가 이 정도로 격하고 빠르게 말하는 걸 들어본 적 없었다. 그래서 대체 무슨 말을 하는지 제대로 듣지 못했다. 뭐라고 했지?

"너무 원망스러워요."

원망스럽다. 그건 또 무슨 말일까. 분명히 이 남자는 한국어를 하는데 무슨 말인지 알 수가 없었다.

"아까 경민 씨를 그 병원에서 보자마자 안고 싶고, 키스하고 싶어 미치겠는데, 그리고 함께하고 싶은데. 내가 너무 잘못을 많이 해서 용서를 구해도 안 되는 거, 그걸 내가 어떻게 할 수가 없다는 거. 그게 너무 원망스러워요."

또다시 침묵이 내려앉았다. 보일러 돌아가는 소리마저 두 사람의 눈치를 보듯 멈춰 적막해졌다.

두꺼운 유리창이 아니라면 사락사락 눈이 내리는 소리마저 들릴 듯했다.

"경민 씨……."

격한 감정 끝에 숨을 고른 그가 천천히 다가오면서 그녀의 이름을 불렀다.

뭐라는 걸까.

"경민 씨."

그가 바로 옆에서 손을 내밀면서 말했다. 경민은 그를 쳐다보지 않았다. 그리곤 대답했다.

"내 기억 속에서도 한진우란 사람은 참 말을 잘하는 사람이었어요."

"……."

아마 돌아보면 돌이 되는 저주를 받은 듯 별장에 있던 그와 똑같은 얼굴을 한 이 남자 앞에서 또다시 흐물흐물 녹아 버릴 거야. 그리곤 또다시 다음 크리스마스까지 자학을 하면서 기다리겠지. 경민은 작은 방으로 향했다. 그래서 허공에 멈춘 남자의 손을 보지 못했다.

"그래요……. 난 그런 사람이었어요. 잘 자요."

그가 등 뒤에서 말했다.

경민은 이부자리가 펴진 방의 문을 닫았다.

제 집이지만 낯선 공간이었다. 경민은 기운이 빠져 펴 본 지 몇 년이나 지난 것 같은 요를 펴고 불을 껐다. 아직 늦은 시간은 아니었지만 피곤했다. 그러나 늘 베던 베개도 아니었고 몇 년 동안 침대에서만 잤었기에 딱딱한 바닥도 신경에 거슬렸다. 보일러를 과하게 돌려서 후끈한 방 안 공기와 쓴 지 오래된 이부자리의 향도 어느것 하나 그녀를 편하게 잠들게 하지 못 했다.

그러나 그건 핑계일 뿐이었다.

자신이 잠들지 못하는 건 제 침대에 누워 있을 누군가 때문이란 걸 애써 부정했다.

딱딱한 바닥, 높이가 맞지 않는 베개. 후덥지근한 공기, 먼지가 입안에 가득 찬 것 같은 느낌.

경민은 제가 깨어난 게 이런 문제들 때문이라고 생각했다.

커튼도 가구도 하나 없는 텅 빈 방에서 뒤척이다 결국 일어난 경민은 답답하고 갈증이 난다는 이유로 조심스럽게 문을 열었다. 화장실을 가든지 물이라도 먹든지, 그게 아니라면 보일러라도 낮춰야겠다 싶었다. 막 방문을 열었을 때 의외로 썰렁한 거실 공기에 경민은 우선은 숨이 좀 쉬어지는 느낌이었다.

여전히 어두운 거실은 적막에 싸여 있었다. 경민은 거실을 가로질러 부엌 쪽으로 가려고 했다. 그런데 보일러가 꺼져서 식은 온기가 아니라 차가운 바람이 그녀의 얼굴을 지나쳤다.

"어?"

창문이 열렸나. 이건 바깥의 찬 공기였다. 경민이 바람이 들어오는 곳을 찾았을 때 저도 모르게 발걸음을 멈추고 말았다. 어둠 속의 거실에 누군가 있었다.

"저기……."

눈에 어둠이 익었다. 거실의 베란다 문이 열린 채였다. 확장형 거실이라 커다란 창을 열면 바로 밖이었다. 그 열린 문 옆에 누군가 서 있었다. 희끄무레한 윤곽은 점점 뚜렷해졌다. 이 집엔 늘 그녀 혼자였다. 그러나 오늘은 방문객이 있었다.

"미안해요. 시차 때문인지 잠이 안 와서……."

남자의 목소리가 들렸다. 그는 그 뜨거운 여름에 샀던 반팔에 반바지 차림이었다. 그런데 문은 열려 있었고 열린 문밖의 어둠 속에서는 아까처럼 사락거리면서 여전히 눈이 날리고 있었다.

"감기 걸려요."

찬 바람이 그녀를 휘감자 경민은 급하게 말했다.

"눈 오는 게 신기해서요."

그제야 남자의 한쪽 팔은 밖으로 내밀어져 있었다.

"하늘에서 내리는 눈은 처음 만져 봐서요. 차가운데 폭신해요."

남자의 목소리가 몽롱했다. 경민은 자신도 잠옷으로 입은 반팔 밑으로 드러난 맨살에 소름이 돋을 만큼 찬 바람이 몰아치는 것을 느끼고 다가갔다.

"감기 걸린다니까요."

그리곤 정신없이 그의 팔을 당기고 두꺼운 이중의 유리문을 급하게 닫았다. 그 사이에도 문틈으로 차가운 눈송이들이 흩날렸다.

당긴 남자의 팔이 싸늘하게 식은 채 젖어 있었다. 경민은 더욱더 빨리 화장실에 가서 마른 수건을 꺼내 왔다. 그리곤 어둠 속에서 멀뚱하니 서 있는 남자의 팔을 닦았다.

"언제부터 이렇게 있었어요? 지금 날씨가 얼마나 추운데……."

흥건한 팔을 급하게 닦으면서 그녀는 싸늘한 게 도를 지나쳐 얼음덩어리 같은 남자의 팔에 놀라서 급하게 말했다.

"얼마 안 됐어요. 그리고 별로 안 추워요."

"큰일 나요!"

그때 입고 있던 옷 때문일까. 경민은 남자가 아직도 환자 같은 느낌이었다. 그래서 어쩔 줄 모르면서 싸늘하게 식은 팔의 물기를 닦아 내느라 정신이 없었다. 이미 물기는 다 사라졌지만 그 싸늘한 기운은 가시질 않았다.

"괜찮아요? 어디 아프진 않고요?"

급하게 묻는 경민을 물끄러미 내려다본 남자가 말했다.

"내가…… 걱정돼요?"

"……."

"내 기억 속의 당신도 늘 나를 이렇게 걱정했었죠."

안 돼.

부드럽고 낮은 남자의 목소리에 경민의 이성이 소리쳤다. 방금 전까지도 열려 있던 문 때문에 황량한 거실은 어둡고 싸늘했다. 남자의 등 뒤에 있는 커다란 창의 어둠 속에는 여전히 펄펄 눈송이가 날리고 있었다.

이건 꿈인가. 그런 거 같았다. 남자는 제 기억 속에 나타날 때 늘 입고 있던 자신이 산 옷을 입고 있었다. 저번보다 길어진 머리카락이 이마 위에 드리워져 있었다. 아마 저 옆에 있는 긴 상처를 가리기 위해서 기른 거겠지.

"경민 씬 왜 나를 걱정하죠?"

"그거야……."

어둠 속에서 그의 물음에 차마 대답할 수가 없었다. 그제야 경민은 싸늘한 남자의 팔을 아직도 잡고 있었다는 걸 깨달았다. 그리고 그의 곁에 너무 가까이 있다는 것도. 남자의 팔을 슬그머니 놓으려 했을 때였다.

급하게 움직인 것은 아니었지만 그가 빨랐다. 싸늘한 남자의 몸이 찬 바깥 공기에 움츠러든 그녀를 감싸 안았다. 경민은 그의 움직임을 피하려 했다. 그러나 그러지 못한 건 그의 몸이 너무 차가워서였다.

"몸이 너무 차요. 따뜻한 곳으로 들어가요."

경민이 급하게 말했다. 그러나 남자는 차가운 몸으로 더욱 더 힘을 주어 그녀를 품에 안았다.

"잠깐만요."

잊어버렸던 느낌이었다. 하지만 너무나 순식간에 떠올랐다. 제 어깨에 닿는 남자의 팔 높이, 볼을 닿은 남자의 얼굴, 익숙한 체취, 그리고 숨결. 싸늘하게 식은 체온을 빼면 잊었지만 잊히지 않았던 기억 속의 그 어느 순간과 꼭 같았다.

부드럽고, 달콤했고, 때론 격정적이며 황홀했던 그 어느 여름날의 기억들이 그녀의 등줄기를 훑어 내렸다.

남자의 손길이 부드럽게 그녀의 메마른 머리카락을 쓰다듬었다. 여기서 벗어나야 하는데. 경민은 부드럽고 느릿느릿한 그의 움직임이 자신의 격한 저항을 서서히 누그러뜨리고 있는 게 느껴졌다. 천천히 그녀의 머리카락을 쓰다듬던 손길이 멎었을 때 살그머니 그녀의 이마 위로 싸늘하지만 온기가 담긴 감촉이 느껴졌다. 경민은 저도 모르게 눈을 감았다. 달고 부드럽고 매끄러운 남자의 입술이었다.

안 돼, 이러지 마.

경민의 이성은 소리치고 있었지만 늘 그렇듯 그녀의 몸은 움직이지 않았다.

이미 익숙한 탄탄한 몸이 주는 안정과 쾌락을 너무 잘 알고 있기 때문일까. 남자의 차가운 몸에 온기가 돌았다. 닿아 있는 목덜미에서 체온이 느껴졌다. 그리고 닿아 있는 가슴팍에 부드럽게 고동치는 심장의 움직임도 고스란히 느껴졌다.

텅 빈 거실에서 한 번도 느껴 본 적 없는 평온과 아늑함이 그녀를 감싸는 느낌이었다. 그건 아마 이 세상에서 이 남자의 품에서만 느낄 수 있을지도 몰랐다. 움직임이 없던 남자의 쇄골이 기울어졌다. 그제야 경민은 눈을 떴다. 여전히 어둠만 가득했지만 자신을 내려다보는 눈길이 느껴졌다.

이런 건 싫은데. 이성을 배반해 버리는 본능 따위, 지난여름에 그렇게 배신을 했으면 이젠 그러지 말아야 하는데.

그러나 그건 혼자만의 생각이었다. 이마에 부드러운 체온을 남겨 준 남자의 입술은 그녀의 입술 위에 내려앉았다. 잊고 있었지만 잊히지 않은, 차가운 겨울바람에 싸늘하게 식었지만 여전히 부드럽고 다디단 남자의 입술이었다.

무엇 때문에 이 입술의 주인에게 그토록 매정한 말만 했을까.

부드럽게 제 속을 찾아 헤매는 이 뜨거운 체온의 주인에게 왜 그랬을까. 그건 아마도 따뜻하고 행복한 열락이 남기는 길고 긴 상실의 시간이 또다시 반복되는 게 두려워서일 텐데.

차가운 손길이 그녀의 뺨을 감쌌다. 조심스럽던 입맞춤이 깊고 짙어졌다. 남자의 몸짓 하나하나에 이미 익숙해진 여자의 몸은 자연스럽게 따라갔다. 깊어진 입맞춤은 더욱더 많은 것을 원했다. 어느새 남자의 목을 감싼 채 매달리듯 안긴 경민을 번쩍 안아 올린 그는 익숙한 듯 문이 열려 있는 방으로 향했다.

그만해야 할 텐데.

그러나 경민은 그 잠깐의 움직임 때문에 멀어진 남자의 입술이 푹신한 침대 위에서 다시 제게 닿을 때까지 조바심을 느낄 뿐이었다. 남자의 손길이 제 티셔츠 속으로 스며들자 그녀는 저도 모르게 낯선 소리를 내뱉었다.

그 뜨거운 여름, 낯선 바닷가에서 사랑했던 남자는 사라졌지만 여전히 그의 몸은 존재했다. 그리고 지금 지구 반대편에서 날아와 저 혼자 떠오르는 생각들을 잠재우려 뒤척이던 침대 위에서 자신이 달아오른 몸 구석구석에 입 맞추고 있었다.

이것은 어쩌면 그녀가 늘 잘못된 선택을 했던 순간의 연속일지도 몰랐다. 스스로를 짓이기듯 후회하지만 그 순간엔 그걸 깨닫지 못했었다.

남자의 긴 손가락이 스치고 가는 자국마다 그녀는 파르르 떨리는 제 몸을 주체할 수 없었다. 남자의 입술이 찍는 화인에 그녀의 온몸은 불에 덴 듯 현란한 감각들이 스치고 갔다. 남자의 차가운 몸이 이제는 불덩이처럼 그녀 위에 내려앉았다. 경민은 손을 내밀어 어둠 속에서 남자의 고개를 당겼다. 뜨겁게 달아오른 남자의 입술을 삼키면서 스스로 또 하나의 문을 열고 있다는 걸 깨달았다.

그 문 뒤에는 남자의 달콤한 말이 감춰 둔 또 다른 상처와

고독함이 쌓여 있을지도 몰랐다. 그러나 이미 문을 열어 버렸다. 남자의 입술이 목덜미에 묻히자 그녀는 머릿속이 하얗게 부서져 내렸다.

이젠 어쩔 수 없는걸.

정신마저 몽롱해지려 했다. 그때였다. 그의 얼굴이 올라왔다. 그리고 가볍게 그녀의 입술에 입을 맞추더니 그녀에게 속삭였다.

"나 머리 멀쩡해요. 내 결정 후회해서 왔어요. 온 게 잘한 거라 생각해요. 이번엔 내 머리부터 발끝까지 다 진심이니까."

어둠 속에서 남자의 숨결이 느껴졌다. 쿵쾅거리는 심장 박동마저도 느껴졌다. 진심일까.

그가 귓가에 속삭였다.

"진심으로 사랑해요."

이 남자가 나타난 순간부터 자신에게 현실성이란 게 사라지는 걸 느꼈었다. 갑자기 한밤중에 나타난 칼에 맞은 남자, 그 남자가 던져 준 현금들. 괴한에게 납치되어 거짓 암호를 대고, 녹차 밭 한가운데 있는 비현실적인 성에서 비현실적인 사람들을 만나고……. 돌아와서도 갑자기 멀쩡한 직장을 버리고 꿈에도 못 꾸던 언니를 찾아 미국에 가고 아파트를 샀다.

징징거리는 아이들의 울음 속에서 깨나 이것이 제게 합당한 현실이라고 생각하고 겨우 적응하려는데 또 이 남자가 나타났다.

크리스마스이브, 하얀 눈과 함께.

사람이 사는데 진심 따위가 필요할까? 환자인 아기들을 대하는 제 미소는 가식이었다. 고분고분한 원장에게도 돌아서면 욕을 내뱉고 싶었다. 같이 일하는 직장 동료라는 사람들도 하나같이 짜증 났지만 늘 웃는 얼굴로 대했다. 같은 라인의 사람들에게도 웃으면서 인사를 하긴 했지만 그 누구도 괜찮은 이웃이라고 생각해 본 적이 없었다.

누구를 만나거나 어떤 사람에게도 제 속을 말하고 싶은 적이 없었다.

그런데 진심이라는 말을 담은 따뜻한 입술이 그녀에게 다시 내려앉았다.

지금 뭐라고 했을까. 그녀가 이 남자의 따뜻한 입술이 뭐라 말했는지 반추하기도 전에 남자의 손길이 그녀의 옷 안으로 스며들었다. 아주 오래전 잊고 있었던, 그러나 다시 익숙한 남자의 손길에 그녀의 살갗은 파르르 떨리는 듯했다. 부드럽고, 자연스럽고 색정적인 움직임과 체온이 그녀를 휘감았다. 제드러난 가슴을 머금은 남자의 뜨거운 입술과 혀끝이 그녀에게 잊고 있던 목소리를 찾아 주었다.

남자의 진심에 대해 고찰해 봐야 하는데.

그녀의 머릿속은 하얗게 탈색되었다.

낯선 소리에 눈을 떠야 했다.

무슨 소리지.

"깼어요? 조심하려고 했는데."

익숙한 목소리가 머리 위에서 났다. 늘 혼자서 깨던 아침이었다. 경민은 잠시 멍해졌다가 어젯밤이 생각났다.

아…….

그녀의 눈에 남자의 하얀 윗몸이 보였다. 침대에 앉은 채로 커튼을 들추고 밖을 내다보고 있었던 모양이었다.

유일하게 그녀의 침실에는 커튼이 있었다. 남향이어서 겨울에 해가 잘 드는 덕에 주말에 늦잠을 자고 싶어 한 2주 전쯤 우여곡절 끝에 단 커튼이었다. 고리가 부실해서 잘못 펼치면 빠질 수도 있어서 반만 쳐 두었기에 거의 건드리는 법이 없었다. 그리고 침실로 쓰는 안방에만 베란다가 있는 구조라서 커튼을 쳐도 밖은 아니었다.

"눈이에요."

마치 눈을 기다렸던 아이 같은 목소리였다.

그러나 그는 그것을 확인하고는 다시 몸을 숙였다. 그리곤 경민의 이마에 입을 맞췄다. 전에도 그랬듯이.

"잘 잤어요?"

푹 잔 것 같진 않았다. 물론 과한 감각의 역치 때문에 기절하듯 잠든 건 맞지만 늘 혼자 잠들던 침대에서 누군가의 기척 때문에 잠에서 깬 적이 많았다.

"메리 크리스마스!"

낯선 단어에 경민은 어색해졌다. 그러나 그걸 어찌할 필요는 없었다. 따뜻한 남자의 맨몸이 그녀를 안아 왔다.

“어렸을 적에 벽난로 옆에 트리가 있었고 거기엔 늘 크리스마스 선물이 놓여 있었어요. 뭔가 큰 상자 같은 게 있었던 거 같았는데 양부모님이 돌아가시기 전에 맨 마지막 선물이 스케이트보드였어요. 그건 뚜렷이 기억나요. 그 뒤론 보호소에서 무언가 늘 받았었던 거 같은데 기억이 없고, 좀 커서는 내가 크리스마스 선물을 준비했었죠. 친구들한테 선물을 받기도 했었는데……. 오늘 받은 선물이 제일 맘에 들어요.”

그리곤 그가 다시 그녀의 볼에 입을 맞췄다.

딱히 크리스마스라고 선물을 받아 본 적이 없는 그녀였다. 여전히 이 아침이 꿈결 같았다.

“어디 식당에서 식사를 하는 거예요?”

“아뇨.”

“전보다 살이 빠졌어요.”

그건 맞는 말이었다. 이곳엔 문래리처럼 그녀에게 장아찌나 김치를 챙겨 줄 이웃이 없었으니까.

근사한 부엌이 있으면 혼자서도 뭔가를 잘해 먹을 수 있을 거라 생각했었다. 이 아파트를 보러 왔을 때 이 예쁜 주방에 반했었으니까. 하지만 이사를 와서 막상 텅 빈 부엌은 그리 예쁘지 않았다. 전 주인의 아기자기한 살림살이 덕에 예뻤던 거였다. 게다가 평생 요리에 취미를 붙여 본 적이 없었다. 부모님이 돌아가신 후 언니가 주로 음식을 했고 그녀가 혼자가 됐을 땐 늘 사 먹었고 집에 와선 음식 같은 걸 해 먹을 만큼 기운이 남아 있지는 않았으니까.

문래리에서도 그냥 밑반찬에 밥이나 해 먹는 게 다였다. 그곳 주민들이 그녀를 예쁘게 봐서 뭔가 음식을 하면 가져다주는 적이 많아 그걸로도 충분한 식사가 됐었다.

그러나 이곳에 혼자 살면서 경민은 먹는 것에 별로 신경을 쓰지 않았다. 전엔 한 번씩 큰맘 먹고 나와 장을 봐야 했지만 이곳 집 근처에도 훌륭한 마트나 시장이 있었다. 그러다 보니 오히려 더 신경을 안 쓰게 됐는지도 몰랐다.

허기가 져서 두 사람의 아침상을 차리긴 했으나 밥과 산 지 오래된 묵은지, 세일한다고 묶음으로 사 두었던 3분 미트볼이 반찬의 다였다.

"밖에서 먹을걸 그랬나 봐요. 걸어가도 되는데……."

"아니에요. 괜찮아요."

늘 혼자 앉아 있던 아일랜드 식탁 옆 의자에 앉은 그가 아무렇지도 않다는 듯 말했다.

"눈이 이렇게 많이 왔을 줄은 몰랐어요."

"밥 먹고 눈 구경 가요."

마치 아이처럼 그가 대답했다.

경민은 여전히 낯설었다.

그러나 그들의 눈 구경은…… 쉽게 성사되지 못할 듯했다.

"배……고파요?"

"잘 모르겠어요."

샤워를 뜨거운 물로 했는지 따뜻한 남자의 몸이 그녀의 옆으로 다가왔다. 그리곤 따뜻한 입술로 다시 그녀에게 입을 맞추었다. 방금 전의 격정이 지나갔는데도 불구하고 남자의 뜨거운 혀는 그녀의 속을 울렁거리게 했다.

"배고프겠다. 크리스마스인데 연 식당이 있을까요?"

"있어요. 여기 놀러 온 사람이 얼마나 많은데……."

"그렇겠네."

그가 피식 웃으면서 여자의 맨몸을 껴안았다.

"눈 다 녹았던데."

"그러게요."

아까 남자가 샤워를 하러 갔을 때 잠깐 밖을 내다본 경민이 말했다. 제법 많이 내린 거 같았는데 날이 푹했는지 오후 햇살에 녹아내려 길가는 질척해지고 있었다. 그렇지 않고 소복하게 쌓여 있었다면 두 사람은 옷을 잘 챙겨 입고 밖으로 나섰을지도 몰랐다.

"언제까지 한국에 있을 거예요?"

남자의 손길이 그녀의 맨몸에 스며들자 경민은 그 손을 붙잡고 물었다. 내내 정신이 나가 있었지만 이제 정신을 차려야 할 거 같았다. 제가 한 선택에 대해 어떤 대가를 또 치러야 할 테니까.

"연휴는 새해까지예요. 그리고 뭐 내가 대표라서 내가 가고 싶을 때 가면 돼요."

"아……."

"경민 씨가 여기 정리할 때까지 천천히 있을 거예요."

"네?"

그제야 경민은 몸을 일으켰다.

"나 혼자 안 들어가요. 내가 여기 나 계속 오는 건 좀 힘들어서, 경민 씨가 가는 게 나을걸요. 자주 한국 오면 되니까요. 가족도 미국에 있다고 하지 않았어요?"

"그거야……."

"법적인 문제는 전 사장님께서 알아서 해 주실 거니 걱정 말아요."

"……."

경민은 뭐라 말을 해야 할지 알 수가 없었다.

"산호세에서 LA로 옮겼어요. 그쪽엔 한국 사람도 많이 사니까. 적응하기 어렵진 않을 거예요."

그가 손을 내밀어 다시 그녀를 안았다.

"그리고 전에 나한테 한 말 기억나요?"

잠시 할 말을 잊었던 그녀에게 그가 물었다.

"뭘요?"

"나 재킷 입으면 잘 어울릴 거 같다고 했잖아요."

"아, 맞아요. 어제 잘 어울리던데요."

그제야 코트까지 완벽했던 남자의 정장이 기억났다.

"실은 여기 올 땐 그냥 셔츠와 진이었어요. 그런데 공항에 내리자마자 너무 추워서 깜짝 놀랐어요. 비행기 안에서 사람들 옷차림 보고 긴가민가했는데 너무 춥더라고요. 추운 데 많이 안 있어 봐서요. 그래서 옷을 사 입어야겠다고 생각했는데 경민 씨가 한 말이 생각나서 일부러 백화점까지 들려서 오느라 늦었어요. 사실은 아침에 도착했는데 말이죠."

"아……."

그냥 무심결에 했던 말이었는데 그걸 기억하고 있다니. 경민은 묘한 느낌이었다.

"너무 바빠서 정신이 없었는데, 손톱을 깎을 때마다 경민 씨가 생각났어요."

그건 경민도 마찬가지였다. 이 텅 빈 집에서 길어진 손톱과 발톱을 깎을 때마다 타인의 하얀 손발이 떠올랐다. 그래서 후회했었다. 그러지 말걸. 기억하지 말걸.

"그리곤 마치 이어진 것처럼 그 불탄 별장이 떠올랐어요."

아, 문래리의 그 별장.

경민은 문래리에서 보건진료소를 나서면서 그 자리에 가 본 적이 있었다. 검게 그을린 자갈과 커다란 빈터엔 타 버려 무너진 잿더미가 된 잔해만 흉하게 남아 있었다. 누군가 치울 생각을 하지 않아서 그냥 그 자리에 방치되어 있었던 건물의 잔해가.

"그때, 거기 당신이 있어서. 다행이에요."

경민은 그를 쳐다보았다. '그때, 거기 당신이 있었으니까'라는 말이 기억났다.

"그게 경민 씨여서, 그리고 지금 당신이 내 곁에 있어서 다행이에요."

앞으로 어떤 삶이 자신의 앞에 펼쳐질지는 알 수 없었다. 그게 혼자였든 상처를 받은 후였든 늘 그냥 저항도 없이 상처를 갈무리하고 앞으로 걸어 나갔었다. 그리고 그 길은 늘 혼자였다. 그러나 이젠 누가 곁에 있게 되는 걸까?

"늘 내 곁에 있어 줄래요?"

"당연하죠."

그가 대답했다. 그리고 그걸 증명이라도 하려는 듯 그녀에게 입을 맞췄다.

여전히 달고, 장미꽃처럼 부드러운 입술로.

에필로그 1

그의 on and off

「그렇게 처리했다니 잘했군.」

휴대폰 저편에서 속사포같이 빠른 여자의 목소리가 들려왔다.

「다른 일들도 잘 처리해 주길.」

상대방은 무언가 더 물을 게 있는 뉘앙스였지만 그는 전화를 빨리 끊고 싶었다. 휴대폰 저편에서 뭐라 하기 전에 통화 종료 버튼을 눌러 버렸다.

그제야 적막이 그에게 다가왔다.

정신없는 하루였다. 그건 어제도 그랬고 그제도 그랬다. 아니, 비행기에서 내리자마자 그랬었다.

블루밍 하우스의 이중 계약은 법정 소송까지 갔고 다행히 양쪽에서 합의를 봐서 1심 판결로 끝났지만 아직도 넘을 산이 많았다.

그사이 새 법인 설립뿐만 아니라 함께 일할 직원들을 인터뷰하고 저녁엔 계약을 위한 비즈니스 디너가 있었다. 늘 그렇듯 길고 긴 디너는 느긋하게 이어졌다. 항상 그랬듯 귀가란 게 내일을 위한 충전과 같은 수순이었지만 오늘의 귀가는 다른 날들과는 달랐다. 늘 일이 끝나지 않아서 집에는 짧은 텀을 이용해 옷을 갈아입고 나가거나 잠을 자기 위한 것과는 달리 정말 일이 다 끝난 뒤의 귀가.

법인 설립 때문에 새로 얻은 아파트는 여전히 그에게 푸근함 따위를 주지 못했다. 인테리어야 그의 새 비서가 자신의 취향을 고려해서 요즘 유행인 매트로 미니멀리즘을 따른 딱 있어야 할 것만 준비된 감각적인 모습이었다. 계약서에 사인을 하면서도 별다른 것을 느끼지 못했지만 그는 이 집에 들어오면 올수록 뭔가 삭막함이 더욱더 심해지는 느낌이었다.

그러나 그건 느낌일 뿐. 독신 남자가 일주일에 두 번 관리하는 하우스 키퍼의 손길을 별로 느낄 필요 없이 가장 깔끔하고 편리한 동선으로 휴식을 취할 수 있게 구성된 아파트는 산호세에 그가 처음 일하면서 렌트했던 아파트와는 가격대가 다른 만큼 더 고급스러웠다.

그는 가죽 가방에 든 태블릿과 종이 서류들을 서재 책상 위에 올려놓고는 넥타이를 풀어헤쳤다. 클라이언트를 만나기 위해서 입었던 복장이었다.

부드러운 분위기를 위해서 고급 레스토랑을 예약하고 기나

긴 디너를 즐겼지만 클라이언트는 어마어마한 가격의 대저택에 대해 선뜻 결정을 내리지 못하고 있었다. 이럴 경우 독촉을 하는 행동이 계약에 도움이 되지 않는다는 걸 잘 알고 있는 그는 천천히 디너를 즐기는 척하면서 다른 이들도 이 저택에 대해 관심을 가지고 있다는 걸 슬그머니 피력하는 걸로 오늘 저녁 식사를 파해야 했다.

코스가 긴 디너였기에 한참 시간이 지났다 해서 배가 고프거나 하진 않았다. 게다가 늘 쾌적한 냉난방이 되는 곳이기에 넓은 아파트는 조용하고 안락했다. 편히 쉬기엔 더할 나위 없었다. 그러나 그는 멍하니 서 있다가 파우더 룸으로 향했다.

막 슈트 상의를 벗고 퍼스널 쇼퍼가 코디해 줬던 아르마니의 넥타이를 푸는 순간이었다.

"진우 씬 그런 정장이 잘 어울릴 거 같아요. 재킷 입으면 엄청 멋질 거 같아요."

갑자기 머릿속이 멍해지는 느낌이었다.

낯선 언어…….

비행기에서 내리자마자 그는 한국어를 단 한마디도 쓰지 않았었다. 너무 바쁜 데다 다른 걸 돌아볼 사이가 없어서 TV니 영화니 하는 것들도 볼 시간이 없었다. 요즘 어느 매체든 케이팝이니 뭐니 해서 한국어가 자주 들렸지만 그는 그런 미디어 매체를 접할 시간조차 없었기에 들을 수 없었다.

변호사를 선임하고 증거를 수집하고 재판 기일을 정하고 재판을 하고……. 그사이 전 사장의 집들을 관리하기 위한 법인을 따로 만들었다. 물론 전 사장의 비서와 여러 번 통화를 하긴 했지만 그쪽에서 능숙한 영어를 했기 때문에 한국으로 끊임없이 전화를 하면서도 단 한마디의 한국어도 할 필요가 없었었다.

절대 의도적이진 않았다

그저 바쁘고 정신이 없었었다. 그사이에 그가 정기적으로 후원하고 있던 메이플 하우스는 새 부지를 알아보고 새 건물을 신축 중이었다. 해외 입양으로 미국에 왔지만 양부모에게 학대받거나, 파양된 아이들을 돌보는 기관이었다.

메이플 하우스는 비인가 시설이었다. 그곳의 마이클 목사는 그가 막 양부의 학대에서 구조됐을 때 도움을 주어서 인연을 맺게 되었고 그 뒤로 친부모 못지않은 관계를 맺고 있었다.

작년에 큰 산불로 건물이 파손되는 피해를 입었고 임시로 복구한 곳에 있다가 그가 거액을 후원하여 새 건물을 지을 수 있게 되었다.

전엔 여유 시간을 대부분 그곳에서 보냈지만 이제는 LA로 거처를 옮겨 거리가 멀어 가 볼 수도 없었다.

솔직히 가족을 이룰 생각도 없는 그는 혼자 사는 데 충분한 돈을 벌고 있었다. 그런 그가 갑작스럽게 많은 돈이 필요했던 이유는 메이플 하우스에 후원하는 이들이 점점 줄고 있기 때문이었다.

게다가 결정적으로 산불로 인해 많은 아이들이 갈 곳이 없어지자 그는 위험을 무릅쓰고 전 회장의 일을 맡을 수밖에 없었다. 그래야 그곳에 있는 스물일곱 명의 아이들이 지낼 곳을 마련할 수 있었으니까.

제가 유일하게 마음을 붙이는 메이플 하우스에도 한 번 가 볼 수 없을 만큼 바쁜 시간들이었다. 그러니 단 한 번도 타국에서의 기억을 반추할 새는 없었다.

아니, 어쩌면 일부러 그랬을지도.

"진우 씬 그런 정장이 잘 어울릴 거 같아요. 재킷 입으면 엄청 멋질 거 같아요."

또렷한 타국의 말이었다.

세 달이 지나도록 단 한 번도 듣지도 말하지도 않았던. 그리고 그 지긋지긋한 넘버링 같은 이름이 있었다.

거울 속엔 하얀색 와이셔츠와 반쯤 풀어진 넥타이를 한 남자가 자신을 쳐다보고 있었다.

값비싼 샤워기에서는 물줄기가 쏟아져 내렸다. 하루 종일 갑갑함 속에서 시원하게 씻고 누울 생각만 했던 거 같았다. 그런데 쏟아지는 물줄기 속에서 그는 가만히 서 있었다.

"당신은 날 용서해 줄 거죠?"

"이미 다 용서했어요."

그는 손을 뻗어 샤워기를 잠갔다. 쏟아지는 물줄기가 사라지고 샤워 부스는 적막만이 남았다.

"내가…… 어떻게 했으면 좋겠어요?"

"해야 할 일을 해야죠. 그걸 왜 저한테 물어요?"

똑똑똑똑.

그의 머리카락에서 물방울이 떨어지는 소리만이 적막 속에 울렸다.

그의 머릿속의 on, off 스위치는 몇 년에 걸친 치료와 훈련으로 만들어진 것이었다. 그 과정은 길고, 지루하고, 그리고 힘겨웠었다.

그러나 해야 했던 이유는 그렇지 못했다면 그는 정상적인 삶을 살지 못 했을 것이 분명했기 때문이었다.

그렇게 만들어진 스위치는 대부분 off 상태였다. 나쁜 기억을 억누르기 위한 방법이었으니까.

그것에 익숙해지자 그는 그 어렸을 적의 기억 말고도 타인들과 어울리면서 받는 괴로움이나 상처에 대해서 자연스럽게 기억을 off 시킬 수 있었다.

하지만 지금은 충분히 나이가 들었다. 마이클 목사도, 제 심리 담당 치료사 애나도, 제 주치의 노스먼도 그렇게 말했다. 그러니까 방어 기제 따윈 더 이상 필요하지 않았다. 언제나 충분히 가식적일 수 있었고 누구에게나 호감을 가질 만큼 행동을 할 수 있었다. 타인의 행동에 대해 상처 받거나 혹은 반대로 즐거워하지도 않았다. 그에게 필요한 건 오직 돈뿐이었다.

무의식적이었을까.

왜 비행기에서 내리자마자 모든 것을 잊어버린 듯, 아니 모든 것이 없어진 듯 행동했던 것일까. 그 대답 때문이었을까.

"해야 할 일을 해야죠. 그걸 왜 저한테 물어요?"

그래서 해야 할 일을 했던 것일까.

오랫동안 물을 맞고 있어서 눈이 충혈된 그는 물기를 닦고 샤워 가운을 입은 채 욕실을 나섰다. 버릇처럼 냉장고에서 시원한 맥주 캔 하나를 들고 그가 늘 서류와 태블릿을 확인하는 안락한 소파로 다가갔다.

공간이 바뀌자마자 제 머릿속의 스위치가 다시 off 되어 버린 것도 모르고.

"아……."

차가운 맥주 캔을 따려던 순간이었다. 캔 따개에 손톱이 걸렸는지 통증이 느껴졌다. 그는 저도 모르게 캔을 놓고 손을 쳐다보았다. 엄지손톱이 좀 길었는지 끝이 깨져 버렸다. 너무 바빠서 손톱 깎을 시간도 없었던 모양이었다.

그는 자리에서 일어나 파우더 룸에 있는 서랍을 열었다. 거기엔 손톱깎이와 그 밖의 자질구레한 것들이 작은 바구니에 담겨 있었다. 손톱깎이를 들고 다시 자리에 온 그는 부러진 손톱을 깎기 시작했다.

조용한 공간에 소리가 울려 퍼졌다.

"움직이지 말아요, 다쳐요."

그는 저도 모르게 고개를 들어 허공을 두리번거렸다.

바보처럼.

당연히 제 눈에는 어떤 타인도 보이지 않았다. 검은 대리석으로 된 벽면, 회색과 흰색의 커튼, 검은 가죽 소파, 검은색의 커다란 스탠드. 넓은 리빙룸은 텅 비어 있었다. 그는 손톱깎이를 탁자 위에 내려놓고 말았다.

따다 만, 따개가 망가진 맥주 캔이 송골송골 땀을 흘리고 있었다.

그리고 그녀가 떠올랐다.

그를 괴롭힌 건, 죄책감이었다.

그녀의 존재가 제 스위치 안에 있었다는 사실조차도 그 죄책감에 일조했다.

어떻게 그걸, 그 시간들을 까마득히 잊어버릴 수가 있었지? 그는 기억을 더듬어 인터넷에 검색해 그녀가 일했던 곳에 전화를 했다.

—강경민 소장님요? 여기 그만두셨는데요. 한참 됐어요.

"어디로 가셨는지 알 수 있을까요?"

제 입에서 나오는 낯선 언어가 당혹스러웠다.

—글쎄요. 다른 곳으로 부임하신 게 아니라 그냥 아예 그만두신 거라서요. 전에 같이 근무하시던 분도 그만둬서요. 저희는 잘 모르겠네요.

"아……. 네. 알겠습니다."

전화를 끊은 후, 그는 자신이 비행기를 타기 전 그녀의 통장에 돈을 입금했던 사실을 기억해 냈다.

샹그릴라 하우스의 렌트 계약이 성사되었다. 그가 공을 들이던 클라이언트가 망설이는 사이에 할리우드의 새 영화로 갑자기 돈방석에 오른 낯선 배우가 덥석 계약을 하겠다고 연락이 와서 얼결에 체결했다. 축하할 일이지만 허탈해지는 기분은 어쩔 수 없었다.

뿐만 아니라 블루밍 하우스의 2심은 상대가 항소를 포기해서 완만하게 끝맺었다. 불과 며칠 사이에 제 머릿속을 괴롭히던 일들이 한꺼번에 물 흐르듯 해결되어 버렸다. 사무실 사람들이 파티라도 하자는 걸 물리치고 온 그의 아파트는 언제나 그랬듯 적막에 싸여 있었다.

샤워를 하고 늘 그렇듯 농구 경기를 보면서 맥주 한 캔을 마시는 걸로 그의 자축연은 간단히 끝났다. 피곤한 몸을 이끌고 넓디넓은 침대에 누웠다. 몸 상태로는 베개에 머리를 대기만 하면 잠들 것만 같았다.

그런데 그러질 못했다.

"이 광경은 절대 잊지 못할 거 같아요."

"그랬으면 좋겠어요."

Sunset이었다. 한국어로 해가 지는 것? 낙조(落照)?

찰랑거리는 물속에 타인의 보드랍고 매끄러운 몸이 제게 기대어 있었다. 부드러운 입맞춤, 따뜻한 온기, 뜨거운 열락.

매일매일 새로운 소설책을 읽듯 타인과 얽힌 자신의 전혀 다른 기억들이 떠올랐다. 한 번쯤은 그렇게 살고 싶었나?

아니, 한 번도 꿈꿔 본 적이 없었던 낯설지만 따뜻하고 아름다운 그런 과거였나.

「보스, 여행 계획 있으시면 미리 말씀하시죠. 친구가 항공사에 있는데 지금 예약하지 않으면 고생할 거라고 했거든요. 시리아만 아니면 어디든 가능하다고 했는데……. 항공권 안 필요하십니까?」

샘은 고객을 상대하는 건 좀 마음에 들지 않지만 일 처리가 꼼꼼한 새 직원이었다.

크리스마스가 한 달 반이나 남았는데 항공권이라니.

「벌써 예약률이 80%랍니다. 하지만 자기 재량으로 좋은 좌석 뽑아 준다고 했거든요.」

「샘, 나는 캐롤라이나! 몇 장까지 될까?」

「얼마야? 난 오클라호마 이미 예약했는데, 그쪽이 저렴하면 바꿔 탈까? 그 친구 실적 올라가는 거 아니야?」

그는 크리스마스를 늘 메이플 하우스에서 보냈다. 며칠 전 완공된 새 건물로 무사히 이사도 했고 그 때문인지 후원자도 꽤 생긴 모양이었다. 이사를 할 때 가 보긴 했었지만 당연히 올 크리스마스도…….

「한국행 티켓 구할 수 있을까?」

「네?」

다른 직원들과 이야기하고 있던 샘이 고개를 돌려 그를 쳐다보았다.

「혹시 한국행 티켓 있다면 끊어 줘.」

사계절이 뚜렷한 나라였다. 그때라면 거긴 흰 눈이 내리지 않을까.

그는 자신의 클라이언트 전화번호를 검색하기 시작했다. 전 사장은 중요한 고객이었다. 덕분에 그 밑에는 꽤 여럿의 전화번호가 같이 저장되어 있었다. 그의 기억에 전 사장의 와이프는 유달리 그녀를 챙겼었다.

에필로그 2

그녀의 가을

“이게 다예요?”

“네.”

“아, 주문하셨나 보구나. 싹 다 새로 사나 봐요? 하긴, 거의 새집이니까 다 새로 사야죠. 그렇죠?”

“아, 네……. 뭐.”

경민의 짐은 제 옷가지 외에 침대와 작은 냉장고, 세탁기, 작은 TV가 전부였다.

세 개의 방과 두 개의 텅 빈 화장실을 보고 이삿짐을 날라다 주는 아저씨가 그렇게 말한 이유를 알 수 있었다. 그녀가 이사하는 새집은 볕이 잘 들고 층도 높았는데 신혼부부가 분양받은 지 반년도 안 돼서 회사 문제로 이사를 가면서 내놓은 급매물이었다.

거실에서 바다가 보였다면 아마 더 비쌌겠지만 방향이 반대쪽이었다. 바다 전망 같은 건 별 의미가 없었다. 물론 작은 방 하나에선 바다가 살짝 보이긴 했다.

모든 게 급작스러웠고 경민은 볕이 잘 드는 예쁘고 깜찍한, 구석에 자리 잡고 있는 부엌에 반해서 충동적으로 계약을 해 버렸다. 아마 그건 신혼이었던 안주인의 취미와 솜씨 덕분이었을 것이다.

어딜 가도 일자리를 얻을 수 있을 거란 확신이 이런 어마어마한 사고를 치게 만들었다. 뒤도 생각하지 않고 언니를 보러 미국으로 가 한 달을 채우고 한국에 와서 그녀는 이삿짐센터에 맡겨 두었던 자신의 짐을 찾아 이사했다. 사다리차도 필요 없는 단출한 이사였다.

"수고하셨어요!"

"네. 앞으로 새집에서 잘 사세요!"

이삿짐센터 아저씨가 힘들이지 않고 일을 끝내서 좋았는지 웃으면서 인사를 하고 나가자 집은 금방 적막에 싸였다.

아기자기한 장식품과 소파와 TV, 탁자나 카우치 같은 것들이 꽉 차 있어서였을까. 그녀가 집을 보러 갔을 땐 아담해서 혼자 살기 딱 좋을 거라는 생각이 들었다.

그러나 짐이 다 빠지고 아무것도 없는 거실 허공에 벽걸이 텔레비전을 걸고 큰 양문형 냉장고가 들어갈 자리에 작은 냉장고를 넣은 집은 텅 비어 있었다.

안방에도 붙박이장이 있어서 그녀가 유일하게 산 퀸사이즈의 침대밖에는 다른 가구 따위는 없었다.

터무니없이 넓었다.

하지만 아무렴 어떠랴. 이 나이에 이런 번듯한 새 아파트의 주인이라는 게 중요한 거지.

언니가 봤으면 같이 얼싸안고 울어 줬을지도 모를 일이었다. 뉴욕 변두리에 있던 언니 식구의 좁고 낡은 아파트에 비하면 이곳은 궁전 같았다.

나른하게 볕이 드는 거실은 쥐 죽은 듯 고요했다. 언니와 살았던 반지하 방의 길가 소음이나 곰팡이도 없을 것이고, 복도식 아파트의 발소리도 없을 것이다. 문만 잘 잠근다면 발가벗은 채로 거실에 대자로 누워 있어도 누가 뭐라 할 리 없는 완벽한 자신의 집이었다.

행복해라.

하루 만에 세 곳을 면접 봤고 두 곳에서 바로 연락이 왔다. 내심 마음에 끌렸던 곳에 전화를 하고 경빈은 자축의 의미로 이것저것 장을 봐 돌아왔다. 하얀색 승용차를 타고.

이래도 되는 걸까?

아니, 그 사람들이 사는 세상은 차원이 다른데 거기서 흘린 것들을 좀 내가 누린다고 해서 누가 뭐라 할 사람이 있나? 훔치거나 가로챈 것도 아닌데…….

그야말로 분에 넘치는 차와 집을 볼 때마다 그녀는 가끔 그런 생각을 하지만 오늘은 그 생각을 털어 버리려고 애썼다.

취직도 했고, 이제 안정된 일자리가 있으니 이 텅 빈 집도 하나하나 채워 갈 것이다.

장을 본 비닐봉지에서 꺼내 놓은 캔 맥주는 냉장고에 들어 있었던 것들인지 차가웠다. 부쩍 내려간 기온과 찬 바닷바람 때문에 호기롭게 보일러까지 올렸지만 차가운 캔 맥주를 마시는 게 갑자기 망설여졌다.

"축하해요!"

작은 조각 케이크와 마트표 초밥을 차린 식탁의 건너편은 텅 비어 있는데…….

경민은 기억하고 있었다. 이삿짐센터의 아저씨가 그 낯익은 캐리어를 베란다에 있는 창고에 잘 넣어 둔걸.

"이 안에 뭐 있나 봐요? 그냥 여기다 넣어 둬요? 꺼내야 하는 거 아니에요?"

"그냥 넣어 두세요."

굳이 생각하려 하지 않았다.

그리고 아무렇지도 않았었다.

초밥 몇 개를 먹다 피곤이 밀려옴을 느낀 경민은 탁자 위에 있던 것들을 냉장고에 넣어 버리곤 보일러를 껐다. 그리곤 텅 빈 방에 생뚱맞게 있는 침대 위에 쓰러지듯 누웠다. 화장도 지우고 씻어야 하는데. 다 씻고 먹을걸.

하필 핑크색의 이불이었다.

아마 그래서였을 것이다.

"나 다른 것도 잘 하는데……. 마저 할까요?"

그냥 장난이었다. 상대가 잘나서였을 뿐이었다. 상대도 그랬다고 했다. 단지 내가 거기 있었으니까.

"내가…… 어떻게 했으면 좋겠어요?"

지금 다시 그 정체도 모를 남자가 묻는다면 아마 분명히 똑같이 대답할 것이다.

"해야 할 일을 해야죠."

그 남자는 가 버렸지만, 자신이 말한 해야 할 일이 그에게 남아 있는 것이 아니라 이곳에 제 곁에 있어 달라는 뜻으로 들리지 않은 건 않은 건 내 잘못일까. 아니, 그렇게 듣고 싶지 않았으니까 그렇게 듣지 않았을 것이다.

잘했어. 나쁜 남자잖아. 그렇게 잘하는 건 타고 나는 게 아닐 거야. 숙련된 솜씨겠지. 그런 얼굴로 아무렇지도 않게 거짓말을 하고 남을 속이는 나쁜 남자 따위 잘 가 버린 거잖아.

씻고 자야 하는데…….

맥주 한 캔도 제대로 비우지 못한 경민은 손끝 하나 까딱할 기운이 없었다.

어렴풋이 잠이 든 걸까. 기억나지 않는다고 생각했는데 부드러운 감촉이 느껴지는 것 같았다. 설탕 따위가 묻은 것 같은 달고 부드러운, 그리고 뜨거운 입술. 야한 손가락들. 저도 모르고 있던 그 어딘가를 젖게 만드는 뜨거운 몸짓…….

꿈을 마저 꿔야겠다.

꿈이니까.

그리고 꿈속의 강경민은 행복하니까.

에필로그 3

그와 그녀의 새해

"어머나, 어서 와요! 오는 데 힘들었죠?"

뛰어나와 맞아 주는데 우당탕탕 소리가 날 지경이었다. 그 모습만 봐도 그동안 소원했던 제 지난날이 미안해질 지경이었다.

회색빛 니트 스웨터와 스커트를 입은 세연은 정성껏 화장도 하고 머리도 곱게 올려서 아기를 낳은 지 반년밖에 안 된 아기 엄마처럼 보이지 않았나.

게다가 너무 화사하게 웃어 자신보다 더 어려 보이는 것 같아 경민은 그저 부러울 따름이었다.

"이게 누구야! 진짜 미스터 한이에요? 와, 난 우리 연우 씨가 세상에서 제일 멋진 줄 알았는데 이젠 의심스럽네?"

그녀의 너스레에 다들 웃음이 터지고 말았다.

크리스마스이브에 찾아온 그는 크리스마스를 경민과 보냈다. 그녀는 난생처음으로 경포대에서 일출을 보았고 그로 인해 이틀 동안 감기를 앓아야 했다.

그 때문에 진우의 귀국 소식을 뒤늦게 안 세연이 크리스마스에 연락이 와 새해를 같이 보내고 말했지만 경민이 감기를 호되게 앓는 바람에 약속을 며칠이나 지난 이제야 지키게 된 것이다.

"어머나! 이거 동해안 오징어죠? 맛있겠다. 이따 구워서 안주 해야지. 자자, 우선 빨리 앉아요. 시장하죠?"

빈손으로 오기 뭣해 챙겨 온 오징어와 젓갈을 받아 든 세연이 과하게 반가워하자 경민은 미안한 마음이 조금은 수그러들었다.

"우리가 너무 늦어서……. 중간에 눈이 좀 와서요."

"아휴. 여기가 너무 외진 곳이라 그렇죠, 뭐. 얼른 앉아요. 앉아."

언니가 이민을 가 버린 뒤로 한국엔 딱히 명절이면 찾아갈 먼 친척도 없는 경민은 자신을 친동생처럼 맞아 주는 세연의 모습을 보고 마음 한구석이 젖어 드는 기분이었다.

거기에 차에서 내리면서부터 내내 제 손을 꼭 잡고 있는 이가 제 옆에 있다는 것도 실감이 나지 않았다.

"부러워 죽겠네. 손 좀 놓고 앉아요. 아니 손 씻고 와야 하는 거 아니에요?"

"아, 네……."

그제야 당황한 듯한 진우는 급하게 세면대로 향했다.

"저기 사장님은……."

"우리 그이? 지금 아인이가 울어서……. 금방 같이 나올 거예요. 딱 지금 깨어나서 다행이라니까. 이모도 보고 삼촌도 봐야지."

"아인이요? 혹시 귀동이?"

"아, 경민 씨 몰랐구나. 우리 아기 이름 아인이로 지었는데, 맞다. 전엔 귀동이였구나! 이젠 기억도 안 나요. 아기 키우는 게 얼마나 스펙터클한 일인지!"

다행이었다. 그 천사 같은 아기에게 이제는 귀동이라는 태명을 안 써도 된다니. 아인이라…….

그 대단한 사장님이 아기를 보러 갔다는 사실이 신기하기만 한 경민은 바쁜 세연을 도와 음식을 날랐다. 물론 일하는 도우미도 있었지만 여전히 커다란 식탁 위에는 화려하고 맛있어 보이는 음식들이 가득했고 세연은 그걸 나르고 예쁘게 놓느라 바빴다.

한참 두 여자가 부산을 떨고 있음 때 진우가 나왔다. 셔츠 위에 니트 스웨터를 입은 그는 경민이 보기에도 으쓱해질 만큼 잘나 보였다. 제가 고른 네이비색 니트가 하얀 얼굴을 더욱 돋보이게 하는 것 같아 기분이 좋아졌다.

"저도 좀 도울까요?"

"아뇨, 다했어요. 그냥 앉아요. 경민 씨도 그 옆에 앉아요.

우리 그이 불러 올게요."

막 안주인이 지정해 준 자리에 앉으려는데 아기 울음소리가 났다.

"연우 씨! 또 울어요?"

"뭐가 문젠지 모르겠네. 기저귀도 갈았는데, 우유도 싫다고 내던지고……."

"아인아, 왜 그래……."

말꼬리를 길게 빼며 세연이 아기를 받아 들었다. 못 본 지 두 계절이나 지나서인지 기억 속의 아기와는 완전히 다른 모습이었다.

물론 간간히 세연이 아기 사진을 보내 주긴 했지만, 턱이 두 개인지 세 개인지 모르게 둥그런 얼굴은 터질 듯했고 버둥거리는 손발도 그야말로 오동통했다.

쾌적하게 온도 조절이 잘된 실내지만 늘 싸늘해 보이던 전 사장은 땀투성이였다. 버둥거리는 아기를 엄마에게 넘겨주고 나서야 한숨을 내쉬며 두 사람을 알은체했다.

"먼 길인데……. 오느라 수고가 많았어."

"오랜만입니다. 잘 계셨죠?"

진우와 악수를 하면서도 한숨을 내쉬는 것 같아 경민은 괜히 웃음이 났다.

"어휴, 이렇게 애한테 옷을 많이 입히니 더워서 그러죠. 우리 아인이, 더웠구나. 땀 난 것 좀 봐. 우리 애가 너무 잘 먹어서……."

세연의 어색한 웃음 속엔 무척이나 '튼튼' 해 보이는 따님의 건장한 체구가 과해 보이는 모양이었다. 세연은 아인을 드는 것조차 힘들어 보였다. 경민은 벌떡 일어나서 아기에게 다가가 안아 들었다.

"어머나, 이렇게 컸어요?"

"우리 아인이가 낯선 사람한테는 잘 안 가는데……."

도우미의 손길도 싫어해서 울어대는 걸 잘 아는 세연이 말꼬리를 흐렸다.

그러나 의외로 경민의 품에 안긴 아기는 울기는커녕 오히려 방긋 웃기까지 했다. 물론 포동포동한 볼 살에 묻혀 눈이 잘 안 보일 지경이었지만.

"어머, 아인이가 이모 손길을 기억하나 봐요. 신기해라!"

"그런가? 하여튼 엄청 많이 컸어요. 아우, 예뻐라!"

아기를 안은 경민은 저도 모르게 웃음이 절로 나왔다.

네 사람은 오랜만에 누리는 즐거운 식사에 내내 웃음꽃을 피웠다. 잘 차려진 음식들, 끝이 없어 보이는 두 여자의 수다. 각자의 파트너를 사랑스럽게 쳐다보는 남자들. 그리고 떡하니 한자리를 차지한 아기의 새롱까지.

경민은 와인 잔을 부딪치며 웃음이 떠나지 않는 이 자리가 마치 꿈만 같았다.

늘 그렇듯 텅 빈 집에서 혼자 보내는 시간 속에서 이런 자리는 상상도 해 본 적이 없었다.

그리고 꿈인지 생시인지 모르겠지만, 곁에 자신만 쳐다보는 누군가 있어 줘서 더 꿈결 같았다.

"안 피곤해요?"

"음……. 괜찮아요. 그러는 경민 씬 감기 뒤끝인데. 약 먹었어요?"

"아까 와인 마셔서, 일부러 안 먹었어요. 내일 아침에 먹죠, 뭐. 그리고 지금은 컨디션 괜찮아요."

샤워를 하고 머리를 감은 그는 마른 수건으로 머리카락을 닦다가 그녀에게 다가왔다. 그리곤 손을 내밀어 그녀의 이마를 짚었다.

"약간 열이 있는 거 같은데……."

익숙한 손길인데, 장소 때문인가. 경민은 저도 모르게 얼굴을 붉혔다.

여긴 예전에 왔었을 때 묵은 경민의 방이었다. 바로 옆은 그가 묵었던 방이었다.

그러나 세연은 두 사람에게 방을 하나만 내어 주었다. 방이 두 개나 필요하지 않을 테니까. 이 방에서 무슨 일이 있었더라…….

경민은 제 이마를 짚은 손을 살그머니 잡아 내렸다. 그러자 진우도 손에 들고 있던 수건을 던져 버리곤 그녀의 어깨를 감쌌다.

여전히 쾌적한 하얀 방에는 에어컨의 찬 바람 대신 따뜻한 공기가 가득 차 있었고 창밖에는 여전히 푸르지만 고랑마다 눈이 남은 다원이 어둠 속에 끝도 없이 펼쳐져 있었다.

"참 속도 좋은 분이에요."

"네?"

"사모님 말이에요. 6개월 동안 한번 들여다보지도 않고, 전화가 와도 대충대충 넘겨 버렸는데……. 아마 다른 사람 같았으면 괘씸해서라도 이렇게 잘해 주진 않았을 거예요."

"난 잘 모르겠던데."

"그런가. 하여튼 엄청 미안했어요. 아기 사진도 만날 보내주셨는데 대충 보고 말았거든요."

왜 그랬는지는 차마 말할 수 없었다. 이곳은 단지 한진우라는 사람 때문에 알게 된 곳이니, 이곳을 떠올리면 자동으로 그가 떠올랐기 때문이었으니까.

"아기 귀엽던데요."

"맞아요. 6개월 만에 이렇게 크다니 참, 진짜 한 세 배는 커진 느낌이에요. 성장 과정 중에 가장 많이 자라는 시기가 생후 6개월이라는데 완전 다른 아기 같잖아요. 내가 본 어린 귀동이하곤 완전 달라요. 그런데 예쁘긴 예뻐……. 글쎄 딸기 손에 쥐여 주니까 이도 없는데 쪽쪽 빨아서 반은 먹더라고요. 신맛을 느껴서 눈 찡그리는 게 얼마나 귀여운지……."

경민의 말을 물끄러미 듣고 있던 진우가 말했다.

"아기가 좋아요?"

"조산원 자격증 때문에 분만 과정도 보고 실습 때 신생아실에서 근무도 했는데, 그땐 무섭더라고요. 아기를 낳는다는 게 굉장히 고통스럽고 끔찍해 보였거든요. 그리고 갓 태어난 신생아 케어도 힘들고. 그런데 아인이는……. 모르겠어요. 아는 사람인 데다 태어난 순간부터 함께해서 그런지, 친조카보다 더 정이 간다고 해야 하나? 나중에 눈에 밟힐 거 같아요."

"자주 보러 오면 되죠."

이미 두 사람은 혼인 신고를 했고, 비자 발급을 신청하고 기다리는 중이었다. 물론 결혼식은 미국에 가서 언니 부부를 초청해서 할 예정이었다.

"강릉서 여기도 이렇게 먼데 어떻게 자주 봐요."

경민은 운전하고 오는 것도 힘든 이 길과 뉴욕까지 비행기를 타고 가느라 고생했던 기억까지 떠올라서 말했다. 그때였다. 그녀를 가만히 뒤에서 안으며 진우가 말했다.

"미안해요."

"뭐가요?"

경민이 의아하다는 듯 물었다. 한참이나 대답이 없던 그가 말했다.

"난 경민 씨한테…… 아이 못 만들어 주는데……."

그의 입김이 귓가에 닿는 느낌이었다. 작은 목소리로 그가 말을 이었다.

"어떡하죠."

경민은 그의 두 팔을 감싸 안았다.

"그게 무슨 문제가 돼요?"

경민의 말에 그가 고개를 숙여 그녀의 어깨에 제 머리를 기대며 말했다.

"아기…… 좋아하잖아요."

"좋아한다고 다 가지고 싶은 건 아니에요. 물론, 뭐 진우 씨 닮은 아기가 있으면 예쁘겠지만 조카도 크니까 무섭더라고요. 괜찮아요. 난 아직 진우 씨만으로도 벅차요."

"지금은 괜찮아도, 언젠간……."

경민은 그의 팔을 풀고 그의 품에서 빠져나왔다. 그리고 뒤를 돌아 조금 당황한 것 같은 그의 얼굴을 보았다. 두 손을 내밀어 그의 얼굴을 감쌌다.

"난 당신 하나만 사랑하기도 벅차요. 아인인 남의 아기니까, 잠깐 보니까 예쁜 거예요. 그리고 진우 씨 당신이 나 말고 다른 존재를 쳐다보는 거……. 아직 용서 못 해요. 아마 앞으로도 못 할걸요."

그녀의 말에 그는 피식 웃고 말았다.

"경민 씨가 이런 말 하는 거 처음 봐요."

"난 원래 이런 여자예요. 그동안 본 게 다 가짜일 수도 있다고요. 난 완전 욕심쟁이거든요."

"아, 그랬구나."

어이없다는 듯한 그의 표정을 보고 경민이 말했다.

"진짜라니까요?"

"음, 욕심 없던데……. 한 번도 욕심 부리는 거 본 적이 없어서."

"후회할걸요?"

경민이 그의 목을 휘감으며 말했다. 그러나 그는 대답할 수 없었다. 욕심 많은 여자가 대답하려는 입술을 막아 버렸으니까.

—*fin*

작가 후기

안녕하세요.

드디어 저의 9번째 책이 나왔습니다.

연재할 때 귀엽게 〈그, 거, 당〉이라는 애칭까지 붙었던 글이 책이 되어 나왔습니다.

〈그때, 거기 당신이 있었다〉는, 처음으로 엄마와 언니, 저까지 여자 셋이 정선 장날 구경을 가자고 떠난 날 우연히 떠올린 이야기였습니다.

정선장 구경을 잘 하고 오면서 길을 잘못 들어 지나가게 된 2차선의 한적한 도로변에 보건진료소 건물을 보고 '아, 저기 심심한 언니와 조폭 오빠가 만난 이야기를 쓰면 재밌겠다……' 라는 스쳐 지나가던 생각이 글이 된 것이죠.

이름을 박고 책이 9권 쯤 나오면, 적어도 작가적 소명 의식(?) 같은 거라도 가져야 할 텐데, 아직도 전 글을 쓰는 게 재밌고, 내 글을 재밌어 해 주는 분들이 낯설기만 한 아마추어라 철저한 기승전결, 클라이막스, 시놉 같은 것도 없이 막연히 칼 맞은 오빠와 심심한 언니의 이야기를 휘리릭 써서 연재에 올려놓고는 그다음엔 어쩌지…… 하고 하루살이 인생처럼 글을 쓰기 시작했습니다.

그러다 보니 조폭이었던 오빠의 직업은 요상해지고, 오빠는 이중인격자가 되고 결국엔 학대받은 상처투성이 정신이상자(?)가 되어 버렸더군요. 그러다 보니 또 이상한 분을 끌어오게 되고…….

타나토스의 전 사장과 세연이의 이야기는 종이책이 나오면 전 회장님의 복수를 하러 보스톤에 가서 총질을 하는 스펙타클한 에필을 준비했었는데 이북이 워낙이 인기가 많아(?) 종이책을 내주는 곳이 없어서 접었더니 이제는 기억도 안 난다는 슬픈 전설이 되어 버렸습니다.

결국 이렇게나마 보성 녹차 밭 속에서 아기 낳고 알콩달콩 살고 있는 이들의 이야기를 쓰게 됐네요.

늘 새로운 이야기를 만들어 내면 그 이야기에 담아야 하는 것들 때문에 새로운 것들을 많이 배우게 됩니다.

보건진료원의 일상 때문에 우리나라 보건소의 일상을 알게 되었고, 진우의 상처 때문에 본의 아니게 심리학 공부를 해야 했습니다.

그러나 늘 그렇듯 컴퓨터 앞에서 키보드로 찾아내는 것밖에는 할 수 없어서 수박 겉핥기처럼만 흉내 냅니다. 혹 어이없는 실수가 있더라도 늘 그렇듯 관대한 마음으로 웃으며 넘겨 주셨으면 해요.

글을 쓰면 쓸수록, 마냥 웃고, 마냥 사랑하는 이야기를 쓰기가 힘들어집니다.

누군가 그러더군요. 저 사람 글은 상처가 많아서 읽기가 힘들다고. 글을 쓰면서 한 해 한 해 시간이 지나고 나니, 그냥 사랑만 먹고 사랑을 위해 사는 게 이제는 이해도 동감도 안 가는 나이가 되어서 그런가 봅니다.

그래도 사랑은 사라지지 않습니다.

앞으로도 나이 들어가도 하나둘 이해 가는, 상처 받은 사람들의 이야기를 쓰고 싶어요.

밝고 명랑하고 톡톡 튀고 긍정적인 글을 쓰지는 못해도 늘 가슴 한구석이 아프지만 수긍이 가고 동감할 수 있는 그런 글들을 앞으로도 쓸 수 있도록 지켜봐 주시기 바랍니다.

설거지할 시간에 글 한 자 더 쓰라고 식기세척기와 새 노트북을 사 준 나의 자기에게 '넌 정말 멋진 놈이야!' 라고 전합니다.

컴퓨터 앞에 앉아서 고민 갈등 중이면 자기의 초코바를 갖다 주며 파이팅을 외칠 만큼 큰 아이들도 잘 커 줘서 고마울 뿐입니다.

그리고 무엇보다 항상 기다려 주시고 찾아봐 주시는 모든

분들께 감사드립니다.

평범하고 할 일 없는 아줌마에게 새 이름을 주신 모든 분들, 정말 건강하고 좋은 일만 생기시길!

—어느 봄날,

焉哉乎也 올림.